EL AZOTE DE DIOS

William Dietrich

EDICIONES B
GRUPO ZETA

Barcelona • Bogotá • Buenos Aires • Caracas • Madrid • México D.F. • Montevideo • Quito • Santiago de Chile

Título original: *The Scourge of God*

Traducción: Juanjo Estrella

1.ª edición: julio 2005

© 2005 by William Dietrich
© Ediciones B, S.A., 2005
    Bailén, 84 - 08009 Barcelona (España)
    www.edicionesb.com
    www.edicionesb-america.com

Publicado por acuerdo con HarperCollins Publishers, Inc.

ISBN: 84-666-2577-1

Impreso por Imprelibros S.A.

EL AZOTE DE DIOS

William Dietrich

Traducción de Juanjo Estrella

A mi madre, y en memoria de mi padre.
Fueron ellos los que me regalaron un libro infantil
sobre la batalla de los Campos Cataláunicos,
que despertó en mí una curiosidad
que ha perdurado toda la vida

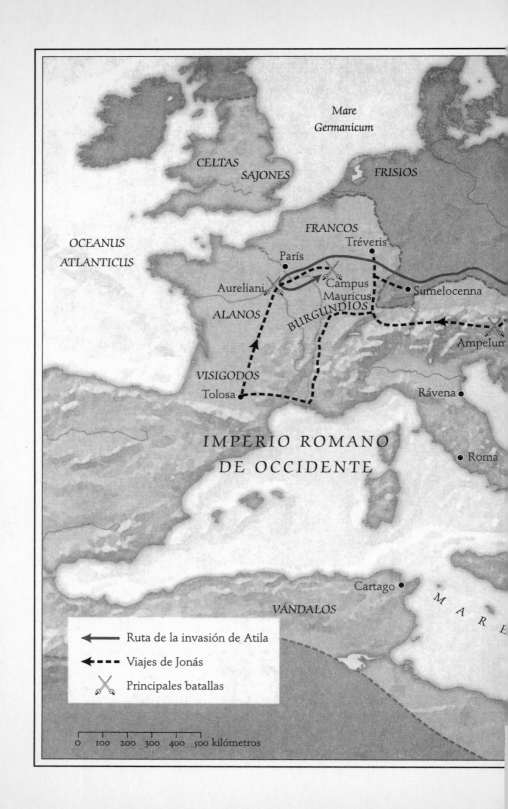

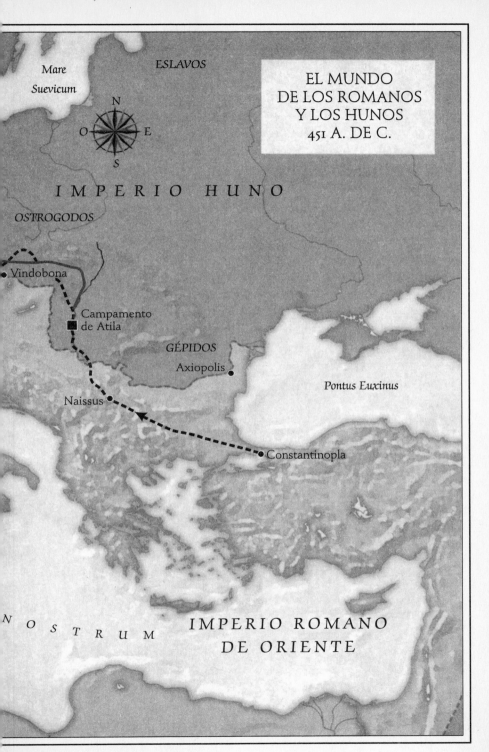

EL MUNDO
DE LOS ROMANOS
Y LOS HUNOS
451 A. DE C.

Mare Suevicum

ESLAVOS

N
O · E
S

IMPERIO HUNO

OSTROGODOS

Vindobona

Campamento
de Atila

GÉPIDOS

Axiopolis

Pontus Euxinus

Naissus

Constantinopla

NOSTRUM

IMPERIO ROMANO
DE ORIENTE

Personajes principales

Romanos y aliados
Jonás: joven enviado y escriba romano.
Ilana: doncella romana cautiva.
Zerco: bufón enano amigo de Jonás.
Julia: esposa de Zerco.
Aecio: general romano.
Valentiniano III: emperador del Imperio romano de Occidente.
Placidia: madre de Valentiniano
Honoria: hermana de Valentiniano.
Jacinto: eunuco de Honoria.
Teodosio II: emperador del Imperio romano de Oriente.
Crisafio: ministro eunuco de Teodosio.
Maximino: embajador de Atila.
Bigilas: traductor y conspirador.
Rusticio: traductor.
Aniano: obispo y (cuando le conviene) eremita.

Hunos
Atila: rey de los hunos.
Skilla: guerrero huno enamorado de Ilana.
Edeco: tío de Skilla y guerrero de Atila.
Suecca: esposa de Edeco.
Eudoxio: doctor griego enviado de Atila.
Hereka: primera esposa de Atila.
Elak, Dengizik e Irnak: hijos de Atila.
Onegesh: lugarteniente de Atila de origen romano.

Germanos
Guernna: comparte cautiverio con Ilana.
Teodorico: rey de los visigodos.
Berta: hija de Teodorico.
Genserico: rey de los vándalos.
Sangibano: rey de los alanos.
Anto: rey de los francos.

Introducción

Trescientos setenta y seis años después del nacimiento de nuestro Salvador, el mundo seguía siendo uno. Nuestro Imperio romano perduró, tal como había sido, durante mil años. Se extendía desde los fríos páramos de Britania hasta las abrasadoras arenas de Arabia, desde el nacimiento del Éufrates hasta las costas atlánticas del norte de África. Las fronteras de Roma habían sido atacadas en innumerables ocasiones por celtas y germanos, por persas y escitas. Sin embargo, con hierro y sangre, con astucia y con oro, a todos los habían vencido. Siempre había sucedido de ese modo, y en el año 376 parecía que siempre habría de ser así.

¡Cómo me gustaría haber conocido aquella certeza!

Pero a mí, Jonás Alabanda, historiador, diplomático y soldado a mi pesar, sólo me cabe imaginar la venerable estabilidad del viejo imperio como quien escucha el relato de un marinero que habla de una costa lejana y oculta tras la niebla. Mi destino me ha llevado a existir en estos tiempos más duros, a conocer a los grandes y a vivir con mayor desesperación a causa de ello. Este libro narra mi historia y la de aquellos a quienes tuve la ventura y la desdicha de conocer, pero sus raíces se hunden en el pasado. En ese año 376, más de medio siglo antes de mi nacimiento, circuló el primer rumor de la tempestad que lo cambió todo para siempre.

En ese año, según relatan los historiadores, se recibieron las primeras noticias de los hunos.

Tened presente que yo soy, por origen, oriental, que hablo el griego con fluidez, que soy versado en filosofía y estoy acostumbrado a los soles cegadores de mi tierra. Nací en Constantinopla, ciudad que fundó Constantino el Grande en el Bósforo para que se convirtiera en segunda capital de nuestro imperio y que debía agilizar su administración. En ese punto donde se unen Europa y Asia, el mar Negro y el Mediterráneo, se alzó la Nueva Roma, escenario estratégico de la antigua Bizancio. La división proporcionó a Roma dos emperadores, dos senados y dos culturas: el occidente latino y el oriente griego. Pero no se trataba de dos imperios: los dos ejércitos romanos seguían acudiendo en ayuda mutua, y las leyes imperiales se coordinaban y unificaban. El Mediterráneo seguía siendo una laguna romana, y una misma arquitectura, una misma moneda, un mismo estilo en foros, fortalezas e iglesias podía observarse desde el Nilo hasta el Támesis. El cristianismo eclipsaba a todas las demás religiones, y el latín a todas las demás lenguas. Hasta entonces, el mundo no había conocido un período tan dilatado de paz, estabilidad y unidad relativas.

Y jamás volvería a conocerlo.

El Danubio es el gran río europeo. Nace en las laderas de los Alpes y discurre hacia levante a lo largo de casi mil ochocientas millas antes de ir a morir en aguas del mar Negro. En el año 376, su curso trazaba gran parte de la frontera septentrional del imperio. Aquel verano, a varias guarniciones romanas apostadas a lo largo del río comenzaron a llegar historias de guerra, desórdenes y migración entre los pueblos bárbaros. Una nueva forma de terror, desconocida hasta entonces, obligaba a huir a pueblos enteros, según se decía, y en su marcha topaban con los que vivían al oeste. Los fugitivos hablaban de la existencia de un pueblo poco agraciado, maloliente, de tez oscura, que vestía con pieles de animales hasta que éstas se pudrían, inmune al hambre y a la sed, que bebía la sangre de sus caballos y comía la carne cruda que guardaba bajo sus monturas para que se ablandara. Esos nuevos invasores llegaban silenciosos como el viento, mataban con sus potentes arcos desde distancias insólitas, mataban con sus espadas a los que hubieran sobrevivido, y se alejaban al galope sin dar tiempo a sus enemigos a organizar la resistencia. Rechazaban alojarse a cubierto, quemaban cuanto encontraban a su paso y, casi siempre, vivían al aire libre. Sus ciudades se componían de tiendas de fieltro y sus calzadas eran las vastas estepas. Avanzaban por las praderas en pesados carros tirados por esclavos cargados con el botín de sus conquistas, y su lengua era dura y gutural.

Se llamaban a sí mismos los hunos.

Para tranquilizarse, nuestros centinelas se decían que aquéllos eran sin duda relatos exagerados. Roma contaba con una larga experiencia con los bárbaros y sabía que, por más valerosos que fuesen individualmente, en la táctica eran malos y en la estrategia, pésimos. Temidos como enemigos, resultaban valiosos como aliados. ¿Acaso no habían acabado los terribles germanos, con el transcurrir de los siglos, convertidos en el baluarte del ejército romano en Occidente? ¿Acaso no se habían civilizado los indómitos celtas? Los mensajeros llevaron a Roma y a Constantinopla la noticia de que algo anormal parecía suceder más allá del Danubio, pero su peligro aún no se había concretado.

Entonces, el rumor se convirtió en una marea de refugiados.

Huyendo de los hunos, un cuarto de millón de miembros de la tribu germana de los godos llegó a la orilla septentrional del río en busca de asilo. Como nada, salvo una guerra, iba a detener semejante desplazamiento de población, mis antepasados les permitieron, a su pesar, cruzar el Danubio. Tal vez aquellos recién llegados, como había sucedido con muchas otras tribus que lo habían hecho antes que ellos, se instalarían sin problemas y se convertirían en «federados». Tal había sido el caso de los salvajes francos, aliados en la defensa contra aquel misterioso pueblo de las estepas.

Sin embargo, en aquel caso se trataba de una esperanza vana, fruto de la conveniencia. Los godos eran orgullosos y no habían sido conquistados. Nosotros, los pueblos civilizados, les parecíamos consentidos, indecisos y débiles. Los romanos y los godos no tardaron en enfrentarse. Los refugiados se vendían al mejor postor y, a su vez, robaban ganado. Primero se convirtieron en saqueadores, y más tarde en invasores. Así, el 9 de agosto del año 378, Valente, el emperador romano de Oriente, combatió contra los godos a las puertas de Adrianópolis, ciudad situada a menos de cuatrocientas millas de Constantinopla. Los efectivos estaban muy igualados, y los romanos confiábamos en la victoria. Pero nuestra caballería se batió en retirada, nuestra infantería fue presa del pánico y, rodeados por los jinetes godos, nuestros soldados se apiñaron hasta el punto de no poder alzar las armas y los escudos para luchar con eficacia. Valente y su ejército fueron derrotados en el peor desastre militar que sufrían los romanos desde que Aníbal los había aniquilado en Cannas seis siglos atrás.

Así fue como se estableció un negro precedente: los bárbaros eran capaces de vencer a los romanos. En realidad, éstos podían ser derrotados por unos bárbaros que huían de otros aún más temibles.

Lo peor no tardaría en llegar.

Los godos iniciaron un saqueo itinerante por todo el imperio que no cesó en décadas. Entretanto, los hunos causaban estragos en el valle del Danubio y, más al este, saquearon Armenia, Capadocia y Siria. Naciones bárbaras enteras fueron desplazadas, y algunas de sus tribus, en su huida, llegaron y se instalaron a orillas del Rin. Cuando el río se heló el último día del año 406, vándalos, alanos, suevos y borgoñones lo cruzaron y se internaron en la Galia. Los bárbaros siguieron su imparable marcha hacia el sur, quemando, matando, saqueando, en una orgía de violencia que suscitó los relatos de horror y fascinación con los que mi generación creció. Se descubrió que una mujer romana cocinó y se comió a sus cuatro hijos, uno por uno. Explicó a las autoridades que esperaba que cada sacrificio sirviera para salvar a los demás. Murió lapidada por sus vecinos.

Los invasores cruzaron los Pirineos y avanzaron por Iberia, llegaron a Gibraltar, atravesaron el Estrecho y por él accedieron a África. San Agustín murió cuando su ciudad natal, Hipona, se encontraba sitiada. Britania quedó aislada del imperio. Los godos, que seguían buscando una tierra en la que asentarse, avanzaron sobre Italia y, en el año 410, asombraron al mundo saqueando la mismísima Roma. Aunque se retiraron tras apenas tres días de pillaje, la sensación de inviolabilidad de la ciudad santa desapareció de un plumazo.

Los pueblos bárbaros empezaron a instalarse y a gobernar en grandes zonas del Imperio de Occidente. Incapaces de vencer a los invasores, los emperadores, cada vez más desesperados, trataban de comprarlos, de confinarlos en territorios bien delimitados y de enemistar a unos con otros. La corte imperial, incapaz de garantizar su propia integridad en Roma, se trasladó primero a Milán y luego a Rávena, una base naval situada en tierras pantanosas del Adriático. Mientras, los visigodos ocuparon el sudoeste de la Galia e Hispania, los borgoñones el este de la Galia, los alanos el valle del Loira, y los vándalos el norte de África. Las herejías cristianas competían unas con otras al tiempo que la religión bárbara se mezclaba con la del Mesías y creaba una amalgama de nuevas creencias. El estado de las calzadas empeoraba, pues nadie se dedicaba a su mantenimiento, la delincuencia aumentaba, los impuestos quedaban sin recaudar, algunas de las mentes más brillantes se refugiaban en los monasterios..., y aun así la vida seguía en aquella confederación poco definida de gobiernos romanos y bárbaros. Entretanto, en Oriente, Constantinopla seguía floreciendo. En Rávena se construían nuevos palacios e iglesias. Las guarniciones romanas seguían guerreando, pues no quedaba otra alternativa. ¿Cómo iba a desaparecer Roma? El lento derrumbamiento de la civilización resultaba tan inconcebible como inevitable.

Entretanto, el poder de los hunos crecía.

Lo que en el siglo IV había sido un rumor misterioso, en el V se convirtió en siniestra y terrorífica realidad. Cuando los hunos, a lomos de sus caballos, penetraron en Europa y ocuparon la gran llanura húngara, sometieron a las tribus bárbaras con que se encontraron a un nuevo y siniestro imperio. Desconocedores de la industria y recelosos de la tecnología, recurrían a los pueblos esclavizados, las expediciones de saqueo, la extorsión de tributos y el pago a mercenarios para el mantenimiento de su sociedad. Roma, fatigada y decadente, contrataba en ocasiones a los hunos para someter a otras tribus instaladas en sus territorios, en un intento de ganar tiempo. Éstos aprovechaban esas ocasiones para atraerse a más aliados e incrementar así su poder. En los años 443 y 447 protagonizaron incursiones desastrosas en la mitad oriental del imperio con las que borraron del mapa más de cien ciudades balcánicas. Y aunque la nueva y fabulosa muralla triple de Constantinopla se revelaba eficaz contra los asaltos, nosotros, los bizantinos, nos veíamos obligados a pagar a los hunos para garantizarnos cierta paz, por lo demás precaria y humillante.

A mediados del siglo V, cuando llegué a la edad adulta, el imperio de los hunos se extendía desde el río Elba, en Germania, hasta el mar Caspio, y desde el Danubio hasta el Báltico. Su jefe, que había hecho de Hunuguri su capital, se había convertido en el monarca más poderoso de Europa. Una palabra suya bastaba para poner en guardia a más de cien mil de los más temidos guerreros que el mundo había conocido hasta entonces. Y entre las tribus conquistadas hallaría otros cien mil dispuestos a unirse a su ejército. Su palabra era ley, jamás había conocido la derrota, y sus esposas e hijos temblaban en su presencia.

Se llamaba Atila.

Lo que sigue es su historia verdadera y la mía propia, contada a través de los ojos de aquellos a quienes conocí bien, y a través de los míos en aquellos episodios en los que desempeñé algún papel. Dejo constancia de ello por escrito para que algún día mis hijos entiendan qué me llevó, en estos tiempos extraños, a esta diminuta isla, tan alejada del lugar donde nací, en compañía de la mejor de las esposas.

Primera parte

LA EMBAJADA AL CAMPAMENTO
DE ATILA

1

Hermano y hermana

Rávena, 449 d.C.

—Obispo, mi hermana es una mujer malvada, y estamos aquí para salvarla de sí misma —dijo el césar del Imperio romano de Occidente.

Se trataba de Valentiniano III, y su carácter constituía la prueba desgraciada del declive de su dinastía. Poseía una inteligencia nada excepcional, carecía de arrojo militar, así como del más mínimo interés por el gobierno. Valentiniano prefería dedicarse al deporte y al placer, y frecuentaba la compañía de magos, cortesanas y esposas de senadores, a las que seducía por el simple gusto de humillar a sus maridos. Sabía que su talento no era el de sus antepasados, y aquella conciencia íntima de su inferioridad le producía resentimiento y temor. Creía que siempre había hombres y mujeres celosos o rencorosos dispuestos a conspirar contra él. Así, había mandado llamar al prelado para que bendijera la ejecución de esa noche, pues necesitaba contar con la aprobación de la Iglesia. Valentiniano se apoyaba en las creencias de los demás para creer en sí mismo.

El emperador había persuadido al obispo; para su hermana Honoria era importante reconocer que carecía de apoyos tanto en el mundo secular como en el religioso. Se había encaprichado de un guardia, como una ramera barata, y aquella pequeña sorpresa había representado todo un regalo.

—Así libro a mi hermana de un juicio por traición en este mundo, y la salvo de la condena eterna en el otro.

—A ningún hijo le está vedada la salvación, César —objetó el obispo Milo. Compartía la complicidad ante aquella desagradable sorpresa, pues a él y a la astuta madre del emperador, Gala Placidia, les hacía falta dinero para terminar una nueva iglesia en Rávena que había de garantizarles su propio ascenso a los cielos. Placidia estaba tan avergonzada con el desliz de su hija como temeroso se mostraba Valentiniano, y su apoyo a la decisión del emperador se vería recompensado con una generosa donación a la Iglesia por parte del tesoro romano. Al obispo le parecía que los caminos del Señor eran inescrutables. Placidia, por su parte, estaba convencida de que los deseos de Dios y los suyos propios coincidían plenamente.

Se suponía que el emperador se encontraba en Roma, la vieja y decadente Roma, tratando con el Senado, recibiendo a los embajadores, participando en cacerías y reuniones sociales. Pero había partido hacía cuatro noches, sin previo aviso, acompañado por seis soldados escogidos personalmente por su chambelán Heraclio. Descubrirían a Honoria antes de que pudiera hacer realidad sus planes. Habían sido los espías del chambelán quienes habían revelado que la hermana del emperador no sólo se acostaba con su guardián de palacio —un necio imprudente llamado Eugenio—, sino que planeaba asesinar a su hermano y hacerse con el poder. ¿Había algo de cierto en aquella historia? No era ningún secreto que Honoria consideraba a su hermano indolente y estúpido, y que se creía más capacitada que él para gobernar los asuntos del imperio, a imagen y semejanza de su enérgica madre. Los rumores que habían comenzado a circular apuntaban a que pretendía colocar a su amante en el trono y convertirse en augusta, o reina. Sí, por supuesto, sólo se trataba de rumores, pero escondían una verdad: a la vanidosa Honoria nunca le había caído bien su hermano. Si Valentiniano los sorprendía en la cama, no le costaría acusarla por inmoralidad y enajenación, así como, tal vez, por traición. En cualquier caso, tendría la excusa perfecta para casarla y librarse de ella.

El emperador excusaba sus propias conquistas románticas con tanta naturalidad como condenaba las de su hermana. Él era hombre y ella mujer, y por ello su lujuria, a ojos de los hombres y de Dios, resultaba más ofensiva.

El séquito de Valentiniano había dejado atrás los Apeninos italianos y se acercaba a los palacios de Rávena. Ya había caído la noche y los cascos de los caballos resonaban en el largo camino que los conducía a su pantanoso refugio. Aunque resultaba fácil defenderla de los ataques bárbaros, para el emperador la nueva capital tenía algo de ensoñación, allí, separada de la tierra pero sin pertenecer del todo al mar. Flotaba al margen de los campos y de la industria, y la burocracia que se había asentado en ella la aferraba apenas a la realidad. El agua era tan poco profunda y el barro tan hondo que Apolinar, con su característico ingenio, había asegurado que las leyes de la naturaleza no estaban vigentes en Rávena, «donde los muros eran planos y el agua se alzaba, donde las torres flotaban y los barcos descansaban en la tierra». La única ventaja de la nueva ciudad era que, nominalmente, resultaba segura y eso, en los tiempos que corrían, no era poca cosa; la traición estaba a la orden del día.

Valentiniano sabía muy bien que la vida de los grandes conllevaba riesgos. Al propio Julio César lo habían asesinado hacía quinientos años. Desde entonces, los finales trágicos de los emperadores ocupaban una lista tan larga que casi costaba memorizarla: Claudio había muerto envenenado. Nerón y Otón se habían suicidado, Caracalla se había convertido en asesino de su hermano, y a su vez había tenido el mismo fin. Los hermanastros y los sobrinos de Constantino habían sido eliminados violentamente casi en su totalidad, Graciano había sido asesinado, y a Valentiniano II lo habían encontrado misteriosamente ahorcado. Algunos emperadores habían encontrado la muerte en el campo de batalla, otros habían sucumbido a la enfermedad o el libertinaje, e incluso estaban quienes habían fallecido a causa de los efluvios tóxicos de un yeso recién aplicado, pero la mayoría había muerto por las conjuras de sus allegados. Lo raro habría sido que su taimada hermana no hubiera conspirado contra él. Al emperador no le sorprendía oír a su chambelán hablar en voz baja de sus intrigas, pues desde que había accedido a la púrpura a la edad de cuatro años, no esperaba otra cosa. Si había alcanzado los veintiocho había sido sólo gracias a su cautela, a su constante desconfianza y a su proceder necesariamente despiadado. O atacaba o era atacado. Además, sus astrólogos confirmaban sus temores. Él encontraba satisfactorias sus predicciones, y los recompensaba por ellas.

Ahora, la impresionante comitiva desmontaba discretamente ante la puerta en penumbra, pues no deseaba que el ruido de los caballos anunciara su presencia. Los hombres llevaban largas espadas, aunque muy pegadas a las piernas para impedir, en lo posible, que destellaran en la oscuridad. Embozados y encapuchados, se dirigieron al palacio de Honoria igual que fantasmas. Las calles de Rávena se encontraban envueltas en la penumbra, sus canales apenas brillaban, y la luna creciente se ocultaba a ratos tras el velo de las nubes. En tanto que ciudad administrativa que no se dedicaba al comercio, la capital siempre tenía algo de provisional y parecía medio desierta.

La visión del emperador causó asombro entre los centinelas.

—¡César! No esperábamos...

—Apartaos.

Casi todos los que habitaban en palacio dormían ya; la oscuridad teñía tapices y cortinas, y el aceite de las lámparas se consumía despacio. Las cúpulas y los arcos se encontraban revestidos de mosaicos con imágenes de santos que observaban serenos los pecados del mundo. El aire se impregnaba de incienso y perfumes. El séquito del emperador avanzaba por los oscuros corredores de mármol con gran sigilo, para evitar ser descubierto, y el guardián de los aposentos de Honoria, un corpulento nubio llamado Goar, se desplomó con un leve gruñido sin llegar a saber quién se aproximaba, instantes después de que alguien que se hallaba a veinte pasos de él le disparara una flecha. Cayó al suelo de mármol con un ruido sordo. A un niño del servicio que despertó, sobresaltado, y que tal vez hubiese alertado de su presencia, le retorcieron el pescuezo como a una gallina. Después, los soldados irrumpieron en los aposentos de la princesa, volcando mesas cubiertas de dulces impregnados en miel. Uno de ellos le dio una patada a un cojín, que fue a caer a la piscina poco profunda del baño, antes de abrir de par en par la puerta de su alcoba.

La pareja despertó sobresaltada y se incorporó, apretujándose y gritando tras la gasa de las cortinas, al tiempo que todas aquellas figuras en sombra rodeaban su enorme lecho. ¿Iban a asesinarlos? ¿Por qué nadie había dado la voz de alarma?

—Iluminadlos —ordenó Valentiniano.

Sus hombres prendieron las antorchas que habían llevado y de pronto la escena se hizo visible, estridente. Eugenio, el guardián, se volvió un poco y siguió incorporándose hasta tocar con la espalda la pared donde reposaba el cabecero de la cama, mientras se cubría con las manos para protegerse. Su gesto era el del hombre que acaba de caer por un precipicio y que, en un último momento de lucidez y terror, sabe que no puede hacer nada para salvarse. Por su parte, Honoria se movía a gatas hacia el otro extremo del lecho, desnuda, cubierta sólo por la sábana de seda que se pegaba a su cuerpo. Sus caderas, a pesar del horror que experimentaba, seguían resultando seductoras, y se alejaba de su amante plebeyo como si ese gesto bastara para negar la evidencia.

—De modo que es cierto —exclamó el emperador entre dientes.

—¿Cómo te atreves a entrar así en mi alcoba?

—Hemos venido a salvarte, criatura —intervino el obispo.

La desnudez de su hermana excitó a Valentiniano de un modo extraño. Se había sentido insultado por sus burlas, pero ahora, ¿quién era la necia? Ahí estaba, humillada ante más de diez hombres. Sus pecados se hallaban expuestos ante todos ellos, como así también los hombros desnudos, el cabello suelto, los pechos que se marcaban bajo la sábana. Aquella escena le proporcionaba una innegable satisfacción. Volvió la vista atrás. En la entrada se recortaba la silueta amorfa de Goar, que yacía en el suelo de mármol rodeado de un charco de sangre. Había sido la vanidad y la ambición de su hermana la que había condenado a quienes se encontraban a su alrededor, igual que se había condenado a sí misma. El emperador se fijó en un bordón dorado que sujetaba las telas que rodeaban el lecho y tiró de él. El diáfano refugio cayó entonces al suelo y los dejó más expuestos aún. Entonces se adelantó y empezó a azotar a su hermana en las caderas y las nalgas, que se agitaban bajo la sábana, con la respiración cada vez más agitada.

—¡Te revuelcas con un sirviente y planeas elevarlo por encima de mí!

Honoria se retorció y aulló, e indignada tiró de la tela para cubrirse mejor, destapando por completo al pobre Eugenio.

—¡Maldito seas! Se lo contaré a nuestra madre.

—¡Fue ella quien me dijo cuándo y dónde podría encontrarte!

El dolor que provocó en Honoria aquella traición provocó en Valentiniano una satisfacción especial. Siempre habían rivalizado por el afecto de Placidia. Seguía azotándola sin parar, más para humillarla que para lastimarla, y no cesó hasta quedar sin aliento. Tanto Honoria como él habían enrojecido, aunque por diferentes razones.

Los soldados sacaron de la cama al guardián, le pusieron las manos a la espalda y lo obligaron a arrodillarse. Su hombría menguó al momento, y no tuvo ocasión siquiera de intentar una disculpa. Mantenía la vista fija en la princesa, a la que miraba suplicante, aterrorizado, como si ella pudiera salvarlo. Pero lo único que tenía Honoria eran sueños, no poder. ¡Era mujer! Y ahora, a cambio de su afecto, Eugenio acababa de condenarse.

Valentiniano se volvió a contemplar a quien había de ser futuro emperador de Rávena y Roma. El amante de Honoria era apuesto, sí, y sin duda inteligente, pues había ascendido a guardián de palacio, pero qué necio había sido al pretender arrebatarle el cargo. La lujuria había alimentado la ocasión, y la ambición había alentado el orgullo, pero al fin todo había quedado en un patético capricho.

—Miradlo —dijo Valentiniano en tono de burla—. Ahí tenéis al futuro césar. —Bajó la mirada—. Deberíamos cortársela.

A Eugenio se le quebró la voz.

—No le hagáis daño a Honoria. Fui yo quien...

—¿Hacerle daño a Honoria? —Las carcajadas del emperador denotaban desprecio—. Ella pertenece a la casa imperial, guardia, y no necesita tus súplicas. Se merece unos buenos azotes, pero en realidad no se le hará daño, pues ella tampoco es capaz de infligirlo. ¿Acaso no ves lo desvalida que se encuentra?

—Ella jamás pensó en traicionarte...

—¡Silencio! —Valentiniano volvió a agitar el bordón, aunque esta vez azotó con él al guardián en la boca—. Deja de preocuparte de la ramera de mi hermana y empieza a rogar clemencia para ti mismo. ¿Crees que no sé qué planeabais?

—¡Valentiniano, basta ya! —suplicó Honoria—. No es lo que crees. No es como te han dicho. Tus consejeros y tus magos te han desquiciado.

—¿Ah, sí? Pues acabo de encontrar lo que temía encontrar, ¿no es así, obispo?

—El tuyo es un deber de hermano —dijo Milo.

—Como lo es éste —replicó el emperador—. Hacedlo.

Un tribuno corpulento anudó un pañuelo alrededor del cuello de la víctima.

—Por favor —suplicó la mujer—. Lo amo.

—Por eso mismo debe hacerse.

El tribuno tiró de los dos extremos y se le marcaron los músculos de los brazos. Honoria comenzó a gritar. El guardián enrojeció al momento y sacó la lengua intentando en vano respirar. Los ojos se le salían de las órbitas y se agitaba. Entonces se le heló la mirada, se desplomó y tras unos instantes que se hicieron interminables y que sirvieron para asegurarse de que estaba muerto, su verdugo lo dejó caer.

Honoria lloraba en silencio.

—Has vuelto a la casa de Dios —la calmó el obispo.

—¡Estáis todos condenados al infierno!

Los soldados estallaron en carcajadas.

—Hermana, te traigo buenas noticias —dijo Valentiniano—. Tus días de soltera están contados. Como te has mostrado incapaz de encontrar por ti misma a un pretendiente adecuado, he dispuesto que te desposes con Flavio Baso Herculano, en Roma.

—¡Herculano! ¡Es gordo y viejo! ¡Nunca me casaré con él! —Aquél era el peor de los destinos imaginables.

—Te pudrirás en Rávena hasta que accedas.

Honoria se negó a casarse y Valentiniano cumplió con su palabra de confinarla, a pesar de sus súplicas. Las peticiones que hizo a su madre cayeron en saco roto. ¡Qué tortura la de vivir encerrada en su palacio! ¡Qué humillación la de obtener la libertad sólo si se avenía a desposarse con un aristócrata decrépito! Con la muerte de su amante había muerto una parte de ella misma. O eso creía. Su hermano no sólo había estrangulado a Eugenio, sino también su orgullo, su fe en la familia, su lealtad al gobierno de Valentiniano. ¡Había estrangulado su corazón! Así que, a principios del año siguiente, cuando las noches eran más largas, Honoria, que había perdido toda esperanza en el futuro, mandó llamar a su eunuco.

A Jacinto lo habían castrado siendo un niño esclavo. Lo sumergieron en un baño de agua caliente y le aplastaron los testículos. Había sido un acto cruel, por supuesto, pero la misma mutilación que le había negado el matrimonio y la paternidad le había permitido alcanzar una posición de confianza en la corte imperial. El eunuco se había reído en más de una ocasión de su sino, y a veces se había sentido aliviado por quedar exento de las pasiones físicas a las que se entregaban quienes lo rodeaban. Si se sentía menos hombre por estar castrado, también le parecía que su sufrimiento era menor. El dolor de la emasculación no representaba más que un recuerdo lejano, pero su privilegiada posición constituía una fuente constante de satisfacción. A él nunca lo percibirían como una amenaza, que era lo que le había sucedido a Eugenio. Así, los eunucos solían vivir más que aquellos a quienes servían.

Jacinto se había convertido no sólo en sirviente de Honoria, sino también en su amigo y confidente. En los días posteriores a la muerte de Eugenio, sus brazos la habían consolado mientras ella lloraba sin poder controlarse. Apoyaba su mejilla imberbe en la de ella y, entre murmullos, le daba la razón y alimentaba las llamas del odio que sentía hacia su hermano. El emperador era una bestia, tenía el corazón de piedra, y a Jacinto la idea de que la obligaran a casarse con un senador viejo en la exhausta Roma le resultaba tan indigna como a su señora.

Ahora ella había ordenado que lo llamaran en plena noche.

—Jacinto, te libero.

El eunuco palideció. En el mundo exterior no sobreviviría más que un animal doméstico.

—Te lo ruego, señora. La tuya es la única bondad que conozco.

—Y en ocasiones la tuya parece ser la única con la que cuento. Hasta mi madre, que aspira a la santidad, piensa hacer caso omiso de mí hasta que me someta. De modo que los dos somos prisioneros en este lugar. ¿No es así, querido eunuco?

—Hasta que te desposes con Herculano.

—¿Acaso no es ésa una prisión de otra clase?

Jacinto suspiró.

—Tal vez el matrimonio sea un destino que debamos aceptar.

Honoria negó con la cabeza. Era muy hermosa, y disfrutaba demasiado de los placeres del lecho como para malgastar su vida con un viejo patricio. Herculano tenía fama de ser un hombre severo, antipático y frío. El plan de Valentiniano de casarla suponía ahogarla tan eficazmente como había asfixiado a Eugenio.

—Jacinto, ¿recuerdas que a mi madre, Gala Placidia, se la llevaron los godos tras saquear Roma, y la casaron con su jefe, Ataúlfo?

—Eso fue antes de que yo naciera, princesa.

—Cuando Ataúlfo murió, mi madre regresó a Roma, pero entretanto ayudó a civilizar a los visigodos. En una ocasión comentó que los pocos años que había pasado con ellos no habían sido tan desagradables, y creo que conserva algunos recuerdos picantes de su primer esposo. Los bárbaros son hombres fuertes; más que la raza que se cría hoy en Italia.

—Tu madre realizó curiosos viajes, señora, y vivió extrañas aventuras antes de asegurar la ascensión al trono de tu hermano.

—Es una mujer de mundo que ha acompañado a ejércitos, se ha casado con dos hombres y ha puesto la vista más allá de los muros de palacio, así como ahora los pone en el cielo. Y siempre me ha animado a hacer lo mismo.

—Todo el mundo siente veneración por la augusta.

Honoria cogió al eunuco por los hombros y lo miró fijamente.

—Por eso debemos seguir su valeroso ejemplo, Jacinto. Hay un bárbaro aún más fuerte que los godos. Lo es incluso más que mi hermano; un bárbaro que se ha convertido en el hombre más fuerte del mundo. ¿Sabes de quién te hablo?

El eunuco sintió que el miedo se apoderaba lentamente de él.

—Te refieres al rey de los hunos —susurró como si estuvieran hablando de Satán. El mundo entero temía a Atila, y rezaba por que su ojo saqueador se posara en otro confín del imperio. En los informes se aseguraba que parecía un mono, que iba siempre bañado en sangre, y que mataba a todo el que osaba llevarle la contraria, excepto a sus esposas. Decían que disfrutaba de la compañía de cientos de ellas, y que todas eran tan hermosas como horrendo resultaba él.

—Quiero que te reúnas con Atila, Jacinto —reveló al fin Honoria, con un brillo en los ojos. Las mujeres fuertes no recurrían sólo a su ingenio, sino a sus alianzas con hombres fuertes. Los hunos contaban con el ejército más temido del mundo, y la sola mención de su jefe haría que su hermano se arredrara. Si Atila la solicitaba, Valentiniano debería dejarla partir. Si Atila prohibía su matrimonio con Herculano, Valentiniano habría de desistir. ¿O no?

—¡Reunirme con Atila! —murmuró Jacinto tragando saliva—. Pero, mi señora, si yo apenas llego a la otra punta de la ciudad. No soy viajero, ni embajador. Ni siquiera soy hombre.

—Te proporcionaré hombres para que te escolten. Nadie te echará de menos. Quiero que te armes de valor y vayas a su encuentro, porque nuestro futuro, el mío y el tuyo, dependen de él. Quiero que le expliques lo que me ha sucedido. Como prueba de que tus palabras son ciertas, llévale el anillo con mi sello. Jacinto, mi más querido esclavo: quiero que le pidas a Atila el Huno que acuda en mi rescate.

2

La doncella de Axiópolis

—Padre, ¿qué has hecho?

Setecientas millas al este de Rávena, donde el valle del Danubio se ensancha en su avance hacia el mar Negro, los hunos se hallaban al fin en una pequeña colonia romana llamada Axiópolis. Como todas aquellas plazas, la ciudad también había sido trazada en un principio con la cuadrícula clásica de los campamentos legionarios, con sus foros, sus templos y sus edificios administrativos distribuidos cual piezas de un tablero. Como todas ellas, la habían amurallado en el siglo III, cuando proliferaron las guerras causadas por el descontento. En el siglo IV, tras la conversión de Constantino al cristianismo, sus templos paganos se habían convertido en iglesias. Y, como las demás, también había sido presa del miedo cada vez que otros asentamientos hermanos del Danubio resultaban saqueados.

Ahora, por fin, los hunos habían llegado. Su entrada había sido como el estallido de una tormenta, y había producido un creciente grito de terror que se colaba por las puertas como el ondulante quejido de las sirenas. Con él llegó el falso amanecer del fuego, rojizo, palpitante. En el comedor de su familia, Ilana intentaba no oír lo que llevaba tanto tiempo temiendo: súplicas y gritos, el chasquido de las pezuñas desnudas de los caballos contra las calles empedradas, los gruñidos y los golpes desesperados de una resistencia inútil, y el crepitar del fuego. Con el rabillo del ojo creyó ver el destello de un pájaro surcando el cielo, pero no era sino una flecha que, habiendo errado su blanco, descendía en dirección a la calle, hacia otra diana que estaba a punto de cruzarse en su camino: un *estigia*

avispero que resonaba, tenue, en medio de aquella oscuridad estigia. Sus vecinos corrían como si huyeran de las puertas del infierno. El Apocalipsis había llegado al fin.

—Creo que así lograremos salvarnos —respondió Simón Publio, aunque su ligero temblor revelaba que no se sentía del todo seguro. El rostro del rechoncho mercader había envejecido mil años en el transcurso de las últimas semanas; tenía la barbilla hundida, los ojos vacíos, soñolientos, la piel rosada, sudorosa, moteada, como carne rancia. Acababa de cometer un acto de traición para salvar a su familia.

—Les has abierto las puertas, ¿verdad?

—Habrían entrado de todos modos.

La calle se iba llenando de hombres a caballo que gritaban en una lengua áspera y desagradable. Curiosamente, Ilana distinguía ese silbido tan peculiar de las espadas al surcar el aire, que suena como una tela al desgarrarse, y el golpe seco que corresponde al impacto que le sucede. Era como si todos sus sentidos se hubieran exacerbado y hasta ella llegaran todos los gritos, todos los susurros, todos los rezos.

—Pero íbamos a esperar a las legiones.

—¿Como Marcianópolis? Entonces no tendrían compasión, hija. Cuento con la promesa de Edeco de que, por haberlos ayudado, salvarán a algunos de nosotros.

Se oyó un grito, una retahíla ininteligible de súplicas desesperadas, que evidenciaba que no todos serían tan afortunados. Miró por la ventana. La penumbra se llenaba de sombras que se alejaban y caían, y, esporádicamente, de algún rostro redondo como la luna, con la boca abierta de par en par a la luz de una antorcha, antes de desaparecer de nuevo en la oscuridad. Ilana se sentía aturdida. Llevaba tanto tiempo asustada que le parecía vivir en una eternidad de miedo; en realidad llevaba años atemorizada, a medida que aquellas terroríficas historias avanzaban río abajo. Luego llegó el temor paralizador, cuando los hunos y sus aliados aparecieron por fin bajo una columna de polvo que se alzaba como si de humo se tratara. De eso hacía dos días. Habían rodeado Axiópolis al galope y amenazaban con la aniquilación si la ciudad no se rendía. La rendición no había llegado, a pesar de las súplicas y de la insistencia de algunos. Por las venas de sus habitantes corría el orgullo de Mesia y el fuego de Tracia, y casi todos preferían defenderse combatiendo. Desde entonces, la resistencia romana había sido feroz: bravos contraataques, momentos de valeroso heroísmo e incluso algunas pequeñas y momentáneas victorias. Pero también había ido instalándose una creciente desesperanza a medida que a los muertos y a los heridos los bajaban de las murallas, y cada día parecía más duro que el anterior, y cada noche más larga, y cada rumor más descarnado. Cada viuda desconsolada, cada criatura huérfana, se sumaba al fatalismo de la ciudad. En las iglesias humeaba el incienso, el eco de las oraciones se elevaba al cielo, los sacerdotes desfilaban sobre las murallas, los mensajeros intentaban escapar para pedir ayuda, pero no llegaban refuerzos y no había respiro. Los débiles muros de piedra empezaron a desmoronarse cual pedazos de queso. El fuego destruía los tejados. Fuera, el enemigo quemaba las cosechas y destrozaba los barcos. Dentro, esforzados ancianos a quienes habían entregado arcos y flechas caían desde lo alto de las murallas, pues permanecían allí más tiempo del debido, intentando vislumbrar al enemigo con sus ojos miopes.

Ilana se había refugiado en una desesperanza callada y, en vez de temer al fin que se avecinaba, había empezado a darle la bienvenida. Después de todo, ¿qué tenía la vida de bueno? Sólo esperaba que la muerte no le resultara demasiado dolorosa. Pero ahora su padre, el mercader más importante de la ciudad, los había traicionado.

—Una vez que hubieran tomado por asalto las murallas, nos habrían matado a todos —dijo—. En cambio, de este modo...

—Son jinetes —lo interrumpió ella con voz pausada—. Les falta pericia...

—Sus mercenarios saben sitiar y conocen las torres de asedio. Tenía que hacer algo, mi niña.

¿Niña? Qué lejano parecía todo aquello. ¿Niña? Su gran amor, Tasio, el hombre con quien iba a casarse, había muerto al tercer día. La flecha de un huno se le había clavado en un ojo, y había fallecido tras cuatro largas horas de agónicos gritos. No sabía que del cuerpo humano pudiera brotar tanta sangre durante tanto tiempo. ¿Niña? Aquélla era la palabra que se usaba para referirse a las benditas ignorantes, criaturas que aún conservaban la esperanza, inocentes que algún día, tal vez, engendraran sus propios hijos. Pero ahora...

—He escondido algunas monedas. Me han prometido un salvoconducto. Marcharemos a Constantinopla y empezaremos una nueva vida. Tus tías, el servicio... Sus espías me prometieron que nos dejarían libres a todos. Y otros también se salvarán. Estoy seguro. Esta noche he salvado muchas vidas.

Ilana deseaba creerlo. Necesitaba confiar en algún adulto, y en el futuro. Pero en esos momentos todo se reducía a un interminable y furibundo presente, a ese viento tormentoso de gritos, al chasquido de las flechas, a los despiadados gruñidos de los guerreros que se llevaban lo que les placía.

—Padre...

—Vamos —dijo él, arrastrándola a su pesar—. Debemos ir a encontrarnos con el jefe a la iglesia de San Pablo. Dios nos protegerá, niña.

Las calles eran un hormiguero de seres humanos, y su pequeño grupo se abría paso, asustado, como una falange entre cuerpos, lamentos, puertas reventadas y resplandor de llamas. Se aferraban a objetos del todo inútiles: un busto ancestral, un viejo arcón de novia, un fajo con las cuentas de un negocio ya destruido, un perro atemorizado. El saqueo era anárquico. Entraban en una casa y dejaban intacta la vecina, pasaban por la espada a un grupo y hacían caso omiso de otro, cuyos miembros se acurrucaban en la penumbra. Aquí un pagano clamaba que Júpiter lo había salvado, allí una cristiana atribuía su salvación a Jesús, aunque lo cierto era que los hunos aniquilaban por igual a gentes de todos los credos. Todo se había convertido en una cuestión de azar, de suerte, la vida y la muerte resultaban tan impredecibles como el aleteo de una mariposa. Los hunos entraban al galope en las sacristías, en las cocinas, sin temor a encontrar resistencia, disparando flechas como si participaran en algún juego inocente, despreciando a quien fuera tan lento como para quedar atrapado debajo. La única piedad la traía la noche, que les hacía imposible identificar a sus amigos, a sus familiares, a los tenderos, a los profesores. La muerte se había vuelto anónima. La ciudad sucumbía sin que nadie llamara a nadie por su nombre.

Cuando Ilana y su padre llegaron al foro, la iglesia empezaba a llenarse de ciudadanos que esperaban milagros de un Dios que parecía haberlos olvidado. Un grupo de hunos observaba a los romanos entrar en el santuario y, a lomos de sus caballos, se limitaban a conversar entre sí como si comentaran las incidencias de un desfile. De vez en cuando, enviaban a algún mensajero, que partía al galope para impartir alguna orden, lo que daba a entender que, contrariamente a lo que Ilana había supuesto, aquellos saqueos respondían a una disciplina. Las hogueras ardían con más brío.

—¡Edeco! —exclamó Simón Publio, ronco tras pasarse la noche gritando—. Te traigo a mi familia para que la protejas, tal como acordamos. Agradecemos tu gracia. Esta matanza no es en absoluto necesaria, entregaremos lo que nos pidáis...

Un lugarteniente de rasgos griegos hacía de intérprete. El cabecilla de los hunos, que se distinguía por su bella loriga confeccionada con la cota de malla capturada a algún romano, bajó la vista y su rostro velludo y surcado de cicatrices quedó en sombra.

—¿Quién eres tú?

—¡Publio, el mercader! ¡El que dio aviso y abrió las puertas, como exigía vuestro emisario! Claro, todavía no nos conocíamos. Soy yo, vuestro aliado, que sólo pide poder marchar río abajo. Embarcaremos lejos de aquí.

El huno se mostraba pensativo, como si todo aquello fuera nuevo para él. Posó la vista en Ilana.

—¿Y quién es ella?

Simón dio un respingo, como traspasado por un rayo.

—Mi hija, una niña inofensiva.

—Es bonita.

El porte de la joven era noble y distinguido, el cabello descendía en una cascada de negros rizos, sus ojos eran almendrados, sus *Porfirio* pómulos marcados, las orejas tan finas como el alabastro o el porfirio. Cuando se había iniciado el sitio estaba a punto de casarse.

—En esta ciudad hay muchas mujeres hermosas. Muchas, muchas.

Edeco eructó.

—¿En serio? Pues las que he poseído parecían vacas.

Sus hombres se echaron a reír.

El viejo mercader se plantó delante de su hija, intentando ocultarla con su cuerpo.

—Si nos escoltáis hasta el río, encontraremos un barco que nos lleve.

El jefe reflexionó unos instantes y dirigió la mirada a la iglesia que se alzaba en el otro extremo del foro. Allí las sombras de los refugiados se agitaban de un lado a otro. Cada vez más gente intentaba entrar. Dijo algo en su lengua a uno de sus hombres y varios de ellos se dirigieron al trote hasta la entrada, como si estuvieran pensando en atacarla. Los romanos que en ese momento querían entrar se dispersaron como ratones. Los que ya se encontraban en el interior cerraron las puertas y echaron el cerrojo. Los bárbaros no se lo impidieron.

—Dios os recompensará por vuestra piedad, Edeco —aventuró Simón.

—¿Tú has hablado con él? —dijo el huno con una sonrisa.

Llamó a sus hombres, que se encontraban al otro lado de la calzada, y éstos se bajaron de los caballos y empezaron a amontonar muebles y enseres junto a las puertas de la iglesia. Los integrantes del grupo de Simón ahogaron un grito y, entre susurros, manifestaron su alarma.

—Dios habla a todos los que escuchan —le aseguró Publio con voz sincera—. No apartes tus oídos.

Edeco había observado a sus enemigos desesperados rezar a cientos de dioses. Todos habían sido conquistados. Los romanos y los hunos contemplaron los preparativos en silencio. Aquéllos no se atrevían a moverse sin permiso, y aguardaban lo inevitable con el alma en vilo. La gente, apiñada en la iglesia, empezó a gritar y a suplicar cuando se dio cuenta de que, aun queriendo, ya no podían salir.

Finalmente, Edeco se volvió hacia el mercader.

—Ya lo he decidido. Tú y las vacas, las feas, podéis iros. Tu hija y las muchachas bonitas se quedan con nosotros.

—¡No! ¡Ése no fue el trato! Dijisteis que...

—¿Osas dudar de mi palabra?

El rostro de Edeco, medio oculto en la penumbra, inclinado y surcado de cicatrices, se oscureció.

—No, no —balbuceó Publio—, pero Ilana debe quedarse con su padre. Seguro que eso podéis entenderlo. —Su rostro había adquirido una palidez enfermiza y le temblaban las manos—. Es mi única hija.

Acercaron las antorchas a las barricadas que impedían el paso al interior de la iglesia y las sostuvieron contra los aleros del tejado. Por debajo de las tejas, la madera, seca y cuarteada, recibió ávidamente las llamas, que se extendieron en oleadas hacia lo más alto. Los murmullos y los gritos del interior se convirtieron en alaridos.

—No. Es bonita.

—Por el amor de Dios...

Ilana le rozó la manga para prevenirlo, pues se daba cuenta de lo que se avecinaba.

—Padre, no te preocupes.

—Sí me preocupo, y no pienso entregarte a estos salvajes. ¿Qué sois? ¿Demonios? —gritó de pronto—. ¿Por qué quemáis a los que se vuelven hacia Dios?

A Edeco empezaba a irritarlo la intransigencia de aquel hombre.

—Entrégamela, romano.

—¡No, no! Quiero decir, por favor... —Alzó una mano en señal de súplica.

En un instante, Edeco desenvainó su espada y se la cortó. El miembro amputado salió volando y, con los dedos aún en movimiento, fue a estrellarse contra la base de una fuente. Todo sucedió tan deprisa que Publio no tuvo tiempo de gritar. El mercader se tambaleó, invadido más por la sorpresa que por el dolor, sin saber muy bien qué hacer para que las cosas volvieran a su cauce. Aturdido, se miró la muñeca seccionada. En ese momento una flecha se le clavó en el pecho. Y a ella siguió otra, en una sucesión que fue cubriéndole el torso y los miembros. Él lo contemplaba todo, incrédulo, y oía reírse a los guerreros que, montados en sus caballos, seguían disparando más rápido de lo que el ojo captaba. Se desplomó y se sentó en el suelo, con más púas que un erizo.

—Matadlos a todos —ordenó Edeco.

—A la niña no —dijo un huno joven, que se agachó para levantarla, la subió a su caballo y la tendió, atravesada, por delante de la montura.

—¡Soltadme! ¡Dejadme ir con mi padre!

El joven le ató las manos.

—¿Quieres terminar como él? —le preguntó en la lengua de los hunos.

Los demás romanos huyeron en todas direcciones, pero fueron

abatidos sin excepción por las flechas de los jinetes. A los heridos, suplicantes, los remataban en el suelo. El incendio de la iglesia alcanzó su punto álgido y el rugido de las llamas ahogó al fin los gritos de los que morían en su interior. Sus almas parecían elevarse con el calor, y el resplandor se fundía con las primeras luces del alba, que despuntaba por el este. Desde otros rincones de la ciudad aparecían hileras de cautivos perplejos, atados con cuerdas como recuas de asnos. En ese momento las paredes del templo se vinieron abajo.

Ilana sollozaba, se ahogaba en su pena y apenas podía respirar. Seguía tumbada entre la grupa del caballo y los poderosos muslos del huno. El pelo le colgaba como una cortina y dejaba al descubierto su cogote. ¿Por qué no la mataban también a ella? La pesadilla parecía no tener fin, y la torpe traición de su padre no había servido de nada. Su existencia había quedado reducida a cenizas, pero ella, por una cruel paradoja del destino, seguía con vida.

—Deja de llorar —le ordenó el huno con unas palabras que ella aún no comprendía—. Yo te he salvado.

Ilana sintió envidia de los muertos.

Edeco los condujo fuera de la ciudad que había destruido. Sus recuerdos no eran más que columnas de humo. Los sitiados siempre acababan por abrir las puertas, lo sabía. Alguien siempre esperaba en vano, en contra de la razón y de la historia, salvarse si alcanzaba un pacto con el invasor. Los hunos contaban con ello. Se volvió hacia el lugarteniente, que era quien llevaba atada a Ilana. Se trataba de un guerrero que respondía al nombre de Skilla.

—Atila habría disfrutado mucho esta noche, sobrino.

—Como yo disfrutaré de esta que se acerca.

Había posado la mano derecha sobre la cintura de la cautiva, y cada vez que ésta se retorcía la agarraba con más fuerza. Sus sacudidas hacían que el huno deseara poseerla allí mismo. ¡Qué hermosa grupa se adivinaba bajo el vestido!

—No. —Su tío negó con la cabeza—. Es demasiado hermosa. Se la llevaremos a Atila, para que él decida.

—Pero es que me gusta...

—Es Atila quien debe asignarla. Si tanto te interesa, pídesela.

El joven suspiró y apartó la mirada. Había aprendido a montar antes que a andar, luchaba desde que era un niño, cazaba, perseguía y mataba. Sin embargo, aquél había sido su primer saqueo, y no estaba acostumbrado a tales matanzas.

—Los de la iglesia...

—Habrían procreado a otra camada que habría vuelto a levantar los muros de otro templo. —Edeco aspiró el humo, que se alzaba y emborronaba el sol que ya salía—. Hacemos bien, Skilla. La tierra ya respira libre.

3

Urdiendo un asesinato

Constantinopla, 450 d.C.

Era más fácil comprar a un huno que matarlo, y los hunos más fáciles de comprar eran los que conocían el valor del dinero.

Al menos ésa era la teoría de Crisafio, el primer ministro de Teodosio II, gobernante supremo del Imperio romano de Oriente. Crisafio ya llevaba un decenio recordando a su emperador que pagara un tributo a los hunos, porque los miles de libras de oro que habían salido rumbo al norte habían detenido el asalto final sobre Constantinopla. Por más humillante que resultara, claudicar ante la extorsión resultaba más barato que guerrear. El gobierno fingía que los pagos se entregaban a unos bárbaros aliados, y que eran similares a los que los emperadores de Occidente saldaban con los francos, pero aquel cuento que tal vez convenciera al pueblo no engañaba a nadie con un mínimo de autoridad. Ahora, las exigencias de Atila aumentaban, las arcas del imperio se resentían, el ejército bizantino tenía motivos de preocupación en Persia, y en la corte se alzaban tímidas voces contra las cobardes componendas del ministro. No se sabía cómo, pero de algún modo había que poner fin al pago de aquel tributo. Por todo ello, Crisafio deseaba comprar a un huno en particular, y con una finalidad muy concreta, de modo que envió a su valido Bigilas a iniciar la transacción.

—Muéstrale a ese Edeco nuestra gran Nueva Roma, traductor —había dicho el ministro mientras diseccionaba una pera de Gálata con su cuchillo de plata—. Muéstrale nuestra riqueza, nuestras murallas y nuestro poder, y luego trae a nuestro sucio invitado a mi palacio, para que me vea a mí.

Varios meses después del saqueo de Axiópolis, el general huno Edeco había sido enviado al sur, a Constantinopla, para hacer cumplir las demandas de Atila, que exigía que se cumplieran los acuerdos del tratado de Anatolio, negociados dos años antes. Los bizantinos se retrasaban en el pago del oro que habían prometido, y los ejércitos hunos, cada vez más numerosos, demostraban una sed insaciable por ese metal. Crisafio esperaba convertir a ese nuevo enviado bárbaro en aliado.

El encuentro no se inició con buenos augurios. Bigilas tuvo que ir al encuentro de la delegación huna fuera de la muralla de la ciudad, junto a la Puerta Dorada, pues los bárbaros se negaron a entrar sin guía. Así, no le quedó más remedio que alzar la vista y entornar los ojos en el momento de recibir al hombre al que tenía la misión de impresionar, pues aunque Bigilas iba acompañado de un guardaespaldas, un chambelán personal y un esclavo que le sujetaba el parasol, había acudido a pie, mientras que los hunos iban a caballo. Además, los guerreros habían alineado a sus animales de manera que el sol les quedara a la espalda, por lo que al traductor le daba directamente en los ojos. Con todo, Bigilas no se atrevió a quejarse. Aquel bárbaro altivo no era sólo fundamental para las intenciones de su señor, sino también peligroso cuando se lo ofendía. Si Edeco no regresaba junto a Atila con respuestas satisfactorias, tal vez se reanudara la guerra.

Por su parte, el bárbaro consideraba aquella misión entre campañas militares como una ocasión para obtener una rápida recompensa, fueran cuales fueren los términos del tratado. Los romanos siempre intentaban apaciguar a los hunos con presentes, de modo que aquella visita era un premio que Edeco recibía por la captura de Axiópolis, así como una oportunidad de estudiar las defensas más imponentes de la ciudad. El huno confiaba en que algún día harían con Constantinopla lo que habían hecho con la ciudad de Ilana.

Como Bigilas suponía, Edeco estaba cubierto de polvo a causa del largo viaje, pero su aspecto no era en absoluto desaliñado. Las pieles de conejo con que aquel pueblo se cubría en sus primeras apariciones habían cedido el paso hacía tiempo a las de oso, zorro y marta, y los justillos de cuero habían sido sustituidos por cotas de malla arrebatadas a los enemigos y por túnicas plisadas. Las mismas sedas y los mismos linos con que las jóvenes romanas se cubrían los pechos, los usaban ellos para ponérselos por debajo de las lorigas, pues los hunos sentían una fascinación infantil por los adornos y vivían al margen de las modas. Además, desconocían el sentido del ridículo. Era el Pueblo del Alba el que decidía cómo debían vestir los señores, y los demás se arrodillaban ante él.

Como todos los hunos, Edeco parecía tan cómodo en su montura como cualquier romano en una silla. Era bajo y fornido, una larga espada le colgaba del cinto y llevaba un recio arco en su funda atado a la silla de montar. A la espalda, el carcaj lleno de flechas. Y como todos los hunos, era feo, al menos a ojos de los romanos. Su piel exhibía el tono broncíneo del este y la dureza del cuero, y unas cicatrices rituales surcaban sus mejillas. Muchos romanos creían las historias que se contaban sobre los hunos, según las cuales practicaban cortes a los recién nacidos para enseñarles a soportar el dolor antes aun de amamantarlos, pero Bigilas suponía que aquellas marcas se debían más bien a las lesiones que ellos mismos se infligían tras la muerte de algún familiar cercano. La mayoría de los hunos adultos las presentaban, incluidas muchas mujeres.

Los modales de Edeco eran tan amenazadores como los de un vulgar delincuente, y su gesto parecía permanentemente ceñudo. Un bigote delgado que se curvaba hacia abajo enfatizaba su expresión. Aun así, el traductor sospechaba que se trataba de un bruto calculador, que mataba y robaba haciendo uso de una inteligencia depredadora, lo que significaba que podía razonarse con él. O al menos eso esperaba el maestro Crisafio.

El huno no se fijaba en Bigilas, pues sabía que no era más que un funcionario de poca relevancia, sino en las tres murallas de Constantinopla, que se extendían cuatro millas más allá del mar de Mármara hasta el puerto conocido como el Cuerno de Oro. La suya era la mirada del soldado que intentaba hallar una vía por la que franquearlas o un punto que permitiera sortearlas. Sin duda, sus cien pies de altura lo impresionaban.

—El ministro Crisafio desea agasajaros con una cena —dijo Bigilas en la lengua gutural de los hunos. Comparada con el griego o el latín, sonaba como el rugido de ciertos animales.

Aquellas paredes fortificadas eran las más gruesas que Edeco había visto en su vida.

—Deberéis dejar vuestros caballos fuera de la ciudad —añadió el traductor, cuyas palabras tuvieron al menos la virtud de suscitar una respuesta.

—Llegaré hasta el palacio a lomos de mi caballo —declaró Edeco bajando la vista.

—Sólo el emperador monta en Constantinopla —señaló Bigilas—. Hay demasiada gente. Vuestro caballo se asustaría. —Sabía que los hunos vivían a caballo. Sobre sus animales luchaban, parlamentaban, comían, en ocasiones dormían y, por lo que le habían contado, incluso hacían el amor. Aunque la distancia a recorrer no superara los cien pasos, preferían ir a caballo con tal de ahorrarse el paseo. Montaban con tanta destreza que ellos y sus animales parecían una sola criatura. Pero en ciertos aspectos eran como niños petulantes, y había que manipularlos para hacerles entrar en razón—. Si lo deseáis, puedo mandar que traigan una litera.

—¿Una litera?

—Un asiento llevado por esclavos. Así sí podríais llegar montado.

Edeco sonrió, burlón.

—¿Como un niño o una mujer?

—El palacio se encuentra a unas tres millas de aquí. —Bigilas clavó la mirada en las piernas arqueadas del huno, que frunció el ceño.

—¿Cómo has llegado hasta aquí?

—A pie. Embajador, aquí hasta los senadores y los generales caminan. Si aceptáis, me resultará más sencillo mostraros las glorias de nuestra capital.

El huno meneó la cabeza.

—¿Para qué vivir en un lugar en el que no se puede ir a caballo?

Sin embargo, desmontó, menos sorprendido de lo que fingía sentirse. Enviados anteriores ya le habían advertido de que, a menos que se opusiera, llevarían a su caballo hasta un establo en el exterior de la ciudad y lo meterían en una especie de caja de las que los romanos usaban como vivienda. A causa del confinamiento, el caballo engordaría y se debilitaría. Aquél era un pueblo de insectos, y las ciudades semejaban hormigueros atestados de gusanos insaciables. Lo que había que hacer era recoger los regalos y marcharse cuanto antes.

Bigilas se alegró de que el huno no se opusiera a dejar allí el caballo. Aquellos asesinos no solían ceder en nada. Había aprendido las primeras palabras de su lengua después de que lo capturaran durante una incursión de Atila, siete años atrás. Tras el pago de un rescate, lo liberaron, y entonces aprendió más, pues gracias a sus conocimientos obtuvo trabajos como comerciante. Sus aptitudes como traductor llegaron a oídos del gobierno imperial, y finalmente a los del propio Crisafio. Bigilas conocía a los hunos pero no les tenía el menor aprecio, y aquello era precisamente lo que el primer ministro necesitaba.

El traductor observó al huno soltar las riendas y entregar el arco y el carcaj a un asistente al que llamaba Skilla. El guerrero ordenó al joven y a otro huno de alta graduación, un lugarteniente renegado que respondía al nombre de Onegesh y había nacido romano, que aguardasen fuera de los muros de la ciudad. Si no regresaba a la hora convenida, debían informar a Atila.

—No consintáis que encierren a mi caballo ni que os metan entre cuatro paredes. Perderéis fuerza.

—Hemos dispuesto para vosotros una villa y establos —intervino Bigilas.

—Nuestro techo son las estrellas —replicó el joven con orgullo exagerado. Skilla, como su tío Edeco, contemplaba las triples murallas de Constantinopla con una mezcla de desprecio y envidia—. Acamparemos junto al río y allí te esperaremos.

A Crisafio no le gustaría que los hunos se quedaran solos y se mantuvieran alejados así del control romano, pero ¿qué podía hacer?

—¿Deseáis que os traigan alimentos?

—Ya obtendremos nosotros lo que nos haga falta.

¿Qué pretendía decir con aquello? ¿Que iban a robar en las granjas, a asaltar a los peregrinos? Daba igual. Que durmieran rodeados de mugre si era lo que querían.

—Vámonos entonces —le dijo a Edeco—. Crisafio aguarda.

Mientras cruzaban la gran puerta, se volvió para mirar a los dos hunos que quedaban atrás. Parecían estar contando el número de torres.

La nueva capital del Imperio romano de Oriente formaba un triángulo; el ápice más cercano al agua albergaba los palacios imperiales, el hipódromo y la iglesia de Santa Sofía. La base del triángulo, al oeste, lo formaba la triple muralla de cuatro millas de longitud. Los dos lados que quedaban delimitados por las aguas también estaban amurallados y salpicados de muelles artificiales atestados de embarcaciones. Todo el comercio mundial parecía pasar a través de aquel embudo triangular, y los emperadores de Oriente habían importado estatuas, obras de arte, mármoles y mosaicos para dotar cuanto antes a la ciudad de una magnificencia de la que por antigüedad carecía. Bigilas sabía que en Constantinopla tal vez hubiera tantos romanos como hunos en todo el mundo, y sin embargo era la ciudad la que rendía tributo a los bárbaros, en vez de ser al revés. Se trataba de una situación intolerable que debía terminar.

La Puerta Dorada formaba un triple arco. El central era el más alto y el más ancho, y sus puertas de madera y hierro se veían reforzadas con un bajorrelieve de elefantes cincelado en bronce, tan bruñido que parecía de oro. Aquel amplio umbral atravesaba las tres murallas y formaba un túnel que se convertiría en el escenario de una matanza en caso de que algún ejército intentara pasar por él: su techo se encontraba salpicado de huecos por los que podían dispararse flechas o verterse cubos de aceite hirviendo. Por si eso fuera poco, la tercera muralla, la más cercana a la ciudad, era la más alta, de modo que cada una de las barreras se alzaba sobre la inmediatamente anterior, por lo que el aspecto de aquella protección era el de una sucesión de cadenas montañosas cada vez más elevadas.

Edeco se detuvo poco antes de alcanzar la entrada exterior y alzó la vista para contemplar las estatuas del emperador, la Victoria y la Fortuna. Sobre ellas se leía una inscripción en latín.

—¿Qué dice?

Bigilas la leyó:

—«Teodosio embellece este lugar, vencida la maldición del usurpador. Aquel que ha construido la Puerta Dorada inaugura una Edad de Oro.»

El bárbaro permaneció unos instantes en silencio.

—¿Qué significa?

—Que nuestro emperador es divino, y que éste es el nuevo centro del mundo.

—Yo creía que ahora los romanos rezabais a un solo dios.

—Supongo que sí. —El traductor arrugó la frente—. La divinidad del emperador sigue siendo objeto de debate teológico.

El huno gruñó algo, juntos se internaron en la oscuridad de las murallas triples, y salieron por el otro lado, donde el sol brillaba con fuerza. Allí, Edeco se detuvo de nuevo.

—¿Dónde está vuestra ciudad?

Bigilas sonrió. La inmensidad de Constantinopla siempre sorprendía a los bárbaros en un primer momento.

—El centro se encuentra tras las murallas originales de Constantino. —Señaló un punto que se encontraba a casi una milla de distancia—. Esta nueva zona, amurallada por Teodosio, se destina a cisternas, jardines, monasterios, iglesias y mercados de campesinos. El río Lico corre bajo las murallas, y disponemos de agua y alimentos suficientes para resistir un asedio que se prolongue indefinidamente. Edeco, Constantinopla no podría ser sitiada por hambre, y resulta inexpugnable. Sólo cabe amistarse con ella.

El huno permaneció un momento pensativo.

—Yo vengo como amigo —dijo al fin—. Por los presentes.

—El primer ministro dispone de regalos para ti, amigo mío.

Junto a la muralla más pequeña, antigua y estrecha de Constantinopla, un mercado, situado frente a la Puerta de Saturno, hervía de actividad. Edeco observó con ojos depredadores los artículos puestos a la venta. Nueva Roma se había convertido en la nueva encrucijada del mundo, y todos los productos, los placeres, los olores y los sabores se encontraban en ella. Sus esposas se agitarían como aves temblorosas al ver un botín como aquél. Algún día se lo llevaría, salpicado de la sangre de los mercaderes que lo poseían. Encontró satisfactoria la idea.

Los dos hombres franquearon la puerta y se internaron en el corazón de la capital del Imperio de Oriente, una ciudad bulliciosa y dura, llena de iglesias doradas, palacios ostentosos, viviendas atestadas y calles desbordantes de vida. Edeco se sintió pequeño y absolutamente anónimo. Si fuera de las murallas el huno había despertado temor, allí apenas suscitaba miradas de curiosidad. Hasta Constantinopla llegaban gentes de todo el mundo: africanos negros, alemanes rubios, sirios atezados, bereberes cubiertos de pies a cabeza, judíos apátridas, godos ceñudos, íberos de piel aceitunada, industriosos griegos, orgullosos árabes, ruidosos egipcios, dacios e ilirios patanes. Se empujaban unos a otros, se abrían paso a codazos, voceaban sus ofertas, negociaban los precios, gritaban, prometían toda clase de placeres. El huno se sintió arrastrado por una inmensa marea humana que no era capaz de controlar. El aire estaba impregnado de un fuerte olor a especias, a perfumes, a sudor, a carbón, a humo, a comida y a cloacas, y por todas partes se alzaba una cacofonía de lenguas y ruidos. Sintió náuseas. Bigilas lo señalaba todo con orgullo.

La calzada por la que avanzaban se extendía, empedrada, siguiendo una costumbre romana que a Edeco le parecía mala para los pies y peor para las pezuñas de los caballos. El centro de la calle se abría al cielo, pero a los lados se alzaban sendos pórticos de mármol que ofrecían sombra y refugio, y que parecían tan atestados como la zona descubierta. Los capiteles de las columnas estaban esculpidos con hojas y ramas, como imitando las copas de los árboles. ¡Qué cosas! Los romanos usaban piedra en lugar de troncos, pero luego intentaban que lo que esculpían se asemejara lo más posible a la madera. En la penumbra, más allá del pórtico, se intuía una hilera interminable de tiendas que se adentraban en unos edificios tan altos que convertían la calle en una especie de cañón. El huno no podía evitar mirar alrededor temeroso de que estuviera urdiéndose una emboscada, pero aquellos romanos caminaban sin sentirse atrapados en absoluto. En realidad, la proximidad de los cuerpos parecía reconfortarlos. Aquel modo de vida no era natural, y había hecho de los romanos seres extraños: arrogantes, exagerados en el vestir. Sus mujeres iban muy maquilladas y se exhibían demasiado tapadas o casi desnudas, los hombres parecían extremadamente ricos o extraordinariamente pobres, los que se entregaban al juego y las rameras paseaban al lado de monjes y monjas, y todos se tocaban y gritaban y recriminaban con vehemencia. Edeco creyó encontrarse en el interior de un hormiguero, y pensó que cuando todo aquello ardiera, llegaría una bendición para la Tierra.

Bigilas no dejaba de parlotear como una jovenzuela mientras avanzaban entre la multitud, y le contaba que aquel mármol era de Troad, y que la calle se llamaba la Mese, y que aquel foro llevaba el nombre de Arcadio, como si a Edeco le importara. Lo que le interesaba al huno era calcular las riquezas que se mostraban por doquier: los puestos con joyas de oro, las montañas de alfombras, los linos de Egipto, las lanas de Anatolia, las cubas de vino, las hermosas botas, el brillo metálico de las aristocráticas armas. Allí había tazas y cuencos, ropa de cama y cacerolas, objetos de cobre y de hierro, de ébano y marfil, y unos arcones muy trabajados para guardarlo todo. ¿Cómo hacían todas aquellas cosas esos gusanos?

A intervalos fijos, la Mese se ensanchaba para dejar paso a lugares que Bigilas denominaba foros. En muchos se erguían estatuas de hombres, aunque Edeco ignoraba con qué finalidad. Altas columnas se alzaban al cielo, aunque allí arriba no hubiese nada. Sobre una de ellas observó la figura de un hombre inmóvil llamado Constantino. Bigilas le explicó que se trataba del emperador que había fundado la ciudad.

Al huno le intrigó más un arco monumental de cuatro lados que apareció en un cruce llamado Anemodoulion. Sobre él se alzaba una veleta, y el huno se fijó asombrado en el águila que se movía de un lado a otro. ¡Menuda tontería! ¿Quién, sino un romano, necesitaría un juguete para que le indicara de dónde soplaba el viento?

Bigilas también le señaló los arcos de lo que llamó un acueducto. Edeco no entendía por qué los romanos construían ríos en vez de instalarse junto a ellos. La Madre Tierra proporcionaba a la gente todo lo que necesitaba, pero los romanos empleaban su vida entera en duplicar lo que ya se encontraba a su alcance.

A medida que se acercaban a la punta de la península, las casas, los palacios y los monumentos iban haciéndose más lujosos, y el estrépito aumentaba. Los caldereros martilleaban sus planchas de cobre, produciendo un sonido que se asemejaba al del granizo que caía sobre las estepas. El chirrido de las sierras sobre el mármol resultaba casi insoportable. Sólo las puertas del hipódromo parecían algo más amables, pues tras ellas se intuía un retal de tierra rodeado de un recinto compuesto por escalones que se elevaban al cielo.

—¿Qué es eso?

—El lugar donde se celebran las carreras de carros y los juegos —respondió Bigilas—. Durante las competiciones se congregan hasta ochenta mil personas. ¿Has visto las bufandas y las cintas? Representan nuestras facciones. Las verdes son para el pueblo y las azules para los nobles. Existe una gran rivalidad, se organizan apuestas, y a veces hay tumultos y peleas.

—¿Para qué?

—Para ganar las partidas.

Así que gastaban su energía en guerras falsas, en lugar de dedicarse a las verdaderas.

Al poco, llegaron al palacio de Crisafio.

El primer ministro del Imperio romano de Oriente vivía, como todos quienes ocupaban cargos de importancia, de su ingenio, su cautela y su despiadada astucia. Como muchos otros en aquella nueva era de gobierno romano, Crisafio era eunuco. Al entrar de muy joven al servicio de Elia Eudoxia, la bella esposa del emperador, y tener acceso a su mundo (lo cual no habría conseguido de no estar castrado), había iniciado su fulgurante ascenso. Ahora era, según afirmaban algunos, más poderoso que el propio emperador. ¿Por qué no? Tras observar durante toda su vida la astucia de las mujeres, el ministro sabía desde hacía tiempo que carecer de testículos no equivalía a carecer de coraje, y que en cambio contribuía a la claridad de miras. La dotación del emperador Teodosio en aquel aspecto era normal, pero por lo demás sus aptitudes para la negociación resultaban más bien escasas, y se había pasado la vida dominado por su hermana mayor, una mujer tan consciente de la importancia verdadera de las cosas que había renunciado al sexo y había entregado su vida a la castidad religiosa. Aquella pureza la había vuelto tan excepcional y respetada como malhumorada y vengativa. ¡Qué contraste el de la peligrosa Pulqueria con la lujuriosa y necia hermana del emperador de Occidente, una joven llamada Honoria! ¡Se decía que su imprudencia era tal que la habían pillado en el lecho con el guardián de palacio! Ojalá Pulqueria mostrara algún signo de debilidad. Pero no, parecía tan inmune a aquellos sentimientos como el propio Crisafio, lo que la hacía muy peligrosa.

Pulqueria había empezado por librarse de la encantadora esposa de su hermano acusándola de adulterio y llevándosela, humillada, a Judea. Crisafio se libró por los pelos de verse sometido a un escándalo idéntico, pues Elia había sido su señora. Sin embargo, con su habilidad negociadora se había hecho indispensable, y su emasculación lo había vuelto tan inmune a las trampas del sexo que ni la propia Pulqueria había podido prescindir de él. El ministro, por su parte, tampoco había logrado convencer al emperador de que la santidad pública de su hermana era sólo una máscara con la que ocultaba su malevolencia privada. En aquel momento se trataba ya de la principal y más implacable enemiga de Crisafio. La propia ambición del ministro, así como sus traiciones, le habían llevado a granjearse muchos enemigos, y no ignoraba que su falta de sexo no hacía sino suscitar antipatías. Necesitaba, pues, una hazaña espectacular para salir reforzado ante Pulqueria.

Era por ello por lo que en esos momentos el zafio y bárbaro Edeco se encontraba atiborrándose sin ningún recato en la mesa de Crisafio.

Hasta el momento, la seducción política había salido tal como habían planeado. Bigilas se había encontrado con los hunos a las puertas de la ciudad y los había escoltado en su recorrido por Constantinopla. El traductor había confirmado que aquel hombre de la tribu se había sentido deslumbrado con las joyas de la arquitectura romana, con la riqueza de los mercados bizantinos, con la densidad y vitalidad de la población. Seguramente se había convencido al momento de que un asalto a Nueva Roma resultaba inviable. Luego Edeco había llegado al palacio de Crisafio y había admirado, boquiabierto como un campesino, sus mármoles, sus brocados, sus tapices y sus alfombras, sus piscinas, sus fuentes y sus puertas de cedro labrado. Los patios inundados de sol semejaban campos floridos, las alcobas eran mares de seda y de lino, y las mesas aparecían rebosantes de frutas, pasas, panes, miel, trozos de carne y untuosas aceitunas.

El huno se había paseado por todas las estancias igual que un toro.

Crisafio había intentado que dos de sus jóvenes y sonrientes esclavas llevaran al bárbaro a uno de sus baños, algo que lo habría hecho más soportable en la distancia corta, pero que él, desconfiado, no había consentido.

—Temen a los espíritus del agua —susurró el traductor a modo de explicación.

Crisafio gruñó.

—¿Cómo resisten el trance de la reproducción?

Bigilas había convencido por fin a Edeco de que se desprendiera de sus pieles y sus armaduras y las reemplazara por una túnica de algodón egipcio tejida con hilos de oro, con adornos de armiño y bordada con piedras preciosas. Había sido como arrojar un manto de seda sobre un oso pestilente. Las manos del huno seguían siendo tan callosas como las de un carpintero, y sus cabellos los de una bruja, pero aquella ropa nueva y perfumada le hacía encajar algo mejor en el triclinio, la sala donde comían y que se abría al mar de Mármara. Las lámparas y las velas iluminaban tenuemente el espacio y desde el agua les llegaba una brisa ligera. El huno, en cuyo cáliz no dejaban de escanciar vino, parecía sentirse más relajado y de mejor humor. Había llegado el momento de la proposición.

Crisafio opinaba que aquellos bárbaros resultaban peligrosos, pero también avariciosos. En realidad eran poco más que piratas montados a caballo, a los que las ciudades no interesaban, aunque ambicionaran lo que en ellas se producía. Odiaban a los romanos porque los envidiaban, y eran tan corruptibles como niños atraídos por un cuenco rebosante de dulces. Durante más de diez años, el primer ministro había evitado, mediante el soborno, la confrontación final con Atila, y había aceptado de mala gana la exigencia anual de un tributo que había pasado de las trescientas cincuenta libras de oro reclamadas por el padre de Atila a las setecientas exigidas por su hermano, y más tarde a las dos mil que pedía el propio Atila. ¡Aquello equivalía a más de ciento cincuenta mil sólidos al año! Para pagar las seis mil libras exigidas al acabar la guerra de 447, los mercaderes de la ciudad y los senadores se habían visto obligados a fundir las joyas de sus esposas. Hubo suicidios y desesperación. Y, lo más importante, apenas quedaba dinero para financiar los lujos de Crisafio. Había sido Atila el responsable de que los hunos dejaran de ser una confederación de molestos jinetes para convertirse en un imperio de depredadores, y también era él quien había renunciado a un tributo razonable para perpetrar una extorsión intolerable. Si se eliminaba a Atila, la cohesión de su pueblo se esfumaría. El filo de un cuchillo clavado una sola vez, o un trago de veneno, bastarían para resolver el problema más grave del Imperio de Oriente.

El eunuco sonrió, inocente, al huno y le habló por medio de Bigilas, el traductor.

—¿Disfrutas de nuestras epicúreas exquisiteces, Edeco?

—¿Cómo dices? —preguntó el huno con la boca llena.

—De la comida, amigo mío.

—Es buena —dijo al fin Edeco, llevándose a la boca otro puñado.

—A Constantinopla llegan los mejores cocineros del mundo. Rivalizan para ver quién elabora las recetas más originales. Mi paladar vive en un estado de permanente asombro.

—Eres un buen anfitrión, Crisafio —dijo el huno, complacido—. Informaré a Atila.

—Qué halagador de tu parte. —El ministro bebió un sorbo de su copa—. ¿Sabes, Edeco, que un hombre de tu posición y talento podría comer así todos los días?

El bárbaro permaneció unos instantes pensativo.

—¿Todos los días? —dijo al fin.

—Si vivieras aquí, con nosotros.

—Pero es que yo vivo con Atila.

—Sí, lo sé, pero ¿has pensado alguna vez en vivir en Constantinopla?

El huno ahogó una risa.

—¿Y dónde guardaría mis caballos?

Crisafio sonrió.

—¿Para qué queremos caballos? No tenemos ningún sitio adonde ir. El mundo entero viene a nosotros y nos trae sus mejores productos. Las mentes más despiertas, los mejores artistas y los sacerdotes más santos, todos acuden a Nueva Roma. Las mujeres más hermosas del imperio se encuentran aquí, como puedes ver si te fijas en las esclavas y las jóvenes de los baños. ¿Para qué quieres caballos?

Edeco, que se daba cuenta de que estaban a punto de ofrecerle algo, se incorporó un poco en el triclinio, como si quisiera aclararse la mente, algo obnubilada ya por los efluvios del vino.

—Yo no soy romano.

—Pero podrías serlo.

El bárbaro miró alrededor, desconfiado, como si todo lo que tenía delante pudiera desaparecer en cualquier momento.

—No tengo casa en esta ciudad.

—Pero podrías tenerla, general. Un hombre con tu experiencia militar resultaría valiosísimo para nuestro ejército. Merced a tu posición podrías poseer un palacio exactamente igual a éste. Si prestaras servicios al emperador, podrías ocupar el primer puesto entre nuestros nobles. Nuestros palacios, nuestros juegos, nuestros bienes, nuestras mujeres, serían tuyos.

El huno entornó los párpados.

—Quieres decir si abandono a mi pueblo y me uno a vosotros.

—Quiero decir si estás dispuesto a salvar a tu pueblo, además de al nuestro, Edeco. Si ocupas el lugar que te corresponde en la Historia.

—Mi lugar está junto a Atila.

—Hasta ahora; pero ¿es inevitable que la próxima vez que nos veamos sea en el campo de batalla? Los dos sabemos que eso es lo que Atila desea. Vuestro jefe es insaciable. Ninguna victoria le satisface. Ningún tributo le basta. Sospecha hasta de sus más fieles colaboradores. Mientras siga con vida, ni los hunos ni los romanos se encontrarán a salvo. Si no se le detiene, nos destruirá a todos.

Edeco había dejado de comer y parecía desconcertado.

—¿Qué es lo que quieres?

Crisafio posó su mano fina y blanda sobre la del huno, que era áspera y dura, y se la apretó en señal de amistad.

—Quiero que mates a Atila, amigo mío.

—¡Matarlo! Me desollarían vivo.

—No si se hiciera en secreto, cuando estuviera separado de sus guardias, parlamentando discretamente con embajadores romanos. No si tú fueras el principal negociador de los hunos. Atila moriría, tú abandonarías la estancia y la confusión no se iniciaría hasta que se descubriera su muerte. Para cuando los hunos determinaran quién debía ser su sucesor y quién era el culpable de su muerte, tú ya te encontrarías de vuelta en la ciudad, y te habrías convertido en un héroe a los ojos del mundo. Podrías poseer una residencia como ésta, mujeres como éstas, y tanto oro que no podrías transportarlo.

Edeco no se molestó en disimular su expresión de avaricia.

—¿Cuánto oro?

El ministro sonrió.

—Cincuenta libras.

El huno ahogó un grito.

—Eso sería sólo el pago inicial —añadió Crisafio—. Te entregaríamos tanto oro que te convertirías en uno de los hombres más ricos de la ciudad, Edeco. Y los honores serían tantos que podrías vivir el resto de tus días rodeado de paz y de lujos. Eres uno de los pocos hombres de confianza de Atila autorizados a quedarse a solas con él. Y estás en situación de llevar a cabo lo que nadie más se atreve a consumar.

El huno se pasó la lengua por los labios.

—¿Cincuenta libras? ¿Y eso sólo sería una parte?

—¿Acaso por ese precio no te mataría Atila?

Edeco se encogió de hombros, como reconociendo aquella posibilidad.

—¿Dónde está el oro?

Crisafio hizo chasquear los dedos. Un fornido esclavo germano entró cargando un pesado cofre que hacía que se le marcara toda la musculatura. Al dejarlo en el suelo resonó sordamente. El esclavo levantó la tapa y dejó al descubierto el dorado tesoro que contenía. El ministro permitió que Edeco contemplara sin prisas las monedas y entonces, con un movimiento de la cabeza, ordenó al esclavo que cerrara de nuevo el cofre.

—Edeco, ésta es tu ocasión de vivir como yo.

El huno sacudió la cabeza.

—Si vuelvo junto a él con este cofre, Atila sabrá al instante a qué me he comprometido. Me crucificarán en las llanuras de Hunuguri.

—Lo sé bien. He aquí mi plan. Fingiremos no haber alcanzado ningún acuerdo. Permíteme que envíe contigo a un embajador romano a reunirse con Atila, y que te acompañe Bigilas como traductor. Ahora recibirás algunos presentes para que tu jefe no sospeche nada. Esas conversaciones llevan su tiempo, como bien sabes. Te acercarás al tirano una vez más, y para garantizar la palabra romana sugerirás que Bigilas regrese y lleve a su hijo como rehén, en prueba de la honestidad de las intenciones romanas. Él no sólo irá en busca de su pequeño, sino que también te llevará el oro. Cuando lo veas llegar, sabrás que no te he engañado, y será el momento de pasar a la acción. Luego podrás volver a la ciudad y vivir como un romano.

El huno no acababa de decidirse.

—Es arriesgado...

—Toda recompensa conlleva sus riesgos.

Edeco miró alrededor.

—¿Y podría tener una casa como ésta?

—Podrás quedarte con esta misma, si lo deseas.

El bárbaro soltó una carcajada.

—¡Si me quedo con ella, la convertiré en pasto para mis caballos!

Edeco pasó dos noches en el palacio de Crisafio, mientras se organizaba la embajada romana, y después, deliberadamente, abandonó la ciudad en una litera, igual que una mujer. Eso de que lo llevaran a uno era propio de gusanos. Había decidido gastarles una broma a sus compañeros hunos. Skilla y Onegesh habían prescindido de la villa que habían dispuesto para ellos a las puertas de la ciudad y habían acampado junto a ella. Ahora, Edeco llevaba regalos que compartir con ellos: ricos brocados, cajas profusamente labradas, recipientes con especias y perfumes, dagas de empuñaduras engarzadas en piedras preciosas, y monedas de oro. Cuando volvieran a casa, con aquellos presentes podrían comprar sendos batallones de secuaces.

—¿Qué han dicho los romanos? —preguntó Onegesh.

—Nada —respondió Edeco—. Quieren que llevemos a una legación en presencia de Atila, y que las negociaciones concluyan allí.

Onegesh frunció el ceño.

—Al *kagan* no le gustará saber que no hemos zanjado el asunto en Constantinopla. Ni que nos volvamos sin el tributo. Creerá que los romanos nos dan largas.

—Los romanos llevan más regalos. Y yo traigo algo aún mejor.

—¿Qué es?

Edeco le guiñó un ojo a Skilla, su sobrino, el lugarteniente al que habían incorporado a la misión para que prosiguiera con su aprendizaje.

—Una trama de asesinato.

—¿Qué?

—Quieren que asesine a nuestro rey. El hombre-niña está convencido de que voy a intentarlo. No llegaría a dar ni cien pasos antes de que me asaran vivo. A Atila le divertirá saberlo. Luego se enfadará mucho y aprovechará esa ofensa para sacarle aún más oro.

Onegesh sonrió.

—¿Cuánto te pagan?

—Cincuenta libras de oro, para empezar.

—¡Cincuenta libras! Un buen botín para un solo hombre. Tal vez deberías afilar tu cuchillo, Edeco.

—Bah. Con Atila ganaré más, y viviré para disfrutarlo.

—¿Por qué creen los romanos que serías capaz de traicionar a tu rey?

—Porque ellos traicionarían al suyo. Son gusanos, Onegesh, que no creen más que en las comodidades. Cuando llegue el momento, los aplastaremos como si fueran alimañas.

El romano renegado dirigió una mirada a las altas murallas. No estaba seguro de que fuera a resultar tan fácil.

—¿Y las cincuenta libras de oro?

—Van a traérmelas más adelante, para que Atila no sospeche nada. Esperaremos hasta que lleguen, las fundiremos y las verteremos sobre las gargantas mentirosas de los romanos. Y luego se las devolveremos a Crisafio, metidas en su nuevo envoltorio humano.

4

Una embajada romana

Y entonces me llega esta oportunidad. Casi no daba crédito a mi buena suerte cuando me escogieron para participar en la última embajada imperial a la corte de Atila, rey de los hunos, en la lejana tierra de Hunuguri. Mi vida, que parecía en ruinas hacía apenas un día, había resucitado.

A la temprana edad de veintidós años estaba seguro de haber experimentado ya todas las amarguras que depara la existencia. Mis aptitudes con las letras y los idiomas parecían no servir de mucho, pues el negocio familiar se enfrentaba a la ruina; tres de nuestros barcos, que transportaban vino, habían naufragado tras estrellarse contra unos acantilados en Chipre. ¿De qué sirve poseer conocimientos de mercader y de escriba cuando no hay capital con el que comerciar? Mi aburrido hermano había obtenido un muy codiciado puesto en el ejército, que proseguía su campaña en Persia, pero mi aversión a las artes de la guerra me privaba de una salida similar. Y, lo que era peor, la joven a la que había entregado mi corazón, la hermosa Olivia, me había rechazado con excusas vagas que, en esencia, me decían que mis expectativas eran demasiado escasas —y sus encantos demasiado abundantes— como para que quisiera unir su vida a alguien con un futuro tan incierto como el mío. ¿Adónde había ido a parar el amor inmortal y la dulce correspondencia de los sentimientos? Parecía que aquellas cosas se arrojaban a la basura como los huesos una vez repelados. Que se desechaban como sandalias viejas. Yo no me sentía sólo triste, sino también desconcertado. Mis parientes y mis profesores siempre habían alabado mi belleza, mi fuerza, mi brillantez, mi don de palabra. Al parecer, ésos son atributos que no importan a las mujeres, comparados con las expectativas laborales y la riqueza acumulada. Cuando vi a Olivia en compañía de mi rival Decio —un joven tan superficial que en las profundidades de su carácter ni una pluma flotaría, y tan inmerecidamente rico que no podría gastar su fortuna con la misma rapidez con que su familia la amasó—, sentí que las heridas de un destino injusto me resultarían mortales. Por mi mente pasaron, claro está, varias formas de suicidio, venganza o martirio, con los que lograría que Olivia y el mundo entero lamentaran haberme sometido a semejante maltrato. Me dediqué a alimentar la lástima que sentía por mí mismo, hasta que, de tan hinchada, parecía a punto de reventar.

Pero entonces mi padre llegó con buenas noticias.

—Tu curioso interés por las lenguas ha dado al fin sus frutos —me dijo, sin molestarse en ocultar su alivio y su sorpresa. Yo me había dedicado a aprenderlas con el mismo ahínco con que mi hermano se había entregado al atletismo, y hablaba griego, latín, germano y, con la ayuda de un huno anteriormente cautivo (que respondía al nombre de Rusticio y asistía a mi misma escuela) algo de la lengua de los hunos.

Me gustaba el sonido peculiar, gutural, de sus consonantes duras y sus vocales frecuentes, aunque en realidad había tenido pocas ocasiones de poner en práctica ese idioma.

Los hunos no comerciaban, viajaban poco y desconocían la escritura, y cuanto sabía de ellos no pasaba de ser improbables rumores. Resultaban una sombra enorme y misteriosa que se alargaba en algún punto, más allá de las murallas de nuestra ciudad. Muchos bizantinos aseguraban en voz baja que Atila podía ser el anticristo de la profecía.

Mi padre nunca le había visto ningún valor práctico al hecho de aprender la jerga de los bárbaros, por supuesto, y a decir verdad, a la familia de Olivia Tutilina aquel dato tampoco le había complacido en lo más mínimo. A ella, mi interés por arcanas cuestiones académicas le resultaba curioso y, a pesar de mi encaprichamiento, había descubierto con tristeza que le aburría mi fascinación por las campañas de Jenofonte, mi estricto seguimiento de las migraciones estacionales de los pájaros, mis intentos de relacionar el movimiento de los astros con la política y el destino. «¡Jonás, crees en unas tonterías...!»

Pero de pronto, inesperadamente, tal vez obtuviera recompensa a cambio de mis aptitudes.

—Una embajada va a acudir a parlamentar con Atila, y el estudiante a quien habían escogido como escriba se ha puesto enfermo —me explicó mi padre—. Tu conocido, Rusticio, ha sabido que estabas sin empleo y ha intercedido por ti ante un ayudante de Crisafio. Nunca serás un soldado como tu hermano, pero todos sabemos que se te dan bien las letras. Les hace falta un escriba que además sea historiador y esté dispuesto a pasar unos meses fuera de la ciudad. Te han dado el puesto. He negociado el adelanto de parte de la paga, cantidad que debería bastar para alquilar un barco y reflotar el negocio.

—¿Así que ya has dispuesto de mi paga?

—En Hunuguri no hay en qué gastar el dinero, Jonás, eso te lo aseguro, pero sí mucho que ver y que aprender. Alégrate por la ocasión que se te brinda, y, para variar, céntrate un poco en los aspectos prácticos. Si cumples con tus obligaciones y mantienes la cabeza en su sitio, quizá llames la atención del emperador o de su primer ministro. Y, quién sabe, tal vez salgas adelante.

La idea de participar en un viaje de Estado me resultaba emocionante, y los hunos me intrigaban e intimidaban a partes iguales.

—¿Qué debo hacer?

—Dejar constancia escrita de lo que observes y no meterte en problemas.

Mi familia había emigrado desde su ciudad de origen, Éfeso, y había llegado a la joven Constantinopla hacía cien años. A través del comercio, los matrimonios y los servicios prestados al gobierno, mis antepasados se habían abierto paso hasta alcanzar las clases superiores de la ciudad. Sin embargo, la fortuna, siempre caprichosa, nos había vetado el acceso al rango más alto. La tormenta de Chipre era sólo la última prueba. Ahora a mí se me brindaba otra oportunidad. Sería ayudante del respetado senador Maximino, el embajador de la expedición, e iría acompañado de tres hunos y dos traductores: Rusticio y un hombre del que no había oído hablar y que se llamaba Bigilas. Los siete y el séquito de esclavos y guardaespaldas viajaríamos a tierras bárbaras, más allá del Danubio, y conoceríamos al célebre Atila. Al instante pensé que una aventura como aquélla me proporcionaría anécdotas con las que impresionar a cualquier joven. La altiva Olivia se retorcería de rabia y lamentaría haberme rechazado, y otras damiselas reclamarían mi atención. Ayer mi futuro me parecía negro. Un día después, participaba de la responsabilidad de mantener la paz en el mundo. Recé a los santos de mi altar y les pedí que me protegieran y pusieran la suerte de mi lado.

Dos días después me uní a la expedición junto a las murallas de la ciudad, a lomos de *Diana*, mi yegua gris. Mi padre, en su nerviosismo y precipitación, me había equipado de arriba abajo. Así, llevaba una espada forjada en Siria, una gorra de lana procedente de Bitinia, unas alforjas fabricadas en Anatolia... El papel era egipcio, y la tinta y las plumas, las mejores de Constantinopla. Tal vez fuera testigo de grandes acontecimientos, me dijo, y acabara escribiendo un libro. Me di cuenta de que estaba orgulloso de mí, y me gustó.

—Consigue un buen barco —le dije, generoso—. Creo que nuestra suerte ha cambiado, padre.

Qué poco comprendíamos entonces.

Pondríamos rumbo al oeste y al norte y avanzaríamos más de quinientas millas. Cruzaríamos el Paso de Succi y seguiríamos el curso del Morava hasta el Danubio. Una vez allí, todavía deberíamos viajar bastante más hasta encontrarnos con Atila. Se trataba del recorrido inverso al que los hunos habían seguido en sus grandes incursiones de los años 441 y 443, y sabía bien que el territorio que me disponía a atravesar se encontraba en un estado ruinoso. Aquella invasión y otra que se había producido más al este en el 447, habían devastado Tracia y Mesia, y ciudades como Viminacium, Singidunum, Sirmium, Ratiaria, Sardica, Filipópolis, Arcadiópolis y Marcianópolis habían quedado destruidas. Tras aquella campaña habían seguido expediciones más pequeñas, y la pobre Axiópolis había caído hacía apenas unos meses.

Cada invierno los bárbaros se retiraban, como la marea, hasta sus praderas. Constantinopla aún resistía. Atila había accedido a no seguir atacando después de obtener la promesa de más tributos y, si la guerra se evitaba de manera más permanente, había esperanzas de recuperación. ¿Por qué no? Sencillamente, quedaba ya muy poco por saquear en las provincias externas, y las bajas de los hunos habían sido tan numerosas como las de los romanos. Tal vez aquella embajada pusiera fin a la locura de la guerra.

Me acerqué a una villa que quedaba frente a las murallas, donde se reunía la expedición. Los romanos dormían dentro y los hunos, fuera, como el ganado. Al principio me pareció que quizá se tratara de un insulto o de una desconsideración por nuestra parte, pero los embajadores bárbaros, según me aclaró Rusticio cuando nos encontramos, se habían negado a pernoctar bajo techo.

—Creen que las casas los corrompen. Han acampado junto al río, donde no se lavan porque tienen miedo al agua.

Aquél fue mi primer contacto con sus raras creencias. Me asomé a una esquina para verlos, pero lo único que se distinguía era la columna de humo que ascendía desde la fogata que usaban para cocinar. Estaban tan lejos que me sorprendió.

—Curiosa manera de iniciar una colaboración —comenté.

—Pronto, tanto tú como yo pasaremos las noches durmiendo en el suelo, junto a ellos.

Imagino que su invisibilidad encajaba con la naturaleza de aquella expedición. Yo suponía que antes de partir se celebraría alguna pomposa ceremonia mediante la que se me reconocería entre mis pares de la ciudad, pero la partida de nuestra embajada no se anunció de ningún modo. La discreción parecía ser la tónica de aquella embajada. Crisafio era impopular a causa de los pagos a Atila a los que su gestión obligaba, y sin duda no deseaba llamar la atención de otras negociaciones relacionadas con ese tributo. Era mejor esperar por si se alcanzaba algún acuerdo satisfactorio.

Entré en la villa para reunirme con nuestro embajador. Maximino, el representante del emperador, se encontraba en el patio examinando listas de provisiones, con la cabeza expuesta al sol. Alrededor de las rosas que se elevaban al cielo revoloteaban pájaros de vivos colores. Se trataba de uno de esos hombres que poseen el don de la presencia física, que triunfan a pesar de no ser los más aptos. Su espesa y blanca cabellera, su barba, sus ojos negros y de mirada penetrante, sus pómulos, su nariz de perfil griego, le conferían el aspecto de un busto de mármol que hubiera cobrado vida. Combinaba su elegancia con el porte, la cautela y la gravedad del diplomático. Poseía una voz profunda y sonora. Sabía que cuando estuviera a mil millas de Constantinopla contaría sólo con su porte para proyectar el poder del Imperio romano de Oriente, y en una ocasión me dijo que un diplomático eficaz debía ser también buen actor. Y aun así, Maximino tenía fama de persona capaz, además de digna, inteligente y bien relacionada. En aquel primer momento me saludó con cortesía, pero no se molestó en fingir una amistad ni una calidez forzadas.

—Ah, sí, Jonás Alabanda. De modo que vas a ser nuestro nuevo historiador.

—Secretario, al menos —respondí inclinando ligeramente la cabeza—. No es mi pretensión igualarme a un Livio o a un Tucídides. —Mi padre me había advertido que no me diera aires de grandeza.

—Sensata humildad. La historia, cuando es buena, tiene tanto de juicio como de exposición de los hechos, y tú eres demasiado joven para emitirlos. Con todo, el éxito de una misión radica con frecuencia tanto en el modo en que se cuentan los logros como en los logros mismos. Confío en que tu intención sea mostrarte ecuánime.

—Embajador, te debo lealtad a ti y al emperador. Mi propia fortuna depende de nuestro éxito.

Maximino sonrió.

—Buena respuesta. Quizá también tengas dotes de diplomático. Ya se verá. Sin duda la misión que se nos ha encomendado es difícil, y debemos apoyarnos los unos a los otros tanto como podamos. Vivimos tiempos peligrosos.

—No demasiado, espero —comenté, medio en broma.

—Toda tu vida has estado protegido por las murallas de Constantinopla. Ahora te dispones a experimentar cómo es la vida fuera de ellas. Verás cosas que te sorprenderán. Los hunos son valientes, magnánimos, crueles e impredecibles, listos como zorros y salvajes como lobos. Además, los presagios de estos últimos años no han sido buenos, como sabrás.

—¿Presagios?

—¿Recuerdas el crudo invierno de hace siete años, las inundaciones de hace seis, los disturbios que asolaron la ciudad hace cinco, la peste que nos diezmó hace sólo cuatro, los terremotos de hace tres? Dios intenta decirnos algo, pero ¿qué?

—No ha sido una época demasiado afortunada.

Como todo el mundo, había oído las especulaciones de sacerdotes y profetas que apuntaban a que aquella sucesión de calamidades presagiaba el fin de los tiempos que vaticinaba la Biblia. Muchos creían que el Apocalipsis que la Iglesia siempre esperaba aparecía por fin en el horizonte y que los hunos representaban el Gog y el Magog de la tradición religiosa. Aunque mi testarudo padre se burlaba de esos miedos y los consideraba supersticiones absurdas —«Cuanto más vulgar es un hombre, más convencido está de que su época debe de ser la culminación de la historia»—, los constantes asaltos al imperio habían hecho que Constantinopla viviera en un clima de constantes presagios. Y nadie era inmune a él.

—Todas esas desgracias se combinan con las victorias de Atila, el asfixiante tributo que le pagamos, la pérdida de Cartago a manos de los vándalos, el fracaso de la expedición siciliana, que no logró recuperarla, los enfrentamientos con Persia, la negativa del Imperio de Occidente de acudir en nuestra ayuda. Mientras Marcianópolis ardía, el célebre general Flavio Aecio prefería quedarse sentado en Roma, abandonando Mesia a su suerte. ¡Menudas promesas las de Valentiniano, emperador de Occidente!

—Pero los daños causados por el terremoto ya se han reparado —señalé con el optimismo propio de la juventud—. Los hunos se han retirado...

—Los hunos conocen nuestras flaquezas mejor que cualquier otra nación, y por eso ni tú ni yo podemos permitirnos mostrarnos débiles. ¿Entiendes los que digo, Jonás?

Tragué saliva y me enderecé.

—Representamos a nuestro pueblo.

—Exacto. Para manipular a un pueblo que es más simple que el nuestro, no contamos con la fuerza, sino con el ingenio. Se me ha informado de que Atila cree ciegamente en las profecías, la astrología, los presagios y la magia. Asegura haber encontrado la gran espada del dios de la guerra. Se cree invencible, y seguirá convencido de ello hasta que alguien lo haga cambiar de idea. Y nuestra misión, para la que no contamos ni con armas ni con herramientas de ningún tipo, es precisamente persuadirlo de lo contrario.

—¿Cómo?

—Recordándole lo mucho que han perdurado Roma y Nueva Roma. Recitándole la lista de los jefes que se han estrellado como olas contra las rocas de Roma. No resultará fácil. Me han informado de que está al corriente de la visión de Rómulo, y ésa es la clase de cosas que proporcionan coraje a los bárbaros.

—No recuerdo esa profecía de Rómulo —me atreví a confesar, pues mis conocimientos de las leyendas de Occidente eran más bien escasos.

—Tonterías paganas. Aun así, sospecho que Atila es lo bastante listo para usarla en su beneficio. Cuenta la leyenda que Rómulo, el fundador de Roma, tuvo un sueño en el que veía a doce buitres sobrevolando la ciudad. Los adivinos llevan siglos asegurando que cada una de esas aves simboliza un siglo, y que Roma sucumbirá al concluir el duodécimo.

—¿Mil doscientos años? Pero...

—Exacto. Si nuestros historiadores han llevado bien la cuenta desde la fundación de la ciudad, la profecía anuncia que para el fin de la ciudad sólo faltan tres años.

La comitiva que partió al encuentro de Atila resultaba de lo más peculiar. A Maximino ya lo he descrito. Rusticio era más un conocido que un amigo, pero se trataba de un hombre honesto y bienintencionado que me acogió con calidez. Ya había cumplido los treinta años y era viudo. Su esposa había fallecido cuando la peste asoló nuestra ciudad y, como yo, veía en la misión una oportunidad única para prosperar. Los hunos lo habían capturado mientras se encontraba en una embajada comercial que lo había sacado de su Italia natal. Un familiar suyo afincado en Constantinopla pagó su rescate. En la escuela, se dedicaba a hablarnos de su vida en Occidente. Como éramos aliados naturales y yo me sentía algo en deuda con él, decidimos al momento compartir tienda. A pesar de no ser muy rápido, ni de tener dotes de mando, Rusticio parecía estar siempre de buen humor y aceptaba las situaciones nuevas con deportividad. «Si no me hubieran hecho prisionero, no hablaría huno, y si no hablara huno, hoy no formaría parte de esta embajada —razonaba—. Así que, ¿quién sino Dios sabe lo que es bueno y lo que es malo?»

Rusticio, humilde y dispuesto, se convertiría en mi mejor amigo de la expedición.

Al otro traductor no lo conocía, y se mostraba reservado conmigo. Me daba la sensación de que no era por timidez, sino porque se daba mucha importancia. Se trataba de un romano que respondía al nombre de Bigilas. Era mayor que Rusticio, más bajo y de trato algo empalagoso. Hablaba por los codos, pero escuchaba poco. A sus modales afloraba la falsa sinceridad de un vendedor de alfombras. Aquel hombre, que había vivido cautivo y había participado en algún tipo de negocio con los hunos, se daba unos aires aristocráticos que no le correspondían. ¿Acaso no conocía su lugar en el mundo? Incluso fingía cierta familiaridad con el cabecilla de los hunos, Edeco, y se dirigía a él como si fueran camaradas. Yo ignoraba por qué éste se lo consentía, pero lo cierto era que el bárbaro no hacía nada por poner en su sitio al traductor. A mí, su deliberado cultivo del misterio me irritaba, y él a su vez hacía caso omiso de mí, salvo cuando, sin que yo se lo pidiera, me ofrecía sus consejos sobre cómo debía vestir o qué debía comer. Llegué a la conclusión de que se trataba de una de esas personas que no dejan de pensar en ellas mismas y que nunca se ponen en la piel de los demás, y constaté con desagrado que mostraba una afición desmedida por el vino. Desde el principio, supe que esto nos traería problemas.

Cuando al fin tuve la ocasión de conocer a los hunos, me parecieron, sencillamente, arrogantes. Dejaron claro desde el principio que, en su mundo, el valor de un hombre se medía por su aptitud para la guerra, y que cualquiera de ellos era diez veces más diestro en el campo de batalla que un romano. Edeco era orgulloso, directo y condescendiente. «En el tiempo que tardan los romanos en arrear una mula, un caballo y un burro podrían engendrar otra», gruñó la mañana de nuestra partida.

Onegesh era más urbano, pues se había criado en Roma, pero para él no había duda de que su vida mejoró cuando dejó atrás el mundo mediterráneo y abrazó su nueva vida de bárbaro. Capturado durante una batalla, no había tardado en pasarse al otro bando. Su decisión me asombraba, pero él mismo me contó que había mejorado su posición social y que era más rico, y además había llegado a la conclusión de que prefería dormir al aire libre que bajo un techo.

—En el imperio, todo es cuestión de cuna y de patrón, ¿no crees? En Hunuguri, la posición depende de las aptitudes y las lealtades. Prefiero ser libre en las llanuras que esclavo en un palacio.

—Pero tú no eras esclavo.

—¿De las expectativas? En Roma y en Constantinopla todos lo

son. Además, yo no contaba con parientes ricos en situación de pagar mi rescate, sino sólo con mis mañas y mis conocimientos. En el ejército romano nadie me hacía caso. En Hunuguri se me escucha.

El huno más joven era el que me resultaba más enervante. Se llamaba Skilla y era pocos años mayor que yo. Seguramente se trataba del bárbaro de menor rango entre nosotros, y sin embargo ejemplificaba el orgullo huno. Fui a su encuentro el día en que llegué y lo encontré de cuclillas junto a su hoguera, afilando la punta de una flecha. No se dignó mirarme siquiera. Me presenté de manera formal y sencilla.

—Buen día, compañero. Soy Jonás, secretario del senador.

Skilla siguió concentrado en su flecha.

—Ya sé quién eres —dijo—. Y resultas demasiado joven para acompañar a los de la barba gris.

—Tú también lo eres para acompañar a tu tío. Yo estoy aquí porque sé de letras y conozco vuestra lengua.

—¿Cómo es que hablas huno?

—Me gustan las lenguas extranjeras y Rusticio me enseñó la vuestra.

—Pronto el mundo entero se expresará con las palabras del Pueblo del Alba.

Aquella frase me sonó presuntuosa.

—O tal vez vivamos todos como buenos vecinos y compartamos el latín, el griego y el huno. ¿Acaso no es ésa la meta de nuestra embajada?

Skilla se concentró en el asta de la flecha.

—¿Es nuestra lengua lo único que sabes?

Su pregunta parecía encerrar un significado oculto que no supe desvelar.

—He estudiado muchas cosas, entre ellas filosofía, y a los autores clásicos —dije, inseguro.

El huno alzó la mirada un instante para estudiar mi rostro antes de volver a su flecha, como si le hubiera revelado más de lo que había querido.

—Pero no sabes nada de caballos ni de armamento.

Sus palabras me ofendían.

—He sido adiestrado en el manejo de las armas y sé montar,

pero además he recibido instrucción en muchas otras materias. Soy versado en música y en poesía.

—En la guerra esas cosas no sirven para nada.

—Pero en el amor sí. —Apostaba a que copulaba igual que había visto comer a los hunos: deprisa, con poca delicadeza, soltando un gran eructo al terminar—. ¿Habéis oído hablar del amor los hunos?

—Los hunos han oído hablar de mujeres, romano, y yo he conseguido a la mía sin necesidad de músicas ni de poesías.

—¿Estás casado?

—Todavía no, pero cuento con la promesa de Atila. —Terminó de amarrar las plumas al asta de la flecha y esbozó una sonrisa—. Todavía debo enseñarle a no arañarme.

—Creo que para eso te irá mejor un libro y una lira que un arco y una flecha.

—Los hunos usamos los libros para limpiarnos el trasero.

—Porque no sabéis leer, y vuestros pensamientos no merecen ponerse por escrito.

Sabía que aquel comentario no era precisamente diplomático, pero la reincidente ignorancia de aquel joven me horrorizaba.

—Y aun así vosotros, los romanos, nos pagáis tributo a nosotros, los hunos.

Eso era cierto, y no me quedaba claro si nuestra legación lograría cambiar las cosas. Opté por alejarme de su lado, preguntándome cómo lo conseguiríamos.

5

Una prueba para los caballos

Partimos a caballo. Contando a los esclavos y las mulas de carga, la caravana sumaba quince personas y treinta animales, lo que, para una embajada imperial, se consideraba poco, aunque en ese caso la mesura era imprescindible, pues nuestra misión debía ser discreta. No nos quedaría otro remedio que acampar. El sistema romano basado en unas hospederías situadas a intervalos de veinte millas se había abandonado tras la devastación de las recientes guerras, y ello nos permitía establecer nuestro propio ritmo, que habíamos fijado en unas veinticinco millas diarias. Los hunos habrían cubierto una distancia mayor, de haber cabalgado solos, pero llevábamos una pesada carga de regalos y alimentos que nos impedía avanzar más deprisa.

—Viajáis tan despacio que necesitáis más comida y más forraje. Eso os hace ir aún más despacio, lo que a su vez os obliga a ir más cargados. Es absurdo —sentenció Edeco.

—Podríamos desprendernos de los regalos —replicó Maximino sin inmutarse.

—No, no —musitó el huno—. Cabalgaremos como romanos, así recuperaré horas de sueño.

La primavera ya estaba muy avanzada, las tardes resultaban cálidas y las mañanas frescas, y los bosques y prados de Tracia estaban cubiertos de flores. Allí, cerca de Constantinopla, la gente había regresado a sus granjas tras el paso de los ejércitos, y existía cierta sensación de normalidad en el paisaje. El ganado pacía, los bueyes araban, el grano ya estaba maduro y, con frecuencia, pasábamos entre rebaños de ovejas o familias de gansos. Sin embargo, Maximino me advirtió de que a medida que avanzáramos hacia el norte y el oeste las consecuencias de las incursiones de los hunos se harían más evidentes.

—El campo se vuelve más silvestre. Los osos y los lobos han regresado a los valles que no habían hollado desde hacía generaciones, así como otras criaturas extrañas, según se dice. Vivimos malos tiempos.

—Me encantaría ver un oso salvaje. —Yo sólo los había admirado encadenados, en el foso del circo.

—Pues a mí me encantaría ver la paz, y a los granjeros de vuelta a sus campos.

Si bien había viajado hasta Atenas por mar, esa clase de expedición me resultaba completamente novedosa. No estaba acostumbrado a dormir en tiendas de campaña, ni a vivir tan expuesto a las inclemencias del tiempo, ni a montar mi yegua durante tanto tiempo seguido. Los primeros días me escocían los muslos y el trasero y, aunque intentaba disimular el dolor, no engañaba a nadie. Y, sin embargo, experimentaba una curiosa sensación de libertad. Durante la mayor parte de mi vida, mis días se sucedían según unas pautas muy precisas, y todo en mi futuro era previsible. Ahora, en cambio, éste se abría ante mí como el cielo, como un horizonte.

Cuando las tranquilizadoras murallas de Constantinopla quedaron atrás, me dediqué a estudiar al joven guerrero huno que se había reído de mí. A lomos de su cabello, Skilla semejaba un centauro. Montaba un bayo castrado y su silla estaba hecha de madera y cuero reblandecido con grasa de oveja. El arco que llevaba constituía, como todos los de los hunos, una combinación secreta de madera, tendones y hueso, corto pero curvado hacia atrás. Eran arcos como aquél los que, cuando se tensaban y lanzaban sus flechas, aterrorizaban al mundo. Su forma les confería una potencia añadida, y resultaban lo bastante pequeños para disparar desde los caballos sin por ello perder precisión. Las flechas alcanzaban distancias de hasta trescientos pasos, y eran capaces de causar la muerte de quien se encontrara a ciento cincuenta. El arco iba metido en una funda de la silla, a la derecha del jinete, junto al látigo que se usaba para azotar al caballo en el flanco. De una vaina que llevaba a la izquierda colgaba la espada, de manera que, al desenvainar con la derecha, el filo pasaba en posición horizontal por delante del vientre.

A la espalda, el huno llevaba un carcaj con veinte flechas. En la silla llevaba un lazo, que usaba para dar caza al ganado que escapaba de los rebaños e inmovilizar a los enemigos antes de convertirlos en esclavos. A diferencia de Edeco, que vestía una cota de malla comprada o robada a algún enemigo, Skilla llevaba una coraza asiática ligera de escamas hechas con pezuñas de caballos muertos, alineadas en capas superpuestas, que asemejaba la piel de un pez o de algún dragón. Aunque parecía demasiado frágil, también parecía más ligera y cómoda que las cotas de malla y los petos de los romanos. Sobre las calzas lucía unas botas de piel fina, y en las noches heladas, cuando acampaban, se tocaba con un gorro cónico de lana, aunque de día solía llevar la cabeza descubierta y el cabello, largo y negro, recogido en una cola de caballo. Iba bien afeitado, y en su rostro aún no se apreciaban las mismas cicatrices rituales de Edeco. Lo cierto era que había algo noble y apuesto en su aspecto, en sus pómulos prominentes, en sus ojos negros y brillantes como guijarros de río. Su atuendo no era en absoluto típico, pues no existía un traje que fuera característico de los bárbaros. Onegesh vestía con una curiosa mezcla de prendas romanas y pieles propias de los hunos, mientras que Edeco parecía una combinación altisonante de todas las naciones.

Yo llevaba guardados casi todos los componentes de mi atuendo, incluidos mi traje completo de cota de malla, mi casco, mi escudo y mi pesada lanza, que había usado durante la instrucción militar básica que recibíamos todos los hombres de mi clase, así como mi nueva espada. Pero sólo llevaba conmigo esta última. El resto de elementos pesaban demasiado en una misión pacífica, así que había hecho que los cargaran a lomos de una de las bestias. Mi yegua, *Diana*, llevaba una montura romana de inspiración huna, rematada por delante y por detrás por unas guías de madera que me ayudaban a mantenerme en mi sitio y permitían que mis piernas colgaran a los lados. Iba cubierto con una túnica de lana amarilla con ribetes azules que había comprado en el foro de Filadelfion, unos resistentes calzones de montar y un elegante cinto de piel tachonado de monedas de oro en el que encajaba mi daga con mango de marfil. Una escueta gorra de fieltro me protegía algo del sol, y llevaba la capa atada detrás de la silla.

En estatura y complexión me asemejaba a Skilla. Mis rasgos

eran griegos y mi tez oscura, aunque no tanto como la suya. Me balanceaba a un lado y a otro mientras *Diana* avanzaba al trote por la calzada. No me sentía tan cómodo como él a lomos de un caballo. Pero en una biblioteca, el inútil sería él.

La primera etapa de nuestro viaje transcurrió sin sobresaltos. El grupo establecía su ritmo y nos familiarizábamos con nuestras mutuas costumbres. Al anochecer montábamos el campamento. Los romanos plantábamos nuestras tiendas y los hunos dormían con el cielo por tejado. Acostumbrado a la ciudad, las noches me parecían extrañamente oscuras y el suelo resultaba húmedo y duro bajo la piel de cordero que usaba como lecho. Los sonidos de la noche solían desvelarme, y cuando me levantaba a orinar, tropezaba con frecuencia. Cuando salí de nuestra tienda la primera noche vi que los hunos se habían cubierto con sus capas y dormían con la cabeza apoyada en la silla de montar. Como almohada usaban la misma manta que colocaban entre la grupa de su caballo y la montura. Bajo las capas se marcaban los bultos de las espadas, y junto a los hombros descansaban el arco y las flechas. Cuando pasé cerca de ellos, Edeco se incorporó sobresaltado y, tras reconocerme, volvió a sumirse en el sopor.

—¿Y qué hacen cuando llueve? —le susurré a Rusticio cuando estábamos tendidos el uno junto al otro, intercambiando impresiones.

—Mojarse, como sus caballos.

Con la llegada del alba, nos poníamos de nuevo en marcha. Yo me levantaba agotado, pues pasaba la mayor parte de las noches sin dormir. Y así empezaba una nueva jornada en la que nos deteníamos a descansar a cada hora, almorzábamos a mediodía y acampábamos antes de que se pusiera el sol. Las millas que recorríamos se hacían interminables.

De vez en cuando, Skilla se aburría de aquel ritmo monótono y, para distraerse, se adelantaba al galope. En ocasiones retrocedía siguiendo otra ruta y se unía a nosotros desde lo alto de alguna colina, ululando, como si iniciara una carga. En una oportunidad se quedó observándome, hasta que su mirada se convirtió en desafiante y divertida.

—Montas una yegua —me dijo.

Eso era evidente.

—Sí.

—Ningún huno lo haría.

—¿Por qué? Tú montas un caballo castrado. Su comportamiento es similar al de las yeguas. —Sabía bien que los sementales castrados eran básicos para transportar con éxito las manadas de caballos.

—No son iguales. Las yeguas están para ordeñarlas.

Había oído que los hunos fermentaban la leche para purificarla, y que la bebían como vino. Incluso había llegado a olerles el aliento impregnado de aquel brebaje. *Kumis*, lo llamaban. Según me habían dicho, su sabor era repugnante, tan rancio como sus calzones.

—Nosotros para eso tenemos vacas y cabras. Las yeguas resisten tanto como los castrados, y tienen mejor carácter.

Skilla observó escéptico a *Diana*.

—Tu montura es grande, pero gorda como una mujer. Todos los caballos romanos parecen gordos.

Eso era porque, en mi opinión, todos los caballos hunos se veían famélicos, pues los montaban sin descanso y sólo los alimentaban con forraje.

—No es gorda, sino musculosa. Es de Berbería, y tiene algo de sangre árabe. Si pudiera permitirme una árabe puro, no le verías más que la cola en todo el viaje. —Ya era hora de que le devolviera algún comentario desdeñoso—. Tu caballo estepario parece más bien de un niño, y más flaco no puede estar.

—Se llama *Drilca*, que significa lanza. Caballos enanos como éste son la razón de nuestro dominio. —Sonrió con malicia—. ¿Una carrera, romano?

Lo pensé unos segundos. Al menos así romperíamos la monotonía del viaje, y yo confiaba plenamente en *Diana*. Además, no iba cargado con todas mis armas y defensas.

—¿Hasta el siguiente mojón?

—Hasta nuestra siguiente zona de acampada. ¡Edeco! ¿Cuánto falta?

Edeco se acercó al trote.

—Todavía queda a unas doce millas.

—¿Qué dices, romano? Vas más ligero que yo. Comprobaremos si esa yegua tuya le sigue el ritmo a mi diminuta montura.

Miré el caballo pequeño y huesudo del bárbaro.

—¿Apostamos un sólido de oro?

El huno soltó un alarido.

—¡Hecho!

Sin previo aviso, espoleó a su animal y se alejó al galope.

—¡Yaah! —grité, y partí tras él dispuesto a darle caza. Ya era hora de poner en su lugar a aquel joven huno. La zancada de *Diana* era mucho mayor, lo que debía permitirme atraparlo sin problemas.

Sin embargo, un buen rato después de que hubiéramos dejado atrás al resto de la comitiva, el huno seguía bastante por delante. Tras un breve galope, había aminorado la marcha y montaba inclinado sobre la silla, con las piernas ladeadas en ademán seguro y el pelo como un estandarte que ondeara al viento. Yo llevé a *Diana* hasta su galope natural para reservar sus energías, pero el caballito del bárbaro parecía tragarse la distancia con una eficacia envidiable de la que mi yegua carecía. Aunque su zancada era menor, *Drilca* no se dejaba superar. Recorrimos una milla, dos, tres. Dejamos atrás los carros de algún granjero, correos, vendedores ambulantes y peregrinos. Cuando pasábamos por su lado, nos miraban con asombro. No era corriente ver juntos a hunos y romanos.

Nos adentramos en un bosquecillo que crecía junto al cauce de un río. Un camino serpenteaba entre los árboles, que dificultaban la visión. Oí que Skilla ponía a *Drilca* al galope para distanciarse más de mí. Resuelto, y cada vez más nervioso, hice lo mismo, y dejé atrás álamos y hayas. Sin embargo, al salir de la arboleda me encontré solo. Skilla ya había remontado la pendiente que se alzaba ante mí.

Molesto, espoleé a *Diana* para que corriera más. ¡No podía consentir la derrota de Roma! Mi yegua inició un galope furioso, y casi volamos entre sombras borrosas. Al cabo de otra milla, volví a divisar a mi adversario.

Skilla y su caballo habían vuelto a un paso más tranquilo, y yo acortaba distancias. El huno oyó el repicar de los cascos de mi montura y volvió la cabeza hacia nosotros. Sin embargo, en vez de retomar el galope, se mantuvo en el trote rápido. *Diana* seguía galopando al límite de sus fuerzas, y casi había dado alcance al bárbaro... cuando éste me sonrió y espoleó a su caballo. Ahora cabalgábamos codo con codo por la antigua calzada, pero mi yegua empezó a flojear. Oía sus jadeos, no podría mantener aquella velocidad por mucho tiempo. Como no quería lastimarla, a regañadientes dejé que volviera a su ritmo anterior, y al momento quedamos envueltos en la polvareda que levantaba *Drilca*, cuya cola y cuartos traseros fueron difuminándose hasta desaparecer. ¡Derrotados!

Aminoré el paso y acaricié el cuello de mi yegua para consolarla.

—No ha sido culpa tuya, niña, sino de tu jinete.

Junto al arroyo en el que íbamos a acampar, Skilla se había tumbado sobre la hierba.

—Ya te lo he dicho. Es para ordeñarla.

Vi que *Drilca* también estaba cansado y con la cabeza gacha. Si estuviéramos en guerra, el huno cambiaría de caballo. Cada guerrero bárbaro llevaba cuatro o cinco animales a las campañas, donde su falta de resistencia se hacía más visible.

—Mi yegua tiene más aguante.

—¿Ah, sí? Pues a mí me parece que añora su establo. *Drilca* se siente como en casa aquí, bajo el cielo estrellado, comiendo cualquier cosa, llevándome a cualquier parte.

—Entonces dame el desquite mañana —dije arrojándole el sólido—. Te apuesto dos de éstos.

Skilla lo atrapó al vuelo.

—¡Trato hecho! Quizá si el monedero te pesa menos, corráis más los dos. Y yo reuniré lo suficiente como para casarme.

—Con una mujer que te araña.

Skilla se encogió de hombros.

—Cuando regrese de Constantinopla se lo pensará dos veces antes de volver a hacerlo. ¡Le llevo regalos! Se llama Ilana y es la joven más hermosa en el campamento de Atila. Fui yo quien le salvó la vida.

Aquella noche desensillé a *Diana* y la cepillé bien, le comprobé las pezuñas y me llegué hasta los carros de los suministros en busca de la avena que había empaquetado antes de partir.

—Un huno no se alimenta de lo que no cultiva —murmuré mientras mi yegua comía—. Su caballo no cuenta con una fuerza que no tiene.

Aquella noche, junto al fuego, rodeado de los demás, Skilla se dedicó a presumir de su victoria.

—¡Y mañana me ha prometido dos monedas de oro! Cuando lleguemos al campamento de Atila, seré rico.

—Hoy hemos corrido tu carrera —dije—. Mañana correremos la mía. Y no será de velocidad, sino de resistencia. Ganará el que llegue más lejos entre la salida y la puesta de sol.

—Qué carrera más tonta, romano. Los hunos podemos recorrer cien millas en un día.

—En vuestra tierra. Veremos si también en la nuestra.

De modo que Skilla y yo partimos al amanecer. Los demás integrantes de la expedición nos gritaron palabras de aliento cuando nos vieron alejarnos, bromeando sobre el ímpetu y la imprudencia de la juventud y haciendo sus propias apuestas. Los montes Rodopes quedaban a nuestra izquierda, y Filipópolis más lejos. Allí tuve mi primer contacto con la destrucción causada por Atila. A media mañana rodeamos la ciudad devastada, y mientras Skilla apenas le dedicó una mirada, yo no logré disimular mi asombro por el alcance de la devastación. La ciudad, cuyas casas estaban sin tejado, parecía un panal de abejas expuesto a las lluvias. En las calles crecía la hierba, y sus únicos habitantes eran unos pocos sacerdotes y pastores que vivían en torno a una iglesia que los bárbaros, por la razón que fuera, no habían destruido. Los campos circundantes habían sido invadidos por las malas hierbas, y los campesinos nos observaban desde sus chozas como gatos recién nacidos desde sus madrigueras.

Sentí que debía derrotar a los hunos que habían causado tantos estragos.

La calzada cruzaba el río Maritza valiéndose de un puente de piedra de medio punto, que los lugareños habían reparado como habían podido, y se hacía más incómoda a medida que serpenteaba por las colinas que formaban el valle del río. Mi confianza crecía conforme el terreno se hacía más empinado. Seguíamos a poca distancia el uno del otro. A veces era él quien me superaba a un galope pausado, y en otras ocasiones era mi decidida yegua la que se ponía por delante. Ambos comimos sin desmontar, y a primera hora de la tarde volvimos a cruzar el río. A partir de ahí, el terreno empezó a hacerse más escarpado, pues la calzada se aproximaba al paso de Succi.

La fuerte pendiente hizo que Skilla soltara su primera maldición.

Su caballo, pequeño y ligero, se movía sin problemas por las llanuras, pero en las pendientes la zancada no era tan constante, y los músculos y los pulmones del animal empezaron a resentirse. Mi yegua era mayor en relación con su jinete. El tamaño de sus pulmones le permitía almacenar más aire, al tiempo que la avena le proporcionaba una reserva de energía. A medida que ascendíamos, el bayo del huno iba quedando más rezagado. Y cuando perdió de vista a *Diana*, aminoró todavía más el paso.

Cuando alcancé la cima del paso el sol se ponía sobre aquel mar de montes azulados. El resto de la comitiva no llegaría hasta allí ese día, y la cumbre era un punto demasiado expuesto y frío para esperarlos. Pero no me importaba. Había planteado mi carrera más inteligentemente.

Al fin, cuando ya casi anochecía, llegó Skilla. Su caballo parecía agotado, tan apagado en la derrota como brioso se había mostrado en la victoria.

—De no haber sido por las montañas, te habría vencido.

—De no ser por el mar, llegaría a pie hasta Creta —repliqué. Tendí la mano—. Dos sólidos, huno. Hoy tú me debes tributo a mí.

El insulto era tan descarado que por un instante Skilla pareció a punto de enfrentarse a mí. Pero aquellos bárbaros poseían su propio sentido de la justicia, que en parte pasaba por el reconocimiento de la deuda. Así, aunque no sin reticencia, me puso las dos monedas en la palma de la mano.

—¿Competimos de nuevo mañana? —propuso.

—No. Nos alejaríamos demasiado de los demás, y mataríamos a los caballos. —Le lancé una de las monedas que acababa de entregarme—. Cada uno ha ganado un día. Ahora estamos en paz. —Me pareció que mi gesto era diplomático y estaba a la altura de las circunstancias.

El huno contempló un momento la moneda, avergonzado ante mi gesto de condescendencia, y entonces alargó el brazo y la arrojó a la noche.

—Buena carrera, romano. —Intentó sonreír ante mi gesto, pero no logró esbozar sino una mueca—. Tal vez algún día compitamos de verdad, y entonces, por más que te adelantes, te atraparé y acabaré contigo.

6

El nuevo rey de Cartago

«Qué lejos me ha llevado mi afán de justicia», pensó Eudoxio, el médico griego.

En la conquistada Cartago, en toda la costa norteafricana, el mediodía resultaba cegador, y el galeno rebelde se encontraba inmerso en un mundo de raro colorido. El mármol y el estuco refulgían como la nieve. Los pórticos y las antecámaras eran huecos de sombra. El Mediterráneo se extendía tan azul como el manto de la Virgen, y la arena brillaba, rubia como los cabellos de una sajona. Qué distintos resultaban aquellos tonos de los de la Galia y Hunuguri. ¡Qué curioso llegar a la capital que había sido destruida por la República Romana hacía ya tantos siglos, reconstruida por el imperio y ahora capturada y ocupada por los vándalos, un pueblo que tenía su origen en las tierras grises de nieve y niebla! Huyendo del frío, la tribu llevaba años adentrándose en el Imperio de Occidente, hendiéndolo igual que un cuchillo. Al fin habían atravesado Iberia y, en Gibraltar, habían aprendido a ser marineros y habían tomado el cálido y fértil granero de África, cuya capital era Cartago. Los vándalos, a quienes en otro tiempo se consideraba unos bárbaros desventurados, acababan de plantar sus botas en el pescuezo de Roma.

Como para confundirse con su nuevo y soleado reino, la ruda y desordenada corte del rey Genserico constituía un arco iris de humanidad formado por rubios vándalos y godos pelirrojos, por negros etíopes y atezados bereberes, por hunos de piel aceitunada y broncíneos romanos. Todos aquellos oportunistas habían sido reclutados durante las invasiones, y ahora se asaban en una ciudad medio desierta y decadente que ya nadie se molestaba en cuidar. Los palacios de Cartago se habían convertido en barracas, sus cocinas en pocilgas; los acueductos estaban deteriorados y las calzadas se resentían del asalto del sol y la escarcha. No quedaban ingenieros, estudiosos, sacerdotes, astrónomos ni filósofos. Todo el mundo había sido pasado por la espada o había huido, y las escuelas permanecían cerradas. Los bárbaros no destinaban recursos a su mantenimiento. Allí sólo subsistía el poderoso ejército de Genserico, y su armada, alimentándose de los países que conquistaban, como una marea de hormigas que devorara un cadáver putrefacto. Sólo se hacían una pregunta: cuánto tardarían en reanudar su mortífero avance.

Eudoxio creía conocer la respuesta. Por más ignorantes, arrogantes e incultos que fueran aquellos vándalos, habían tomado Sicilia y estaban a apenas un paso de la propia Italia. Así, Roma se encontraba en las fauces del león. El imperio de Atila representaba la mandíbula superior, que ocupaba el techo de Europa. La inferior la formaba el propio Genserico, conquistador del noroeste de África. Ahora, a aquellos dos gobernantes sólo había que convencerlos de que apretaran los dientes al mismo tiempo, y el pedazo del imperio que aún quedaba entre ellos desaparecería al fin. Con él se irían también los avariciosos terratenientes, los despiadados traficantes de esclavos, los aristócratas pomposos, los crueles recaudadores de impuestos, los sacerdotes corruptos que vivían como piojos, alojados en el cuerpo de los pobres. ¿Acaso no había condenado el propio Jesucristo a aquellas sanguijuelas? Desde que Eudoxio se había dado cuenta del verdadero funcionamiento del mundo —es decir, de que los más fuertes robaban a los más débiles—, había decidido actuar para cambiar las cosas. Roma suponía un cáncer, y su desaparición permitiría el nacimiento de un mundo mejor. Aquellos bárbaros ignorantes serían un instrumento involuntario para forjar un nuevo paraíso.

El griego sólo ejercía de médico cuando el hambre o la necesidad lo empujaban a ello. La medicina era una profesión sucia llena de fracasos y culpas, y a Eudoxio no le gustaba demasiado trabajar. Su verdadera pasión era la política, y se veía a sí mismo como libertador del numeroso campesinado que Roma había mantenido en la opresión desde hacía siglos. El griego creía que, en sus primeros

tiempos, los romanos habían encarnado una edad de oro de granjeros propietarios de sus tierras y hombres libres, que se unían para
salir adelante valiéndose tanto de la virtud como del coraje. Pero
aquella hermandad republicana había sido sustituida de manera
gradual por la tiranía, la desidia y todo tipo de impuestos, la esclavitud, el arrendamiento de las tierras y el servicio militar obligato-
rio. Durante su juventud, Eudoxio había predicado a favor de la
reforma, como Nuestro Señor Jesucristo lo había hecho por su
propio reino en los montes de Judea, pero sus vecinos griegos, demasiado ignorantes para comprender su propia historia democráti-
ca, se habían burlado de él. De modo que, después de trasladarse al
nordeste de la Galia, cuyos habitantes eran gente más sencilla y
menos escéptica, había ayudado a organizar un levantamiento de la
tribu de los bagaudas contra Roma. Su sueño era la instauración
de un reino de hombres libres, con él a la cabeza. Pero entonces, el
gran y despiadado general Flavio Aecio había enviado a su vario-
pinto ejército de soldados romanos y mercenarios bárbaros a sofo-
car la rebelión, y éstos habían pasado por la espada a los bagaudas y
habían obligado a Eudoxio a buscar refugio junto a Atila. ¡Qué
humillación! Al galeno no le había quedado otro remedio que jurar
fidelidad al peor de los tiranos, el rey de los hunos.

Al principio, Eudoxio se sumió en la desesperación. Pero luego
se dio cuenta de que todo aquello debía de responder a un plan divino, que Dios le brindaba la ocasión de sellar una alianza. Los caminos del Todopoderoso, además de inescrutables, resultaban sa-
bios. Así, decidió ponerse al huno de su parte.

¡Aecio! Su mero nombre resultaba una maldición. Los romanos aclamaban a un hombre a quien Eudoxio consideraba el sapo
del emperador Valentiniano y de su madre, Placidia, un general
intrigante y escurridizo que había sido enviado como rehén a los
hunos en su juventud, que había aprendido su lengua y más tarde
les había pagado para que aniquilaran a sus siempre cambiantes
enemigos. Aecio representaba esa vorágine de alianzas, traiciones
y atropellos que constituían la política imperial. Durante decenios,
aquel astuto general había dispuesto a unas tribus contra las otras
para mantener íntegra la podrida toga de Roma, que seguiría exis-
tiendo en la medida en que existiera Aecio. Y mientras existiera Roma, no habría verdadera democracia, o al menos nada que se

asemejara remotamente a la gran civilización de la ancestral Atenas. Pero ahora Atila había unido a los hunos, y Genserico había conquistado Cartago y Sicilia. Había llegado la hora de que el león cerrara sus fauces.

Un lugarteniente vándalo, enorme y pelirrojo, indicó a Eudoxio que entrara, pues su audiencia iba a comenzar. Así, el médico cambió el patio cegador por la fresca penumbra del salón del trono. Al principio apenas veía nada, pero hasta él llegaba con nitidez el olor animal, rancio, de la corte bárbara. Procedía del sudor de unos cuerpos que apenas se bañaban, de los apestosos restos de comida que los poco aseados vándalos no se dignaban retirar, del incienso que Genserico quemaba para enmascarar el hedor, del olor acre del aceite que usaban para engrasar las espadas, del rastro de un sexo que se practicaba en público, sin asomo de vergüenza. Los capitanes de Genserico yacían sobre montañas de alfombras robadas y pieles de león. Sus mujeres se recostaban a su lado, algunas con la palidez de la nieve, otras tan negras como el ébano, acurrucadas como gatas satisfechas, muchas con las caderas y los pechos al descubierto y una de ellas roncando, con las piernas abiertas en pose tan obscena que a Eudoxio le costaba creer que aquellos salvajes se hubieran convertido siquiera al arrianismo. Los arrianos eran falsos cristianos, por supuesto, pues creían que el Hijo era inferior al Padre, pero incluso peor resultaba el que rezaran indiferentes mientras asesinaban con feroz encarnizamiento, y que mezclaran el credo cristiano con supersticiones paganas. Eran, en suma, salvajes, tan prestos a acobardarse al oír un trueno como a cargar contra una línea de ataque romana. Aun así, aquellos rudos guerreros representaban el medio necesario para alcanzar su noble objetivo. Su plan pasaba por permitir que legionarios y bárbaros se destruyeran mutuamente en una gran batalla hasta que no quedara ninguno, para después reconstruirlo todo.

Respirando por la boca para soportar mejor el hedor, Eudoxio se acercó hasta el fondo de la estancia mal iluminada.

—Te envía Atila —dijo Genserico. Aunque tenía ya sesenta años seguía siendo alto y fuerte, y estaba sentado en un trono dorado. El cabello y la barba semejaban la melena de un león, y sus brazos eran tan gruesos como los de un oso. El rey vándalo se mantenía erguido y al acecho. Junto a él no se veía a ninguna mujer, y lo flanqueaban dos guardias. Uno de ellos era nubio, y el otro un picto de piel blanca cubierta de tatuajes. Los ojos de Genserico brillaban penetrantes y tan azules como el hielo. ¡Qué lejos había llegado su pueblo! El monarca de los vándalos vestía una cota de malla plateada sobre una toga confiscada a los romanos, como si temiera un ataque inminente, y sobre su frente descansaba una coronilla de oro. Al cinto llevaba una daga, y en la pared que había tras él se apoyaban una larga espada y una lanza. En su juventud, una caída del caballo lo había dejado cojo. Aquella falta de agilidad, y una vida plagada de enemigos, hacían que se mostrase siempre en guardia.

Eudoxio se inclinó en una leve reverencia. La túnica que llevaba rozó el suelo y la barba se le hundió en el pecho. Se llevó la mano a la altura de la cintura y adoptó el saludo característico de Oriente.

—Vengo de estar con tus hermanos hunos, Genserico.

—Los hunos no son mis hermanos.

—¿Ah, no? —Eudoxio se acercó a él sin miramientos—. ¿Acaso no luchan vuestros dos reinos contra Roma? ¿Acaso no están vuestras arcas hambrientas de su oro? Y ¿acaso no es el empuje de Atila y vuestra conquista de Cartago una señal de Dios, o de todos los dioses, que nos indica que ha llegado el momento de que en el mundo dé inicio un nuevo gobierno? Genserico, vengo con la bendición de Atila para proponerte una alianza. Occidente todavía no ha sucumbido a la ira del huno, pero a éste le tientan las oportunidades que allí se encuentran. Aecio es un enemigo imponente, pero sólo si libra una batalla por vez. Si el rey de los hunos atacara la Galia al tiempo que los vándalos invadís Italia desde el sur, no habría ejército romano capaz de detenerlos.

Genserico permaneció unos instantes en silencio, tratando de abarcar en su mente la inmensidad del territorio de una campaña semejante.

—Se trata de un plan ambicioso.

—Y lógico. Si Roma sobrevive es porque lucha contra las tribus y las naciones de los bárbaros una a una, o porque astutamente logra que éstas se enemisten entre sí. Genserico, los ministros de Rávena se ríen al constatar lo fácil que les resulta manipular a sus enemigos. Yo procedo de su mundo y soy testigo de ello. Pero si los hunos y los vándalos avanzan juntos, si se alían con los gépidos y los escuros, con los pictos y los bereberes, entonces quizás el hombre que veo ante mí sea el próximo emperador.

La audiencia tenía lugar ante los seguidores de Genserico, a la manera abierta de los bárbaros, que insistían en conocer los planes antes de acatarlos. Así, aquellas palabras finales llevaron a sus lugartenientes a gritar en señal de aprobación, a golpear los suelos de mármol con sus copas y sus dagas, entusiasmados ante la idea de la victoria final. ¡Su rey, emperador de Roma! Con todo, Genserico seguía en silencio, escrutaba con la mirada, se cuidaba de no revelar sus intenciones.

—¿Yo, emperador? ¿O Atila?

—Coemperadores, tal vez, a la manera de los romanos.

—Ah. —Genserico tamborileó con los dedos en el brazo del trono—. ¿Y por qué eres tú quien viene con la proposición, médico? ¿Por qué no estás cauterizando furúnculos o destilando pociones?

—He combatido contra Aecio y sus secuaces en la Galia oriental y he conocido a muchos pobres cuya única esperanza era librarse de la tiranía de Roma. Escapé con vida y busqué refugio entre las huestes de Atila, aunque nunca he olvidado a mi pueblo. ¿Soy solamente médico? Sí, pero me encargo de la salud de los hombres tanto cuando soy su defensor en política como cuando ejerzo de galeno.

—Bien hablas. Aun así, ese tal Aecio es enemigo tuyo, no mío.

Llegados a ese punto, Eudoxio asintió. Había previsto la objeción y llevaba una réplica preparada.

—Del mismo modo que Teodorico y los visigodos son enemigos vuestros, y no míos.

Los vándalos quedaron en silencio, como si una nube hubiera ocultado el sol. Los romanos eran un blanco fácil, ganado que se cazaba sin mayor dificultad. Pero los visigodos, sus rivales, que se habían instalado en el sudoeste de la Galia, constituían una amenaza mucho mayor y su poder bárbaro resultaba tan peligroso como el suyo propio. La rivalidad venía de antiguo, pues ambas eran tribus germánicas con una larga historia de odios. Placidia, la emperatriz romana, se había desposado con un visigodo, y eran los visigodos quienes, como consecuencia de ese hecho, se jactaban de un mayor grado de civilización, como si fuesen mejores que los vándalos.

En cierto momento, el rey Genserico había tratado de cerrar la herida haciendo que su hijo tomara por esposa a la hija de Teodorico, el rey visigodo, para que las dos tribus quedaran unidas por lazos de la sangre. Pero cuando, más tarde, el emperador Valentiniano le ofreció a su propia hija como esposa de su heredero —un matrimonio mucho más prestigioso y de mayor trascendencia—, Genserico intentó enviar a Berta, la vándala recién casada, de regreso a la Galia, con su padre.

Fue entonces cuando comenzaron los problemas. Los visigodos, orgullosos, se negaron a sancionar el divorcio de Berta y a facilitar el camino al hijo de Genserico. Pero la princesa romana era cristiana y no admitía la poligamia. La negativa visigoda vino seguida de recriminaciones, y éstas de insultos. Finalmente, en un arrebato de cólera etílica, el propio rey de los vándalos le cortó a Berta la nariz y las orejas y las envió a su padre. Desde entonces, en sus sueños le atormenta la venganza de Teodorico, pues a nada teme más que a una guerra contra los visigodos.

—No menciones a esas boñigas de cerdo en mi corte —gruñó, incómodo.

—Es la tierra de los visigodos la que ambiciona Atila —prosiguió Eudoxio—, y Teodorico constituye la última esperanza de Aecio. Si te sumas a esa guerra, Genserico, tu más odiado enemigo se convertirá en enemigo de Atila. Si te alías contra Roma, los hunos marcharán contra Teodorico. Incluso si no logra derrotar por completo a los visigodos, al menos les infligirá una herida profunda. Entretanto, Italia será tuya. Pero antes de que Atila se ponga en marcha debemos tener la certeza de que distraerás a los romanos por el sur. Ésa es la alianza que ha de beneficiarnos a todos.

—¿Cuándo atacará Atila?

Eudoxio se encogió de hombros.

—Espera augurios y señales, entre ellas una que proceda de ti. Tu palabra bastaría, tal vez, para que se decidiera. ¿Puedo transmitirle tu aceptación?

Genserico sopesó la propuesta un poco más, pensó en cómo había de enemistar a hunos, romanos y visigodos para llegar luego él a hacerse con los pedazos resultantes. Sabía que el médico y sus pobres campesinos se verían atrapados en medio del desastre y saldrían malparados, pero así eran las cosas. Los débiles siempre cedían el paso a los ricos, y los necios —como ese galeno— existían para que los listos se aprovecharan de ellos. ¿De qué modo podía serle más útil? Al fin, se puso en pie, y su cojera se hizo evidente.

—Como prenda de mi palabra, quiero ofrecerle a tu rey la daga con empuñadura de piedras preciosas que arranqué del cuerpo sin vida de Ausonio, el general romano —anunció—. Todos mis hombres saben que se trata de mi arma preferida. Entrégasela al gran Atila y comunica a tu nuevo señor que si romanos y visigodos son enemigos suyos, entonces yo soy su amigo.

Los capitanes y sus mujeres estallaron en aclamaciones y gritos de entusiasmo, que a oídos de Eudoxio sonaron como dulces aullidos de lobos a la luna. Hizo una reverencia y se retiró, incapaz de reprimir una sonrisa de júbilo, y se aprestó a embarcar para transmitir cuanto antes las noticias.

Más tarde, esa misma noche, el rey Genserico bebió con sus hombres entre los muros del cálido patio. El desierto que habían conquistado brillaba bajo un manto de estrellas.

—Hoy hemos logrado dos cosas —confesó cuando estuvo lo bastante borracho—. La primera, alentar a Atila a destruir a Teodorico antes de que éste nos destruya a nosotros. Y la segunda, librarme por fin de esa maldita daga que le quité al romano y con la que mutilé a la ramera visigoda. Desde ese día, no ha dejado de traerme mala suerte. Que ese necio se la entregue a Atila, a ver si a ellos les concede mejor fortuna.

7

La ciudad en ruinas

No supe del todo hacia qué mundo nos dirigíamos hasta que nuestra embajada romana acampó a orillas del Nisava, frente a la ciudad saqueada de Naissus, en los Balcanes. El día moría, el sol ya se había ocultado tras los montes y, en la penumbra, las murallas indicaban que nos encontrábamos ante una población de unas cincuenta mil almas, que aguardaba hasta el último momento para encender las antorchas. Pero caía la noche y las luces no se encendían. Las aves carroñeras descendían describiendo lúgubres círculos hasta posarse en los nidos que se habían construido en los mercados vacíos, en los teatros, en los baños y en los burdeles. Los murciélagos salían de las bodegas abandonadas, y las piedras de la ciudad aparecían cubiertas de hiedras y malas hierbas. Todo se veía sumido en una siniestra desolación.

Tan pronto como empezamos a plantar las tiendas, el lugar donde decidimos hacerlo se volvió más inhóspito. He dicho que anochecía, por lo que costaba ver el suelo. Cuando uno de nuestros esclavos se agachó para atar una cuerda en lo que parecía ser una raíz marrón y reseca, ésta se desprendió de la tierra como si estuviera podrida. El esclavo, contrariado, volvió a agacharse para coger la raíz y arrojarla lejos, pero al incorporarse y tender el brazo se dio cuenta de qué se trataba en realidad, y lo soltó al instante, como si acabara de quemarse.

—¡Por nuestro señor Jesucristo! —exclamó, retrocediendo unos pasos.

—¿Qué sucede?

El hombre se santiguó.

Intuyendo de qué se trataba, me acuclillé. Aquello no era un pedazo de raíz ni un tronco, sino un hueso, y por su tamaño y su forma no había duda de que había pertenecido a un ser humano. Se trataba de un fémur gris, pardusco, astillado en un extremo y cubierto de musgo. Miré alrededor. La piel empezaba a escocerme. El movimiento de la tierra había dejado al descubierto otros huesos, y lo que hasta entonces, a la luz del ocaso, había parecido ser una piedra medio enterrada, se reveló de pronto como una calavera. ¡Qué poco nos fijamos en el suelo que pisamos! Dirigí la mirada hacia la orilla del río en la que acampábamos. Había huesos esparcidos por todas partes, y lo que había parecido un montón de ramas arrastradas por la corriente resultó ser un túmulo de restos humanos. Unas órbitas llenas de lodo miraban fijamente al cielo. Unas costillas que se mantenían unidas por perseverantes pedazos de carne se elevaban de la tierra como garras.

Salí a toda prisa en busca del senador.

—Hemos acampado sobre una especie de cementerio.

—¿Cementerio? —repitió Maximino.

—O de un campo de batalla. Mira. Hay huesos por todas partes.

Los romanos, asombrados, empezamos a rastrear el suelo, y gritábamos con cada nuevo descubrimiento, y retrocedíamos sobresaltados cuando un chasquido nos anunciaba que habíamos vuelto a pisar el resto de otro difunto. Los esclavos se sumaron a nuestro clamor de repugnancia, y no tardó en producirse una desbandada. Las tiendas que ya estaban montadas se desplomaban, los fuegos se apagaban y los caballos, atados, relinchaban nerviosos al percatarse del desorden. El descubrimiento de cada esqueleto iba acompañado de un nuevo grito de horror.

Edeco, enfadado, se puso a patear las extremidades secas como si fueran hojas de otoño.

—¿Por qué no acampáis, romanos?

—Nos hemos detenido sobre un osario. Debe de haber habido alguna matanza en Naissus.

El huno se fijó en los restos humanos, alzó la vista, miró alrededor y de pronto pareció recordar en qué lugar nos encontrábamos.

—Conozco este sitio. Los romanos huyeron como corderos asustados, muchos se alejaban a nado, río abajo. Nosotros lo cruzamos y los esperamos aquí. Si la ciudad se hubiera entregado, tal vez se hubiese salvado, pero habían matado a algunos de nuestros guerreros, así que no pudimos mostrarnos condescendientes. —Se volvió, clavó la vista en el río que se perdía en la distancia y señaló un punto en la penumbra—. Creo que matamos a todos los que se encontraban desde donde estamos hasta allí.

En su voz no había atisbo de vergüenza, de remordimiento, ni siquiera de orgullo ante la victoria. Rememoraba la matanza como quien relata una transacción comercial.

—Entonces —intervino Maximino con voz cavernosa—, por el amor de Dios, ¿por qué hemos acampado aquí? ¿Acaso no sabes qué es el decoro? Debemos partir de inmediato.

—¿Por qué? Están muertos, como también lo estaremos nosotros. Todos, tarde o temprano, acabaremos convertidos en un montón de huesos. Un hueso es un hueso, y sigue siéndolo esté en una cocina o en un erial. Se convierte en polvo. Me temo que el mundo entero está hecho de huesos.

El diplomático hacía esfuerzos por no perder la calma.

—Ésta es nuestra gente, Edeco. Debemos trasladar el campamento por respeto a sus restos mortales. Mañana regresaremos a enterrarlos y a santificar a estas pobres víctimas.

—Atila no ha concedido tiempo para ello.

—Hay demasiados, señor —intervino Bigilas, que traducía aquella conversación.

Maximino miró alrededor.

—Entonces, al menos pasemos la noche en otro sitio. Aquí hay fantasmas.

—¿Fantasmas? —preguntó Edeco.

—¿Acaso no sientes los espíritus?

El huno frunció el ceño, pero dejó traslucir su naturaleza supersticiosa. Caminamos media milla para alejarnos de aquel campo de muerte, y nos detuvimos al llegar a una villa romana abandonada y en ruinas. Los hunos parecían sorprendidos y fascinados ante nuestra reacción, como si lamentaran que sus compañeros de viaje se hubieran tomado tan mal la experiencia en el campo de batalla. La muerte era sencillamente el resultado de la guerra, y la guerra, en sí misma, era vida.

Como el equipo de los hunos era ligero —una capa con la que

cubrirse cuando se tendían en el suelo— su traslado no representó mayor complicación. Nosotros, los romanos, volvimos a montar con esfuerzo nuestras tiendas de lona bajo el cielo estrellado, mientras los bárbaros, libres de otras obligaciones, encendían una gran fogata entre las ruinas de la casa para asar un gran trozo de carne. Las llamas parecían ahuyentar a los espíritus.

—Venid y comed con nosotros, romanos —gritó Onegesh, el romano renegado—. Y bebed también. No os empeñéis en lo que no tiene remedio. Pensad en nuestra misión con Atila, y en la paz que nos aguarda.

Así, nos sentamos en el triclinio sin techo. Era probable que los restos de sus propietarios yaciesen en las inmediaciones. Aunque la luz y el calor de la hoguera se reflejaban en las paredes, la estancia resultaba triste. Sus coloridos frescos, desconchados y mohosos, mostraban apenas a unos dioses angelicales y a unos pavos reales cubiertos de una pátina de abandono. El suelo de mosaico, que reproducía una fiesta báquica, se hallaba oscurecido por la suciedad. Entre las losas del patio crecían las malas hierbas, y en la piscina se acumulaba el verdín. También en las paredes exteriores proliferaba la vegetación, y se me ocurrió que aquella casa volvía paulatinamente a la tierra, como los huesos, que eran polvo, volvían al polvo. Los hunos habían encendido el fuego aprovechando los restos de mobiliario, y ahora recurrían a la basura que en ella se acumulaba para avivarlo, convirtiendo en cenizas las últimas pruebas que demostraban que aquellos muertos la habían habitado.

Para mi indignación, me percaté de que Edeco arrojaba a las llamas incluso libros medio rotos, así como varios rollos. Antes de hacerlo, el jefe echaba un vistazo a algunos de ellos, pero con frecuencia los miraba invertidos, o de lado. Estaba claro que no sabía leer.

—¡No quemes ésos! —exclamé.

—Tranquilo. Ya no hay nadie aquí para leerlos.

—¡Contienen mil años de sabiduría y de historia!

—¿Y de qué les sirvieron al final? —preguntó, lanzando otro más a la hoguera.

Nos sentamos, incómodos.

—Por Dios, incluso a mí me hace falta beber algo —murmuró Maximino, que por lo general se abstenía de hacerlo—. Jamás había estado en un osario como el que hemos visto hoy. —Engulló el vino sin rebajar, de un solo trago. Bigilas, por supuesto, ya le llevaba ventaja. Los hunos tomaban *kumis* y su fuerte cerveza germana, que llamaban *kamon*.

Cerveza Kamon.

—Sólo en dos casos se ven tantos cadáveres juntos —comentó Edeco—. Cuando luchan como osos acorralados, o cuando huyen igual que ganado. Éstos eran como ovejas. Antes de que los pasáramos por la espada ya tenían el corazón muerto. Fue culpa suya. Deberían haberse rendido.

—Si hubierais permanecido en vuestro país, seguirían con vida —gruñó el senador.

—El Pueblo del Alba no tiene país. Seguimos el rastro del sol, vamos a donde nos place, nos instalamos donde queremos y tomamos lo que necesitamos. Esos muertos se acomodaron en el lugar para robarle sus frutos a la tierra, y eso a los dioses no les gusta. No es que nosotros llegáramos, es que los romanos se quedaron demasiado tiempo. No es bueno que los hombres aniden y perforen la tierra. Ahora ya se quedarán aquí para siempre.

La Tumba / Rodelli

—Espero que seas igual de filosófico cuando llegue la hora de tu muerte.

Bigilas se quedó encallado en la traducción de la palabra «filosófico», y miró a Maximino para que le facilitara un sinónimo.

—Comprensivo —aclaró el senador.

Edeco se echó a reír.

—¿A quién le importa qué piense? ¡Estaré muerto!

—Pero vosotros destruís lo que podríais conquistar —intentó razonar Maximino—. Quemáis los lugares que podríais habitar, matáis a quienes podríais esclavizar. Saqueáis una vez, sí, pero si demostrarais piedad y gobernarais a los pueblos que conquistáis, viviríais una vida de holganza.

—Como vosotros, los romanos.

—Como nosotros, sí.

—Si viviéramos como vosotros, gobernaríamos hasta engordar, igual que quienes vivían aquí, y entonces vendrían otros y nos harían lo que nosotros les hicimos a ellos. No, es mejor que sigamos a lomos de nuestros caballos, que sigamos montando y nos mantengamos fuertes. ¿A quién le importa que esta ciudad ya no exista? Ciudades hay muchas, muchísimas.

—Pero ¿qué pasará cuando lo hayáis arrasado y quemado todo, y ya no quede nada?

El huno sacudió la cabeza.

—Hay muchas ciudades. Cuando eso suceda llevaré mucho tiempo muerto, seré como esos huesos.

Paulatinamente, el vino iba adormeciéndonos a nosotros y animando a los hunos. La conversación derivó hacia otros asuntos. Las dos naciones habían saqueado ciudades, por supuesto. Roma se había impuesto sin muestra alguna de piedad, eso lo sabíamos. A fin de cuentas, era sólo la amenaza que representaban nuestras armas la que daba sentido a nuestra embajada. De modo que no servía de nada lamentarse por la suerte de Naissus, como Edeco acababa de decir. A medida que la embriaguez se apoderaba de ellos, los hunos empezaron a alardear del poder de su campamento y de las hazañas de su rey a quien, según aseguraban, no movía ni el miedo ni la avaricia ni la astucia. Atila vivía una vida sencilla para que sus seguidores pudieran hacerse ricos, luchaba con arrojo para que sus mujeres conocieran la paz, juzgaba con severidad para que sus guerreros vivieran en armonía, se dirigía en los mismos términos a ricos y a pobres, recibía con los brazos abiertos en su ejército a los esclavos libertos y dirigía a sus hombres desde la primera línea de ataque.

—Bebamos a la salud de nuestros reyes —propuso Edeco con voz gangosa—; por el nuestro, a lomos de su caballo, y por el vuestro, protegido tras sus murallas.

Los presentes alzaron sus copas.

—¡Por nuestros gobernantes! —declaró Maximino.

Sólo Bigilas, que había seguido bebiendo sin pausa y que, extrañamente, se había mantenido adusto y taciturno, se negó a sumarse al brindis.

—¿No bebes a la salud de nuestros monarcas, traductor? —le retó el jefe de los hunos. Las sombras de sus cicatrices se iluminaban de manera que su rostro parecía manchado de pintura.

—Sólo beberé a la de Atila —repuso Bigilas con repentina hostilidad—, a pesar de que sus hunos mataron a mi familia, que vivía aquí. O sólo a la de Teodosio. Pero me parece una blasfemia que mis camaradas alcen sus copas a la salud de ambos cuando todos sabemos que el emperador de Roma es un dios, y que Atila es sólo un hombre. —Al momento, se produjo un silencio absoluto. Edeco miraba al traductor, incrédulo—. No pretendamos que una tienda y un palacio son lo mismo —prosiguió Bigilas tenazmente—. O que lo son Roma y Hunuguri.

—¿Insultas a nuestro rey, al hombre más poderoso del mundo?

—Yo no insulto a nadie. Me limito a decir la verdad cuando sostengo que ningún hombre puede igualarse al emperador de Roma. Uno es mortal y el otro es divino. Es de sentido común.

—¡Ya te enseñaré yo lo que es la igualdad! —gritó Skilla, furioso, arrojando su copa de vino a una esquina, donde rebotó, y poniéndose en pie para desenvainar su espada—. ¡La igualdad de la tumba!

Los demás hunos también se levantaron y echaron mano a sus armas. Nosotros, los romanos, hicimos lo propio, incómodos, sin más defensa que las dagas que habíamos empleado para comer. Los bárbaros tenían cara de asesinos, y si querían podían matarnos en un instante a todos, tan fácilmente como habían pasado por la espada a los habitantes de Naissus. Bigilas retrocedió a trompicones. Al fin su mente obnubilada por el alcohol había dado caza a su lengua desatada, y se había dado cuenta de que nos había puesto a todos en peligro.

—Eres un necio —susurró Maximino.

—Sólo he dicho la verdad —replicó Bigilas en voz baja.

—Una verdad por la que podrían apuñalarnos o crucificarnos.

—¡Cuando Atila habla, el mundo tiembla! —exclamó Edeco con voz ronca—. Tal vez sea hora de que tembléis vosotros también, romanos, y os suméis a vuestros hermanos del otro lado del río.

De pronto, cualquier ilusión de mantener una conversación civilizada se había esfumado. Me di cuenta de que nuestras quejas sobre la matanza en la ciudad cercana habían hecho mella en los hunos durante la cena. ¿Era posible que se sintieran culpables? Ahora, la tensión había aflorado de manera evidente.

Bigilas parecía no saber si lo mejor era suplicar clemencia o salir corriendo. Abría y cerraba la boca sin emitir sonido.

Rusticio decidió salir en defensa de su compañero, aunque me constaba que no compartía sus ideas.

—Los romanos de verdad no tiemblan; no más que los hunos

de verdad, al menos —intervino—. Edeco, te muestras muy valiente con la cabeza llena de alcohol y la espada en la mano. En cambio Bigilas y los demás nos vemos indefensos.

—Desenvaina la tuya, entonces —replicó el huno con una sonrisa maliciosa.

—Lo haré cuando tenga ocasión; no pienso daros otra excusa para iniciar una matanza como la del río.

Rusticio parecía del todo decidido, y su determinación me sorprendió, pues no conocía ese aspecto suyo.

—No me pongas a prueba, niño.

—No soy ningún niño, y ningún hombre de verdad amenaza con el asesinato y lo hace pasar por combate.

—¡Por el amor de Dios! —exclamó Maximino, temeroso de que su misión terminara antes de haber comenzado. Edeco sostenía la empuñadura de su espada con tanta fuerza que los nudillos se le habían puesto blancos. Había que hacer algo.

—Has malinterpretado a mis compañeros —dije, y mi voz sonó como un débil graznido. Tal vez al ser el más joven y el menos amenazador de todos fuera capaz de suavizar algo la situación. Tragué saliva y recuperé mi tono normal—. Nuestro traductor, Bigilas, no se expresa bien cuando bebe, como todos sabemos. Lo que él pretendía era ensalzar a Atila, pues vuestro rey ha logrado como mortal tanto como nuestro emperador con sus poderes divinos. Era un cumplido lo que pretendía pronunciar, no un insulto, Edeco.

—Tonterías —intervino Skilla, burlón—. El joven romano intenta salvarse.

—Intento salvar la embajada.

Se produjo un largo silencio durante el cual los hunos sopesaron si debían aceptar aquella excusa más que dudosa. Si nos asesinaban, tanto Atila como Crisafio querrían conocer la razón.

—¿Dice la verdad? —le preguntó Edeco a Bigilas.

El traductor parecía azorado y nervioso, y miraba alternativamente al jefe y a mí.

—Respóndele, idiota —murmuró Maximino.

—Sí —dijo al fin—. Sí, por favor, no tenía mala intención. Todos sabemos lo poderoso que es Atila.

—Eso no lo negaría ningún romano —señaló Maximino—. Vuestro señor es el monarca más poderoso de Europa, Edeco. Venid, venid, Onegesh, Skilla. Envainad vuestras espadas y sentaos junto a nosotros. Lamento el malentendido. Os ofreceremos más regalos, perlas de la India y sedas de la China. Pensaba esperar a que llegáramos a Hunuguri, pero tal vez vaya a buscarlas ahora mismo, en señal de buena voluntad.

—Primero beberás en honor a Atila —ordenó Edeco—. Él.

Bigilas asintió, apuró su copa de un trago y se secó la boca con el anverso de la mano.

—Por Atila —gruñó.

—Ahora tú —insistió Edeco señalando a Rusticio. Envainó su espada y se quedó junto a él con las manos extendidas—. ¿Crees que me daría miedo luchar sin armas?

Las palabras de Rusticio brotaron de la línea delgadísima de su boca apenas entreabierta.

—Creo que todos deberíamos tratarnos los unos a los otros como hombres, no como animales.

Aquélla no era la humillante disculpa que el huno esperaba oír, y a partir de entonces mostraría una frialdad con nuestro traductor que nunca pondría de manifiesto con el necio de Bigilas. El valor de Rusticio le había granjeado un enemigo. Con todo, el huno le permitió una vía de escape.

—Entonces bebe por nuestro rey.

Rusticio se encogió de hombros.

—Por supuesto.

Los demás le imitamos.

—¡Por Atila!

Al fin, todos nos sentamos de nuevo y los esclavos fueron a buscar los presentes que Maximino había prometido. El senador fingía que nada había sucedido, pero la tensión seguía presente en el aire. Así, tan pronto como pareció prudente, la reunión tocó a su fin y nos dispusimos a dormir.

—Tu rápida intervención nos ha salvado la vida, Alabanda —me susurró Maximino cuando nos internábamos en la oscuridad de la noche, camino de las tiendas de campaña—. Igual que la necedad de Bigilas ha estado a punto de terminar con ella. Tal vez algún día llegues a embajador; cualidades no te faltan.

Yo seguía impresionado, pues creía haber conocido la verdadera naturaleza de nuestros compañeros bárbaros. Cuando se les contradecía, se convertían en víboras.

—Me conformo con conservar la cabeza sobre los hombros. Y espero que Rusticio conserve la suya. No le he visto dar su brazo a torcer.

—Sí, es valiente y testarudo, pero insultar a un huno conlleva riesgos. Por lo que veo, tú eres lo bastante inteligente para escuchar antes de hablar. No creas que los hunos son así. Los francos y los borgoñones, en otro tiempo arrogantes, son ahora nuestros aliados en el Imperio de Occidente. Los temibles celtas se han convertido en pacíficos ciudadanos de la Galia. Los hunos, además de enemigos implacables, han demostrado ser también valerosos mercenarios. El secreto está no en crearse posibles enemigos, sino en confraternizar con posibles amigos. El imperio sólo vencerá enfrentando a bárbaros contra bárbaros. ¿Entiendes lo que digo, escriba?

Sí, lo entendía bien. Intentábamos aplacar a los chacales.

8

La hospitalidad de los hunos

A la mañana siguiente, mientras descendíamos por el valle del Morava, Skilla acercó su caballo enano al mío y cabalgamos juntos. En aquella ocasión no se trataba de ningún reto. La embriaguez de la noche anterior nos nublaba la mente, y el conato de pelea era demasiado reciente, de modo que la conversación fluía tranquila. De pronto, el guerrero huno me formuló una pregunta.

—Cuéntame, romano, ¿en qué dios crees?

Meneé la cabeza procurando despejar mi mente. Era demasiado temprano para disquisiciones teológicas.

—En Cristo, por supuesto. ¿Has oído hablar de Jesús? Es el Dios del mundo romano.

—Pero antes los romanos adoraban a otros dioses.

—Cierto. Y los hay que siguen siendo paganos y defienden el paganismo con pasión. La religión siempre suscita gran controversia. Pregunta a tres comerciantes de Constantinopla y tendrás ocho opiniones distintas. Y si se mete en medio un sacerdote, las discusiones no se acaban nunca.

—Entonces, ese traductor, Bigilas, ¿es pagano?

—No lo creo. Lleva un crucifijo.

—Sí, ya he visto ese árbol en el que clavaron a vuestro dios. Atila aprendió de los romanos el uso de la cruz. Pero ese Cristo no permite otros dioses, ¿no es cierto?

Me di cuenta de adónde quería llegar.

—Sí.

—Y sin embargo Bigilas llama dios a su emperador, ¿no?

—Sí... Es complicado.

—No es nada complicado, sino muy simple. Primero afirma creer en una cosa, y luego en otra.

—No... —¿Cómo explicárselo?—. Muchos cristianos consideran que nuestro emperador es divino. Se trata de una tradición de siglos, según la cual los dioses se manifiestan en la Tierra. Pero la divinidad de éstos no es la misma que la de Jesús. El emperador es..., bueno..., algo más que meramente hombre. Representa la naturaleza divina de la vida. Era eso lo que quería decir Bigilas. No pretendía insultar a Atila.

—Atila no tiene ninguna necesidad de proclamarse dios. Los hombres le temen y le respetan sin necesidad de ello.

—Pues tiene suerte.

—Los emperadores romanos deben de ser dioses muy pequeños si temen a alguien como Atila, que no es más que un hombre.

—Los emperadores romanos no son sólo soldados, Skilla. Simbolizan la civilización misma. La ley y el orden, la prosperidad, la moral, el matrimonio, el servicio, la santidad, la continuidad... Todo ello emana del emperador, y por eso representa lo divino.

—Lo mismo sucede con Atila.

—Pero vuestro imperio no construye, sino que destruye. No proporciona orden, sino que lo anula. Es distinto.

—En mi imperio, la palabra de Atila es ley en mil millas a la redonda. Ha llevado el orden a centenares de tribus distintas. Es lo mismo, digas lo que digas.

Suspiré. ¿Cómo razonar con un hombre que ni siquiera había entrado en Constantinopla, que había preferido dormir fuera, como un animal?

—¿Y a qué dioses adoran los hunos?

—Nosotros creemos en los dioses de la naturaleza. Contamos con magos y adivinos, y sabemos distinguir los augurios buenos de los malos. Pero no vivimos obsesionados con la divinidad, como vosotros los romanos. Hemos vencido sobre cientos de dioses y ninguno de ellos ha ayudado a sus fieles a vencernos a nosotros. ¿De qué sirven entonces?

—Hace tres generaciones, los ejércitos de los romanos cristianos y paganos se enfrentaron en la batalla del río Frígido en lo que el mundo entero vio como una guerra de fe. Y los cristianos vencieron.

—Contra nosotros no han vencido —zanjó Skilla, adelantándose al galope.

Fue ese mismo día, algo más tarde, cuando nos enfrentamos a una tarea harto más desagradable que la de acampar junto a un osario. Maximino había mandado anunciar nuestra embajada a la precaria autoridad romana que subsistía aún en los Balcanes y, en efecto, fuimos puntualmente recibidos por Aginteo, comandante de los soldados ilirios que, con su escasa presencia, habían vuelto a ocupar el valle saqueado. Aunque no aspiraba a hacer frente a otra invasión de los hunos, aquel bravo ejército libraba a la región de la anarquía. Y ahora nosotros les llevábamos órdenes humillantes: Aginteo debía entregar a cinco de sus hombres, que se habían unido a él tras desertar de las huestes de Atila, para que los condujéramos frente al huno, que iba a juzgarlos.

Dispusieron a aquellos cinco soldados para la entrega. Desarmados, maniatados a las sillas de sus caballos, con la expresión de los condenados en los ojos. Aginteo parecía muy avergonzado. Eran altos y rubios, y por su aspecto parecían de origen germano. Los hunos, más bajos y morenos, se burlaban de ellos, y cabalgaban en círculos a su alrededor, como una jauría enloquecida.

—¡Ahora os explicaréis ante Atila! —gritaba, triunfante, Edeco.

—En el cumplimiento de vuestras órdenes, os devuelvo a estos hombres —anunció Aginteo—. Los otros doce que reclamabais se encuentran desaparecidos.

—Han tenido suerte, supongo —susurró Maximino.

—O han sido más listos —apuntó Aginteo con un suspiro—. Estos soldados merecen un mejor destino, senador.

—Debemos respetar el tratado.

—Es un mal tratado, entonces.

—Impuesto por los hunos. Algún día...

—Cuídate de que no les suceda nada malo, embajador.

—A Atila le hacen falta hombres, no cadáveres. Sobrevivirán.

Nuestra comitiva, así ampliada, se dispuso a partir rumbo a Hunuguri, y en ese momento los cinco hombres se volvieron para despedirse de su general.

—¡Adiós, Aginteo! ¡Que Dios te acompañe! ¡Nos has tratado bien! ¡Cuida de nuestras familias!

Sus nuevas esposas salieron corriendo tras ellos, pero los hunos, a lomos de sus caballos, se interpusieron entre ellas y los desertores, e hicieron callar a éstos, cuyo hogar quedó atrás al cabo de un rato.

—¿Por qué les devolvemos estos hombres a los hunos? —le pregunté a Maximino—. No está bien.

—Atila ha insistido en que así se hiciera.

—¿Y deben abandonar a sus familias?

—Atila opinaría que jamás debieron fundarlas.

—Pero ¿por qué debemos proporcionar más reclutas a un déspota contra quien hemos luchado?

—Porque los hombres le hacen más falta que el oro —respondió Maximino frunciendo el ceño—. Son muchos los aliados germanos que desertan de su ejército. Los hunos son excelentes guerreros, pero no demasiado numerosos.

—¿Qué sucederá cuando los entreguemos?

—No lo sé. Tal vez los azoten. Es posible que los crucifiquen. Pero lo más probable es que los obliguen a reincorporarse a sus filas. En todo esto, Alabanda, la lección es que en ocasiones debemos obrar mal para alcanzar un bien, que en este caso es la paz.

—Hay también otra lección, senador —dije tras unos momentos de silencio.

—¿Cuál es, mi joven amigo?

—Que Atila muestra una debilidad, y es su escasez de tropa. Si las provincias de Roma y sus aliados bárbaros se unieran y formaran un verdadero gran ejército, y si le infligieran una severa derrota en el campo de batalla, perdería el poder de atemorizarnos con que ahora cuenta.

Maximino se echó a reír.

—¡Sueños de juventud!

Su condescendencia me dolió. No se trataba de un sueño. Si Atila invertía su tiempo en reclamar a cinco fugitivos, la escasez de hombres debía de ser real.

Aunque la provincia de Mesia por la que avanzábamos había sido territorio romano durante siglos, la civilización la había abandonado. Hunos y godos llevaban más de cincuenta años disputándosela, y con cada invasión su economía se resentía, pues la recaudación de impuestos menguaba y las necesarias obras de reparación no podían llevarse a cabo. Como consecuencia, los molinos habían dejado de funcionar y las norias se habían podrido. Los puentes se habían derrumbado, por lo que nuestra comitiva debía cabalgar río arriba en busca de vados. Los campos de labranza se poblaban de robles y de pinos. Los graneros habían sido saqueados, y por el camino, cubiertos de maleza, abundaban los carros rotos. Montañas que desde hacía generaciones no habían visto osos eran refugio ahora de numerosas hembras con sus crías. Al llegar a Horreum dejamos atrás un destartalado acueducto que vertía sus aguas, inútilmente, en un nuevo cauce.

Lo que más sobrecogía, sin embargo, eran las ciudades, habitadas sólo por unos pocos sacerdotes y algún que otro salvaje que había buscado refugio en compañía de sus perros. La escarcha y la lluvia agrietaban los muros y el estuco se pelaba como papel agostado. Las tejas caían de los techados de las casas y se amontonaban en el suelo formando montículos de escombros rojos.

Quedaban todavía algunos habitantes, pero se trataba de grupos asilvestrados que se dedicaban al saqueo. Los pastores permanecían a distancia prudencial en las laderas de los montes que rodeaban las poblaciones, a fin de disponer de tiempo para huir en caso de necesidad. Las granjas que sobrevivían lo hacían en los valles más remotos, pues su existencia pasaba más inadvertida a los ejércitos destructores. Había grupos de bandidos romanos que, armados y brutales, rapiñaban igual que animales. Como consecuencia de todo ello, varias antiguas villas romanas se habían convertido en pequeños castillos, con nuevas murallas y torres de defensa, pues sus propietarios no estaban dispuestos a renunciar a las tierras de sus antepasados. Así, allí donde en otro tiempo se exhibían los pavos reales, ahora correteaban las gallinas.

Comenzábamos a descender, y los abetos dejaban paso a bosques de robles, hayas, olmos y alisos a medida que los Balcanes quedaban atrás y el terreno se hacía más llano, más húmedo, más confuso. Las calzadas del Danubio serpenteaban entre zonas pantanosas como hilos enredados: una mañana, al despertar, nos dimos cuenta de que el camino que habíamos tomado nos conducía al este, no al oeste. Al fin llegamos a la orilla del hermoso Danubio, de poderosa corriente verde y opaca. El río, otrora navegado por la armada romana, aparecía desnudo de embarcaciones. Los caminos de sirga, tirados antes por esclavos o por bueyes, y que llevaban las barcazas río arriba, habían sido abandonados.

Aquélla era la frontera histórica del imperio. Roma al sur, los bárbaros al norte. El río conservaba su majestuosa serenidad. Las aves seguían su curso en unas bandadas tan grandes que llegaban a nublar el sol, y en remolinos y fangales se veían gansos y patos. Los hunos se entretenían abatiendo a algunos con sus arcos y sus flechas. Yo habría temido errar el tiro, pero ellos siempre daban en el blanco.

—¿Cómo vamos a cruzar? —preguntó Maximino a Edeco.

—Nos llevarán unos barqueros. Debe de haber alguno aquí cerca.

Y sí, río arriba divisamos un penacho de humo que se elevaba al cielo, y al poco dimos con un asentamiento que parecía una babel de razas: viejos hunos, romanos supervivientes, germanos refugiados, e incluso un etíope negro se hacinaban en aquel lugar y compartían la existencia en una amalgama de cabinas hechas con troncos, casas redondas, tiendas deshilachadas y cuevas naturales que se abrían junto al río. Entre los gansos y los cerdos jugaban niños desnudos. Al sol secaban carne de venado y pescados infestados de moscas. En la orilla había unas diez canoas. Su sencillez contrastaba con la majestuosidad de los barcos mercantes que surcaban el Cuerno de Oro. ¿Cómo era posible que aquella gente tan simple, incapaz de construir barcos dignos de tal nombre, obligara a Nueva Roma a acudir suplicante a ellos? Pero sí, allí estábamos nosotros, humildes romanos, rogando a aquellos constructores de canoas que nos cruzaran a la otra orilla.

Atravesamos la corriente por turnos. Los aldeanos remaban y nosotros nos aferrábamos a los lados, como si con aquella acción fuéramos a impedir que las canoas volcaran. Constaté, una vez más, la aversión de los hunos por el agua, aunque en aquella ocasión no hubo ningún percance y nuestros bienes llegaron secos al otro lado. Las mulas y los caballos, atados a las canoas por las riendas, nadaron también sin problemas detrás de nosotros y, transcurrido bastante tiempo, toda la comitiva volvió a congregarse en la inhóspita orilla septentrional y acampó en torno a las hogueras.

Rusticio se acercó a mí mientras, junto al Danubio, cenábamos raíces y pato que habíamos comprado en la aldea y lo regábamos con un poco de anís que nos recordaba en algo el sabor de nuestra tierra.

—¿Lamentas haber venido? —me preguntó. Sabía que se sentía responsable por haberme invitado, y yo lo había adoptado como hermano mayor.

—Por supuesto que no —mentí—. La oportunidad que me has brindado es única, amigo.

—O el peligro. —Parecía preocupado—. Estos hunos son antipáticos y carecen de sentido del humor, ¿no te parece? Edeco es un malhechor. Espero que no tengamos problemas al llegar a su campamento.

—Si quisieran causarnos algún mal, ya lo habrían hecho cien millas atrás. —Lo tranquilicé con un aplomo del que en realidad carecía—. Contamos con la protección de Roma, ¿no es cierto?

—De la que, ahora que hemos atravesado el río, parece separarnos un océano. —Meneó la cabeza—. No hagas caso de mis malos presagios, Jonás. Tú eres joven, y más gentil que todos nosotros. La vida ha de depararte grandes cosas. Yo confío menos en mi propia suerte.

—Demostraste gran valor al enfrentarte a Edeco en aquella villa en ruinas.

—O imprudencia. Ese hombre espera sumisión. Creo que todavía no ha hecho conmigo todo lo que me tiene preparado.

Llegaron emisarios y nos informaron de que el campo de Atila se encontraba a muchos días de camino, de modo que proseguimos la marcha. Llegamos al río Tisza, ancho y grisáceo afluente del Danubio, y lo seguimos en dirección norte, acercándonos a Hunuguri. Los árboles flanqueaban sus orillas y, como en el caso del río del que era tributario, tampoco allí vimos embarcaciones con las que cruzar, de modo que cabalgamos por una llanura que se extendía paralela a la corriente. En mi vida había visto una extensión como aquélla. Si hasta el momento, en el horizonte, siempre habíamos divisado montañas, lo que se abría ante nosotros era una pradera que se perdía en la distancia. La hierba se hacía océano por el que los animales se movían en rebaños. Los halcones sobrevolaban en círculos, y las mariposas revoloteaban por entre las patas de nuestros caballos.

En ocasiones distinguíamos columnas de humo, y Onegesh nos explicó que los bárbaros mantenían despejado el territorio provocando incendios. También sus animales impedían que las hierbas crecieran demasiado. Enormes manadas de caballos y grandes rebaños de ganado pacían a su antojo, aunque los guerreros sabían, con sólo mirarlos, a qué tribu pertenecían: éstos eran de los gépidos, aquéllos de los godos, los de más allá de los escuros. La arquitectura romana, de estuco y tejas, había dejado paso a aldeas de adobe, a chozas de barro y a cabañas de madera. De sus primitivas chimeneas emanaban olores nuevos y desconocidos.

Maximino, que había estudiado los mapas y los informes de los viajeros, dijo que nos encontrábamos en una gran llanura situada entre dos cadenas montañosas: los Alpes, al oeste, y los Cárpatos, al este.

—Hunuguri se ha convertido en su tierra prometida —añadió—. Podría pensarse que, habiendo conquistado un lugar mejor que su tierra, se conformarían, pero lo cierto es que se han multiplicado y se han dividido en facciones. No hay hierba suficiente para todos, de modo que realizan incursiones en otros territorios.

Por lo general, nuestra legación diplomática avanzaba sola, y prefería evitar las aldeas para no retrasarse. Sin embargo, cinco días después de atravesar el Danubio, un brusco cambio de tiempo nos deparó un primer contacto con la hospitalidad de los hunos, y de nuevo me obligó a reconsiderar la opinión que tenía de aquel pueblo bárbaro.

El día había amanecido bochornoso, y el cielo, por el oeste, se veía brumoso y amarillo. Cuando, ya al atardecer, nos detuvimos a orillas de un gran lago, el sol se puso tras una bruma tan espesa que su esfera se volvió marrón. Comenzaron a formarse grandes nubarrones, que se elevaban hasta que, en lo más alto, se ensanchaban como yunques. Por debajo, sus torres se iluminaban traspasadas por relámpagos.

Por primera vez, detecté cierta incomodidad entre los hunos. No temían a los hombres, pero sí a los truenos.

—Tiempo de brujas —murmuró Edeco.

Onegesh me sorprendió al santiguarse con ademán rápido. ¿Acaso el romano traidor seguía siendo cristiano? El rumor de la tormenta empezó a apoderarse del lago, y el agua, que adquiría una tonalidad grisácea por momentos, comenzó a agitarse y a formar un oleaje que levantaba espuma en las orillas.

—Entrad en nuestras tiendas —ofreció Maximino.

Edeco rechazó la invitación con un movimiento de la cabeza y mirándolo fijamente, dijo:

—Nos quedamos con nuestros caballos.

—A los animales no les sucederá nada.

—No me gustan los huecos de lona.

La lluvia, con sus ráfagas, empezó a barrer la superficie del lago, de modo que dejamos solos a los hunos y nos pusimos a buen recaudo.

—A veces parecen más insensatos que los perros —comentó Rusticio.

Tan pronto como nos guarecimos en las tiendas, el agua se abalanzó sobre éstas con furia, y el ulular del viento se convirtió en estridente griterío. La tienda se estremecía bajo la furia del aguacero.

—Gracias a Dios que trajimos estas tiendas —dijo Maximino, contemplando con temor la lona, pues el viento cobraba cada vez más fuerza. Los palos que la sujetaban se combaban con la presión.

—Nada nos resguarda de este viento, esta zona de costa está totalmente desprotegida —intervino Bigilas y, sin que hiciera ninguna falta, señaló con el dedo. En ese momento el aire se iluminó con un rayo cercano, al que siguió un estruendo que resonó en nuestros oídos. Todo quedó impregnado de un olor metálico.

—Pasará pronto —dijo Rusticio, expresando en voz alta su esperanza.

No había terminado de decirlo cuando una ráfaga más violenta golpeó la tienda, partió en dos las estacas y dobló la tela. Las cuerdas que la sujetaban salieron volando. Como Edeco temía, quedamos atrapados, y los pliegues nos azotaban sin que pudiéramos hacer nada.

—¡Aquí está el cierre! —gritó Maximino.

Con dificultad, logramos salir a la noche, negra como la boca de un lobo que no dejaba de aullar.

—¿Dónde están los hunos? —preguntó el senador, a quien el viento le impedía pronunciar bien las palabras.

—¡Nos han abandonado! —exclamó Bigilas.

Parecía cierto, pues no había ni rastro de ellos, de sus caballos o de sus mulas.

—¿Y qué hacemos ahora? —grité para hacerme oír por encima del estruendo de la lluvia. En la orilla, las olas se agitaban como si de un mar se tratara, y la espuma de sus crestas salía disparada por la fuerza del viento.

—A un par de millas había una aldea —recordó Rusticio.

—Di a los esclavos que aseguren las tiendas y el equipaje —ordenó Maximino—. Buscaremos refugio en ella.

Retrocedimos, guiándonos por la orilla del río, muy juntos los unos a los otros, y al fin dimos con el racimo de cabañas que formaban la aldea. En la lengua de los hunos pedimos auxilio a gritos, hasta que la puerta de la construcción mayor se abrió.

Entramos a trompicones y, a la luz de la hoguera que ardía en su interior, entrevimos a nuestra salvadora, una mujer de mediana edad, flaca, arrugada y con los ojos tristes pero luminosos.

—Ah, los romanos —dijo en huno—. Os he visto pasar antes, y al sentir la tormenta he pensado que tal vez volvería a veros. Edeco intenta evitarme, pero ahora ya no podrá.

—Los hemos perdido —intervino Bigilas.

—O ellos os han perdido a vosotros. Vendrán por aquí a buscaros.

—¿Una mujer sola? —preguntó Maximino en latín.

—Desea conocer a tu esposo —traduje aproximadamente.

—Mi esposo está muerto. Ahora soy yo, Anika, la jefa del poblado. Venga, vamos a encender más lámparas y a avivar el fuego. Sentaos, comed carne, *kumis* y *kamon*.

Helado, muerto de hambre y de sed, engullí el *kamon*, un líquido oscuro y espumoso que se preparaba a base de cebada, según nos explicó. Aunque comparado con el vino dulce resultaba amargo, era espeso y reconfortante, y el alcohol que llevaba no tardó en hacerme ver la cabaña a través de la agradable neblina de la embriaguez. Me pareció que el trabajo en madera era bastante logrado, y que las proporciones del lugar lo hacían acogedor. Los habitáculos de los bárbaros eran mejores de lo que había supuesto. En el hogar ardía el carbón, y los ruidos de la tormenta llegaban amortiguados por la techumbre de paja. El suelo, de tierra, se cubría con esteras, y las paredes con mantas tejidas. Varios bancos de madera sin tratar nos invitaban a sentarnos. ¡Qué refugio más acogedor, después de tantos días acampando! Anika ordenó a sus esclavos que fueran en busca de ayuda, y no tardaron en presentarse hombres y mujeres cargados con viandas, pan, frutas del bosque y pescado. Yo lo contemplaba todo, soñoliento, feliz. Transcurrido un tiempo el viento remitió y al fin Edeco, Onegesh y Skilla salieron de su escondite, empapados pero al parecer satisfechos, no se sabía si por haber protegido a sus caballos o por haberse librado de sus demonios y sus brujas.

—¿No pensabas venir a saludarme, Edeco? —preguntó Anika.

—Ya sabes que los caballos necesitan forraje, Anika.

Estaba claro que entre los dos existía alguna historia pendiente. Edeco se volvió hacia donde nos encontrábamos.

—Ya os dije que esas tiendas vuestras no servían de nada —dijo—. A ver si aprendéis a construir una yurta.

—Pues yo a ti no te he visto montar ninguna —señaló Anika.

Edeco hizo caso omiso del comentario, incómodo por tener que aceptar su hospitalidad.

—Si los caballos hubieran salido en estampida, habríamos tenido que caminar un buen trecho para recuperarlos —aclaró sin que hiciera falta, tal vez justificándose por haberse alejado de nosotros durante la tormenta. Se sentó y desvió la mirada.

Maximino, curioso, se acercó a él.

—Esta mujer manda como un hombre.

—Cuenta con el respeto de su esposo muerto.

—¿Quién era?

—Bleda.

Maximino se mostró sorprendido.

Era la primera vez que yo oía aquel nombre.

—Bleda era el hermano de Atila —aclaró Bigilas dándose importancia—. Durante un tiempo gobernaron juntos, hasta que Atila lo mató. Ésta debe de ser una de sus viudas.

—¿Asesinó a su propio hermano? —pregunté, intrigado.

—Tuvo que hacerlo —murmuró Edeco.

—¿Y a ella se le permite seguir con vida?

—Es lista, y no constituye ninguna amenaza. Atila la resarce con esta aldea. De no hacerlo, las luchas de sangre se prolongarían. Este pueblo es un *konos*.

De nuevo una palabra que desconocía.

—¿Qué significa *konos*?

—Es un pago por una deuda de sangre. Un hombre al que se sorprende robando ganado puede ser ejecutado, pero él mismo o sus parientes también pueden ofrecer el *konos* si pagan al hombre a quien han robado. A los dioses se les paga por las vidas arrebatadas. Así, una vida puede cambiarse por otra. Atila o Bleda. Uno de los dos debía morir, eso lo sabía todo el mundo, porque ya no podían seguir gobernando juntos. De modo que Atila mató a Bleda y pagó el *konos* a sus esposas.

Miré alrededor. Aquella choza parecía mal pago a cambio de la vida de un esposo que, además, era rey.

—Si tienes el poder de Atila —añadió Bigilas, como si hubiese leído mi pensamiento—, decides a cuánto asciende el *konos*.

—Y si eres una mujer indefensa —intervino Anika, que sin duda había oído nuestros susurros— debes decidir cuán poco estás dispuesta aceptar para mantener la paz. —En sus palabras había un atisbo de amargura, pero acto seguido se encogió de hombros—. Aun así, ofrezco la hospitalidad de las estepas a cualquier viajero. Nuestras mujeres calentarán vuestros sueños.

¿Qué quería decir con aquello? A modo de respuesta, oímos unas risitas ahogadas y unos pasos quedos, y nos volvimos a mirar. En la estancia apareció un grupo de mujeres hermosas, con la cabeza cubierta para protegerse de la lluvia, los ojos brillantes, las formas insinuadas bajo vestidos bordados, los pies calzados con botines de suave piel de ciervo, empapados de la humedad de la hierba. Nos miraron, tímidas, y volvieron a reír. Ceñían sus delgadas cinturas fajines dorados, y rodeaban sus pechos, acentuando sus curvas, unas cintas caladas. Yo me sentía a un tiempo excitado y cohibido. No había visto a ninguna mujer joven desde hacía semanas, y la larga abstinencia incrementaba mi interés.

—¿Qué es todo esto, por el Hades? —preguntó Maximino, que parecía más asustado que intrigado.

—No es por el Hades, sino por el Cielo —replicó Bigilas, encantado—. Es costumbre de los hunos y de otros pueblos nómadas ofrecer a sus mujeres como muestra de hospitalidad.

—¿Ofrecer? ¿Para acostarse con ellas, dices?

—Los paganos son así.

Edeco, a quien la historia de Anika no avergonzaba tanto como para rechazar aquella oportunidad, ya se había agenciado una joven sonriente y de formas rotundas y la conducía afuera. Skilla, por su parte, había escogido a una belleza rubia, sin duda producto de la conquista y la esclavitud. Onegesh señalaba a una pelirroja. A mí me había cautivado una doncella con el pelo más negro que las alas de un cuervo, y con los dedos bañados en el resplandor de sus anillos. Me sentía emocionado y nervioso. Mi padre, claro está, me había iniciado en las lecciones del amor con las cortesanas de Constantinopla, pero al ser soltero en una ciudad abiertamente cristiana, mis experiencias en ese terreno habían sido limitadas. ¿Cómo sería pasar la noche con una joven de otra cultura?

—De ninguna manera —exclamó Maximino, encarándose a Anika—. Dale las gracias, pero dile que nosotros somos cristianos, y que ésta no es nuestra costumbre.

—Pero, senador —imploró Bigilas—, es una costumbre suya.

—Causaremos mejor impresión en Atila si demostramos la dignidad estoica de nuestros antepasados que si copiamos a los bárbaros. ¿No lo crees así, ¿Jonás?

Tragué saliva.

—No desearía herir sus sentimientos.

—Dile que, en nuestro mundo, tenemos una esposa, no muchas, y que respetamos a nuestras mujeres, y no las compartimos —insistió Maximino—. Son jóvenes encantadoras, sólo eso, pero al menos yo dormiré más cómodo solo.

—Pero los que no somos diplomáticos... —protestó Rusticio.

—Seguiréis mi ejemplo —zanjó el senador.

Nuestros escoltas hunos amanecieron mucho más satisfechos que nosotros. La mañana era radiante, y sus mujeres reían con disimulo mientras nos servían el desayuno. Al terminarlo reanudamos nuestro viaje. Se decía que Atila se encontraba a sólo dos días de allí.

Skilla, intrigado, volvió a cabalgar a mi lado.

—¿Anoche no te fuiste con ninguna mujer?

Suspiré.

—Maximino nos ordenó que no lo hiciéramos.

—¿Acaso no le gustan las mujeres?

—No lo sé.

—¿Y por qué os lo prohibió?

—En nuestro mundo, el hombre se casa con una sola mujer, y le es fiel.

—¿Estás casado? —quiso saber.

—No. La mujer que me interesaba... me rechazó —respondí.

—¿Todavía piensas en ella?

—Más o menos.

—Pues las jóvenes a las que ayer rechazasteis se sintieron muy ofendidas.

Me dolía la cabeza por haber bebido tanto *kamon*.

—Skilla, eran encantadoras —dije—. Yo me limité a obedecer órdenes.

El huno meneó la cabeza.

—Vuestro jefe es un necio. No sirve de nada almacenar las semillas. Enfermaréis y más adelante tendréis problemas.

9

La fortaleza de los legionarios

«Qué hueco se ha vuelto nuestro imperio —pensó Flavio Aecio mientras proseguía con su inspección del fuerte de Sumelocenna, a orillas del río Neckar, en Germania—. Qué inútil he llegado a ser yo. Un general sin un verdadero ejército.»

—En los tiempos que corren no es fácil encontrar albañiles, de modo que hemos reforzado las murallas con una empalizada de troncos —explicaba el tribuno con cierto embarazo—. Hay algunos podridos que esperamos reemplazar cuando lleguen recambios de Mediolanum. El patricio local se resiste a cedernos sus árboles...

—¿No eres capaz de enseñar a tus soldados a colocar unas piedras sobre otras, Stenis?

—No disponemos de cal ni de dinero para comprarla, comandante. Nos deben dos años de estipendios, y los mercaderes han dejado de servirnos porque no les pagamos. En la actualidad los soldados no aceptan trabajos duros. Dicen que son para esclavos y campesinos. Los hombres de las tribus a quienes reclutamos son de otra pasta. Les encanta luchar, pero el trabajo...

Aecio no replicó. ¿Para qué? Con escasas variaciones, había oído aquellas quejas desde la desembocadura del Rin hasta aquel destacamento del extremo oriental de la Selva Negra. En realidad llevaba toda la vida oyéndolas. Los hombres nunca eran suficientes. El dinero jamás bastaba. Faltaban armas, piedras, pan, caballos, catapultas, botas, capas, vino, rameras, reconocimiento oficial, cualquier cosa, para mantener las interminables fronteras de Roma. Las guarniciones ya apenas parecían ejércitos, pues los hombres tenían permiso para vestir y armarse por su cuenta. Y éstos sucumbían a modas que en ocasiones resultaban tan individuales como poco prácticas.

Aecio ya había cumplido los cincuenta años, y durante la mayor parte de aquel medio siglo había sustituido su falta de poder militar con fanfarronería, la maltrecha tradición romana de la victoria «inevitable», y astutas alianzas con cualquier tribu que se dejara persuadir, sobornar o coaccionar para oponerse a la amenaza de cada momento. La suya era una vida de duras batallas, de alianzas cambiantes, de bárbaros despiadados y emperadores egoístas. Había vencido a francos, bagaudas, borgoñones; había derrotado, en Italia, a usurpadores y políticos que murmuraban y conspiraban constantemente a sus espaldas. Había sido cónsul en tres ocasiones y, como mandaba en el ejército, mandaba en el Imperio occidental de modo que el emperador Valentiniano apenas comprendía.

Con todo, a pesar de hacerse más fácil, cada victoria le parecía más difícil. Los hijos acaudalados de los poderosos compraban sus ascensos en el ejército, los pobres desertaban y los reclutas bárbaros fanfarroneaban más que hacían. La inquebrantable disciplina que había caracterizado a los ejércitos romanos se había erosionado. Y ahora temía que el enemigo más peligroso de todos le hubiera puesto el ojo encima. Aecio conocía a Atila, y sabía que el joven airado y cruel con quien en otros tiempos había jugado y se había peleado se había convertido en un rey hábil y agresivo. A Aecio lo habían enviado como niño rehén de los hunos en el año 406. Era una garantía para el cumplimiento del tratado de Estilicón con la tribu. Más tarde, cuando su suerte cambió en el circo político que era el imperio, se había unido a los hunos en busca de refugio. A su vez, cuando Atila necesitó mantener ocupadas a sus hordas incansables, Aecio las había usado contra los enemigos de Roma, a cambio de generosas soldadas. Se trataba de una asociación peculiar, pero que había resultado útil.

Ése era el motivo por el que el necio de Valentiniano le había enviado aquel último despacho.

«Tus peticiones de un número mayor de efectivos, que cada vez me suenan más a exigencias, no son en absoluto razonables —le había escrito el emperador—. Tú, general, sabes mejor que nadie que los hunos han sido nuestros aliados más que nuestros enemigos en Occidente. Y han sido precisamente tus mañas las que los han convertido más en instrumento que en amenaza. Creer ahora que representan un peligro va no sólo contra toda experiencia, sino contra tu propia historia personal de éxitos. Las necesidades financieras en la corte italiana son acuciantes, y no puede destinarse más dinero a la defensa de las fronteras del imperio. Debes arreglarte con lo que tienes...»

Lo que Valentiniano no comprendía era que todo había empezado a cambiar cuando el rey Ruga había muerto y Atila y Bleda le habían sucedido. Los hunos se habían vuelto más arrogantes y exigentes. Y cuando Atila mató a su hermano, y los hunos pasaron de saqueadores a imperialistas, las cosas cambiaron aún más. Atila sabía mucho más de Roma que Ruga, y entendía bien cuándo le convenía presionar sin tregua y cuándo sellar una paz temporal. De cada campaña, de cada tratado, los hunos parecían salir fortalecidos y los romanos debilitados. Oriente ya había sido arrasado, se diría que por una plaga de langostas. ¿Faltaba mucho para que Atila volviera la vista hacia Occidente?

Ese día había amanecido gris, y llovía mansamente. El tiempo parecía coincidir con el pesimismo general. La llovizna ponía en evidencia las goteras que minaban la fortaleza; en vez de reparar a conciencia unos edificios de piedra de doscientos o trescientos años de antigüedad, los hombres de la guarnición los habían apuntalado con troncos y barro. La rectilínea precisión del trazado original de aquella fortaleza se había perdido a causa de la construcción de nuevas chozas unidas entre sí por senderos sinuosos.

—Sea como fuere —prosiguió el tribuno—, los hombres de la Duodécima están dispuestos a todo.

Palabras.

—Esto no es una fortaleza, es un nido.

—¿General?

—Un nido hecho con ramas y trozos de papel. Y la empalizada está tan carcomida que puede derrumbarse en cualquier momento. Atila la echaría al suelo de un puñetazo.

—¡Atila! ¡Pero si el rey de los hunos se encuentra muy lejos! Aquí no debemos preocuparnos por él.

—Hasta en sueños me preocupa, Stenis. Me preocupa en Atenas, en Lutecia, en Tolosa y en Roma. Es mi obligación y es mi destino.

El tribuno se mostró confuso.

—Pero sois amigos, ¿no?

Aecio, con expresión sombría, clavó la vista en la lluvia.

—Igual que soy amigo del emperador, amigo de su madre, amigo de Teodorico en su corte de Tolosa, amigo del rey Sangibano, en Aurelia. Soy amigo de todos, yo soy el nexo de unión entre ellos. Pero, soldado, en ninguno confío. Y tampoco tú deberías hacerlo.

Al oficial le escandalizó aquella expresión de irreverencia, pero optó por no manifestarlo.

—Sólo decía que Atila no se ha acercado nunca a estos confines.

—Por el momento. —A Aecio le pesaban sus cincuenta años, así como los interminables viajes a caballo, la prisa por llegar a las regiones amenazadas, la falta de un hogar digno de ese nombre. Durante décadas se había entregado con gusto a aquella vida. ¿Y ahora?—. Los soldados se preparan para lo peor, ¿no es así?

—Como digas, general.

—Los verdaderos soldados romanos no aguardan a que les llegue el dinero ni los permisos para ponerse a reparar los muros; los refuerzan hoy mismo. Si no cuentan con arcilla, la compran, y si no les alcanza para comprarla, se la llevan de donde sea. Y si aquellos de quienes la han tomado se quejan, les dicen que el ejército es lo primero, porque a fin de cuentas el ejército es Roma. ¿Acaso quieren los mercaderes descontentos un mundo de guerreros bárbaros y príncipes de pacotilla?

—Eso es precisamente lo que intento decirles...

Aecio se enderezó de repente, como si prestara atención a algo, y se dio un puñetazo en el pecho.

—¿Qué hay en tu nido, tribuno?

—¿Dentro? —La confusión regresó al rostro de Stenis—. La guarnición, por supuesto. Algunos están enfermos, muchos de permiso, pero si disponemos de tiempo...

—Para la reputación, lo que hay dentro es lo que cuenta. Nadie se atreve a alterar la paz de un avispero, porque tras sus delgadas paredes se esconden aguijones mortales. Hasta el niño más pequeño sería capaz de romper un avispero, pero incluso el más aguerrido de los soldados dudaría en hacerlo. ¿Por qué? Por los fieros centinelas que lo custodian. ¡Que esos insectos os sirvan de lección! ¡No bajéis la guardia ante los hunos!

—¿Atila? ¿Qué sabes de él?

¿Qué sabía, en realidad? Rumores, advertencias, observaciones que su peculiar espía enano le había escrito en pedazos de papel y le había enviado desde el campamento del rey de los hunos. ¿Debía concederles credibilidad? ¿Se mostraba Atila cada vez más interesado en Occidente? ¿Era cierto que Clodion, aquel franco desgarbado, había acudido a pedirle apoyo en su reivindicación al trono de su pueblo?

—Convierte a tus hombres en avispas, soldado, antes de que sea demasiado tarde.

10

El rey de los hunos

—¡Llegan romanos!

Aquellas palabras prendieron como la tea en el aposento en penumbra.

—¿Un ejército? —preguntó Ilana.

—No, es sólo una embajada —informó el cocinero.

El corazón de la cautiva se sumió en la desesperación con tanta rapidez como se había elevado sobre ella, pero aun así siguió latiendo en su pecho igual que un ave asustada. ¡Por fin algo que la unía a su tierra, así fuera remotamente! Desde el saqueo de Axiópolis y la muerte de su padre, Ilana había vivido en un vasto y neblinoso averno en la capital itinerante de los hunos, habitada por niños deslenguados, perros que ladraban sin cesar, mujeres sumisas, humo, mugre y hierba. Apenas empezaba a familiarizarse con su idioma gutural, sus costumbres brutales, los fuertes sabores de su comida. El impacto de la matanza que había presenciado la acompañaba día y noche como el dolor de un corazón roto, y la incertidumbre de su futuro hacía que estuviera siempre inquieta y que no lograra dormir. El trabajo anodino que le habían asignado no lograba distraerla.

Sabía que su situación era mejor que la de muchos cautivos. Convertirse en camarera de Suecca, una de las esposas de Edeco, el jefe que había conquistado su ciudad, la había librado de la esclavitud, la violación y las palizas que habían sufrido algunos prisioneros. Skilla, el huno que la había conducido hasta allí, la había tratado con respeto durante el viaje y había mostrado abiertamente su interés por casarse con ella. Ilana sabía que durante la matanza de

Axiópolis había sido él quien le había salvado la vida, y además le llevaba regalos, ropa y alimentos, lo que mejoraba su situación pero al tiempo la llenaba de dudas. ¡Ella no deseaba casarse con un huno! Con todo, sin su favor sería poco más que un mueble, un trofeo con el que comerciar. Había rechazado sus torpes aproximaciones del principio, pero luego se había sentido culpable, como si hubiera ahuyentado a un perro faldero. Él se había mostrado dolido, divertido y persistente. No consentía que se le acercara ningún otro hombre, lo que era un alivio. Con todo, también lo fue saber que partiría con Edeco en una misión que había de llevarlo hasta Constantinopla.

Ahora llegaban unos romanos, unos romanos de verdad, junto con Skilla y Edeco. No se trataba de romanos traidores, como Constancio, que trabajaba como secretario de Atila, ni como el estratega Oenegio, que había intentado llevar la civilización hasta la capital haciendo que un esclavo le construyera unos baños de piedra, o como el lugarteniente Onegesh, a quien habían enviado al sur, con Edeco. No, aquéllos eran romanos del Imperio oriental, que representaban la civilización, la fe y el orden.

—Por favor, Suecca, ¿podemos ir a mirar? —suplicó Guernna, una cautiva germana de largas trenzas rubias y energía inexistente. De naturaleza perezosa, cualquier tarea, por liviana que fuera, la agobiaba—. ¡Quiero ver sus ropas y sus caballos!

—¿Habéis hecho algo para merecer recompensa alguna? —refunfuñó Suecca, que a pesar del tono no era una mala mujer—. Con los bordados que tenéis por terminar podríais trabajar un año entero, por no hablar de la leña y el agua que todavía no habéis ido a buscar.

—¡Por eso mismo la costura puede esperar! —razonó Guernna—. Mira qué triste está Ilana ahí sentada, más callada que una tumba. Tal vez la novedad la anime un poco. Vamos, Suecca, ven a mirar con nosotras. Quién sabe si Edeco trae algún regalo.

—Los romanos no son más especiales que el ganado —replicó su señora—. Id a verlos si queréis, que yo buscaré al patán de mi esposo, si es que todavía me acuerdo de qué aspecto tiene. Y recordad que pertenecéis a la casa de Edeco, así que nada de gritar como gallinas cluecas. Un poco de dignidad en el hogar del jefe.

Las criadas, incluida Ilana, salieron corriendo. Alejarse de las estancias de Edeco bastó para que la romana se distrajera. Eran muchas las gentes que les seguían los pasos, impacientes por ver a los últimos en incorporarse a la lista de reyes, príncipes, generales y adivinos que acudían a rendir pleitesía al gran Atila. Ilana esperaba que, algún día, los romanos llegaran en número suficiente y pusieran fin a su cautiverio.

A Edeco lo reconoció casi al instante; llevaba bien erguido su pendón de pelo de caballo con el que ahuyentaba los malos espíritus y, al ver a su esposa Suecca, una sonrisa apenas perceptible se abrió paso en su rostro surcado por las cicatrices rituales. Poco más atrás llegaba Onegesh, de piel más blanca, que con todo montaba con un aplomo y una satisfacción que en ocasiones le llevaba a parecer más huno que los propios hunos. Le seguía Skilla, erguido, orgulloso, como si el mero hecho de haber visitado el imperio le hubiera conferido un nuevo estatus. Cuando sus ojos se clavaron en los de ella, se iluminaron al reconocerla y al sentirla suya. Ilana se ruborizó sin saber por qué. No era feo, como la mayoría de hunos, y parecía sincero en sus atenciones, pero no entendía que, a sus ojos, se trataba sólo de un bárbaro responsable de la destrucción de su ciudad, de la muerte de su prometido Tasio, su amado Tasio, de haber puesto fin a sus sueños. «Todo eso ya no existe —le había dicho Skilla—. Ahora serás más feliz si te unes a mí.»

Detrás de los hunos avanzaban los romanos. Al verlos, el corazón le latió con más fuerza. El hombre que iba delante llevaba las ropas de montar cubiertas con la toga ceremonial, de abundantes pliegues, y ella supuso que se trataba del embajador, tal vez algún ministro o senador. Los que le seguían no parecían ocupar cargos tan importantes, aunque los observó con el mismo interés, pues le recordaban a su hogar perdido. Dos de ellos llevaban los ropajes que los distinguían como ayudantes o intérpretes. El más bajo miraba con desconfianza a la multitud de hunos, como si temiera ser descubierto. El otro, más erguido en su montura y de facciones más agradables, mantenía la vista al frente, como si no quisiera ofender a nadie. Los acompañaba también un joven apuesto, que tendría su misma edad, ataviado con una vestimenta de mejor calidad, y que lo miraba todo con ojos vivaces y llenos de inocente curiosidad. Parecía demasiado joven para haber conseguido un puesto en aquella embajada imperial.

A los esclavos romanos y a los animales de carga los condujeron a un pastizal cercano al río Tisza que se había habilitado como zona de acampada y que, deliberadamente, se encontraba colina abajo respecto del recinto de Atila. Edeco acompañó personalmente a la legación diplomática hasta el vasto mar de yurtas, chozas, cabañas y palacios de madera que se alineaban a lo largo de dos kilómetros, en la orilla oriental del Tisza, y que representaban una guardia central de al menos dos mil guerreros. Alrededor de esa ciudad primitiva se apiñaban los pequeños poblados de tribus aliadas, como lunas en torno a un planeta. El grupo de curiosos seguía a los diplomáticos, pasaba por entre las casas como un caudal de agua, saludaba efusivamente a los guerreros hunos y se mofaba sin malicia de los romanos. Los niños correteaban entre ellos, los perros ladraban, y los caballos, atados, relinchaban y piafaban al paso de los ponis recién llegados, que a su vez sacudían el cuello arriba y abajo, como si quisieran saludarlos.

Cuando los romanos y sus escoltas se encontraban cerca de la empalizada que delimitaba las estancias de Atila, Ilana se percató de que las esposas y las doncellas del rey habían salido en orgullosa procesión bajo la Nube de Tela, en una ceremonia que ya había tenido ocasión de presenciar varias veces. Las más altas y más rubias formaban dos filas, y sobre sus brazos alzados sostenían una larga tela de lino blanco, lo bastante larga y ancha para que siete jóvenes pasaran por debajo. Todas llevaban flores que arrojaban a los miembros de la legación, e inundaban el aire de melodías escitas. Las doncellas ofrecían cuencos de comida a Edeco y sus compañeros, y los lugartenientes bárbaros comían con expresión seria sin abandonar sus monturas, pues aquél era un gesto con el que reconocían la soberanía de Atila, del mismo modo que, en el mundo de Ilana, la comunión lo era de la soberanía de Cristo.

A los romanos, que aguardaban con paciencia, no les ofrecían nada.

La cautiva se fijó en que el joven apuesto observaba con atención los estandartes de pelo de caballo que ondeaban frente a las yurtas y las casas. Todos ellos estaban hechos con crin de los mejores sementales. Cuantos más caballos tuviera el propietario, más grueso era el estandarte. Flanqueando los lados opuestos de las puertas, los cráneos de los mejores corceles en lo alto de unas estacas, que protegían contra los malos espíritus, exhibían sus largos dientes y las órbitas vacías, en macabra sonrisa permanente. Asimismo, en las inmediaciones de las casas, se veían pieles y tiras de carne puestas a secar sobre cuerdas, envueltas en nubes de moscas. Erigidos a ambos lados de la puerta que daba acceso a los aposentos de Atila, dos tejones disecados y mal cosidos, los tótemes del rey. Al ver que el romano sentía curiosidad por todo, Ilana recordó el penetrante hedor que, a su llegada, se le hacía insoportable: el olor de cuerpos sudorosos, caballos, pastos, hierba segada, especias desconocidas y vapor acre de fuegos humeantes. Los hunos creían que su olor era una emanación de su alma, y en lugar de saludarse con besos o apretones de manos, solían hacerlo olisqueándose mutuamente, como perros cariñosos. Ilana había tardado un mes en acostumbrarse a su olor.

La mirada del recién llegado acabó por posarse en ella, que vio que se demoraba un instante en su figura, interesado. Se trataba de una reacción que ya había suscitado en otros hombres. Pareció constatar su belleza con cierta sorpresa, y ella quiso creer que era porque seguía pareciendo romana, y no bárbara. A continuación, los ojos del romano se trasladaron hacia otras gentes, pero en una o dos ocasiones regresaron a ella como casualmente, aunque no por ello dejó de escrutarla con detenimiento.

Por primera vez desde su captura, Ilana sintió un atisbo de esperanza.

Y así fue como yo, Jonás, llegué al palacio de Atila. Era modesto comparado con las construcciones romanas, aunque más rico de lo que imaginaba. No estoy seguro de si esperaba encontrar al rey de los hunos en una tienda, una choza o un palacio, pero su residencia principal y más permanente era una combinación de las tres. Se trataba de una construcción de madera muy bien realizada. Empezaba a comprender que los hunos se encontraban a medio camino entre sus orígenes nómadas y una existencia sedentaria, y su ciudad reflejaba aquella curiosa transición. Yurtas, carromatos, cabañas de troncos, casas de adobe, cualquiera de ellas servía de hogar, y todas se esparcían sin orden ni concierto y constituían el poblado.

Yo ya me había percatado del gusto de los guerreros hunos por las joyas de oro, los arneses y las bridas de intrincados diseños, las delicadas sillas de montar y las armas con incrustaciones de plata y piedras preciosas. Solían llevar cintos de plata y fajines de seda. Ahora constataba que la vestimenta de las mujeres resultaba aún más recargada. Llevaban collares y cinturones profusamente labrados sobre vestidos bordados de mil colores. Vi a jóvenes cabreras atender a sus rebaños ataviadas con vestidos hechos con hilos de plata. Llevaban el pelo trenzado y discos de oro en la frente. Broches del mismo metal, en forma de cigarra, fruncían en los hombros los ropajes de reinas y princesas, y usaban unos cinturones largos, cuajados de metales y piedras preciosas, cuyos extremos les llegaban hasta los tobillos. Algunos de sus collares, de elaborado diseño, les cubrían el cuello y el pecho, y en su grosor asemejaban cotas de malla.

En las estructuras de madera también se ponía de manifiesto la gran habilidad de los artesanos. Las maderas se traían desde muy lejos, y los troncos y los tablones se revestían y tallaban con destreza. El palacio de Atila era si cabe de mejor factura, y las estacas de la empalizada que lo rodeaba estaban dispuestas tan juntas y rectas que semejaban un muro completamente liso. Las torres de vigilancia exhibían complejas balaustradas, y la propia residencia, de grandes dimensiones, se veía más ornamentada que un joyero; todos y cada uno de los tablones que la revestían habían sido pulidos y brillaban con una pátina rojiza. A los lados, sendas galerías proporcionaban refugio contra los elementos, y unos cobertizos se alineaban junto a la empalizada. Grandes losas hacían las veces de camino entre el barro, y los hornos, los almacenes, las bodegas y los pozos contribuían a que aquella residencia fuese una fortaleza autosuficiente en caso de ataque. Las rejas de las ventanas, los tejados y los aleros estaban labrados imitando las formas de caballos, aves, dragones.

—Una muestra de destreza germana —observó Rusticio—. Todo esto es obra de los cautivos. Los hunos no valoran el trabajo manual. Ni siquiera saben hacer pan.

Aquel palacio era uno de los seis que tenía esparcidos junto a los ríos de la llanura húngara, según nos había contado Bigilas, aunque al parecer se trataba del más imponente. En torno a la gran sala se erigía un pequeño bosque de estandartes de pelo de caballo que representaban los clanes hunos. Aquí también, cada una de las estacas estaba rematada por los cráneos de los caballos más queridos de la realeza.

Las cabezas humanas que nos escrutaban desde las alturas resultaban más inquietantes.

—¿Qué son? —susurré.

—Enemigos derrotados —me respondió Bigilas.

Todas estaban clavadas en puntas de lanza, y habían dejado que la carne se pudriera de manera natural. La mayoría había sido devorada por los cuervos y sólo quedaba la calavera, salpicada aquí y allá por restos de carne y mechones de pelo que ondeaba al viento.

También resultaban peculiares las cabezas deformes de algunos hunos. Me llamaron la atención, en primer lugar, en algunos niños calvos, y creí que debía de tratarse de imbéciles, de criaturas con malformaciones congénitas. Mostraban unas frentes desproporcionadas, muy altas, que proseguían su recorrido hacia atrás y formaban una especie de pico redondeado. La cortesía me impidió comentar nada, pero al poco me fijé en que aquella particularidad se daba también entre algunos guerreros, e incluso entre mujeres. Si aquella deformidad se añadía a su complexión achaparrada, su pelo negro, sus cicatrices rituales y sus ojos pequeños y rasgados, el resultado era terrorífico.

—¿Qué le ha pasado a esa pobre gente? —le pregunté a Rusticio.

—¿Pobre? Pero si lleva más oro del que yo veré jamás.

—Lo digo por sus cabezas. Parecen recién nacidos de esos que es mejor arrojar por la ladera de una montaña.

Se rió.

—Entre estos monstruos, se trata de un signo de belleza. Algunos aplanan la cabeza de los recién nacidos deliberadamente, cuando el hueso todavía está tierno. Les atan una tablilla y van apretando, y los niños gritan de dolor. La deformidad les resulta atractiva.

Al fin desmontamos, a pocos pasos de la galería del palacio, y Edeco, Onegesh y Skilla condujeron a nuestra pequeña comitiva de romanos hasta la gran sala rectangular del palacio de Atila. La zona de recepción era modesta comparada con sus equivalentes imperiales, pero lo bastante espaciosa para albergar a unas cien personas. El suelo, de madera, estaba cubierto de alfombras, y el techo, del mismo material, se elevaba en dos aguas hasta unos treinta pies. Al parecer, nos encontrábamos en el salón del trono de Atila. Tapices y estandartes de legionarios capturados decoraban las paredes, y unos ventanucos protegidos por rejas filtraban la única luz que entraba en la estancia. En los cuatro rincones había guardias armados y, a ambos lados, los nobles del lugar, bajos y rechonchos como simios, se encontraban sentados en el suelo, con las piernas cruzadas. La idea que me había formado de los bárbaros en mi niñez —altos y agraciados nubios, germanos fornidos de cabellos claros— se vino abajo. Aquellos hombres parecían duendes, bolas macizas de músculo. Con todo, su aspecto los hacía aún más amenazadores. Nos observaban con sus ojos rasgados, y no pude evitar fijarme en su nariz ancha y achatada, en su boca fina y carente de expresión.

Todos llevaban espada, y detrás de ellos, contra la pared, apoyaban el arco y las flechas. Se los veía tensos como las cuerdas de sus armas.

En la penumbra que ocultaba el extremo opuesto de la sala, sobre una plataforma elevada se intuía a un hombre solo, sentado en una silla de madera sin tallar, desarmado, sin corona ni distintivo de ninguna clase. Tras él se desplegaban unos cortinajes. ¿Era aquél el rey de los hunos? El hombre más poderoso del mundo resultaba decepcionante.

Atila vestía de forma más sencilla que todos los demás. Apoyaba los pies en el suelo, con gran firmeza, y mantenía el torso erguido. Como todos los hunos, era de piernas cortas y de cintura alta, y mostraba una cabeza grande, desproporcionada en relación con su cuerpo. Su inmovilidad era tal que parecía tallado en madera. Era, y en aquel punto hacía honor a su reputación, un hombre feo: la nariz chata, los ojos tan hundidos que parecía mirar desde el interior de dos cuevas, y las mejillas atravesadas por las cicatrices rituales que marcaban a tantos de los suyos. ¿Se habría practicado aquellos cortes él mismo después de matar a su hermano?

El poblado bigote le ocultaba la boca y le otorgaba un rictus que yo empezaba a identificar como típicamente huno, y llevaba descuidada la barba entrecana. Aun así, su mirada era penetrante y su frente despejada. La barbilla y los prominentes pómulos le conferían un aspecto sin duda autoritario. Era ancho de espaldas y de cintura estrecha, y a sus cuarenta y cuatro años se conservaba tan ágil como un soldado de veinte. Las manos, al igual que la cabeza, destacaban por su tamaño, y se veían oscuras y callosas como raíces a la intemperie, con unos dedos que se aferraban a los brazos de la silla como si, de no hacerlo, pudiera ponerse a levitar en cualquier momento. No había nada en él que lo distinguiera como figura autoritaria, y no obstante, sin pronunciar una sola palabra ni mover un solo músculo, dominaba la estancia con la misma naturalidad con que una matriarca domina un cuarto lleno de niños. Atila había matado a cien hombres, y había mandado matar a cien mil más, y toda aquella sangre le había otorgado presencia y poder.

Tras él se alzaba una gigantesca espada de hierro, que descansaba horizontalmente sobre dos soportes dorados. Estaba oxidada, oscurecida y parecía muy antigua. Había perdido el filo y era tan grande —puesta vertical me llegaría a la mitad de la cara— que parecía hecha más para un gigante que para un hombre.

Maximino también reparó en ella.

—¿Es ésa la espada de Marte? —susurró a Bigilas—. Debe de ser como blandir una viga.

—Se dice que la encontraron cerca del río Tisza cuando una vaca se cortó con algo afilado que sobresalía en la hierba —explicó el traductor en voz baja—. Los pastores avisaron a Atila, que mandó desenterrarla y con gran astucia proclamó que se trataba de una señal propicia de los dioses. Sus hombres son tan supersticiosos que lo creen.

Aguardábamos una señal que nos indicara qué hacer, pero de repente Atila habló sin preámbulos, aunque no se dirigió a nosotros, sino a su lugarteniente.

—Te envié para que sellaras un tratado y trajeras tesoros, y apareces sólo con hombres.

Su voz no sonaba desagradable. A pesar del tono bajo que empleaba, lo hacía con fuerza, y se notaba que se sentía contrariado. Él quería oro, no una embajada.

—Los romanos insistieron en dirigirse a ti directamente, mi *kagan* —respondió el guerrero—. Al parecer mi conversación no les interesaba, o tal vez creen que deben mostrarse testarudos. Sea como fuere, te han traído presentes.

—Junto con el deseo de paz y entendimiento que te envía nuestro emperador —señaló Maximino tan pronto como le tradujeron aquellas palabras—. Llevamos demasiado tiempo enemistados con el rey de los hunos.

Atila nos estudiaba como un león estudiaría a sus presas.

—No estamos enemistados —dijo al fin—. Existe un acuerdo entre nosotros, ratificado mediante un tratado, según el cual, al haberos derrotado, como he derrotado a todos los ejércitos a los que me he enfrentado, debéis pagarme un tributo. Pero ese tributo siempre llega tarde, o incompleto, o en moneda de baja ley, cuando lo que os exigí fue oro. ¿No es cierto, embajador? ¿Acaso debo acudir personalmente a Constantinopla para obtener lo que por derecho me corresponde? Si debo hacerlo, me acompañarán más soldados que briznas de hierba crecen en la estepa.

En su tono latía un rugido de advertencia, y los caudillos que lo observaban emitían ronroneos de aprobación semejantes a zumbidos de avispas.

—Todos respetamos el poder de Atila —dijo el senador, sin duda confuso por lo brusco de aquellas primeras palabras—. Os traemos no sólo parte del tributo anual, sino regalos adicionales. Nuestro emperador desea la paz.

—Entonces, que cumpla los acuerdos.

—Tu sed de metal amarillo está destruyendo nuestro comercio, y si no la aplacas, no tardaremos en ser tan pobres que no podremos pagarte nada. *Kagan*, tú gobiernas en un gran imperio. Yo provengo de otro que también lo es. ¿Por qué no estrechamos nuestros lazos? ¿Por qué no nos asociamos? Nuestra rivalidad agotará a las dos naciones, y derramaremos la sangre de nuestros hijos.

—Roma ya es mi asociada. Cuando paga sus tributos. Y cuando me devuelve los soldados.

—Te hemos traído a cinco fugitivos.

—Sí, y mantenéis cautivos a cinco mil. Dime, general —añadió, dirigiéndose a Edeco—, ¿es Constantinopla tan pobre que no puede darme lo que me prometió?

—Es rica y bulliciosa y está atestada de personas que viven como pájaros enjaulados. —Señaló a Bigilas—. Él me la mostró.

—Vaya, sí, el hombre que cree que su emperador es dios, y yo un mero mortal.

Mi sorpresa fue mayúscula. ¿Cómo podía haberse enterado ya de aquella historia? Acabábamos de llegar, y las negociaciones parecían estar escapando a nuestro control.

Atila se puso en pie, con las piernas algo encorvadas y el torso como una coraza.

—Traductor, yo soy un hombre, sí, pero los dioses actúan a través de mí, como no tardarás en aprender. Mira. —Se volvió hacia la gran espada colgada detrás de él—. En un sueño, Zolbon, a quien vosotros, los romanos, llamáis Marte, se me apareció y me habló de su espada. Me mostró dónde encontrarla en medio de la llanura. Con esta arma, me dijo, los hunos serán invencibles. ¡Con la espada de Marte, el Pueblo del Alba conquistará el mundo!

Alzó los brazos y sus caudillos se postraron a sus pies entre gritos de aprobación. Nuestra pequeña embajada se replegó, temiendo una matanza. Pero Atila, tan pronto como se había levantado, bajó los brazos, el clamor cesó y él y sus jefes volvieron a sentarse. Todo había sido una pantomima.

—Escuchadme bien, romanos —prosiguió, señalándonos con el dedo—. Vuestro dios, ahora, es el Pueblo del Alba. Nosotros decidimos quién vive y quién muere, qué ciudad se construye y cuál arde, quién marcha y quién emprende la retirada. Somos nosotros quienes contamos con la espada de Marte. —Asintió, como afirmando su arrogancia ante sí mismo—. Pero soy buen anfitrión, como vosotros lo habéis sido de Edeco. Esta noche celebraremos un gran banquete, y empezaremos a conocernos. Vuestra visita es sólo el principio. El tiempo dirá en qué aliados habremos de convertirnos.

Abrumados ante aquel recibimiento, nos retiramos a nuestras tiendas, plantadas junto al río, a descansar y a parlamentar. Bigilas y Rusticio, que conocían mejor a los hunos, eran los que se mostraban menos desconcertados, y creían que la agresividad inicial de Atila respondía sencillamente a una táctica.

—Recurre a su mal humor para intimidar y mandar —dijo Bigilas—. En alguna ocasión llegué a verlo revolcarse de ira en el suelo, hasta que la sangre le brotaba por la nariz. Y lo he visto matar a un enemigo con sus propias manos, arrancarle los ojos y partirle los brazos, mientras su víctima estaba tan aterrorizada que era incapaz de defenderse. Pero también lo he visto sostener a un recién nacido, besar a un niño y llorar como una mujer ante el cadáver de alguno de sus guerreros predilectos.

—Yo esperaba encontrarme con un diplomático paciente —confesó Maximino.

—Atila se mostrará más hospitalario y menos exigente durante el banquete —aseguró Bigilas—. Ha dejado clara su postura, así como nosotros dejamos clara la nuestra cuando mostramos a Edeco la fuerza de Constantinopla. Parece claro que lo que hemos hablado durante nuestro viaje le ha llegado a través de mensajeros. Los hunos no son tontos. Pero ahora, tras la exhibición de fuerza, Atila intentará forjar una relación.

—Pareces convencido, traductor.

—No es mi intención pasar por presuntuoso, embajador, pero creo que, al final, las cosas saldrán como pretendemos.

Bigilas esbozó una sonrisa enigmática que parecía ocultar más de lo que revelaba.

El verano calentaba las aguas del río, y en él nos bañamos antes de vestirnos con mejores ropas. Ya de noche, regresamos a la sala grande a participar en el banquete de bienvenida. Para entonces ya habían agrandado el espacio; habían retirado los tapices y las separaciones que antes cerraban el paso tras el trono de Atila, y sobre un entarimado, el lecho del rey, con su dosel cubierto de telas, había quedado al descubierto. A mí me parecía raro que dejaran aquella estancia a la vista, pues las alcobas romanas eran pequeñas y reservadas, pero Rusticio aclaró que para los hunos la intimidad constituía una muestra de hospitalidad. Nuestro anfitrión nos invitaba a conocer el centro de su vida.

A los pies del entarimado, Atila aguardaba en un asiento mucho más cómodo que el sencillo trono en que nos había recibido con anterioridad. La totalidad de la sala, entre aquella especie de sillón y la puerta, se encontraba ocupada por la larga mesa en la que iba a celebrarse el banquete. A medida que llegaban los invitados, se les ofrecía una copa dorada en la que escanciaban vino. Todos se movían de un lado a otro con impaciencia. Los romanos, elegantemente vestidos, se arracimaban muy juntos, entre grupos de hunos, germanos y gépidos ataviados con ropajes más sencillos, mientras aguardaban a que les asignaran un lugar en el que sentarse. Me percaté de que Edeco le murmuraba algo a Bigilas mientras esperaba, como si, de nuevo, los dos compartieran el mismo rango. El traductor asentía expectante. Maximino también reparó en ello, y arrugó la frente.

Al fin Atila nos ordenó que nos sentáramos. A Oenegio, su ministro de origen romano, le pidió que lo hiciera a su derecha, mientras dos de sus hijos, Elak y Dengizik, lo hacían a su izquierda. Los jóvenes parecían impresionados y temerosos, carentes del vigor desbocado propio de la adolescencia. A los romanos nos invitaron a tomar asiento también en el lado izquierdo, Maximino más cerca de la cabecera de la mesa, y yo a su lado para tomar las notas que estimara oportunas. Luego se sentó el resto de hunos, que fueron presentándose en su lengua. Entre ellos, por supuesto, se encontraban Edeco, Onegesh y Skilla, pero también muchos otros jefes, demasiados para recordarlos a todos, con nombres como Oktar, Balan, Eskam, Totila, Brik, Agus y Sturak. Cada uno de ellos se jactaba brevemente de sus hazañas guerreras antes de ocupar su sitio. La mayoría de las historias que contaban se referían a derrotas romanas y a saqueos. Tras ellos, más estandartes de pelo de caballo que representaban las tribus hunas, con gran cantidad de nombres desconcertantes, como acatirios, sorosgios, angiscirios, barseltios, cadisenios, sabirsios, bayundurios, sadagarios, zalas y albanos. La transcripción de esos nombres es mía, pues lo hunos, claro está, carecían de escritura, y su lengua comparte sonidos tanto con el latín como con el griego.

Fornidos esclavos, con collares de hierro que les rodeaban el cuello como si fueran perros, y con brazos tan gruesos como vigas, nos trajeron la comida. Las enormes bandejas de oro y plata llegaban colmadas de aves de corral, carnes de jabalí, venado, cabrito y ternera, frutas, raíces, pasteles y guisos. El vino y el *kumis* lo servían unas mujeres que eran, sin excepción, las más hermosas que yo había visto jamás, más incluso que las doncellas que escogían en Constantinopla para embellecer los festejos. ¡Hasta mi amada Olivia palidecería al lado de aquellas flores entreabiertas! Todas ellas se encontraban cautivas y conservaban los rasgos de sus respectivas tierras nativas, desde Persia hasta Frisia: su piel negra oscura como la caoba, o translúcida como el ágata blanca, los cabellos del color del lino, el trigo, el ámbar, el visón o la obsidiana, y los ojos de las tonalidades del zafiro, la esmeralda, la castaña, el ópalo o el ébano. Los hunos no prestaban especial atención a su gracia femenina, pero los romanos, exceptuando a Maximino, nos sentíamos transportados por aquellas bellezas cautivas, lo mismo que tras la tormenta junto al lago. Confieso que me preguntaba, esperanzado, si la misma hospitalidad se nos ofrecería esa noche. De ser así, estaba decidido a desaparecer de la vista del senador el tiempo que hiciera falta con tal de sacar provecho de ella. Cuánto deseaba olvidarme unos instantes de la constante compañía masculina. Mi cuerpo parecía a punto de estallar, y recordé la amistosa advertencia de Skilla.

Una de ellas era la muchacha de cabello oscuro que había visto junto a las puertas. Se trataba de una joven de rara belleza, que combinaba una expresión de inteligencia con unos ojos ardientes y anhelantes. Se la veía tan distante aquella noche que, más que andar, parecía flotar, y habría jurado que de vez en cuando me observaba de reojo, y en todos los casos me sorprendía siguiéndola con la mirada.

—Jonás, aunque dijiste que no pensabas perder la cabeza por culpa de los hunos, me temo que si sigues alargando tanto el cuello para mirar a esa muchacha, se te acabará cayendo al suelo —me regañó el senador en latín, sin dejar de mirar con gesto entre amable y desconcertado al huno que tenía delante.

Bajé la mirada.

—No creía que resultara tan obvio.

—No te quepa duda de que Atila controla cuanto hacemos.

El *kagan* volvía a ir vestido con mayor sencillez que el resto de asistentes, hombres o mujeres. No llevaba corona ni distintivo alguno. Mientras los guerreros comían de las bandejas de oro, él lo hacía de un cuenco de madera y bebía sirviéndose de una copa tallada del mismo material, y apenas hablaba. No tomaba alcohol, sino agua de arroyo. No hacía caso del poco pan que había sobre la mesa, y no comía nada dulce. Se limitaba a observar al grupo con sus ojos oscuros, profundos, penetrantes, como si fuera el espectador de un extraño drama. Junto a su lecho, en la penumbra, se adivinaba el perfil de una mujer.

—¿Quién es? —le pregunté a Maximino.

—La reina Hereka, la más importante de sus esposas y madre de sus príncipes. Cuenta con casa y terreno propios, pero asiste con su esposo a actos como éste.

Los hijos de Atila comían inexpresivamente, sin atreverse a mirar a su padre ni a hablar con los hombres que tenían a los lados. Entonces entró un tercer muchacho, que saludó a su madre y avanzó en dirección al rey. Era más joven que los otros dos, apuesto, y por primera vez a Atila se le escapó una sonrisa y le pellizcó la mejilla.

—¿Y ése?

—Debe de ser Irnak. Me han dicho que se trata de su hijo predilecto.

—¿Por qué?

Rusticio se acercó por encima de la mesa.

—Los adivinos de Atila le han dicho que su imperio caerá, pero que Irnak lo restaurará.

—¿Atila sucumbirá? —Eso sí me interesaba. Primero se profetizaba la caída de Roma, y ahora la de Atila. ¡Dos profecías rivales!—. Al verlo esta noche, aquí, parece poco probable.

—Sólo sucumbirá después de nuestra derrota.

En ese momento comenzó a sonar una música que combinaba sonidos de tambor, flauta e instrumentos de cuerda, y los hunos se pusieron a cantar. Lo hacían con una voz gutural que parecía salida de la caverna de su torso, una especie de zumbido de abeja, que a su manera resultaba hipnótico. Aunque los instrumentos, el ruido y el creciente estado de embriaguez de los comensales dificultaban la traducción, me di cuenta de que la mayor parte de canciones conmemoraban las matanzas de enemigos. Entonaban baladas que ensalzaban sus triunfos sobre los ostrogodos, los gépidos, los romanos y los griegos, y lo hacían sin importarles que en el banquete estuvieran presentes representantes de todos esos pueblos. Los hunos conquistaban, y nuestro orgullo herido les traía sin cuidado.

A la música siguieron distracciones más livianas: danzarinas y acróbatas, malabaristas y magos, mimos y actores cómicos. Atila lo contemplaba todo con gesto impasible, como si viera unas sombras moverse en la pared.

El espectáculo alcanzó su cenit cuando, dando una voltereta, un enano surgió de entre la penumbra de la sala y se puso una corona, lo que provocó las risotadas de todos los hunos a excepción de Atila. Se trataba de una criatura grotesca, de piel oscura, piernas rechonchas, tronco desproporcionado, y un rostro plano y redondo, la exagerada caricatura, el estereotipo de huno que concebíamos los romanos. Acto seguido se puso a perorar como un autócrata, a declamar en voz aflautada.

—¡Zerco! —le gritaban—. ¡Rey de las tribus!

El rictus de Atila no llegaba a sonrisa forzada, como si no le quedara otro remedio que soportar la actuación de aquel bufón.

—A nuestro anfitrión no le cae bien vuestro enano —susurré—. ¿Por qué?

—Era el protegido de su hermano Bleda, y a Atila no le gusta que se lo recuerden —aclaró Bigilas—. A nuestro rey nunca le cayó bien el deforme, pues es demasiado serio para disfrutar con la burla. Cuando murió Bleda, Atila se lo regaló a Aecio, el general romano que vivió un tiempo con los hunos como rehén. Pero Bleda había recompensado a Zerco permitiéndole casarse con una mujer huna, y el enano echaba de menos a su esposa, que se había quedado aquí. Al fin, Aecio persuadió a Atila de que readmitiera al bufón, algo de lo que el rey se ha arrepentido desde que aceptó. Se dedica a insultarlo y a hacerle la vida imposible, pero él lo aguanta todo con tal de vivir con su esposa.

—¿Y ella también es enana?

—No, es alta y rubia, y ha aprendido a amarlo, según me han dicho. El matrimonio nació como broma, pero ha acabado en serio.

El enano alzó las manos a modo de saludo burlón.

—¡El rey de los sapos saluda a Roma! —proclamó—. ¡Si no nos ganáis a guerreros, ganadnos al menos a borrachos!

Los hunos rieron. Avanzó unos pasos y, sin previo aviso, se sentó en mi regazo como un perro. Mi sorpresa fue tal que derramé el contenido de mi copa.

—He dicho que bebáis, no que desperdiciéis el vino.

—¡Sal de encima! —le susurré desesperado.

—¡No! Todo rey necesita un trono. —Dicho esto se inclinó hacia Maximino, lo olisqueó con descaro y le plantó un beso en la barba—. ¡Y una consorte!

Los hunos estallaron en carcajadas.

El senador se ruborizó, y mi azoramiento aumentaba por momentos. ¿Qué debía hacer? El enano se aferraba a mí como un mono. Yo miraba a mi alrededor en busca de ayuda. La joven que se había fijado en mí me observaba curiosa, aguardando mi reacción.

—¿Por qué te burlas de nosotros? —le susurré.

—Para advertiros de un peligro —respondió bajando la voz—. Nada es lo que parece. —Se puso en pie de un brinco y, entre risas enloquecidas, abandonó la sala.

¿Qué había querido decir con eso? Me sentía desconcertado. Atila se levantó.

—Basta ya de necedades. —Eran las primeras palabras que pronunciaba en toda la noche. Al momento, los asistentes callaron y a la alegría general siguió una tensión palpable—. Vosotros, romanos, habéis traído regalos, ¿no es cierto?

Maximino también se puso en pie, algo avergonzado aún por la escena que acababa de protagonizar en contra de su voluntad.

—Así es, *kagan* —respondió, y dio una palmada para llamar a sus esclavos—. Permite que te los ofrezca.

Los rollos de seda amarilla y rosada corrieron sobre las alfombras como destellos de amanecer. Los cofres, al abrirse, rebosaban monedas. Una galaxia de piedras preciosas inundó el plato de madera de Atila, y sobre el entarimado de su alcoba comenzaron a alinearse espadas y lanzas labradas. Apoyándolos en un banco dispusieron cálices sagrados, y sobre la piel de un león fueron colocando peines y espejos. Los hunos murmuraban con avidez.

—Éstas son muestras de la buena voluntad del emperador —declaró Maximino.

—Y tú le llevarás muestras de la mía —replicó Atila—. Pieles de martas y de zorros, fardos bendecidos por mis magos, y mi palabra de respetar todo acuerdo que alcancemos. Es palabra de Atila. —Sus hombres murmuraron en señal de aprobación—. Pero Roma es rica, y Constantinopla la más rica entre sus ciudades —prosiguió—. Eso lo sabe todo el mundo, y sabe que lo que nos habéis traído son migajas. ¿No es así?

—No somos tan ricos como crees.

—Entre el Pueblo del Alba, los tratados se sellan con sangre y matrimonios. Ahora mismo contemplo la posibilidad de éste, y exijo prueba de aquélla. Un emperador tras otro, todos han enviado a Hunuguri a sus hijos e hijas. El general Aecio vivió con nosotros de niño. Él y yo nos revolcábamos en el barro cuando jugábamos a que peleábamos. —Sonrió—. Era mayor que yo, pero no podía vencerme.

Todos estallaron en risotadas.

De pronto, Atila señaló a Bigilas.

—Tú eres el único de los romanos que han acudido a este encuentro que tiene un hijo, ¿no es cierto?

Bigilas, confuso, se puso en pie.

—Así es, señor...

—Pues ese niño ha de ser nuestro rehén de buena voluntad en estas negociaciones, mientras conversamos, ¿no te parece? Él será la prueba de que confiáis en Atila tanto como él confía en vosotros.

—*Kagan*, mi hijo se encuentra en Constanti...

—Pues irás a buscarlo mientras tus compañeros se familiarizan con las costumbres de los hunos. Sólo cuando tu hijo se encuentre entre nosotros concluirán las negociaciones, porque sólo entonces sabré que eres hombre de palabra, que crees en mí hasta el punto de confiarme a tu hijo. ¿Lo entiendes?

Bigilas miró a Maximino con expresión de impotencia. A regañadientes, el senador asintió.

—Como ordenes, *kagan* —declaró al fin el traductor con una inclinación de la cabeza—. Tal vez tus jinetes puedan enviar aviso con antelación...

—Ordenaré que algunos te acompañen —concedió Atila—. Ahora voy a acostarme.

Aquellas palabras anunciaron el fin de la velada. Los invitados se levantaron al momento, como si una cuerda hubiera tirado de todos ellos, y empezaron a abandonar la sala. Los hunos se abrían paso entre los demás, sin atisbo alguno de cortesía. El banquete había concluido de manera brusca, aunque parecía evidente que nuestra estancia allí no había hecho más que empezar.

Miré alrededor. La mujer que me intrigaba había desaparecido. Al parecer, la hospitalidad sexual de los hunos no iba a repetirse aquella noche. En cuanto a Bigilas, no parecía tan abatido por la súbita propuesta en que se había visto envuelto como cabría esperar. ¿Tanto deseaba regresar a Constantinopla, aunque fuera por un tiempo tan breve? Vi que intercambiaba una mirada con Edeco.

También me fijé en Skilla que, desde la penumbra del extremo opuesto del salón, me devolvía la mirada. El joven me sonrió, burlón, como si conociera un gran secreto, y abandonó la estancia con sigilo.

11

Una mujer llamada Ilana

—Déjame ir por agua, Guernna.

La joven germana miró sorprendida a la cautiva.

—¿Tú, Ilana? Pero si desde que has llegado no has querido ensuciarte las manos yendo a buscar leña o agua.

La doncella de Axiópolis le quitó el cántaro a la germana y se lo acomodó sobre la cabeza.

—Razón de más para que lo haga ahora. —Sonrió con falsa dulzura—. A ver si así dejas de quejarte tanto.

Cuando ya se alejaba de casa de Suecca en dirección al río, Guernna la increpó.

—¡Ya sé lo que quieres! ¡Vas a pasar por delante del campamento de los romanos!

El sol ya estaba alto cuando los acampados comenzaron a dar señales de vida. Ilana esperaba que el joven romano estuviera despierto. Los vivos colores rojos y azules de las tiendas de la embajada contrastaban con los tonos pardos de las viviendas bárbaras, y las hacían fácilmente distinguibles.

Su vistosidad la transportó al momento a su mundo lleno de colorido y de bazares desbordantes de vida y de la civilización, y la añoranza se apoderó de ella. Era asombrosa la emoción contenida que la llegada de la legación romana había despertado en su interior. Llevaba todo aquel tiempo medio muerta, ejecutando mecánicamente las acciones cotidianas, medio resignada ya a unirse a Skilla.

Pero ahora la invadía una nueva esperanza, vislumbraba una alternativa. No sabía cómo, pero debía convencer a aquellos romanos de que la rescataran. La clave residía en el escriba y cronista de la expedición, el que la había seguido con la mirada la noche anterior, durante el banquete.

Un año atrás, verse a sí misma tan calculadora la habría horrorizado. El amor era sagrado, el romanticismo, puro, y antes de decidirse por Tasio había pasado por su casa una larga cola de pretendientes. Pero aquello había sido antes de que su prometido y su padre murieran, antes de que Skilla pareciera decidido a casarse con ella y a encerrarla para siempre en una yurta. Si aceptaba, pasaría el resto de sus días de pastizal en pastizal, dando a luz a hijos hunos y contemplando impotente cómo aquellos carniceros acababan con el mundo. Estaba convencida de que los romanos de a pie desconocían por completo el peligro al que se enfrentaban. Y lo creía porque ella misma, antes del fin de su vida anterior, tampoco sabía nada.

Ilana se había vestido con la túnica romana que llevaba el día que la capturaron, y se había aseado y peinado con esmero. Un cinturón huno de eslabones de oro realzaba su cintura, y un medallón, la curva de sus pechos, e iba adornada asimismo con varias pulseras en el brazo que mantenía en alto para sostener el cántaro. El sol de la mañana se reflejaba en ellas, atrayendo las miradas de aquellos con quienes se cruzaba en el camino. Era la primera vez desde su captura que intentaba parecer bonita. Llevaba el cántaro sobre una almohadilla redonda de fieltro que se colocaba en lo alto de la cabeza, y su cuerpo adoptaba una postura seductora y se cimbreaba al andar.

Vio que el romano se encontraba en un extremo del campamento, cepillando a una yegua gris. Era apuesto, curioso, y esperaba que lo bastante inocente como para ignorar los intereses que movían a las mujeres. Pasó por delante de donde se encontraba sin dejar de mirar al frente. Él parecía tan concentrado en su montura que por un momento temió que no se fijaría en ella. Si era así, debería insistir en el trayecto de vuelta. Pero no, de pronto el joven alzó la vista y, en el instante mismo en que lo hacía, ella torció el tobillo deliberadamente, tropezó y agarró al vuelo el cántaro que iniciaba ya su viaje hacia el suelo.

—¡Oh!

—Deja que te ayude —dijo él en latín.

—No hace falta, no es nada —respondió ella en la misma lengua, intentando fingir sorpresa—. No te había visto —añadió, acercándose el cántaro a los pechos, como si abrazara a su amado.

El romano se acercó a ella.

—Por tu aspecto y tus maneras, me parecía que podías ser romana.

Parecía casi demasiado cortés, no endurecido aún por la crueldad de la vida, y por un momento dudó de su plan. A ella le hacía falta alguien fuerte. En cualquier caso, al menos sí podría apiadarse de ella.

—Ayer te vi sirviendo durante el banquete —prosiguió él—. ¿Cómo te llamas?

—Ilana.

—Bonito nombre. Yo soy Jonás Alabanda, de Constantinopla. ¿De dónde eres tú?

Ella bajó la mirada, fingiendo recato.

—De Axiópolis, cerca del mar Negro. La ciudad que los griegos llamaban Heraclia.

—He oído hablar de ella. ¿Y te hicieron cautiva?

—La conquistó Edeco.

—¡Edeco! Es con él con quien vinimos desde Constantinopla.

—El guerrero Skilla me capturó y me trajo aquí, a lomos de su caballo.

—¡También conozco a Skilla!

—Entonces tenemos algo más en común, además de nuestro imperio —dijo ella, esbozando una sonrisa triste.

Jonás alargó los brazos.

—Dame el cántaro, déjame que te lo lleve.

—Eso es cosa de mujeres. Además, si no está lleno, no pesa.

—Entonces déjame que te acompañe hasta el río. —Jonás sonrió—. Tu compañía me resulta más grata que la de Edeco y la de Skilla.

Las cosas iban mejor de lo que Ilana esperaba. Caminaron juntos. La camaradería instantánea les hacía ver el día con nuevos ojos; la hierba, de pronto, parecía más verde, el cielo, más azul.

—Eres muy joven para participar en una misión tan importante —comentó ella—. Debes de ser muy inteligente.

—No, pero hablo huno y me gusta escribir. Espero redactar una obra histórica algún día.

—Debes de pertenecer a una buena familia. —Ilana esperaba que fuera lo bastante rico como para comprarla.

—Hemos sufrido algún revés. Espero que con este viaje las cosas cambien.

Qué decepción. Llegaron a la orilla del río, tapizada de hierba. El Tisza descendía mansamente entre el barro, y mostraba lo mucho que su caudal había disminuido desde la primavera. Se agachó para llenar el cántaro de agua pero lo hizo más despacio de lo que habría debido.

—Al menos tu viaje ha permitido que nos conociéramos —dijo.

—¿A qué casa perteneces?

—A la de Suecca, la esposa de Edeco.

Jonás la observó mientras ella se incorporaba y recobraba el equilibrio.

—Creo que te reclamaré —dijo al fin.

A Ilana el corazón le dio un vuelco.

—Si me rescatarais, serviría a vuestra embajada en su viaje de regreso —dijo, con más impaciencia de la que pretendía—. Sé cocinar, coser... —Al ver la expresión de Jonás, divertida y grave a partes iguales, se detuvo—. Lo que digo es que no os causaría problemas. —Se colocó el cántaro en la cabeza y empezó a desandar el camino, pues sabía que Suecca no tardaría en echarla de menos y sospecharía por qué se había ofrecido a buscar el agua—. Podría contaros muchas cosas de los hunos, y además tengo parientes en Constantinopla que podrían contribuir a...

Necesitaba ganarlo para su causa como fuera. Pero mientras ella le hablaba atropelladamente, le prometía todo lo imaginable —cómo odiaba suplicar, verse impotente—, un jinete se acercó al galope, se interpuso entre ellos, arrojó a Jonás a un lado e hizo que Ilana derramara parte del agua.

—¡Mujer! ¿Qué haces hablando con un romano?

Era Skilla, a lomos de *Drilca*.

—Yo sólo he venido a por agua...

Jonás agarró las riendas.

—He sido yo quien la ha abordado.

Skilla señaló con su látigo.

—Suelta mi caballo. Esta mujer es esclava de mi tío, y fue ganada en la batalla. No debe andar con hombres libres sin permiso, y menos aún contigo. Si no lo sabe, seguro que Suecca se lo enseñará.

—No castigaréis a una romana por hablar con un romano. —En la voz de Jonás había algo de advertencia, e Ilana se dio cuenta de que entre aquellos dos hombres existía cierta rivalidad. Sintió miedo, y una gran emoción. ¿Cómo podía aprovecharse de ese antagonismo? ¿Cómo era posible que fuese tan calculadora?

—¡Ella ya no es romana! Además, las esclavas no tienen nada de que hablar con diplomáticos. Eso lo sabe muy bien. Si lo que quiere es ser libre, que acepte casarse.

El romano tiró de las riendas del caballo, que volvió la cabeza y se movió a un lado.

—Déjala en paz, Skilla.

En ese momento, el huno dio un latigazo a la mano que sostenía las riendas, pisó el pecho del romano con su bota y lo empujó. Jonás, que no lo esperaba, cayó al suelo de espaldas, humillado. Skilla se volvió y levantó a Ilana. El cántaro se le cayó y se rompió en pedazos.

—¡Ésta es mía! ¡Te lo dije!

Ella forcejeaba, intentaba arañarlo, pero él la sostenía como a una niña, con sus brazos de hierro.

—¡Ocúpate de tus asuntos, romano! —añadió Skilla.

Jonás contraatacó, pero antes de alcanzar al huno, el caballo de éste se encabritó e inició un galope que le llevó a atravesar el campamento. La gente gritaba y reía al ver a Ilana colgada en el lomo, indefensa, con los pies casi rozando el suelo, balanceándose como una muñeca. Al llegar a la puerta de Suecca, el huno se detuvo y con gran rudeza la dejó caer. Ella se tambaleó, sin aliento, mientras el caballo, brioso, no dejaba de describir círculos.

—Mantente alejada del romano —le advirtió, girándose para no perderla de vista, mientras intentaba dominar a *Drilca*—. Ahora tu futuro soy yo.

Los ojos de Ilana echaban chispas.

—¡También yo soy romana! ¿Es que no comprendes que no te quiero?

—Pues yo te amo, princesa, y valgo doce veces más que él. —Skilla sonrió—. Al final te darás cuenta.

Ilana apartó la vista, desesperada. No había nada más insoportable que ser amada por alguien a quien no se correspondía.

—Déjame en paz, por favor.

—¡Dile a Suecca que le traeré un cántaro nuevo!

Y se alejó al galope.

Nunca me había sentido tan humillado e indignado. El huno me había atacado por sorpresa y después había desaparecido, como un cobarde, entre el mar de sus gentes. Estaba seguro de que Skilla no mantenía una relación verdadera con aquella joven, por más que lo soñara, y estuve tentado de ir a buscar mis armas y retarlo a un combate. Pero era diplomático, y comprendía que no podía proponer un duelo. Además, debía admitir que no estaba seguro de vencerlo. En cualquier caso, sabía que Maximino se indignaría si se enteraba de que había hablado con aquella joven. Pero era romana, bonita y —si era cierto, como se jactaba Skilla, que éste pretendía casarse con ella a pesar de los arañazos— se encontraba en peligro. A mi edad y en mi situación, era proclive a la ofuscación.

Me sacudí la ropa, molesto con los hunos de las inmediaciones, que seguían riéndose, e intenté pensar en lo que debía hacer.

—Peleando solamente no se gana nunca —dijo una voz aguda y rara en latín, como si la persona a quien pertenecía me hubiera leído la mente—. También hace falta pensar.

Me volví. Se trataba del enano que había actuado la noche anterior. Zerco, lo llamaban. Parecía un monstruo diminuto, un duende que acechara entre los árboles.

—¿Acaso te he pedido consejo?

—¿Para qué vas a pedirlo, si se ve tan claro que te hace falta? —A la luz del día, su rostro parecía aún más desagradable: la piel muy oscura, la nariz achatada y los labios gruesos, las orejas demasiado grandes en relación con la cabeza, la cabeza demasiado grande en relación con el tronco, el tronco demasiado grande en relación con las piernas. Era jorobado, llevaba el pelo enmarañado y sus mejillas, lampiñas, estaban surcadas de picaduras de viruela. Si no inspiraba una repulsión absoluta era gracias a sus ojos, que eran grandes y castaños como los de un animal. En ellos, además, relampagueaban destellos de ingenio e inteligencia. Tal vez Zerco no fuera el necio que parecía cuando actuaba.

—Estabas espiando.

—El bufón debe observar a los superiores de los que desea mofarse.

A pesar de mí mismo, sonreí secamente.

—¿Piensas mofarte de mí, necio?

—Ya lo hice anoche. Pero entre esa doncella que te domina y ese bárbaro que te sienta sobre tus posaderas, parece que ya no te hacen falta mis servicios, que te bastas tú solito. Creo que la próxima vez me burlaré de tu amigo huno.

—Ese huno no es mi amigo.

—Nunca se sabe quiénes son tus amigos y quiénes tus enemigos. La fortuna a veces los confunde.

La agudeza del enano logró despertar mi curiosidad.

—Hablas la lengua del imperio.

—Soy africano. Mi madre me repudió por considerarme una broma pesada del demonio, me secuestraron y me vendieron como bufón, y fui de corte en corte hasta que hallé el favor de Bleda, cuya idea del humor era más simple que la de su huraño y ambicioso hermano. Hay quien debe esforzarse para acabar en el Hades, pero yo lo he hallado en esta vida. —Se ocultó el rostro con el brazo, en un gesto exagerado de desesperación fingida.

—Me han contado que Atila te entregó a Aecio, el general de Occidente, pero que regresaste para estar con tu esposa.

—Ah, Julia, mi ángel. Ya me has descubierto. Me quejo del infierno, aunque con ella he conocido el cielo. ¿Sabías que me echaba de menos más que yo a ella? ¿Qué te parece?

No salía de mi asombro. Bigilas me había dicho que no era como Zerco, pero no alcanzaba a imaginar qué clase de relación mantenían.

—Que tiene un gusto peculiar —dije.

El enano se echó a reír.

—O que no sólo mira los atributos externos, sino también lo que hay dentro de los hombres —añadí.

Zerco hizo una leve reverencia.

—Tienes el don de la cortesía propio de los diplomáticos, Jonás Alabanda —dijo—. Porque te llamas así, ¿no es cierto?

—Entonces sí eres espía.

—Me gusta escuchar, lo que no puede decirse de la mayoría de los hombres. Oigo muchas cosas, y veo todavía más. Si me cuentas cosas de Constantinopla, yo te contaré cosas de los hunos.

—¿Qué puedo contarte de mi ciudad?

—Háblame de sus palacios, de sus juegos, de su comida. Sueño con ella como el sediento sueña con el agua.

—Bien, sin duda es más imponente que esto. En estos momentos se trata de la ciudad más grande del mundo. En cuanto a los hunos, ya he tenido ocasión de averiguar que son arrogantes, maleducados, ignorantes, y que se los huele a la legua. No sé si hay mucho más que aprender de ellos.

—¡Por supuesto que sí! Si te gusta Ilana y desprecias a Skilla, ven conmigo. —Se dirigió hacia el norte siguiendo la orilla del río, con aquella cojera suya que causaba risa y lástima a un tiempo, y yo vacilé. Aquel tullido, aquel enfermo, me incomodaba. Pero no se daba por vencido—. ¡Ven, ven! Mi estatura no es contagiosa.

Adapté mis pasos a los suyos. Los niños empezaron a seguirnos, a insultarnos, pero no se atrevían a acercarse demasiado al monstruo enano ni a aquel romano alto y misterioso.

—¿Cómo te hiciste bufón? —le pregunté, al ver que no decía nada.

—¿Qué otra cosa podía ser si no? Soy demasiado bajo para ser soldado u obrero, y demasiado deforme para ser poeta o cantor. Burlándome de los poderosos he conseguido salvar la vida.

—¿Incluido el noble Flavio Aecio?

—Los más competentes suelen ser los más dispuestos a reírse de sí mismos.

—¿Eso es lo que opinas del famoso general?

—Para ser sincero, no era muy dado a las distracciones. No es que fuese desagradable ni engreído, pero se abstraía con facilidad. El hombre cree en una idea que se llama Roma, pero carece del ejército necesario para restaurarla. De modo que lucha un día, negocia al siguiente, compra al otro. Se trata de un hombre excepcional que mantiene en pie, prácticamente solo, el Imperio de Occidente, y sin duda sus superiores lo detestan por ello. No hay nada que los incompetentes odien más que la virtud. Valentiniano lo castigará algún día por su heroísmo, créeme.

—Nunca ha acudido en ayuda de Oriente.

—¿Acudir? ¿Con qué? El pueblo que atormentaba vuestra mitad del imperio era el mismo con el que se había aliado para mantener el orden en la otra mitad. Te hablo de los hunos, claro. Trabajaban para él y os saqueaban a vosotros. Suena duro, pero era su única manera de mantener a las demás tribus a raya.

—¿Qué vas a contarme sobre los hunos?

—No te lo contaré, te lo mostraré. Te ayudaré a que lo veas por ti mismo. A que aprendas a pensar sin el auxilio de nadie, Jonás Alabanda, y así llegarás a ser un hombre odiado, temido y triunfador. Ahora, para empezar, mira este pueblo junto al río. Parece no tener fin, ¿verdad?

—Los hunos son muchos.

—Sí, pero ¿hay más gente aquí que en Constantinopla?

—Por supuesto que no.

—¿Más que en Roma? ¿Más que en Alejandría?

—No...

—Y sin embargo, ese hombre del cuenco y la taza de madera, que manda sobre un pueblo que no siembra, no forja metales ni levanta ciudades, un pueblo que se dedica a la rapiña para proveerse de cuanto necesita, cree que su destino es gobernar el mundo. ¿Es por el gran número de sus gentes? ¿Es por su voluntad?

—Son unos guerreros extraordinarios.

—Así es. Mira allí.

Llegamos a un punto del río que quedaba frente a un prado que los hunos usaban para dar de comer al ganado y para montar. En aquel momento, una veintena de ellos practicaba tiro al arco. Galopaban uno a uno tan deprisa como podían, mientras a un ritmo infernal extraían las flechas del carcaj y las disparaban con rapidez pasmosa. Sus blancos eran melones, montados sobre estacas a intervalos de cincuenta pasos, y sus aciertos tantos que los guerreros sólo exclamaban y gritaban cuando erraban el tiro. Los errores, además, lo eran por muy poco.

—Imagina a mil de ellos acercándose al galope a una torpe legión —señaló Zerco.

—No hace falta que lo imagine. Me consta que ha sucedido en demasiadas ocasiones, y que en todas ellas hemos sido derrotados.

—Sigue atento.

Tras cada ronda, el guerrero se unía al galope al grupo bullicioso, se ponía a la cola y aguardaba a que de nuevo llegara su turno. Tras tres o cuatro carreras, desmontaban y se tendían sobre la hierba, agotados y felices.

—¿Qué quieres que mire ahora?

—¿Cuántas flechas les quedan?

—Ninguna, por supuesto.

—¿Son muy rápidos sus caballos ahora?

—Están cansados.

—¿Lo ves? Te he mostrado más de lo que normalmente llegan a aprender los generales romanos. A eso me refería cuando te decía que hacía falta pensar. Pensar es observar, deducir.

—Pero ¿qué es lo que me has mostrado? ¿Que la puntería de los hunos les permite hacer blanco en el ojo de su enemigo hasta cuando avanzan al galope? ¿Que pueden recorrer cien millas al día, mientras nuestros ejércitos apenas llegan a las veinte, siempre que lo hagan por nuestras mejores calzadas?

—Que en menos de una hora se quedan sin flechas y con los caballos exhaustos. Que la nube de flechas sale de un puñado de hombres. Que toda su estrategia se basa en sorprender al enemigo, en atacar deprisa y sin piedad, porque su número es limitado y su resistencia, inexistente. Si tuvieran que luchar un día entero, y no sólo un momento, contra un contingente mayor que el suyo...

—Esto son prácticas de tiro al arco. Han consumido todas sus flechas de forma deliberada.

—Y lo mismo harían, inútilmente, contra una unidad de infantería que no cediera terreno y se mantuviera firme, protegida por su mar de escudos. Contra un ejército que se mantuviera unido, una coraza de lanzas como espinas...

—Tú estás hablando de la mayor de todas las batallas. Y además, al fin y al cabo, eso sigue siendo pensar, no luchar.

—Por supuesto. ¡Luchar! Pero de lo que hablo es de la voluntad de luchar en tu batalla, no en la suya; en tu terreno, no en el de ellos. Una lucha paciente, con armaduras. Hablo de esperar hasta que llegue el momento. Hay otra cosa en la que también deberías pensar ahora que conoces su destreza.

—¿Qué es?

—Que si deseas sobrevivir deberías igualarla. ¿Llevas armas contigo?

—En el equipaje.

—Pues será mejor que las saques y practiques, como hacen ellos. Eso también deberías haberlo deducido observándolos.

Nunca se sabe cuándo, además de pensar, va a hacer falta combatir.

Los brincos y los gritos de los guerreros que se entrenaban en la orilla opuesta del río me recordaron al enano, y a su salto en mi regazo de la noche anterior.

—Durante el banquete aseguraste que me advertías de un peligro. Que nada es lo que parece.

—Atila os invita a hablar de paz, pero lo que diga Atila puede no coincidir con lo que quiere decir. Y no te sorprendas, Jonás de Constantinopla, si sabe más de tus compañeros que tú mismo. Ése es el peligro del que te advierto.

Skilla dejó que el galope desbocado de su caballo le sirviera para apaciguar sus emociones. Montar sin rumbo por las vastas llanuras de Hunuguri era como liberarse de una pesada y asfixiante armadura; una bocanada de viento que se llevaba a otra parte las complicaciones del campamento, la tribu y las mujeres, y lo devolvía a la libertad de las estepas. El propio Atila hablaba del poder vigorizante de las praderas. En caso de duda, cabalga.

Entonces, ¿por qué se habían alejado tanto de sus estepas?

Hasta la llegada de los romanos, Skilla sabía que Ilana acabaría siendo suya. Sólo él la había protegido, y cuando Atila venciera en la batalla final, no tendría otra salida. Pero ahora acababa de verla coquetear con Jonás, vestida como una cortesana del imperio. Se sentía furioso, pues temía que el escriba se la arrebatara por el mero hecho de ser romano. Skilla no quería una esclava que le calentara la cama. Deseaba que una romana de alcurnia lo amase por lo que era, que no se limitara a hacer el amor con él, y por eso le desesperaba que Ilana, testaruda, cerrara los ojos a las cualidades de los hunos. El Pueblo del Alba era mejor que todas esas hordas apretujadas en sus ciudades de piedra, más valiente, más fuerte y poderoso..., y aun así, Skilla se sentía, sin saberlo, incómodo e inferior en compañía de aquellos romanos necios pero astutos, y aquella sensación le desagradaba sobremanera.

Por eso le había encolerizado tanto ver a Ilana con Jonás.

No era sólo que los romanos fueran capaces de leer el pensamiento de los demás hombres consultando sus libros y papeles, o que vistieran finos ropajes y construyeran edificios de piedra que duraban eternamente. Por lo que sabía, toda aquella magia no los hacía más fuertes ni más felices. Eran derrotados en el campo de batalla, se preocupaban constantemente por el dinero, a pesar de tener mucho más del que los hunos necesitarían nunca, eran incapaces de sobrevivir lejos de sus ciudades, y vivían obsesionados por el rango y la ley hasta un punto desconocido a los hombres verdaderamente libres. El romano tenía mil preocupaciones, mientras que al huno no lo afectaba ninguna. El huno no araba la tierra, no la excavaba para extraer metales, no se deslomaba de sol a sol, no se dejaba la vista en las catacumbas de un negocio mal iluminado. Tomaba de los demás lo que le hacía falta, y todos los hombres le temían. Así había sido desde que sus antepasados habían empezado a seguir al Venado Blanco en su camino hacia el oeste, conquistando cuanto encontraban a su paso. ¡Y sus mujeres compartían su sentimiento de orgullo!

A pesar de ello, los romanos los despreciaban. No lo expresaban, claro, no fueran a rodar sus cabezas, pero él lo notaba en sus miradas, en su manera de susurrar, en sus gestos durante el viaje que los había llevado de regreso a casa desde la capital de Oriente. El imperio que crecía era el suyo, mientras que el de los romanos menguaba, y sin embargo ellos los consideraban inferiores. Peligrosos, sí, como lo eran los perros rabiosos, pero jamás iguales a ellos en las cosas importantes, y mucho menos mejores. Aquella inalterable superioridad lo atormentaba, y no sólo a él sino también a sus compañeros, porque por más derrotas militares que les infligieran, parecían incapaces de convencer a los romanos de que los hunos eran mejores que ellos. Y así, al parecer, no había otra manera de zanjar la cuestión que la muerte.

Ilana era la más testaruda de todas. Sí, había perdido a su padre, al hombre con quien pensaba casarse, y se la habían llevado de su ciudad. Pero Skilla no la había violado ni la había azotado, como hubiese podido hacer. Incluso le había prestado un buen caballo para que llegara montada en él al corazón del imperio huno. ¿Qué otra cautiva había gozado de semejante favor? La había alimentado bien, la había mantenido a salvo de las atenciones de los demás guerreros, y le había llevado regalos. Si se casaba con él se convertiría en la primera esposa de un guerrero en alza, y él saquearía para ella

cuanto deseara. Tendrían buenos caballos, hijos fuertes, y pertene-
cerían a una sociedad que les permitiría vivir a su antojo, dormir,
comer, montar, cazar, acampar y hacer el amor cuando quisieran.
Él ya estaba empezando a reunir su propio *lochos*, o regimiento, y
sus hombres lo protegerían de todo mal. A Ilana le ofrecía el mundo, pues los hunos pronto serían los señores de toda la tierra conocida. Pero ella lo trataba como a un apestado. Y en cambio se había
fijado en que, durante el banquete, le dedicaba miradas de deseo al
joven romano que ni poseía nada ni había logrado nada en la vida.
¿No era motivo suficiente para sentirse furioso?

Le indignaba saberse tan atraído por ella. ¿Qué había de malo en
las hunas? Nada. Eran ágiles, trabajadoras, y engendraban hijos robustos en las condiciones más duras. Eran capaces de copular y parir
tanto en medio de una tormenta de nieve como en pleno desierto, y
se sentían orgullosas de no gritar en ninguno de los dos casos. Tanto
con un venado como con un ratón de campo preparaban una comida, y sabían encontrar raíces comestibles en un lodazal, desmontar
una casa entera y trasladarla a un carromato en menos de una mañana, y transportar dos pellejos de agua a la espalda. También eran más
recias, menos esbeltas, más rechonchas. Carecían de la gracia de Ilana, no tenían tanto mundo, ni la fiera inteligencia que iluminaba la
mirada de la romana cuando sentía curiosidad o se enfadaba. La inteligencia no parecía una cualidad necesaria en la mujer, pero era precisamente la que demostraba Ilana la que despertaba su deseo, aunque
no alcanzaba a comprender los motivos. Era inútil. Aquella mujer
constituía la encarnación de la arrogancia romana que tanto odiaba,
y no obstante quería poseer su arrogancia para recobrar la confianza
en sí mismo.

Atila había dicho que el suyo era un deseo que embrujaba a todos los clanes y hermandades. La invasión de Europa había hecho
poderosos a los hunos, pero también los estaba cambiando. Su raza
se diluía con matrimonios y adopciones. En los bosques del norte
y el oeste, los caballos no resultaban tan útiles. Los hombres que
antaño luchaban por el placer de luchar, hablaban sin cesar de pa-
gas mercenarias, botines, tributos y bienes que llevar de regreso al
campamento para satisfacer a sus mujeres, cada vez más ambicio-
sas. Las tribus que otrora se movían con las estaciones, se instala-
ban en número creciente en Hunuguri, una tierra cada vez más po-

blada. Atila recomendaba cautela a sus guerreros, les advertía de que no dejaran que Europa los conquistase como ellos la habían conquistado. Ésa era la razón por la que comía en platos de madera y se negaba a vestir ropas recargadas, pues deseaba recordar los duros orígenes que los habían hecho más resistentes y fieros que sus enemigos.

Todos los hunos sabían a qué se refería. Pero al tiempo se dejaban seducir, casi en contra de su voluntad, por el mundo que conquistaban. Mientras Atila seguía comiendo en platos de madera, sus jefes lo hacían en bandejas de oro, y no soñaban ya con las estepas, sino con las cortesanas de Constantinopla.

Skilla, secretamente, temía que todo aquello acabara por destruirlos. Y que fuera su perdición.

Debía destruir a Alabanda, poseer a Ilana y llevársela a Oriente. La mejor manera de hacerlo era aguardar a que Bigilas regresara con su hijo y con cincuenta libras de oro.

12

La conjura desenmascarada

La diplomacia, como me había explicado Maximino, era el arte de la paciencia. Mientras las conversaciones prosiguieran, las armas seguirían calladas. Mientras las semanas transcurrían, las circunstancias políticas podían cambiar. Los acuerdos que, entre desconocidos, resultaban imposibles, se volvían frecuentes entre amigos. De modo que, según aseguraba el senador, no había inconveniente en aguardar en el campamento de los hunos mientras Bigilas regresaba a por su hijo.

—Durante la espera no habrá guerra, Jonás —observó, satisfecho—. Nada más que acudiendo hasta aquí ya hemos ayudado al Imperio. Al permanecer un tiempo en esta corte, servimos a Constantinopla y a Roma.

Intentábamos aprender todo lo posible sobre los hunos, pero no resultaba fácil. A mí se me ordenó censar su número, pero los guerreros y sus familias entraban y salían con tanta frecuencia que era como contar bandadas de pájaros. Una partida de caza, una incursión, un cobro de tributos o un castigo, el rumor del hallazgo de mejores pastos, la persecución y doma de unos caballos salvajes, el descubrimiento de una nueva taberna o de un burdel abierto a orillas del Danubio, cualquiera de esas cosas servía para poner en marcha a los guerreros hunos, que se aburrían con facilidad. Además, las cifras que reunía no eran fiables, pues la mayoría del pueblo huno vivía esparcido, lejos de donde nos encontrábamos, y constituía un imperio difuso unido por jinetes mensajeros. ¿Cuántos clanes había? Nuestros informantes no parecían saberlo con exactitud. ¿Cuántos guerreros? Más que briznas de hierba. ¿Cuántas tribus súbditas? Más que naciones de Roma. ¿Cuáles eran sus intenciones? Eso quedaba en manos de Atila.

Su religión era una amalgama de espíritus de la naturaleza y supersticiones, y sus detalles los guardaban celosamente los chamanes-profetas que aseguraban ver el futuro en la sangre de animales y esclavos. Este animismo primitivo se combinaba con los panteones de los pueblos conquistados, de manera que Atila podía proclamar, convencido, que aquella vieja reliquia de hierro era la espada de Marte, y su pueblo sabía de qué estaba hablando. Los dioses, para los hunos, eran como reinos; se conquistaban y se usaban. Para aquellas gentes primitivas, el destino era inevitable, y sin embargo la suerte se mostraba caprichosa y podía atraerse o ahuyentarse con amuletos y encantamientos. Los demonios atrapaban a los incautos, y las tormentas eran las iras de los dioses, pero la suerte aparecía como promesa en ciertos signos favorables. A los cristianos nos consideraban necios por buscar la salvación en otra vida, en vez del botín y el saqueo en ésta. ¿Para qué preocuparse de otra existencia cuando el control sólo lo ejercíamos en la que vivíamos aquí? Aquélla era una interpretación totalmente errónea de nuestra religión, por supuesto, pero para los hunos, su meta lógica era crear vida con una mujer, o acabar con ella mediante la guerra, y no había más que fijarse en lo salvaje que era la naturaleza para comprenderlo. Todos se mataban entre ellos. Los hunos no eran ninguna excepción.

Defendían la poligamia, pues los desastres de la guerra propiciaban la existencia de viudas, y los harenes se convertían en recompensas para los éxitos militares. Había también concubinas que habitaban en un limbo social, entre la legalidad y la esclavitud, y que en ocasiones ejercían mayor influencia en sus presuntuosos amos que las esposas legales. La muerte en la batalla, el divorcio, las segundas nupcias y el adulterio eran tan frecuentes que los grupos de niños que correteaban y gritaban por el campamento parecían pertenecer a todo el grupo y se mostraban tan felices y salvajes como lobeznos. Los hunos consentían a sus hijos y les enseñaban las artes de la monta con el mismo rigor con que los romanos les transmitían la enseñanza de la retórica o la historia, aunque también los abofeteaban con fuerza y los echaban al río para escarmentarlos.

Las privaciones y los sacrificios se consideraban parte de la vida, y se ponían en práctica mediante ayunos, absteniéndose del agua, nadando largas distancias, sometiéndose a las quemaduras causadas por fuegos o a los cortes infligidos por espinas. Se potenciaba la lucha cuerpo a cuerpo, y se obligaba al conocimiento del tiro con arco. Para un niño no existía mayor honor que resistir más el dolor que sus compañeros, ni mayor goce que sorprender al enemigo, ni meta más importante que derramar sangre en el campo de batalla. A las niñas se les enseñaba que eran capaces de soportar una agonía más grande que la de los hombres, que todos los tejidos de su cuerpo debían dedicarlos a traer hijos al mundo, pues ellos serían quienes seguirían haciendo la guerra.

Mi guía en aquel recorrido por una sociedad marcial como aquélla, fue Zerco. El enano parecía disfrutar viendo a los niños chincharse y torturarse unos a otros, tal vez porque se acordaba de los tormentos que se infligía a las personas de su tamaño.

—Ese de ahí, Anagai, ha aprendido a contener la respiración más que ningún otro, porque es el pequeño, y los demás lo hunden en el Tisza —me explicó—. Bochas intentó ahogarlo, pero Anagai le retorció los huevos por debajo del agua, así que ahora Bochas tiene más cuidado. Sandil perdió un ojo en una guerra de pedradas, y Tatos no ha vuelto a disparar desde que se rompió el brazo, así que se dedica a atrapar flechas con el escudo. Se jactan de sus moratones. Los peores golpes los reciben los jefecillos.

Yo mismo me sentía más fuerte. Ya durante el viaje había desarrollado la musculatura como nunca, y allí, en Hunuguri, no había libros que leer. Los escritos que debía redactar me llevaban apenas una parte de la jornada, de manera que me dedicaba a mejorar mi forma física, como nuestros anfitriones. Galopaba por las llanuras desprovistas de árboles a lomos de mi yegua *Diana*, para mejorar mi estilo. Y, como me había aconsejado Zerco, saqué mis pesadas armas romanas y comencé a practicar con gran entrega. Los hunos se sorprendían al verme. Mi espada, que usaba cuando iba montado, era más grande que las de los hunos, y mi armadura de cota de malla, más pesada y asfixiante que sus petos hechos de piel y de huesos. Y, sobre todo, mi escudo ovalado resultaba enorme comparado con los que llevaban sus jinetes, redondos y hechos de caña. En ocasiones, aceptaban entrenar conmigo y, si era cierto que yo no estaba a la altura de su rapidez, a ellos tampoco les resultaba fácil vencer la protección de mi escudo. Se daban de bruces con él, como con una tortuga. Logré reducir a varios de ellos, y las risitas iniciales fueron tornándose en murmullos de aprobación.

—Atraparte es como cazar a un zorro en su madriguera.

Al senador, aquellas demostraciones no le parecían adecuadas.

—Estamos aquí como embajada, Alabanda —protestó Maximino—. Nuestra misión consiste en congraciarnos con los hunos, no en organizar combates con ellos.

—Eso es lo que hacen los amigos hunos entre sí —observé con la respiración entrecortada.

—No es digno de un diplomático pelear como un soldado raso.

—Para ellos no hay nada más digno que la lucha.

En otro orden de cosas, la intervención de Skilla no había hecho más que avivar mi interés por Ilana. Me enteré de que el huno había quedado huérfano a consecuencia de las guerras, que había sido adoptado por su tío, Edeco, y que el propio Atila le había prometido que le entregaría a Ilana una vez hubiera demostrado su arrojo en la batalla. Entretanto, la cautiva serviría en la casa de Suecca. ¿Había aceptado ella el futuro que le aguardaba? Él aseguraba haberle salvado la vida, y ella admitía que haber aceptado sus regalos y su protección era una señal de reconocimiento. Sin embargo, aquella generosidad la avergonzaba, y resultaba evidente que se sentía atrapada.

Ojalá yo tuviera en mi poder algo con lo que contraatacar, pero no había llevado ningún regalo. Sin duda se trataba de una mujer de gran belleza, a la que yo interesaba en tanto que romano que, tal vez, pudiera rescatarla. Pero por otro lado temía que la vieran conmigo, y yo no sabía si su interés iba más allá de mi posible participación en su camino hacia la libertad. Estudié sus movimientos y aprendí a cruzarme en su camino cuando salía de casa de Edeco a cumplir con algún encargo. Ella, por su parte, aprendió a esperarme, y se contoneaba de un modo que me obligaba a mirarla incluso cuando llevaba las ropas más sencillas y holgadas. Aunque no en todos los casos se mostraba proclive a detenerse, siempre me sonreía, lo que me infundía ánimo. Ilana sabía bien que lo que más deseamos es aquello que nos resulta inaccesible.

—No te entregues al huno —le susurré durante un breve encuentro. Me gustaba el brillo de sus ojos cuando me miraba como a su salvador, a pesar de que yo mismo me preguntaba si estaba en disposición de ayudarla, pues no tenía dinero, y si ella estaría aprovechándose de mí.

—Le he pedido a Suecca que ahuyente a Skilla —respondió ella—. A mi señora le ofende mi ingratitud, pero Edeco se muestra divertido. Para los hunos, la resistencia es un reto. Estoy preocupada, Jonás. Skilla se está impacientando. Debo salir cuanto antes de este campamento.

—No sé si Edeco consentiría en darte la libertad.

—Tal vez cuando vuestra embajada negocie y se intercambien favores. Habla con tu senador.

—Todavía no. —Sabía que su rescate no tendría sentido para nadie. Acerqué mi mano a la suya y, a pesar de que el roce fue mínimo, sentí una profunda emoción—. Pronto regresará Bigilas y surgirá la ocasión —le prometí—. Estoy decidido a llevarte con nosotros.

—Por favor, mi vida llegará a su fin si no lo haces.

Y al fin regresó el traductor.

El hijo de Bigilas era un niño de nueve años, pelo castaño y grandes ojos, que entró en el campamento boquiabierto y con la espalda muy recta. ¿Cómo no iba a mostrar su sorpresa ante la visión de aquella horda de hunos a quienes los niños romanos, en sus fantasías, habían dotado de características míticas? El joven Crixo se sentía orgulloso de que el papel de su padre fuera de tal trascendencia. Él mismo se había convertido en garantía de sinceridad entre las dos partes. Que su padre se hubiera mostrado preocupado y distante durante el viaje hacia el norte no le había sorprendido especialmente: Bigilas siempre se encontraba tan sumido en sus asuntos que nunca había sido un padre entregado ni un buen compañero, pero se codeaba con los grandes, y les prometía que algún día serían ricos. ¿Cuántos hijos podían decir lo mismo?

La noticia de la llegada del traductor corrió hasta Atila, que invitó a los romanos a participar en una recepción. A pesar de su proverbial paciencia, Maximino se mostró aliviado con aquel regreso. Llevaba semanas confinado en el campamento del rey de los hunos.

Una vez más, Atila los recibió en su estrado, aunque en esa ocasión acompañado de menos comensales. Los que sí se encontraban presentes eran más de diez guardas fuertemente armados, así como Edeco, Skilla y Onegesh, los tres hunos que nos habían acompañado en nuestro viaje. Intentando no hacer caso de los soldados hunos, me dije que la menor presencia de gente debía de constituir una buena señal. Estábamos a punto de iniciar unas negociaciones serias y privadas, y no de representar otra pantomima diplomática y ritual. Con todo, no pude evitar que se apoderara de mí una sensación de incomodidad mucho mayor de la que sentí al entrar en el campamento por primera vez, pues en aquel tiempo había aprendido a conocer a Atila algo mejor. Su carisma era inseparable de su actitud tiránica, y la humildad de su vestido ocultaba la arrogancia de la ambición.

—Espero que esté de buen humor —le susurré a Rusticio.

—Sin duda desea tanto como nosotros zanjar el asunto.

—¿Ya estás harto de la hospitalidad de los hunos?

—Edeco no me ha perdonado que hablara y le replicara durante el viaje, y he sentido su ira en el trato gélido que me han deparado sus seguidores. Me llaman el Occidental, como si fuera distinto por provenir de Italia, y me miran igual que a un animal de feria.

—Creo que sienten curiosidad por pueblos a los que aún no han esclavizado.

La luz de las antorchas se agitaba temblorosa sobre los caudillos de Atila. Los ojos hundidos del rey parecían más enterrados que nunca en su cráneo, y se movían de un lado a otro para controlarlo todo, como criaturas que observaran desde el refugio de su madriguera. La expresión de su rostro peculiar, feo e impasible, no era fácil de interpretar y, como de costumbre, no esbozaba ni el amago de una sonrisa. No podía decir que me sorprendiera; había asistido a sesiones de justicia de los hunos durante las que los jefes de tribus enfrentadas dirimían sus diferencias, y había visto a Atila administrar sus sentencias sin pizca de emoción, pronunciar sus veredictos con rapidez, dureza y autoridad, en un gesto que no obstante se correspondía con la parquedad de su pueblo y con su propia actitud estoica. Durante los días de juicio, se sentaba con la cabeza descubierta, en el centro del patio soleado, y a las partes en litigio se las hacía pasar por turnos. Se les formulaban preguntas descarnadas, se les quitaba el uso de la palabra si abusaban de él y se les despachaba con la decisión que fuera sin que existiese el derecho de apelación.

Allí no había verdadera ley, sólo Atila. En ocasiones, un agravio se resolvía con el *konos*, aquella práctica huna según la cual el acusado pagaba al agraviado o a su familia algo que podía ir desde una vaca a una hija. Por lo general, a los hunos les horrorizaba la privación de libertad, y además carecían casi por completo de lugares que hicieran las veces de cárceles. Tampoco solían recurrir a las mutilaciones, pues con ellas disminuía su capacidad bélica y la dedicación de las madres. Con todo, en ocasiones se ponían en práctica castigos más duros.

En una ocasión presencié, por ejemplo, que Atila daba permiso a un marido despechado en un caso de infidelidad particularmente humillante, para que se vengara del hombre que había seducido a su esposa castrándolo con un cuchillo oxidado e introduciendo luego las partes seccionadas de aquel desgraciado en el órgano de la mujer que había yacido con él, dejándolas allí cerradas con ayuda de una cadena durante todo un ciclo lunar.

Robar un caballo en las estepas estaba penado con la muerte, y al ladrón se lo ejecutaba atándole las extremidades a los animales que había pretendido llevarse y obligando a éstos a marchar a paso lento, hasta que las articulaciones se dislocaban. El reo gritaba de dolor durante una hora, mientras los caballos se mantenían inmóviles. Gritaba sin cesar hasta que a los asistentes les dolían los oídos, y entonces, a una orden de Atila, los caballos salían al galope; yo, al presenciarlo, tuve que hacer esfuerzos para no vomitar. Era increíble lo lejos que llegaba la sangre, en qué amasijos de carne se convertían aquellos miembros una vez descuartizada la víctima.

A un acusado de cobardía en el campo de batalla lo obligaron a atravesar una soga tendida sobre una zanja llena de lanzas. Entonces, a cada uno de los miembros de la unidad de la que había desertado le hicieron cortar un hilo de la soga.

—El destino dirá si los traicionados son tantos que la soga haya de romperse y caigas a la zanja —declaró Atila.

Como algunos de sus antiguos compañeros se encontraban cazando o en misiones militares, tardaron seis días en regresar y en cortar el hilo que les correspondía. Al final, los hilos intactos eran tan pocos que la soga apenas aguantaba, pero como no se había roto permitieron que la víctima, temblorosa y febril, bajara al suelo. Sus dos esposas se practicaron sendos cortes en las mejillas y los pechos en señal de humillación antes de llevárselo.

Todos aquellos incidentes se relataban, magnificados, en los viajes que los hunos realizaban a lo largo y ancho del imperio de Atila. El *kagan* era justo y sin embargo implacable, paternal pero cruel, sabio y aun así dado a calculados arrebatos de ira. ¿Qué sucedía en la mente del tirano, me preguntaba, que día tras día, año tras año, ordenaba tales castigos? ¿Cómo modelaban a un dirigente que sólo mediante aquellas acciones lograba impedir que su salvaje pueblo sucumbiera a la anarquía? ¿En qué momento abandonaban éstas el ámbito de la conducta normal y accedían a un universo que existía sólo en su propia mente enferma? En aquellas ocasiones no parecía tanto un emperador como un director de circo con su látigo y su antorcha, no tanto un rey como un dios primitivo.

—¿Es éste tu hijo, traductor? —preguntó Atila al fin, interrumpiendo el hilo de mis pensamientos.

—Crixo ha venido desde Constantinopla, *kagan* —dijo Bigilas—, como prueba de que mi palabra vale. —Sus maneras parecían más falsas y afectadas que nunca, y me preguntaba si los hunos se percatarían de su hipocresía o si considerarían que su tono era normal, tratándose de un romano—. Él será el rehén de la sinceridad de Roma. Por favor, te ruego que ahora escuches a nuestro embajador. —Miró a Edeco, pero la expresión del jefe huno seguía siendo impenetrable—. Yo mismo soy tu siervo, por supuesto.

Atila asintió, solemne, y clavó la mirada en el senador Maximino.

—¿Es ésta demostración de la confianza que debo mostrar ante la palabra de Roma y de Constantinopla?

El senador bajó la cabeza.

—Mi traductor te ha ofrecido a su hijo como prueba de nuestra buena voluntad, *kagan*, y ha emulado así la obra del Dios de nuestra fe, que también entregó al suyo. La paz se inicia con la confianza, y sin duda este gesto refuerza tu fe en nuestras intenciones, ¿no es así?

Atila demoró tanto la respuesta que su silencio empezó a resultar incómodo y a apoderarse del aire como un manto de polvo.

—Por supuesto que sí —declaró al fin—. Vuestro gesto me habla exactamente de vuestras intenciones. —Miró a Crixo—. Eres un niño valeroso y obediente si has venido hasta aquí cumpliendo la orden de tu padre. Constituye un ejemplo de conducta para otros hijos. ¿Confías en quien te ha engendrado, joven romano?

El niño parpadeó, atónito, sin terminar de creerse que el rey se dirigiera a él.

—Eh... Sí, sí, confío, rey. —No le salían las palabras—. Estoy... orgulloso de él —añadió al fin con una sonrisa.

Atila asintió y se puso en pie.

—Tienes buen corazón, pequeño. Tu alma es inocente, creo. —Parpadeó—. No como la de tus mayores. —Posó la vista, alternativamente, en todos los romanos que presenciábamos la escena, como si pudiera ver en el interior de nosotros y estuviera escogiendo un destino para cada uno. Al instante nos dimos cuenta de que sucedía algo raro—. Por eso es una lástima —prosiguió el déspota— que tu padre te haya traicionado, y que tú debas ser torturado por sus pecados.

Fue como si de pronto el salón se hubiera quedado sin aire. Maximino, como un necio, ahogó un grito. Bigilas estaba blanco como la nieve. Yo me sentía confuso. ¿De qué traición estaba hablando? El pobre Crixo parecía no entender nada.

—Te abriremos en canal y mis cerdos te comerán las entrañas —describió Atila con gran frialdad—. Te herviremos los pies y los dedos. Iremos hundiéndolos en el agua uno a uno, para que cuando ya no soportes el dolor de uno, sientas cómo empieza a dolerte el siguiente. Te cortaremos la nariz, te partiremos los pómulos, y después los dientes, uno cada hora, y te ataremos un cinto de espinas sobre las partes y apretaremos hasta que se te pongan moradas.

Crixo empezaba a temblar.

—¿Qué locura es ésta? —exclamó el senador—. ¿Por qué amenazas al muchacho?

—Haremos todo eso, y nuestras esposas se reirán de tus gritos, joven Crixo, a menos que tu padre demuestre tener el honor que tú has demostrado.

Atila miró entonces al traductor. La expresión de Edeco, hasta entonces pétrea, se trocó en un rictus parecido a la sonrisa.

—¿Demostrar honor? —atronó Bigilas, buscando en torno a él

una salida que no existía. Constaté que los guardias habían cerrado el cerco alrededor de nosotros—. *Kagan*, qué es lo que tú...

—Haremos todo eso —insistió Atila con una voz que se elevaba hasta convertirse en grito—, a menos que el traductor aclare por qué ha traído desde Constantinopla cincuenta libras de oro.

Los demás romanos, consternados, clavamos la vista en Bigilas. ¿De qué hablaba el huno? El traductor parecía abatido, como si un médico acabara de desahuciarlo. Empezó a temblar, y por un instante temí que fuera a desmayarse.

Atila se volvió hacia sus jefes.

—Ha traído cincuenta libras, ¿no es cierto, Edeco?

El guerrero asintió.

—Tal como acordamos en casa de Crisafio, *kagan*. Acabamos de registrar las alforjas del traductor, y aquí tienes la prueba.

Dio una palmada y al momento dos soldados aparecieron portando unos sacos que, por el esfuerzo con que los cargaban, parecían muy pesados. Los subieron al estrado de Atila y los rasgaron con sus dagas de hierro, provocando una lluvia de metal dorado que fue amontonándose a los pies del monarca.

El niño, aterrorizado, no dejaba de parpadear, y por el olor supe que se había orinado.

—Edeco, tú sabes para qué es todo este oro, ¿no es cierto?

—Así es, mi *kagan*.

—Tiene que tratarse de un monstruoso malentendido —intervino Maximino, desesperado, mirando a Bigilas en busca de una explicación—. Se trata de otro regalo enviado por nuestro emperador como prueba de...

—¡Silencio!

La orden fue tan tajante como un golpe de hacha, y resonó en la estancia con un eco que sepultó de inmediato todos los demás sonidos. Se trataba de una orden que anulaba cualquier coraje. ¿En qué locura me encontraba envuelto?

—Aquí sólo hay un hombre a quien debemos oír —declaró Atila—. El único que puede salvar al muchacho poniendo en práctica la sinceridad que reclama.

Bigilas observaba a Edeco con un gesto mezcla de terror y odio. El traidor había sido traicionado.

El traductor se daba cuenta al fin de que el huno no se había planteado jamás cumplir su promesa de asesinato. El oro era una trampa. Cayó de rodillas.

—Por favor, mi hijo no sabía nada.

—¿Y qué es ese «nada» que tu hijo no sabía, traductor?

Bigilas agachó la cabeza, abatido.

—Una misión que Crisafio me encomendó personalmente. El dinero era para que Edeco te diera muerte.

El gesto de Maximino parecía el de alguien a quien acabaran de clavar una espada en la frente. Retrocedió unos pasos, pálido, seguro de que su misión acababa de irse al traste. Qué traición tan grande la del primer ministro al no revelarle sus planes para la conjura. Se había reído por completo del orgulloso senador, y ahora el fin de todos ellos era inminente.

—Para que me asesinara, querrás decir —puntualizó Atila—. Cuando más confiase, cuando más indefenso me encontrara. Mientras durmiera, comiese o estuviera orinando. Un asesinato perpetrado por mi guerrero más fiel.

—¡Yo sólo cumplía con la voluntad de mi señor! —suplicó Bigilas—. ¡Todo esto es idea de Crisafio! Se trata de un eunuco malvado, eso lo saben todos en Constantinopla. Ninguno de estos necios estaba al corriente de la conspiración, lo juro. Yo debía ir a buscar a mi hijo, y con el oro... —De repente se volvió y miró con furia a Edeco—. ¡Me diste tu palabra de que estabas con nosotros! ¡Prometiste que lo asesinarías!

—Yo no prometí nada. Tú oíste lo que querías oír.

El traductor se había echado a llorar.

—Yo no era más que un instrumento, y mi hijo lo ignoraba todo. Por favor, mátame a mí si tienes que hacerlo, pero al niño no. Es inocente, tú mismo lo has dicho.

El gesto de Atila era de desprecio. El silencio, que en realidad sólo se prolongó unos instantes, nos pareció a nosotros, los romanos, una eternidad. Al fin, Atila habló de nuevo.

—¿Matarte? ¿A ti? Como si a tu señor eso fuera a importarle. Como si no hubiera de enviar a otros cien necios si creyese que alguno de mis generales era lo bastante estúpido para creer en él. No, no pienso malgastar ni un momento de mi tiempo en matarte, traductor. Lo que harás será regresar a pie a Constantinopla, descalzo, con este saco atado a ese cuello escuálido que tienes. Pero en vez de oro lo llenaremos de plomo. A cada paso de tus pies ensangrentados sentirás su peso. Mis escoltas preguntarán a Crisafio si reconoce ese saco. Y deberá hacerlo, pues si no tú morirás. Entonces le contarás a tu ministro que has conocido a mil hunos y que no has encontrado a uno solo dispuesto a alzar su mano contra el gran Atila, ni por todo el oro del mundo. ¡Eso es lo que vuestro imperio debe comprender!

Bigilas seguía llorando.

—¿Y mi hijo?

—Si es lo bastante tonto y desea volver contigo, que lo haga. Tal vez al final llegue a despreciarte y a buscarse a otro mentor. Tal vez incluso reniegue de la corrupción de su padre y vuelva a vivir la limpia vida de los hunos.

Crixo se derrumbó, se aferró a su padre y se sumó a sus sollozos.

—Que Dios y el Senado recompensen tu infinita piedad, *kagan* —dijo Maximino, tembloroso—. Te ruego que no permitas que la ceguera de este necio destruya nuestra asociación. El emperador desconocía semejante monstruosidad, estoy seguro de ello. Crisafio es un conspirador redomado, todos en Constantinopla lo saben. Por favor, reparemos el daño e iniciemos nuestra conversación...

—No habrá ninguna conversación. Ni negociación. Acatamiento o guerra. Tú también regresarás a Constantinopla, senador, pero a lomos de un asno, atado de espaldas. Mis guerreros se asegurarán de que la cabeza te quede en todo momento encarada hacia la tierra de los hunos, a ver si así reflexionas sobre tu necedad.

Maximino dio un respingo, como si una flecha hubiera hecho blanco en él. El fin de su dignidad sería el fin de su carrera. Estaba seguro de que Atila lo sabía muy bien.

—No humilles demasiado a Roma.

—Roma se humilla sola. Tú y el traductor que te traicionó —añadió tras una pausa— podéis dar gracias por la piedad que he mostrado con vosotros. Pero que quien ose alzar la mano contra Atila sepa que alguien, siempre, pagará por ello. De modo que él —dijo señalando a Rusticio—, morirá en lugar de su amigo el traductor. Este hombre será crucificado y quedará a la intemperie hasta que muera, y con sus últimas palabras condenará al infierno cristiano al amigo avaricioso y corrupto que lo ha llevado a correr tal suerte.

Rusticio estaba lívido. Bigilas apartó la mirada.

—¡Eso no es justo! —grité.

—Lo que no es justo, ni digno de confianza, es tu imperio —dijo Atila—. Es tu país el que trata a algunos hombres como a dioses y a otros como a ganado.

Rusticio se arrodilló, con la respiración entrecortada, boqueando como un pez fuera del agua.

—¡Pero si yo no he hecho nada!

—Te uniste a hombres malvados sin preocuparte por saber cómo eran ni por descubrir su traición. No me advertiste. Son esas omisiones las que te condenan, y tu sangre manchará las manos de tus compañeros, no las mías.

Yo empezaba a sentirme aturdido con tantas muestras de horror.

—Todo esto es absurdo —intenté razonar, sin preocuparme por el protocolo. El hombre más sencillo de nuestra expedición estaba a punto de ser sacrificado—. ¿Por qué a él y no a mí?

—Porque él es de Occidente, y sentimos curiosidad por saber cómo mueren los que son de allí —respondió Atila encogiéndose de hombros—. Pero quién sabe, tal vez al final decido que intercambiéis los puestos. De momento, no obstante, tú seguirás aquí como rehén hasta que el senador Maximino cumpla su promesa de regresar. —Se volvió hacia mi superior—. Por cada libra de oro que Crisafio estaba dispuesto a gastar para acabar con mi vida, quiero cien libras.

—Pero, *kagan* —balbuceó el senador—, eso son...

—Eso son cinco mil libras, y las quiero este mismo otoño. Sólo entonces hablaremos de paz. Si no las traes habrá guerra, y a tu escriba le haremos exactamente lo mismo que prometimos hacerle al niño, pero mucho más despacio, lo que le causará muchísimo más dolor.

La cabeza me daba vueltas, lo veía todo borroso y parecía que el suelo estaba a punto de abrirse bajo mis pies. ¿Iban a dejarme solo con los hunos? ¿Iba a ser testigo de la muerte de Rusticio? ¿Me torturarían si Maximino no regresaba con un rescate imposible? El Tesoro no podía permitirse gastar cinco mil libras de oro. ¡Éramos todos víctimas de la necia traición de Bigilas y Crisafio!

Atila me miró y asintió esbozando una sonrisa.

—Hasta entonces serás nuestro rehén, pero un rehén que debe empezar a ganarse su manutención. Y si intentas escapar, Jonás de Constantinopla, también le declararé la guerra a tu pueblo.

13

El rehén

Lo sucedido era de extrema gravedad.

Ilana confiaba tanto en su rescate que incluso había ocultado un hatillo con ropas, galletas y carne seca de venado para llevarlo consigo cuando partiera con los romanos. La primera mirada que Jonás le había dedicado a su llegada al campamento tenía que representar una señal. Dios quería que fuera libre, que regresase a la civilización. Pero Guernna se había acercado a ella, sonriendo.

—¡Mira ahora cómo se van tus amigos, romana!

Ella había asomado la cabeza y había visto a todos aquellos hunos que, al paso de la embajada, les gritaban y los increpaban, y en algunos casos les arrojaban verduras y puñados de tierra. El senador iba montado de espaldas a lomos de un burro. Los pies, en una estampa ridícula, le rozaban el suelo, el pelo entrecano y la barba se veían sucios, sin brillo, y tenía una expresión de derrota en la mirada perdida. A pie, tras él, partía también el traductor que había vuelto de Constantinopla, con un saco tan pesado atado al cuello que lo obligaba a inclinarse como un junco. Y a continuación, ligado con una soga, un niño que debía de ser el hijo de éste, asustado, avergonzado. Ilana observó con alivio que entre los más de diez guerreros hunos que los escoltaban se encontraba Skilla. Seguramente él también partía. Sin embargo, las tiendas y los enseres de los romanos, así como los esclavos —forzados a alistarse en el ejército de Atila—, quedaban atrás.

¿Dónde estaba Jonás?

—He oído decir que han crucificado a uno —reveló Guernna alegremente, disfrutando con el horror que inundaba el rostro de la cautiva, a quien consideraba vanidosa, altiva y torpe—. Parece que ha gritado más que un huno y un germano juntos, y que suplicaba igual que un esclavo.

Las crucifixiones tenían lugar en una colina baja, a media milla del río, lo bastante lejos como para que el hedor no se hiciera insoportable, pero lo bastante cerca para que el precio del desafío estuviera siempre presente. Todas las semanas se ejecutaba a alguien de ese modo, aunque de vez en cuando había reos que morían empalados. Ilana salió corriendo, rezando para sus adentros. Y sí, allí vio a alguien a quien habían azotado, atado y clavado a una estaca, con el rostro tan ensangrentado que en un primer momento no lo reconoció. Sólo después de mucho estudiarlo se dio cuenta de que se trataba del otro traductor, Rusticio, que miraba con los ojos entornados y, al verla, separó unos labios cuarteados como si fuesen de barro.

Se avergonzó de sentir alivio.

—Mátame... —Le faltaba el aliento, pues su propio peso le aplastaba los pulmones.

—¿Dónde está Jonás?

No obtuvo respuesta. Dudaba de que Rusticio la oyera.

No se atrevió a concederle el deseo. Temía que, si lo mataba para ahorrarle sufrimientos, acabaran crucificándola a su lado. Abrumada ante su propia impotencia, regresó al campamento, donde la gente, una vez que los romanos, humillados, se hubieron ido, había vuelto a sus quehaceres tras repartirse sus tiendas de campaña. Entró en el recinto ocupado por los aposentos de Atila, con la respiración entrecortada y los ojos arrasados en lágrimas.

—El joven romano... —musitó a un guardia—. Por favor...

—Ha vuelto como un cachorrillo, atado a su padre —se burló él.

—No, el niño no, el escriba. Se llama Jonás Alabanda.

—Ah, el afortunado. Lo han hecho rehén, a cambio de más oro. Atila se lo ha cedido a Hereka hasta que lo matemos. Tu amante se ha convertido en esclavo, mujer.

Ilana hizo esfuerzos por mantenerse impasible, aunque sus emociones formaban un remolino de alivio y desesperación.

—No es mi amante... —musitó.

—Cuando regrese Skilla, serás suya —añadió el guardia, esbozando una maliciosa sonrisa. En el campamento era rara la trifulca, el enfrentamiento o el romance que no acabaran por ser del dominio público.

Hereka, la primera esposa de Atila, y la de mayor relevancia, vivía en sus propios aposentos, situados junto a los del rey. La atendían muchos esclavos y criadas. Jonás había pasado a ser uno de ellos, y estaba obligado a ganarse el sustento cortando madera, acarreando agua, cuidando de los rebaños y entreteniendo a la esposa de Atila con historias de Constantinopla y de la Biblia.

Ilana intentó verlo, pero los gigantescos guardianes ostrogodos la disuadieron. Su salvador se había convertido en prisionero, y toda su esperanza se había esfumado. Su recuerdo era como un beso que jamás hubiera de repetirse.

Transcurrieron dos semanas hasta que lo intuyó a lo lejos, cuando iba conduciendo una carreta, procedente de la arboleda en la que el campamento se proveía de leña. El sol se ponía por el oeste, el cielo enrojecía, y ella se puso el cántaro sobre la cabeza para tener una excusa, y se acercó al río con intención de salirle al paso. Era un día bochornoso de finales de verano, y en el aire flotaban nubes de mosquitos. El caudal del río Tisza era escaso, y su color, marrón.

Jonás la reconoció y tiró de las riendas de los bueyes, pero se mostró reacio a detenerse. Era asombroso lo mucho que había cambiado. Por el esfuerzo de las duras jornadas que había pasado cortando y transportando leña, se lo veía muy bronceado, y su pelo había perdido brillo. Además, parecía envejecido, con la expresión adusta y preocupada, la mandíbula más prominente, los ojos más hundidos. En un instante había conocido la crueldad de la vida, *crueldad de la VIDA* que ahora afloraba en su rostro. Se había hecho hombre. Aquella repentina y aciaga madurez conmovió a Ilana.

Sus primeras palabras no fueron precisamente de alegría.

—Vete a casa, Ilana. Ya no puedo hacer nada por ti.

—Si Maximino regresa...

—Sabes que no lo hará. —Jonás se protegió los ojos del sol con la mano y apartó la mirada de aquella mujer hermosa, delgada y desvalida.

—¿Y tu padre? ¿No pagará tu rescate?

—Lo poco que podría permitirse no sería nada comparado con el placer que Atila obtiene y la lección que extrae haciendo de mí un ejemplo. Rusticio ha muerto siendo inocente, mientras que el ser que ha causado todo este desastre regresa a Constantinopla con un saco atado al cuello. —Su voz poseía un tono amargo.

—El amo de Bigilas lo castigará por su fracaso.

—Mientras yo acabo crucificado, y tú como esclava de cama de Skilla.

Esclava no, esposa, quiso puntualizar ella. ¿Qué destino le aguardaba? ¿Debía entregarse a él? Aspiró hondo.

—No podemos vivir esperando siempre lo peor, Jonás. El imperio no te olvidará. Ejecutar a Rusticio ha sido un crimen y Atila, tarde o temprano, querrá alcanzar acuerdos. Si somos pacientes...

—Yo puedo cortar mucha leña, y tú puedes cargar con muchos cántaros de agua.

Se produjo un largo silencio. Ninguno de los dos veía alternativas. Pero entonces, de repente, Ilana se echó a reír, pues lo absurdo de todo aquello le hizo sentir que estaba a punto de enloquecer.

—¡Qué pesimista te has vuelto!

Su risa sorprendió al romano, que la miró, primero desconcertado y después algo avergonzado.

—Tienes razón. Me he pasado un día más sintiendo lástima de mí mismo.

—Al final se hace cansino —observó ella con una sonrisa triste.

Jonás irguió la espalda. A los romanos no los educaban para mostrarse sumisos ante los bárbaros. Vio que ella lo miraba, y se dio cuenta de que los dos trataban de extraer fuerzas el uno del otro.

—Debemos escapar de aquí —dijo él, forzándose a pensar en algo, a pesar del cansancio que se apoderaba de su mente.

De repente ella tuvo una idea.

—¡Podríamos robar unos caballos!

—Nos atraparían. —Recordaba su carrera con Skilla, la promesa del huno—. Enviarían a cien hombres. Para Atila sería demasiado humillante que nos saliéramos con la nuestra.

—Ojalá la conjura hubiera sido real. Ojalá Edeco hubiese matado a Atila.

—Yo deseo mil cosas, pero desear no sirve de nada. Nuestra única esperanza sería contar con mucha ventaja, partir cuando estuvieran distraídos. Si Atila emprendiera una de sus campañas...

—El año está demasiado avanzado —lo interrumpió ella—. No habría hierba para sus caballos.

Jonás asintió. Aquella joven era lista y observadora.

—¿Qué hacemos entonces, Ilana?

Ella se devanaba los sesos. Tenía la certeza de que Suecca acabaría por enterarse de la conversación que estaban manteniendo. Aquel hombre solitario y desahuciado era su única esperanza, a menos que se entregara a Skilla. A pesar de la desazón, en el fondo Jonás era un hombre bueno, en una época en que la bondad escaseaba.

—Debemos estar atentos a cualquier distracción —dijo al fin con firmeza—. Mi padre tuvo tantos éxitos en los negocios como *Suute* fracasos en la guerra, pero aseguraba que la suerte es la preparación en espera de la oportunidad. Nos hace falta saber en quién podemos confiar, y qué caballos podríamos llevarnos. ¿Quién está en disposición de ayudarnos, aunque sea un poco?

Ahora fue a Jonás a quien, tras reflexionar unos instantes, se le ocurrió una idea. Agitó las riendas y, con un chasquido, los bueyes se pusieron en marcha y el carro empezó a avanzar.

—Un pequeño amigo.

Resultaba peligroso confiar en Zerco, pero ¿quién sino el enano podía ayudarnos? Estaba furioso por la crucifixión gratuita de Rusticio, y me sentía culpable por haberle sobrevivido. Sabía que Zerco no apreciaba más que yo al rey de los hunos. Cuando al fin le hablé de nuestra huida, se mostró a la vez interesado y preocupado por su materialización.

—Más deprisa que ellos no podréis ir, aun cuando aprovechéis un descuido suyo —dijo—. Os atraparían en el Danubio, si no antes. Lo que sí podéis hacer es despistarlos, ir al norte en vez de al sur, por ejemplo, y luego poner rumbo al oeste. Necesitaréis caballos...

—Romanos, que son más resistentes.

—Ya has visto los corceles árabes que han capturado para la cría. Y los germanos también cuentan con caballos grandes. Supongo que te das cuenta de que viajar con una mujer hará que tu marcha resulte más lenta.

—Es romana.

—En este campamento hay quinientas cautivas como ella. Lo que sucede es que ella es guapa y está desesperada, una peligrosa combinación. Piensa un poco y dime qué significa ella para ti.

—Algo que Skilla quiere.

—Ah, ahora lo entiendo mejor. De acuerdo. Deberéis llevar comida para evitar en lo posible deteneros en granjas y aldeas. Y armas ligeras. ¿Sabes disparar con arco?

—Estuve practicando hasta que me hicieron prisionero, aunque admito que no se me da tan bien como a los hunos.

—Al menos te será útil para cazar. Y también os hará falta ropa de abrigo, pues se acerca el invierno. Y monedas, para cuando se os acabe la comida. Un pellejo con agua, capas con embozo, para que ocultéis vuestra identidad...

—Pareces el comisario de una legión.

—Hay que ir preparado.

—Me estás ayudando tanto que empiezo a sospechar.

El enano sonrió.

—¡Al fin aprendes! Todo tiene un precio. Mi ayuda también.

—¿Cuál es?

—Que me lleves contigo.

—¿A ti? ¿Y eres tú quien dice que sin Ilana iría más deprisa?

—Yo peso poco, soy buen compañero de viaje y conozco el sitio al que deberíamos ir.

Aquello sonaba a locura.

—¿Sabes montar a caballo, al menos?

—Julia sí. Yo iría con ella.

—¡Otra mujer!

—Has empezado tú.

Ilana y yo aguardábamos con creciente impaciencia. Los días se hacían cada vez más cortos, y la tierra cada vez más amarilla y soñolienta. Ya refrescaba en las noches, y un primer manto de hojas alfombraba las orillas del Tisza. El cambio de estación convertía los caminos de los bárbaros en lodazales, y viajar se hacía más difícil. Sin embargo, transcurrían las semanas y no surgía la ocasión de huir. Hereka y Suecca no nos quitaban la vista de encima.

Entretanto, en un par de ocasiones logramos reunirnos para darnos ánimos. Primero fue en el río, mientras los dos recogíamos agua. Murmuramos cuatro frases, como dos personas prácticamente desconocidas sin otro remedio que confiar la una en la otra. El segundo encuentro tuvo lugar en la quebrada a través de la cual un torrente estacional desembocaba en el río, y cuyo suelo quedaba cubierto de matorrales. Sabía que allí acudían algunos hunos a copular, lejos de las miradas de sus padres o cónyuges, y allí la llevé para poder intercambiar, entre susurros, algunas palabras con ella.

La brevedad e intermitencia de aquellos encuentros la hacían más bella a mis ojos. Me descubría recordando detalles que hasta ese momento no era consciente de haber compartido con ella: el sol que le iluminaba el rostro, junto al río, las lágrimas en sus ojos cuando fue a mi encuentro y detuve la carreta, el contorno de sus pechos y sus caderas cuando se agachaba para llenar el cántaro de agua. Su cuello era una curva euclidiana, su clavícula, un pliegue níveo, sus dedos, ágiles y nerviosos como alas de mariposa. Ahora me fijaba en su oreja, que brillaba como una caracola entre la cascada de su pelo oscuro, en sus labios entreabiertos, en su respiración entrecortada que hacía oscilar su pecho, y la deseaba sin saber muy bien por qué. La idea del rescate, de la huida, engrandecía sus encantos. Para ella, yo era el camarada de una empresa llena de riesgos. Para mí, ella era...

—¿Ha logrado el enano reunir lo que necesitamos? —preguntó, ansiosa.

—Casi.

—¿Qué pide a cambio?

—Venir con nosotros.

—¿Confías en él?

—Ya podría habernos traicionado.

Ilana asintió. Los ojos le resplandecían como perlas negras.

—Traigo buenas noticias, o eso creo.

—¿De qué se trata?

—Hay un médico griego llamado Eudoxio a quien Atila envió como emisario. Viene de regreso y, según se comenta, se encuentra a sólo un día de camino. Hay quien piensa que el heleno llega con nuevas importantes, y que hace ya bastante tiempo que la comunidad no celebra ninguna fiesta. Han enviado a muchos hombres a cazar, y Suecca ya nos ha puesto a cocinar a todas. Creo que van a celebrar algo.

—¿Un médico griego?

—Otro traidor que huyó con los hunos. Es el fin de la estación, y hay abundancia de *kamon* y *kumis*. El campamento está a rebosar, porque los guerreros regresan para pasar el invierno. Celebrarán una *strava* para agasajar al griego, y beberán, Jonás, beberán hasta perder el sentido. Los he visto hacerlo otras veces. —Me agarró del brazo y me atrajo hacia sí, temblando de la emoción—. Creo que ha llegado nuestra oportunidad.

La besé.

Ella se sorprendió más de lo que esperaba, y se separó de mí, confusa, sin saber si se alegraba o no, dejando que las emociones encontradas afloraran a su rostro como las olas del mar.

Lo intenté de nuevo.

—No —me interrumpió—. No hasta que todo esté resuelto.

—Me estoy enamorando de ti, Ilana.

Aquella nueva complicación la asustaba.

—No me conoces —insistió, negando con la cabeza, esforzándose por no alejarse del propósito que nos había llevado hasta allí—. No hasta que hayamos escapado... juntos.

Las noticias que portaba Eudoxio eran secretas, pero constituían un pretexto tan bueno como cualquier otro para organizar una *strava*, el gran festejo nacional de los hunos o al menos de gran parte de aquella nación dispersa e itinerante que en aquel momento se encontraba acampada en torno a la residencia de Atila. Con ella se daría la bienvenida al médico griego, se agradecería la cosecha que los vasallos entregaban humildemente, y serviría de colofón a un año en el que los hunos habían logrado recaudar muchos impuestos y tributos y obtenido considerables recompensas sin necesidad de iniciar demasiadas guerras.

La *strava* tendría lugar cuando las hojas de los árboles amarillearan y las llanuras amanecieran blancas de escarcha, y duraría tres días. Sería una bacanal sin Baco, una fiesta con bailes, canciones, juegos, bufones, en la que se haría el amor, se comería y sobre todo se bebería hasta que todos los participantes, en estado de embriaguez colectiva, acabaran arrastrándose por el suelo. Ilana contaba con que aquellos excesos les abrieran la puerta a la huida. Pasada la primera noche de desenfreno, nadie los echaría de menos. Transcurrida la tercera, a nadie le importaría.

Zerco prometió conseguir las sillas de montar, la ropa y la comida una vez que la *strava* se hubiera iniciado. Al otro lado del Tisza pacían varios caballos romanos atados a estacas. Yo esperaba encontrar a *Diana*, pero si no lo lograba robaría la montura más fuerte que encontrara. Cruzaríamos el río a nado, ensillaríamos los caballos y cabalgaríamos hacia el norte, en lugar de hacerlo hacia el sur. Cuando estuviéramos lejos, pondríamos rumbo al oeste, siguiendo la orilla norte del Danubio, y entonces atravesaríamos éste, entraríamos en Panonia y seguiríamos al galope rumbo a los Alpes. Nuestra intención era llegar a la península italiana, para embarcar desde allí hacia Constantinopla.

Ya me parecía oler las calles de mi ciudad.

Como en la *strava* participaban miles de hunos, godos y gépidos, debía celebrarse al aire libre. Infinidad de banderas y estandartes de cola de caballo aleteaban a impulsos del viento como bandadas de pájaros a punto de emprender el vuelo. Cientos de piras piramidales ardían por todas partes y, al anochecer, lograban que el cielo nublado adquiriera tonalidades anaranjadas. Las chispas se elevaban por los aires como si Atila estuviera alumbrando nuevas constelaciones de estrellas. Cada tribu, cada clan, hacía sonar su música. Los participantes en la fiesta iban de un lado a otro, y todos los anfitriones se esforzaban por superar a los demás, por ofrecer más música y más bebidas a los curiosos. Las voces subían de tono y se iniciaban los bailes. A los bailes seguían los coqueteos. Y las peleas. A algunos hunos los apuñalaban o los aturdían a bastonazos, como si de lobos se tratara, y los dejaban tirados detrás de las yurtas para que alguien se hiciera cargo de ellos cuando la fiesta hubiera terminado. Las parejas buscaban la intimidad de otros rincones para amarse de pie, y aquí y allá se adivinaban piernas separadas, posaderas frenéticas, movimientos nerviosos que buscaban un alivio rápido antes de que los amantes estuvieran tan borrachos que fueran incapaces de representar siquiera los gestos del deseo. Los caudillos y los chamanes bebían pócimas hechas con hongos y hierbas del bosque, y sus visiones los alteraban tanto que los impulsaban a hacer piruetas junto al fuego, declamaban sus absurdas profecías y se tambaleaban tras invocar a gritos a unas doncellas que quedaban fuera de su alcance, y que los hacían enloquecer. Los niños peleaban, correteaban y robaban lo que podían. Los recién nacidos lloraban, algo desatendidos, hasta que el agotamiento los adormecía.

A Ilana y a mí nos destinaron al servicio. Cargábamos con toneles y ánforas llenas de bebida, llevábamos pesadas bandejas rebosantes de carne asada, apartábamos a los que ya habían perdido el conocimiento para que no los pisaran, y esparcíamos tierra sobre los vómitos y los regueros de orín. A pesar de que el aire de la noche era frío, el calor de las hogueras y la proximidad de los cuerpos nos hacía sudar. Estando, como estábamos, al servicio de las casas de Hereka y Edeco, nos encontrábamos en el corazón mismo de la *strava*, y todos los demás fuegos y festejos giraban en torno a los del gran *kagan* y sus lugartenientes.

—Atila ha prometido hablar —susurré—. Cuando lo haga, todas las miradas se clavarán en él. Sal sola, para que nadie sospeche. Yo te seguiré.

Sin estrado ni podio de piedra en la llanura húngara, Atila recurrió a un método novedoso para atraerse la atención de los asistentes. Cuando la algarabía alcanzaba su punto álgido, tres caballos aparecieron en el recinto. Dos de ellos iban montados por jinetes; el tercero entró solo. Atila montó en él de un salto, y los dos guerreros le agarraron de las pantorrillas para asegurarlo en la montura.

—¡Guerreros! —exclamó.

Todos gritaron al unísono. Mil hombres y mujeres se habían congregado para oír sus palabras, y al ver a su rey prorrumpieron en vítores y cánticos. Sin duda, era todo un espectáculo. A pesar de no ir ataviado con ningún distintivo tradicional, lo que llevaba sobre sus ropajes normales constituía una macabra visión. Los huesos de un hombre habían sido atados uno a uno y los llevaba dispuestos a modo de peto, como un esqueleto colgante. Debían de ser de alguien de su misma estatura, y mientras el rey, ebrio, intentaba no perder el equilibrio a lomos de su brioso caballo, entrechocaban y campanilleaban. Faltaba el cráneo, aunque la cabeza del propio Atila constituía una visión más terrorífica. Su rostro se veía oscuro, y llevaba los cabellos despeinados. Le habían colocado sendos cuernos curvados a la altura de las sienes, de modo que parecía un demonio. Sus mejillas, surcadas de cicatrices, estaban pintadas con relámpagos blancos, y los ojos, rodeados de dos círculos negros, parecían abismos.

—¡Gentes de Hunuguri! ¡Pueblo del Alba!

Todos respondieron con expresiones de lealtad. Atila les ofrecía el mundo entero. Ilana empezó a abrirse paso entre la multitud.

—Como sabéis, soy el más sencillo de los hombres —prosiguió cuando los gritos cesaron. Era cierto, ¿había alguien menos ostentoso que Atila? ¿Alguien que llevara menos oro encima, que exigiera menos pleitesía, que comiera más frugalmente que el rey de los hunos?

»Dejo que las obras sustituyan a los discursos, que la lealtad sea mi alabanza. Que los enemigos muertos atestigüen mi poder. ¡Como este que hoy llevo puesto! —Agitó el esqueleto que le colgaba de la ropa—. Éste es el romano al que mandé crucificar cuando descubrí que sus amigos pretendían asesinarme. Oíd bien a este romano de Occidente, porque yo no tengo palabras para expresar lo mucho que desprecio a su pueblo.

Sentí náuseas. Aquéllos eran los huesos hervidos del pobre Rusticio, que había muerto crucificado. Y sabía que la cabeza de nuestro pobre compañero debía de estar clavada en el extremo de una pica cerca de la casa de Atila, que su cabellera ondearía al viento, que su otrora cálida sonrisa se habría convertido en una mueca siniestra.

—Mis lobos, este año habéis demostrado paciencia —continuó Atila—. Habéis saciado con agua vuestra sed de sangre, y habéis consentido que los tributos sustituyan a los saqueos. Habéis permanecido dormidos porque yo así lo he ordenado.

La multitud aguardaba, expectante.

—Pero ahora el mundo está cambiando. Hasta Atila han llegado noticias. Nuevas afrentas, nuevas promesas, nuevas oportunidades. Los romanos deben de pensar que somos una nación de mujeres si han osado enviar unas pocas monedas de oro para eliminarme. ¡Los romanos creen que nos hemos olvidado de luchar! Pero Atila no olvida nada. No se pierde nada. No perdona nada. Bebed mucho y bien durante esta *strava*, guerreros míos, porque para algunos de vosotros será la última. Dormid profundamente, copulad mucho, que nos hacen falta nuevos hunos, y afilad este invierno vuestras armas, porque el mundo jamás debe dejar de temer a sus dominadores, los hunos. Hemos descansado un año entero, pero cuando llegue la primavera, partiremos. ¿Están los cadisenos de los hunos listos para cabalgar junto a Atila?

—¡Diez mil arcos llevarán los cadisenos al rey de los hunos! —respondió Agus, el jefe del clan—. ¡Diez mil arcos y diez mil caballos, y cabalgaremos desde la misma Roma hasta las entrañas del Hades!

Los congregados gritaron de júbilo, embriagados de alcohol y de la sangre anticipada. Su mundo era la conquista, el viaje perpetuo.

—¿Y los escirios? ¿También están dispuestos a cabalgar junto a Atila? —atronó el rey.

—¡Doce mil espadas aportarán los escirios cuando las nieves se derritan en primavera! —prometió Massaget, rey de su pueblo—. ¡Doce mil que serán los primeros en romper la pared de escudos, para que detrás avancen los hunos!

Se sucedían los gritos, las bravatas, las expresiones de aliento, y los señores de la guerra se empujaban los unos a los otros, amistosamente, para acercarse lo más posible a su rey.

—¿Y los barseltios? ¿Están listos para cabalgar junto a Atila?

Estalló otro aullido de adhesión. En aquel momento me abrí paso entre la multitud, alegando que me habían ordenado ir por más comida. Atila iba a concedernos el tiempo que necesitábamos.

Al principio, Ilana tropezó al alejarse de la luz que proporcionaban las grandes fogatas, pero sus ojos pronto se acostumbraron a la penumbra. El resplandor anaranjado de las nubes se reflejaba tenuemente sobre la tierra. A medida que se acercaba al Tisza el campamento se despoblaba, y sólo de vez en cuando se cruzaba con alguien que había ido a buscar algún odre de hidromiel o que se había apartado para encontrarse con algún amante. Nadie le prestaba la menor atención. Estaba a punto de confiar su vida y su futuro a aquel joven romano y a su amigo enano. Debía hacerlo. Si Jonás y su expedición no habían logrado rescatarla como ella esperaba en un principio, al menos él representaba la fuerza masculina que le resultaba imprescindible para escapar hacia el imperio. Incluso le había dicho que se estaba enamorando de ella. ¡Con qué facilidad se enamoraban los hombres! ¿Sería cierto que la amaba? Seguramente no del mismo modo que su prometido, Tasio, a quien una flecha había segado la vida durante el sitio de Axiópolis. Había soñado, como muchas niñas, en casarse con aquel joven, en un futuro vago pero feliz con hogar y con niños, en entregarse dulcemente a los brazos del amor. Ahora todo aquello parecía haber ocurrido mil años atrás y, para vergüenza suya, apenas recordaba qué aspecto tenía Tasio. Se había vuelto más práctica, más desesperada, más cínica. Aquel hombre llegado desde Constantinopla era sólo un aliado conveniente. Sin embargo, al besarla, al mirarla con aquellos ojos de deseo, su corazón le había dado un vuelco, aun cuando no osara reconocerlo. ¡Qué locura pensar en esas cosas cuando ni siquiera habían partido! ¿Persistiría Jonás en su actitud si lograban escapar? De ser así, ¿qué debía hacer ella?

Estaba sumida en aquellos pensamientos de chiquilla cuando en la oscuridad intuyó una pared, que la obligó a detenerse en seco por miedo a darse de bruces contra una casa. Pero no. Aquella forma vertical se apartó con un resoplido, y entonces se dio cuenta de que, por culpa de su imprudencia, había estado a punto de tropezar con alguien que iba a lomos de un caballo. El huno que la contemplaba desde arriba se escoraba peligrosamente hacia un lado, a causa de la embriaguez, algo tambaleante y sonriente.

—¿Quién es esta preciosidad que viene a recibirme a las puertas de casa? —dijo al reconocerla—. ¿Me estabas esperando, Ilana?

A la cautiva, el corazón le dio un vuelco. ¿Qué siniestra broma del destino era ésa? ¡Skilla!

—¿Qué estás haciendo aquí? —le preguntó en un susurro—. Creía que seguías en Constantinopla, escoltando al humillado embajador romano.

El guerrero, inclinándose mucho y con un pellejo de *kumis* sobre un hombro, desmontó del caballo.

—Pues encontrarte a ti, según parece —respondió—. ¡Qué buen recibimiento después del largo viaje! Primero me encuentro la llanura entera iluminada por hogueras festivas. Luego, una patrulla de centinelas me entrega este *kumis*, porque ellos están de servicio y no quieren excederse con la bebida y acabar crucificados. Y ahora, al seguir el sendero del río, que es el único por el que mi caballo, extenuado, puede aventurarse, apareces tú, corriendo a mi encuentro.

—Se ha organizado una *strava* en honor al enviado griego

Eudoxio, no es por ti. —Tenía que ocurrírsele algo—. A mí me han enviado a buscar más *kamon* para la fiesta.

—Pues yo creo que has venido a buscarme —insistió Skilla, borracho, tambaleante, acercándose a ella—. Llevo mil millas pensando en ti, ¿sabes? No pienso en nada más.

—Skilla, nuestro destino no nos lleva a estar juntos.

—Entonces, ¿por qué los dioses acaban de enviarte a mi lado? —preguntó él, esbozando una sonrisa maliciosa.

Por favor, por favor, suplicaba Ilana para sus adentros, eso no, ahora no.

—Tengo que irme.

Intentó esquivarlo, pero él, ágil a pesar de la melopea, la agarró del brazo.

—¡Pero si aquí, en este rincón oscuro, no hay cerveza! —observó él—. Creo que es el destino el que te ha traído hasta aquí. ¿Por qué te apartas de mí? Lo único que yo he querido siempre ha sido respetarte, hacerte mi esposa, traerte ricos presentes. ¿Por qué te muestras tan esquiva?

—No era mi intención, lo siento —se disculpó ella en voz baja.

—Te salvé la vida.

—Skilla, tú ibas con los hunos que mataron a mi padre. Me trajiste hasta aquí cautiva...

—La guerra es así —zanjó él, frunciendo el entrecejo—. Y ahora yo soy tu futuro. No ese esclavo romano.

Ilana alargó el cuello, en busca de ayuda. Sabía que debía librarse de él con engaños, sin forcejeos, pero estaba desconcertada. ¡Debían escapar! Jonás podía presentarse en cualquier momento, y una confrontación entre los dos hombres quizá supusiese el fin de su aventura antes de que se iniciara. Se adelantó apenas, y él la atrajo hacia sí, como si ejecutaran los pasos de una torpe danza.

—Skilla, debes serenarte. Vamos.

El coqueteo de aquella mujer le divertía, y le excitaba que jugara a resistirse. Volvió a tirar de ella, la atrajo hacia sí, pegó mucho su boca a la suya. Ella percibió su aliento rancio, su desagradable olor corporal, mezcla de viaje, sudor y polvo. Skilla la olisqueaba, ávido.

—¿En una *strava*? Pero si es en las *stravas* cuando hombres y mujeres pasan la noche juntos.

—Tengo cosas que hacer. Estoy al servicio de la esposa de Edeco.

Aquellas palabras lo espolearon.

—Yo soy el sobrino de Edeco, tu señor, y pronto yo también seré caudillo —gruñó Skilla, doblándole el brazo para que la romana no se olvidara de quién mandaba allí—. Yo soy de los que van a dominar el mundo y cuanto éste contiene.

—Todavía has de ganártelo. Así no...

—Podrías ser reina. ¿Te das cuenta?

En ese momento, ella le abofeteó con fuerza con la mano que tenía libre, y el golpe resonó con la fuerza de un latigazo. Notó la palma caliente, el hombro desencajado, y sin embargo él parecía inmune al dolor, pues no dejaba de sonreír, más arrogante aún.

—Yo no quiero ser tu reina. Búscate a otra. Hay miles de mujeres que se morirían por serlo.

—Pero yo te quiero a ti. Te he deseado desde que te vi junto a la iglesia en llamas, en Axiópolis. Te he deseado en este viaje a Constantinopla, a la ida, mientras escoltaba al loco de vuestro senador, montado de espaldas a lomos de su asno, odiándolo a cada instante por apartarme de ti. Te he deseado en el camino de regreso. Ibas atada a mí como el saco de plomo iba atado al cuello de Bigilas, que no era capaz de mantener erguidos los hombros y avanzaba encorvado, hasta que a penas se tenía en pie, y lloraba, mientras su hijo lo llevaba de la mano. Ya estoy cansado de tanta espera.

¿Qué podía hacer? La agarraba con mucha fuerza. Debía pensar en una excusa.

—Siento haberte pegado. Es que me has sorprendido. Sí, debemos casarnos.

Skilla la miró, triunfante, y la besó con ansia.

Ella, jadeando, apartó los labios y volvió la cabeza.

—¡Edeco dijo que debías esperar a que Atila me entregara a ti! ¡Debemos esperar, Skilla, sabes que debemos esperar!

—¡Al infierno Atila! —susurró él, buscándole los labios.

Ella sólo le ofreció una mejilla.

—Le diré lo que acabas de decir. Le diré que me has interrumpido en mis quehaceres, le diré que venías borracho, le diré...

Enloquecido por la impaciencia, Skilla forcejeaba y empujaba tan violentamente como si se encontrara en el campo de batalla. Ella cayó al suelo y se golpeó la cabeza. Se sintió mareada, y cuando abrió los ojos para mirarlo, vio unas luces minúsculas que daban vueltas. Él se arrodilló, se puso a horcajadas sobre ella y le agarró el cuello del vestido.

—¡No! ¡Skilla, recapacita!

El huno, fuera de sí, siguió tirando del vestido hasta rasgarlo. Los cordones que lo ceñían se abrieron como trigo segado, e Ilana sintió en los pechos, semejante a un beso, el aire frío de la noche. Las cosas no podían ir peor. Impotente, desafiante, le escupió a la cara y él la cogió por las muñecas. Cada vez se sentía más aturdida. Skilla le levantó el vestido hasta los muslos. Cuanto más gritaba y forcejeaba ella, más parecía excitarse él. Ilana le arañaba pero él se reía.

—Ya les dije que me arañarías.

La cautiva no dejaba de gritar, desesperada, pues sabía que sus gritos se perderían entre la algarabía de la noche. Skilla estaba solo, se peleaba con la ropa de ella y también con la suya. Por otra parte, ¿qué importaba que la violara? Era cautiva, era esclava, y él pertenecía a la aristocracia de los hunos.

En ese momento, algo surgió como una ráfaga de viento y fue a estrellarse contra ellos. Skilla empezó a rodar sobre la hierba, con alguien montado encima. Se oían gruñidos, maldiciones pronunciadas en voz baja. Al fin, el recién llegado se arrojó sobre Skilla y le dio un puñetazo.

—¡Ilana, corre hacia el río!

Era Jonás.

El huno resopló, logró zafarse y se puso en pie dando una voltereta hacia atrás. Jonás, sorprendido, se echó a un lado y cayó al suelo. El huno se revolvió como un lobo y se lanzó directo al cuello del romano.

—¿Todavía no han acabado contigo?

Ahora era él quien estaba sobre su contrincante, al que intentaba asfixiar. Pero Jonás le dio otro puñetazo en la cara, y Skilla echó la cabeza hacia atrás y lo soltó. El romano se levantó de un brinco. De nuevo estaban separados.

—¡Corre hacia el río! —repitió Jonás.

Si obedecía, Ilana tal vez aún estuviera a tiempo de escapar. El enano podría ayudarla a encontrar el camino, y Jonás retendría a Skilla. Sin embargo, mientras aquellos dos hombres peleaban, ella era incapaz de salir corriendo. ¿Acaso sus sentimientos hacia el romano eran más profundos de lo que estaba dispuesta a admitir?

—¡No pienso dejarte solo! —dijo mientras buscaba con la mirada alguna piedra o algún palo para ayudarlo.

El huno, que se había cortado un labio y sangraba, extendió los brazos, como un oso, y se lanzó al ataque. Jonás se encogió, con los brazos pegados al cuerpo, y volvió a darle una tanda de puñetazos, primero con la izquierda, luego con la derecha, y al fin con un gancho que lo dejó alelado. Tambaleándose, confuso, Skilla dio unos pasos hacia atrás. Pero al instante, testarudo, volvió a embestir. Jonás se apartó y, con un ruido sordo, el huno cayó de bruces.

El romano retrocedió, fatigado. Ilana no daba crédito a sus ojos. El huno no conocía el arte del pugilismo, que todos los romanos aprendían de niños.

Skilla se volvió, consiguió sostenerse de rodillas, dándoles la espalda, y a duras penas se puso en pie. La leche fermentada de yegua y la sucesión de puñetazos lo habían dejado mareado. De sus labios hinchados salió un débil silbido.

—¡*Drilca*!

El caballo se acercó, inquieto.

Skilla se derrumbó sobre la montura, en apariencia extenuado, pero entonces giró sobre los talones con la espada que guardaba en ella en la mano.

—Estoy cansado de tus tretas, romano —masculló al tiempo que le lanzaba una mirada asesina.

Ilana fue a buscar una estaca de las que se usaban para secar la carne, la cogió y regresó al escenario de la pelea. Jonás estaba encogido, con los puños cerrados, caminando en círculos sin quitar la vista de encima a la espada de su contrincante.

—Ilana, no desaproveches esta oportunidad. Sal corriendo y escapa.

—No —susurró ella, tomando impulso con el tronco, temerosa de la espada y sin embargo decidida a actuar—. Si te mata a ti, que me mate a mí también.

De pronto oyeron una voz nueva, grave como el trueno, que se elevó por encima de todos los demás sonidos.

—¡Deteneos, deteneos todos!

Era Edeco.

Skilla dio un respingo, como un niño pequeño a quien hubieran pillado robando higos, bajó el arma e irguió la espalda. La luz de las antorchas que se acercaban iluminaba la penumbra y mostraba en toda su crudeza la sangre en el rostro del guerrero. Su tío, seguido de una cohorte de curiosos, se acercó a él, e Ilana tuvo conciencia al momento de que iba medio desnuda. Tras soltar la estaca, se cubrió los pechos con los brazos.

—Maldición, Skilla. ¿cómo has vuelto sin notificármelo?

El huno señaló en dirección a Jonás.

—Me ha atacado —dijo, con voz cavernosa.

—Él atacaba a Ilana —respondió Jonás.

—¿Es eso cierto? —preguntó Edeco.

Envalentonada, ella se separó las manos del vestido y dejó que volviera a abrirse.

—Me ha roto la ropa.

Algunos hunos ahogaron un grito, otros se echaron a reír. Todos, hombres, mujeres, niños y perros, se acercaron para ver mejor. Ilana olía perfectamente la nube de alientos acres, acechantes.

—¿Pensabas matar a un romano desarmado? —preguntó Edeco a su sobrino con desprecio.

Skilla escupió sangre.

—Él ha quebrantado la ley al atacarme, y pelea sin honor, como un mono. De tratarse de un esclavo, ya estaría muerto. Además, ¿qué hacía aquí, a oscuras? ¿Por qué no se ocupaba de sus quehaceres?

—¿Y tú? ¿Qué hacías intentando violar a una mujer que sirve en la casa de tu tío? —le increpó Jonás.

—¡No era violación! Era...

Edeco se adelantó y, de una patada, arrancó la espada de la mano de su sobrino.

—Que sea Atila quien decida qué era. —El caudillo olisqueó a Skilla—. Hueles a *kumis*, sobrino. ¿Acaso no podías esperar a llegar a la *strava*?

—Sí he esperado... Acababa de llegar al campamento, y ella estaba esperándome y...

—Eso es mentira —susurró Ilana.

—¡Silencio! ¡Os llevaré ante Atila!

Pero no tuvieron que ir a ningún sitio, pues el rey de los hunos ya estaba allí, como una pesadilla, abriéndose paso bruscamente entre la muchedumbre, ya sin el esqueleto de Rusticio, pero con los cuernos de diablo sobre su rostro pintado. Como un juez divino, se acercó para extraer sus conclusiones en un instante. Mientras los miraba a todos de hito en hito, se produjo un silencio sepulcral.

—Dos hombres, una mujer —dijo Atila al fin—. No había sucedido jamás en la historia del mundo.

La muchedumbre estalló en carcajadas y gritos. Skilla, humillado, se ruborizaba por momentos, y miraba con odio a Jonás.

—Esta mujer es mía por derecho. La capturé en Axiópolis —se defendió—. Eso lo sabe todo el mundo. Pero me atormenta con su altanería, y ha buscado la protección de este romano...

—En mi opinión tenía motivos para buscarla, y no hay duda de que él ha sabido prestársela.

De nuevo las risotadas se elevaron en la noche.

Skilla permanecía en silencio, pues sabía que cualquier cosa que dijera iría en su contra. El rostro le ardía de la humillación.

—Ésta es una pelea que nos envían los dioses para que nuestra *strava* resulte más entretenida —exclamó el monarca—. La solución es simple. Ella necesita un hombre, no dos, y mañana saldrá de dudas. Los pretendientes se enfrentarán en un combate mortal, y quien sobreviva se quedará con la joven.

Atila miró a Edeco, que asintió una sola vez. Ambos sabían cuál sería el resultado del duelo.

Ilana también. Jonás era hombre muerto, y ella estaba sentenciada.

14

El duelo

Diana temblaba ligeramente, desacostumbrada a mi peso, y yo me sentía apresado y torpe a lomos de mi yegua. «Nunca serás tan buen soldado como tu hermano», me había dicho mi padre. Pero, en Constantinopla, ¿qué importancia tenía aquello? Yo me enorgullecía de ser hombre de letras, no de armas, y me sentía preparado para más altas misiones. Ahora, sin embargo, me lamentaba por no haberme ejercitado en el arte de la caballería. Skilla podía cabalgar en círculos, a mi alrededor, mientras yo, con dificultad, cargaba con mi equipo, mi gran escudo oval que golpeaba el costado de *Diana*, y mi pesada lanza, que ya antes de empezar me costaba sostener. Veía el mundo a través de lo que parecían orejeras, pues los protectores de nariz y rostro de mi casco rematado en punta entorpecían mi visión periférica. La pesada cota de malla me daba calor, a pesar de que el día era fresco, y la espada y la daga que llevaba al cinto se me clavaban en el muslo y la cadera. Lo único bueno era que mi equipo me impedía ver a los miles de hunos medio borrachos que se habían congregado en un prado cercano al campamento para presenciar lo que, según ellos, había de ser una carnicería rápida. Su única duda era cuánto tardaría en morir.

Drilca, el caballo de Skilla, cabrioleaba, inquieto ante tanta gente, y comparado conmigo el huno parecía ir desnudo. Su ligera coraza hecha con huesos de pezuña chasqueaba como el grotesco esqueleto que Atila llevaba la noche anterior, y no se protegía las piernas ni la cabeza. Sólo iba armado con un arco, veinte flechas y la espada. En su rostro eran visibles los cardenales de nuestra pelea, lo que me proporcionaba cierta satisfacción, aunque a pesar de la evidencia de su derrota sonreía, imaginando ya la muerte de su enemigo y su matrimonio con la orgullosa joven romana. Al matarme, borraría todo vestigio de humillación. Ilana se encontraba rodeada por un grupo de cautivas de Suecca, envuelta en una capa que ocultaba sus formas. Tenía los ojos enrojecidos, eludía mi mirada y parecía sentirse culpable.

No era precisamente alentador. Soy tan mal guerrero que ni siquiera yo habría apostado por mí.

También vi a Zerco, cómicamente sentado a horcajadas sobre los hombros de una mujer alta, que no era para nada fea y parecía a la vez fuerte y amable, la clase de compañera dispuesta que muchos hombres necesitan pero que pocos desean o encuentran. Debía de tratarse de su esposa, Julia.

—No deberías haberte entrometido, romano —gritó Skilla—. ¡Ahora vas a morir!

Hice caso omiso de la provocación.

—Míralo, parece un caracol con tanta armadura —observó alguien entre la multitud.

—E igual de lento.

—Pero difícil de atacar —advirtió un tercero.

Oí muchas otras bravatas. Se burlaban de mis ancestros, cuestionaban mi hombría, se reían de mi torpeza y mi estupidez. Curiosamente, de todo ello empecé a extraer fuerzas. No había dormido en toda la noche, pues sabía que aquel amanecer sería el último. Mi mente se había convertido en un torbellino de reproches y dudas, y había pasado aquellas últimas horas maldiciendo mi suerte. Si intentaba pensar en los aspectos concretos del combate que se avecinaba, mi mente era incapaz de planificar ninguna táctica útil, y sin embargo regresaba al recuerdo de la carrera que había corrido con Skilla, al beso que le había dado a Ilana, a sus pechos desnudos, brevemente entrevistos, cuya visión me había avergonzado pero me obsesionaba. No había descansado, no me había concentrado y no iba preparado para el duelo. Pero ahora me daba cuenta de que, si no quería convertirme en un blanco tan fácil como aquellos melones contra los que había visto practicar a los hunos, debía usar la cabeza. Observé a Skilla pasar junto a los bárbaros que le vitoreaban, alzar los puños al aire, le oí emitir sus agudos y enervantes aullidos de perro. Aquel huno iba a dispararnos a mí y a mi caballo desde una distancia de cien pasos, flecha tras flecha, hasta que mi cuerpo pareciera un campo de flores espinosas. En realidad no se trataba de un combate, sino más bien de una ejecución.

—¿Estás listo? —me preguntó Edeco.

¿Iba a limitarme a ser el blanco de su matanza? ¿Qué ventaja tenía yo? «Pelea en tu batalla, no en la suya», me había dicho Zerco. Sí, pero ¿cuál era mi batalla?

—Un momento —dije, intentando ganar tiempo. Si no otra cosa, al menos podía convertirme en un blanco menos visible. Clavé la lanza en el suelo y me valí de ella para descabalgar de *Diana*. Aterricé pesadamente en el suelo.

—¡Mirad! ¡Se echa atrás! —gritaron los hunos—. ¡Este romano es un cobarde! ¡La mujer es para Skilla!

Alzando el escudo e intentando mantener los hombros rectos, me dirigí a Edeco.

—Pelearé a pie.

Él pareció sorprendido.

—Un hombre sin caballo es un hombre sin piernas.

—No en mi país.

—Pero estamos en el nuestro.

Hice caso omiso del comentario. Avancé deprisa para ocultar el temblor que recorría mi cuerpo y me planté en el centro del improvisado circo, un círculo de doscientos pasos rodeado por miles de espectadores bárbaros. No había escapatoria.

—¡Sí, es un cobarde! —gritaban los hunos—. ¡Miradlo ahí, sin moverse, aguardando el momento de su ejecución!

Skilla se había acercado y me miraba desconcertado. ¿Acaso esperaba librar a mi voluminosa yegua de las flechas? *Diana* no corría peligro. Skilla había prometido que su intención era acabar conmigo lo antes posible y agenciarse mi montura.

Me detuve en lo que parecía ser el centro exacto de aquella improvisada arena. «Skilla, vas a tener que venir a por mí», pensé. Volví la vista atrás. Atila estaba sentado sobre una tarima levantada a toda prisa para la ocasión. Ilana y las demás mujeres se apretujaban contra su base. La gran espada de hierro de Marte, mellada y negra, reposaba sobre sus rodillas. Junto a él, de pie, un hombre ataviado con ropajes griegos, que le susurraba cosas al oído. Supuse que se trataba de Eudoxio, el visitante en cuyo honor se había organizado la *stra-*

va. ¿Por qué era tan importante? El *kagan* alzó un brazo señalando al cielo y lo hizo descender con un movimiento brusco. Significaba que debía comenzar el combate. La multitud gritó al unísono, y muchos de los asistentes comenzaron a pasarse unos a otros pellejos llenos de leche fermentada.

Observé a Skilla, que dio otra vuelta alrededor del circo, suscitando una vez más, a su paso, los vítores de los congregados. Parecía no decidirse a atacar, como si no estuviera seguro de mis intenciones. Yo me limitaba a girar, encarado en todo momento a él. La cota de malla me cubría hasta las rodillas, y mi escudo oval me protegía todo el cuerpo a excepción de los pies y la cabeza. Mis ojos quedaban ocultos tras la sombra del casco. No había desenfundado la espada, y mi lanza seguía clavada en el suelo. Me mantenía allí, de pie, como centinela más que como guerrero, pero bien cubierto. Al fin, el huno consideró que había llegado el momento de acabar con todo aquello. Se acercó y, con un movimiento tan ensayado y rápido que costaba seguirlo con la mirada, extrajo una flecha de su carcaj, tensó el arco y disparó. No podía fallar.

A diferencia de lo que sucede en las batallas, en las que el horizonte está lleno de arcos y flechas, y la evasión resulta imposible, contaba con la ventaja de poder seguir la trayectoria de aquella única flecha. Me moví hacia la izquierda y el proyectil pasó de largo, junto a mi hombro derecho, en dirección a la muchedumbre. Los espectadores que allí se encontraban se echaron hacia atrás entre gritos, y algunos de ellos tropezaron y cayeron al suelo. La saeta se clavó en el barro junto a ellos sin causar daños. El resto de los congregados se rió.

—Una —dije entre dientes.

Skilla, irritado, volvió a disparar desde un extremo de la arena, y una vez más tuve tiempo de agacharme y esquivar la flecha, que con un silbido pasó rozándome la oreja. Me maldije por permitirme imaginar que hacía impacto en mí.

—Dos —pronuncié con más aplomo. Escupí y tragué saliva.

La multitud gritaba y silbaba, y a empujones abría más el círculo, en vista de la trayectoria de las flechas.

—¡El blanco es el romano, no nosotros! —decían algunos, mientras otros se preguntaban en voz alta si los puñetazos de la noche anterior habían dejado ciego a Skilla.

Airado con los comentarios, el huno espoleó a *Drilca* y, al galope, describió un círculo en torno a mí. En esta ocasión la acción se sucedió casi como en un espejismo. Con una rapidez que parecía sobrehumana, pero que en realidad nacía de la práctica reiterada y se convertía en una segunda naturaleza para los hunos, Skilla disparó una serie de flechas sin dejar de galopar. La velocidad del tiro era tal que resultaba absurdo pretender esquivarlas una por una. Apenas tuve tiempo de ver que se acercaban a mí en abanico. Me oculté tras el escudo y, en el último momento, me agaché del todo y me acurruqué hecho un ovillo. Tres flechas pasaron por encima de mí, y otras tres se clavaron en el escudo, colocado en ángulo oblicuo, sin traspasarlo. Cuando el ataque cesó, me puse en pie, miré alrededor y partí por la mitad las cañas de las flechas que habían quedado encajadas en el escudo.

—Ocho.

Skilla parecía tan desconcertado en apariencia ante mi nueva manera de neutralizar su ataque como la noche anterior ante mis conocimientos de pugilismo. Se dirigió al punto en que una de las flechas se había clavado en el suelo, dispuesto a recuperarla, pero un huno se le adelantó y la partió por la mitad.

—¡Sólo dispones de un carcaj! —le gritó.

Al verlo, otros espectadores hicieron lo mismo con los proyectiles que habían caído en sus inmediaciones.

—¡Sólo un carcaj! ¡O apuntas bien o estás perdido, Skilla!

Advertí que parte del público empezaba a ponerse de mi parte.

—¡No harías blanco ni en el trasero de tu madre! —exclamó alguien.

Zerco, el enano, ya no contemplaba el duelo desde los hombros de su esposa, y desde la primera fila jaleaba, entusiasmado.

—¡Este romano es invisible! —graznaba—. ¡El huno está ciego!

Ceñudo, Skilla se acercó a él al galope y a punto estuvo de derribarlo. En el último momento Zerco se refugió en el mar de gente y cuando, ya a salvo, volvió a aparecer, gritó y dio una voltereta.

El huno volvió a disparar un par de veces, pero sin demasiado empeño, dándome tiempo a esquivarlas.

—Diez.

Apenas disparada la última de ellas, Skilla cambió bruscamente de táctica y se acercó mucho a mí a lomos de su caballo. Cuando estuvo frente a mí, tiró de las riendas y *Drilca* se encabritó. Su intención era disparar desde aquella distancia, para acabar conmigo de una vez por todas. Sin embargo, en el momento en que se acercaba, dejé de girar alrededor de mi lanza, que seguía clavada en el suelo, me hice con ella y, sin darle tiempo a tensar el arco, la lancé con todas mis fuerzas. Skilla no tuvo más remedio que tirar de las riendas para que su caballo se moviera. Y si mi lanza no dio en el blanco, su flecha se elevó tanto que pasó volando sobre las cabezas de los hunos, que ahogaron un grito, mezcla de burla y emoción. El huno dio media vuelta y yo me apresuré a recuperar mi arma.

Volvimos a repetir la operación, con idéntico resultado. Ninguno de los dos había herido al contrincante.

—Doce —seguí con el recuento, resollando. Las gotas de sudor que me resbalaban por la frente se metían en mis ojos y me nublaban la vista.

Edeco se adelantó y cogió las bridas del caballo de su sobrino cuando pasó frente a él.

—¿Qué pretendes? ¿Refrescar a tu rival con el aire de tus flechas? —inquirió—. Está en juego tu reputación. Usa la cabeza.

Skilla se alejó al trote.

—Te entregaré la suya, tío.

No se detuvo hasta que llegó a una distancia que me impedía usar mi lanza. Volvió a disparar tres flechas seguidas, que no logré esquivar. Dos de ellas impactaron en mi escudo con tanta fuerza que lo atravesaron. Una de ellas rozó, sin romperla, la cota de malla. La armadura me salvó el corazón. La otra, sin embargo, sí hizo impacto en la zona del brazo que sujetaba las correas del escudo, y la desgarró. La sorpresa me llevó a detenerme unos instantes que a punto estuvieron de resultar fatales, pues en aquel momento otra flecha venía en dirección a uno de mis ojos. Me agaché justo a tiempo para que, con un ruido metálico, impactara en el casco. El golpe me aturdió un poco, y me tambaleé.

—Dieciséis —dije, esbozando una mueca de dolor.

Me silbaban los oídos. Un reguero de sangre descendía por el escudo. El griterío de la gente se convirtió, por un instante, en murmullo. Skilla había dado en el blanco, pero la armadura y el escudo romanos eran más fuertes de lo que creían. ¿Qué especie de brujería era aquélla? Del mismo modo que despreciaban a sus rivales derrotados, respetaban toda muestra de arrojo y todo equipo que demostrara su eficacia.

El caballo de Skilla seguía trotando de un lado a otro. El público gritaba palabras de aliento y de escarnio. El huno se volvió y vaciló.

Sólo le quedaban cuatro flechas. ¿Cómo poner fin a aquella situación desesperante?

Con un aullido, volvió a ordenar a su caballo que se acercara a mí al galope. Cuando levanté la lanza, él giró a la izquierda, bruscamente, y yo erré el tiro. Entonces Skilla se acercó rápidamente a mi flanco descubierto sin darme tiempo a girarme, con el arco bien tensado. El pánico me llevó a arrojarme al suelo, y oí el silbido de la flecha rozando mi cabeza, y vi que el caballo pasaba por encima de mí. Sus pezuñas pisotearon el escudo, rompiéndolo, y una de ellas se me clavó varias veces en el costado. Sentí que me quedaba sin aire. Me sentí desorientado y un dolor intenso invadió mi ser; me había roto una costilla.

El caballo pasó de largo, relinchando, desorientado, mientras Skilla tiraba de las riendas para que volviera la cabeza. El rugido de la multitud se asemejaba al oleaje de un mar embravecido, y la inquietud que sentíamos los dos crecía por momentos.

Debía encararme a él. Pero ¿cómo?

Cuando me arrastraba para intentar recuperar la lanza, Skilla volvió a por mí. Logré agarrarla y darme la vuelta. Me cubrí, desesperado, con el escudo. Skilla me atacó de nuevo desde aquella distancia mortífera. El poderoso arco impulsó la flecha con tal fuerza que atravesó mi escudo como si de papel se tratara. Sin embargo, con la punta de la lanza impedía que el caballo se mantuviera quieto, de modo que, por suerte, la flecha no hizo blanco en mi pecho, sino en mi hombro, aunque el impacto fue tal que me dio de lleno y me clavó en el suelo. Me encontraba por completo indefenso. Skilla llevó una vez más su caballo junto a mí. Ya no podía fallar. Era el fin. Miré hacia un lado. Ilana, que hasta ese momento había seguido el combate junto al entarimado de Atila, se había adelantado unos pasos, tapándose la boca con la mano.

No consentiría que fuera suya.

Con un movimiento forzado, arrojé la lanza hacia arriba y logré clavarla en el vientre del caballo. *Drilca* relinchó y levantó las patas delanteras, y la penúltima flecha que Skilla acababa de disparar se estrelló contra el escudo. El animal se alejó, temeroso, con la lanza clavada en el vientre, cabeceando y dejando un reguero de sangre y orina a su paso.

Los hunos parecieron enloquecer, aunque era imposible discernir ya a quién animaban y a quién abucheaban. La pelea estaba resultando mucho mejor de lo que habían esperado.

El escudo me pesaba tanto que sentía como si un caballo hubiera caído sobre mí y estuviera aplastándome. Empezaba a verlo todo borroso por efecto de las heridas. ¡Debía levantarme como fuera! Skilla intentaba recuperar el control de su montura, que de una coz había logrado librarse de la lanza que le perforaba el vientre. Oía el chorrear de la sangre.

Aquella flecha me tenía clavado al suelo, y temí moverme a causa del dolor. Pero debía hacerlo. Armándome de valor y con gran esfuerzo logré sentarme, gritando mientras lo hacía y la flecha me desgarraba la carne del hombro. Me sentía mareado. Con el brazo derecho sostuve el escudo y me retorcí de dolor al sentir que la saeta que se había clavado en mi antebrazo se partía en dos. Dejé caer el escudo, ensangrentado. La cota de malla, ahora al descubierto, también estaba cubierta de sangre, que seguía manando de la herida del hombro. El golpe del proyectil que había hecho impacto en el casco había sido tan fuerte que me dolía la cabeza. Sin saber muy bien cómo, logré arrodillarme primero, y ponerme en pie después, tambaleante. Me maravillaba el grado de resistencia de mi propio cuerpo.

—Diecinueve —dije con un hilo de voz.

Vi a Skilla tensar el arco con su última flecha.

Espoleó a *Drilca*, que apenas inició un tímido trote, pues desconfiaba de aquel hombre de plata que le había infligido una herida tan grave. El huno parecía triunfante. El clamor del público nos encerraba como en una caja, pero yo sólo tenía ojos para mi adversario, que cada vez se acercaba más a mí. Desenvainé la espada. Skilla me sonrió con desprecio. Jamás se acercaría lo bastante para permitirme usarla.

—¡Acaba con él! —exclamó Edeco haciendo oír su voz en medio del griterío.

Tenía a *Drilca* delante. Veía su cuello largo, y detrás a Skilla, que ya volvía a tensar el arco. Se encontraba a apenas diez pasos.

No me quedaba otra alternativa. Le arrojé la espada con el brazo sano, gruñendo de dolor. Salió disparada y empezó a dar vueltas en el aire como una rueda hasta clavarse en el pecho del animal, que hincó las rodillas en el suelo y cayó de bruces. Skilla también se echó hacia delante. La última flecha, que salía disparada en aquel momento, modificó su trayectoria y voló muy baja. Cuando el caballo acabó de desplomarse, el jinete salió disparado de la montura y cayó el suelo por encima de su cabeza. Mi espada se había perdido bajo aquella masa de carne que relinchaba y daba coces.

El huno resbaló sobre la hierba y el barro, y soltó una retahíla de maldiciones. Yo aproveché para recuperar la mitad superior de la lanza.

El huno contaba aún con su espada, pero su instinto era de arquero. Aunque su carcaj ya estaba vacío, su última flecha asomaba, tentadora, clavada en el suelo. Se arrastró hacia ella, a pesar de que yo me tambaleaba tras él con la media lanza dispuesta para el ataque en caso de poder llegar a él antes de que me disparara. Yo sangraba mucho, mientras que mi rival sólo tenía alguna magulladura. Lo único que debía hacer él era esperar a que yo me derrumbase. Pero su orgullo no se lo permitía. Skilla cogió la flecha por el asta, la arrancó como se arranca una flor y la llevó hacia el arco. Podría dispararme una última vez, apuntar directamente a mi pecho. Tendido de espaldas, tensó la cuerda. Me dispuse a morir.

Pero al hacerlo, se dio cuenta de que la cuerda no respondía. Ahogó un grito. Con la caída, el arco se le había roto y había quedado inservible.

Me arrojé sobre él. Sin darle tiempo a desenvainar, le planté mi bota romana sobre el pecho y acerqué la punta de la lanza a su cuello. No dejaba de agitarse, pero el filo se le clavaba en la piel, que empezó a sangrar. Al darse cuenta se detuvo, aterrorizado. Al fin sabía lo que era el miedo. Alzó la mirada.

Supongo que mi aspecto era el de un gran monstruo de metal. Respiraba agitadamente, la sangre que brotaba de mis dos heridas nos manchaba a los dos, y aunque mi rostro estaba casi oculto por el casco, me brillaban los ojos clamando venganza. Por más imposible que pareciera, había resistido. El huno cerró los ojos para no ver su propio final. No había remedio. Mejor morir que resistir la humillación.

El público estrechaba el cerco. Su emoción se cernía sobre nosotros, y hasta donde nos encontrábamos llegaba el olor de aquellos cuerpos tan juntos.

—¡Mátalo, mátalo, romano! —gritaban—. ¡Merece morir!

Clavé la vista en Edeco. El tío de Skilla había vuelto la cabeza hacia otro lado, ofendido. Miré a Atila, que con un rictus siniestro apuntó hacia abajo con el dedo pulgar, imitando despectivamente los gestos romanos de los que había oído hablar.

Aquello ya no era una muerte en combate, sino una ejecución en toda regla. No me importaba. Los hunos habían crucificado a Rusticio, esclavizado a Ilana, matado a su padre, y a mí me habían convertido en rehén. Skilla me había hecho la vida imposible desde el día en que nos habíamos conocido. Sabía que aquello no era lo que esperaban los sacerdotes de Constantinopla. Mi estocada final sería un vestigio del mundo antiguo, no del nuevo universo cristiano de salvación, al parecer tan cercano al Apocalipsis. Pero mi odio hacía que nada de todo eso me preocupara lo más mínimo. Sostuve con más fuerza la base de la lanza, preparándome para atacar.

Y entonces algo menudo y nervioso vino hacia mí y me empujó, impidiéndome clavarle la lanza a mi contrincante. Indignado, me tambaleé y exclamé de dolor. ¿Quién era ese intruso?

Finalmente vi de quién se trataba. ¡Ilana!

—No —dijo entre sollozos—. ¡No lo mates! ¡Por mí no!

Me fijé en Skilla, que abría los ojos, incrédulo ante su suerte. Cogió la empuñadura de su espada, que aún no había desenvainado. Para hacerlo tuvo que echarse hacia un lado.

Y entonces todo fue negrura, y perdí el sentido.

Segunda parte

LA UNIÓN DE OCCIDENTE

15

La vasija de vino

Me encontraba en un lugar oscuro, hacía un calor sofocante, y una especie de duende o íncubo se inclinaba sobre mí, tal vez para devorar mi carne dolorida, o para llevarme a otro lugar todavía más recóndito. El rugido de la muchedumbre se había convertido en un rumor sordo, e Ilana me había traicionado y había desaparecido entre la niebla. Sabía que había cometido un error fatal, irremediable, pero no recordaba cuál. El demonio se acercaba más a mí...

—Por el amor de tu Salvador, ¿piensas pasarte la noche durmiendo? Hay cosas más importantes en juego que tú.

Se trataba de una voz aguda, cáustica, conocida. Era Zerco.

Parpadeé y una luz blanca inundó mis ojos. El dolor también me invadía, más real y agudo que el que había sentido en sueños. El rumor de los hunos no era más que el silbido de mi oído al presionar la manta, y el error que lamentaba, haber abandonado Constantinopla y enamorarme de una mujer. Intenté incorporarme...

—Aún no —me advirtió el enano, empujándome hacia atrás—. Despierta, sí, pero no te levantes todavía.

Alguien me aplicó algo caliente.

—¡Aaaaaaah! —Sentí un aguijonazo como de avispa. ¡Y yo que tanto había ansiado vivir aventuras!

—Te ayudará a sanar —murmuró la voz de una mujer a la que reconocí, dolorosamente.

—¿Por qué salvaste a Skilla?

—Para salvarnos a los dos. Además, no quiero que ningún hombre muera por mí. Me parece una estupidez.

—No era por ti...

—Calla, chist, descansa.

—¿Qué futuro crees que te habría aguardado si hubieras acabado con la vida del sobrino de Edeco? —añadió Zerco—. Deja que la joven te cure, y así podrás salvar a Roma.

Esperé unos instantes a que pasara una oleada de náuseas y la sensación de mareo que la acompañaba, e intenté concentrarme. La luz, al principio insoportable, se volvió más tenue al acostumbrarse mis ojos a la llama de las velas y el fuego del hogar. Lo cierto era que la estancia se encontraba casi en penumbra. Me hallaba en una cabaña, con el bufón, y la estructura de la cama, de piel, crujía cada vez que me movía en mi colchón de paja. Por el hueco de ventilación de la cabaña intuía un círculo de cielo gris. Un día nublado. Tal vez el atardecer. O el alba.

—¿Qué hora es?

—La hora primera, tres días después de que humillaras al joven gallito —respondió el enano,

—¡Tres días! Me siento sin fuerzas.

—Es que lo estás. Has perdido muchos líquidos: sangre, orina, sudor. Julia, ¿está listo? —En el cuarto había otra mujer, que había visto llevar al enano a hombros—. Aquí tienes. Tómate esto.

El brebaje resultaba demasiado amargo.

—No pares, debes beberlo todo. Dios mío, ¡qué mal paciente eres! Termínatelo y luego te daremos vino y agua. Te sabrán más dulces, pero esto te curará.

Obedecí y bebí, aunque no pude evitar hacer muecas de asco. ¡Tres días! No recordaba nada, sólo que me había desplomado.

—De modo que sigo vivo.

—Al igual que Skilla, y gracias a Ilana. Te odia más que nunca, claro, sobre todo desde que a esta belleza la han autorizado a ocuparse de ti. Espera que te cure sólo porque así podrá intentar matarte de nuevo. No hay hombre en el mundo que haya rezado más para rogar la curación de otro. Yo ya le he advertido que volverás a ser más listo que él. Todavía no entiende cómo lo hiciste.

Hasta sonreír me dolía. Me volví hacia Ilana.

—Pero tú sientes algo por él.

Era una acusación. Había luchado por ella, y ella no me había permitido terminar el trabajo.

Mis palabras parecieron avergonzarla.

—Le hice creer que podría casarme con él, Jonás. A ti también, porque aquí las mujeres estamos del todo indefensas. No me enorgullezco de ello. El duelo me ha puesto enferma. Ahora no estoy en casa de Suecca, y pronto saldré de ésta y os dejaré a todos en paz.

—¿Qué quieres decir?

—Ésa es otra de las razones por las que Skilla te odia —intervino Zerco con voz cantarina—. Cuando se dio cuenta de que ninguno de los dos moriría, Atila tomó una decisión salomónica: la chica se la quedaría para él.

—¡Para él!

—No como concubina, sino como esclava. Reconoció que los dos habíais luchado con valentía. Declaró que Skilla era un verdadero huno, pero asumió que a partir de ese momento estaba en deuda con un romano. De modo que a los dos se os dará la oportunidad de luchar al lado de Atila, y aquel que más se distinga en sus campañas será el que acabe consiguiendo a Ilana. —El enano sonrió, malicioso—. No puede negarse que sabe motivar.

—¿Luchar? En todo caso, yo lo que quiero es luchar contra Atila, no a su lado. Ha crucificado sin motivo a mi amigo Rusticio. Ha humillado a Maximino, mi mentor. Ha...

—Vaya, vaya, veo que Skilla, con sus flechas, te ha inoculado algo de sentido común. Por eso precisamente debes curarte. Mientras tú estás aquí preocupado por esta cosa bonita, en el mundo se gestan grandes cosas, Jonás de Constantinopla. Atila no se ha dormido en los laureles, y el mundo está en peligro. ¿Piensas seguir durmiendo mientras transcurre la historia, o te decidirás a ayudar a tu imperio?

—¿De qué estás hablando? —Se me volvió a nublar la vista. No sabía qué brebaje me había dado Julia, pero sin duda se trataba de algún narcótico. ¿Para qué me despertaban entonces? ¿Para hacerme dormir de nuevo?

—Lo que te decimos es que debes dormir y recuperarte. No hagas caso a este pequeño necio que tengo por marido —susurró Julia—. El brebaje contenía la medicina de las praderas. Duerme, duerme mientras tu cuerpo lucha por sanar. Aún dispones de muchos años para salvar el mundo.

—No, no los tiene —objetó Zerco.

Pero para entonces, yo ya había vuelto a dormirme.

No aconsejo a nadie que se deje perforar por tres flechas. Los grandes héroes, en las leyendas infantiles, llevan sus heridas con gran valor y sin quejarse. Pero mi brazo y mi hombro se quejaban mucho de que les hubieran traspasado sendas astas de madera, y cada mueca de dolor me traía a la memoria mi propia mortalidad. Ya nunca volvería a sentir una valentía tan ingenua como antes. Con todo, a mi edad, la postración es un tormento, y la recuperación llega deprisa. Aquella misma noche ya me senté en el camastro, aunque con el dolor las horas se me hacían eternas, y a la mañana siguiente ya empecé a caminar, con equilibrio precario, eso sí, por el interior de la choza. Al cabo de una semana ya me sentía inquieto, muy recuperado, y los dolores, aunque persistían, no me incapacitaban.

—Con las primeras nieves ya te veremos cortando leña —aventuró el enano.

Sólo en una ocasión habíamos hablado largo y tendido Ilana y yo. Era de noche, nuestros anfitriones dormían y a mí la fiebre me había sacado de mi sueño. Ella me secó el sudor de la frente, del hombro, suspirando.

—Ojalá las flechas se hubieran clavado en mí.

—No te culpes por un duelo que ordenó Atila.

—Me sentía como una asesina, y del todo impotente. Creía que la muerte de mi prometido y de mi padre me habían endurecido el alma, pero no podía soportar veros enfrentados, ni que yo fuera el trofeo. No deseo casarme con Skilla, pero ¿crees que no siento nada por él, después de todas las atenciones que me ha dedicado? Quise usarte para que me rescataras, pero te aseguro que me doy cuenta del modo en me mirabas, me tocabas... Odio la violencia. Y ahora...

—La competición sigue abierta.

Ella negó con la cabeza.

—No pienso consentir que vayáis por ahí matando a los enemigos de Atila para conseguir llevarme a vuestro lecho. No me casaré con Skilla, pero tampoco pienso ser una carga para ti. Haz ver que aceptas, parte a luchar, y después escapa. No te preocupes por mí, ni por el imperio. Bastante daño te hemos causado ya.

—¿Tan necio me consideras como para pensar que sólo me movía a tus dictados? Yo no habría intentado huir si tú no me hubieras animado a hacerlo. Fuiste tú quien intentaste salvarme a mí, Ilana.

Ella sonrió con tristeza.

—Qué ingenua es tu bondad. Debes sanar tu mente, además de tu cuerpo. Y la mejor manera de hacerlo es estando solo. —Le besó en la frente.

—Pero yo necesito... —Volví a sucumbir al sueño. Cuando desperté, ella ya no se encontraba a mi lado. Y no volvió—. ¿Dónde está Ilana? —le pregunté a Zerco.

El enano se encogió de hombros.

—Tal vez se haya cansado de ti —dijo—. Tal vez te ame. Tal vez le haya dicho a Atila que estás sanando, y él haya considerado que su misión aquí ya ha terminado. Y tal vez, sólo tal vez, yo le haya encomendado una misión más importante. —Guiñó un ojo, haciéndome partícipe a medias de alguna conspiración. Era evidente que tenía sus propios planes.

—Dime qué está pasando, Zerco.

—Según los adivinos, el fin del mundo. El Apocalipsis, lo llaman los cristianos. Parten emisarios. Se afilan las lanzas. ¿Conoces al griego Eudoxio?

—Lo vi durante el duelo con Skilla.

—Llegó con noticias para Atila. Luego otra comitiva, más discreta y peculiar aun, apareció en el campamento. Le he pedido a Ilana que mantenga los oídos bien abiertos. Cuando soy requerido al Gran Salón para que haga mis gracias, Ilana me transmite lo que sabe, a veces en susurros, en otras ocasiones garabateando cuatro frases en un mensaje. Gracias a Dios nosotros sabemos leer y escribir y casi todos los hunos son analfabetos.

—¿Y qué ha averiguado?

—Ah, la curiosidad. ¿No es buena señal de que se está curando, Julia?

—¿La curiosidad por la política, o por la mujer? —replicó ella con malicia.

—¡La curiosidad por todo! —protesté—. ¡Dios mío, llevo ya mucho tiempo prisionero de vuestros brebajes y pociones! Necesito saber qué pasa.

Mis anfitriones se rieron, y Zerco abrió la puerta de juncos y miró hacia fuera para asegurarse de que nadie los escuchaba.

—Parece que un eunuco ha vuelto a entrar en nuestras vidas.

—¿Crisafio? —temía volver a oír el nombre de aquel ministro.

—No, éste viene de Occidente y, por las descripciones que me llegan, resulta bastante más agradable. Se llama Jacinto, como la flor.

—¿Y es de Occidente?

—¿Has oído algo sobre la princesa Honoria?

—Habladurías, durante el viaje. Me contaron que era la hermana de Valentiniano, que la descubrieron en la cama con un guardia. Que su hermano quería casarla.

—Lo que tal vez no te contaran es que prefirió el confinamiento al matrimonio, lo que indica que tal vez sea más sensata de lo que su reputación da a entender. —Sonrió, y Julia le dio un codazo—. En realidad, el tal Jacinto es su esclavo y mensajero y, según parece, la hermana de Valentiniano podría estar más loca de lo que se cuenta. En una corte real no hay secretos, e Ilana ha oído que el eunuco llegó en plena noche con un mensaje secreto de la princesa, que debía entregarle a Atila. Llevaba su sello, y lo que le dijo Jacinto esa noche ha cambiado por completo los planes de Atila. Hasta ahora el huno se concentraba en las riquezas de Oriente. Pero ahora se está planteando avanzar hacia Occidente.

Para mí aquéllas no podían considerarse malas noticias. Atila llevaba un decenio saqueando nuestra mitad del imperio. Era justo, además de un alivio, que se dirigiera a alguna otra parte.

—Al menos eso a mí no me incumbe. Yo fui contratado por la corte de Oriente.

—¿En serio? ¿De verdad crees que una mitad del imperio resistirá si la otra se hunde?

—¿Hundirse? Los hunos saquean.

—El rey de los hunos es conquistador. Si Occidente resiste con fuerza, Atila no arriesgará todos sus efectivos contra Constantinopla. Mientras Oriente siga entregándole los tributos, satisfará a su pueblo amenazando a los enemigos y repartiendo el oro. Pero ahora todo cambia, joven embajador. El poco peso que pudieras tener en tanto que miembro de una embajada imperial fallida, se desvaneció hace dos semanas, cuando llegaron noticias de que el emperador de Oriente, Teodosio, había muerto mientras montaba a caballo. El general Marciano lo ha sucedido en el trono.

—¡Marciano! Es un hombre de gran bravura.

—Y ahora estás más solo de lo que ya estabas. Crisafio, el ministro que te envió hasta aquí e intrigó en secreto para asesinar a Atila, ha sido destituido al fin de su cargo a instancias de Pulqueria, la hermana de Teodosio. Se rumorea que su ejecución está próxima, y que Bigilas podría acabar sus días remando en una galera. Tú, por tu parte, te has convertido en un engorro diplomático que a todo el mundo interesa olvidar. Es más, Marciano ha hecho llegar el mensaje de que los días del pago del tributo han terminado, y que ni un sólido más saldrá con destino al norte. Se ha firmado un tratado con Persia, y las tropas de las marcas orientales se trasladarán a Constantinopla. Las exigencias de Atila han llegado demasiado lejos.

—Entonces, ¿va a haber guerra? —De haberla, la posibilidad de que me rescataran era mayor, aunque al momento caí en la cuenta de que Atila había amenazado con ejecutarme ante desafíos mucho menores.

—Sí, pero ¿con quién? —preguntó Zerco, retórico, sin hacer caso de mi expresión—. La noticia del nuevo rumbo emprendido por Marciano encolerizó a Atila. Según se dice, sus ojillos de cerdo se le salían de las órbitas, como si estuvieran estrangulándolo. Cerró los puños con fuerza. Maldijo a Marciano en siete lenguas y aulló como un loco. Tan furioso llegó a estar que se revolcó por el suelo sacudiéndose como un pez moribundo, hasta que empezó a salirle sangre por la nariz. El chorro imparable le cubrió la cara, la barba, y le tiñó los labios y los dientes de rojo. ¡Ilana me dijo que lo había visto! Ninguno de los integrantes de su guardia se atrevía a acercarse a él durante su acceso de cólera. Juró dar una buena lección a Oriente, claro. Pero ¿cómo? Dominando y uniendo a las naciones de Occidente, gritó, y haciendo marchar a todos sus ejércitos, tanto a los hunos como a los esclavos, contra las murallas de Constantinopla. Atila aseguró que su pueblo contaba con innumerables enemigos, y que no habría paz hasta que conquistaran el mundo entero.

—¿Y lo hará sólo porque Marciano ha accedido al trono?

—No, lo hará porque la necia de la princesa romana se lo ha pedido. Si hay que hacer caso de ese eunuco y de su sello real, Honoria, hermana de Valentiniano, el emperador de Occidente, le ha pedido a Atila que sea su protector. Y él lo ha interpretado como una proposición matrimonial. Cree que, de ese modo, le correspondería la mitad del imperio de Occidente en concepto de dote. Ahora asegura que si no se acepta lo que pide, habrá guerra.

—Supongo que no espera que Valentiniano acepte ese absurdo. La gente opina que Honoria es una ramera con la cabeza hueca.

—¿Con la cabeza hueca, o llena de intrigas? A veces las dos cosas son lo mismo. Y sí, Valentiniano no aceptará, a menos que se vea sometido a otra amenaza tan inminente que tal vez no le quede otro remedio que llegar a un pacto con Atila. Y ahora ha sido Eudoxio quien precisamente ha venido a informar de esa amenaza, según parece. Este traidor astuto se ha convertido en la pieza clave.

—¿Un médico griego, un fugitivo?

—Un conspirador que se da muchos aires. Ha visitado a Genserico, el rey de los vándalos, en el norte de África, y ha logrado su promesa de atacar el imperio de Occidente desde el sur si Atila lo hace desde el norte. Si hunos y vándalos actúan de acuerdo, significará el fin de Roma.

—Supongo que Atila no será tan tonto como para partir rumbo a Occidente cuando Marciano da nuevas muestras de desafío en Oriente...

—Espera, aún hay más. ¿Has visto a Clodion, el príncipe franco?

—Desde lejos, como un emisario bárbaro más. He sido esclavo de Hereka, ¿te acuerdas?

—No es sólo un emisario. La sucesión al trono de los francos no estuvo exenta de disputas, y el hermano de Clodion, Anto, se hizo con él. Ahora Clodion le pide a Atila que lo ayude a recuperarlo.

Me senté. La cabeza me daba vueltas con todos aquellos hechos simultáneos. Maximino me había advertido de que en ocasiones la espera bastaba para que entre las naciones se resolvieran los problemas, pero aquella vez la inacción parecía más bien haberlos acumulado.

—La profecía —murmuré.

—¿Cómo dices?

—Maximino me contó que los doce buitres que sobrevolaron Roma durante su fundación equivalían a los siglos que la separaban de su destrucción. De ser así, para el final del imperio de Occidente faltarían apenas tres años. Eso por no hablar de que, según los sacerdotes, los hunos son una manifestación de la profecía bíblica. Gog y Magog y los ejércitos de Satanás, o algo así.

—¡Tu comprensión es mayor de la que yo mismo te atribuía, jovenzuelo! —exclamó el enano, encantado—. Es cierto que todas las señales apuntan a ese fin. Pero ahora es el Occidente quien debe temer por su suerte, no el Oriente. El propio Edeco me confió en una ocasión que le habían impresionado sobremanera las murallas triples de Constantinopla, y que dudaba de que los hunos lograran vencerlas algún día. Tal vez Atila llegue a la conclusión de que los reinos occidentales son blancos más fáciles con que aplacar su ira. ¿Se unirán alguna vez con los romanos las tribus germanas que allí se han instalado, y lucharán juntas contra él? De momento, no ha sucedido. Ahora, Atila cuenta en su poder con la espada de Marte, que considera la prueba de que debe conquistar.

—Nunca ha sido derrotado. Hay pocas esperanzas.

—A menos que se advirtiera a Aecio, que el impulso de Atila pudiera detenerse, mi joven amigo romano, hasta que Occidente lograra luchar unido en su contra.

—Sí, pero ¿quién podría hacer una cosa así?

Zerco esbozó la sonrisa de un vendedor de alfombras sirio.

—Tú. Ilana tiene un plan.

Ya podía decir que en el breve transcurso de mi existencia había cometido dos grandes errores. El primero había sido aceptar, ingenuamente, el puesto de escriba y traductor en la corte de Atila. El segundo, llevar a cabo el plan desesperado de Ilana y Zerco no ya de escapar aprovechando una distracción, sino de tomar en nuestras manos las riendas de la historia.

Sólo la posibilidad de encontrarme con Ilana me convenció de la necesidad de intentarlo. No tenía la mínima intención de luchar del lado de Atila para demostrar que era mejor soldado que Skilla, y arrebatarle así a Ilana, ni pretendía enfrentarme a él en otro duelo. Pero la distracción de la *strava* había pasado, y no parecía probable que se nos presentara otra oportunidad de escapar... a menos que la creáramos nosotros mismos. Sin embargo, por más culpable o confusa que se sintiera, estaba decidido a no abandonar a la cautiva en el palacio de Atila. Así, había sido a ella a quien se le había ocurrido un plan tan descabellado que, como no podía ser de otro modo, Zerco había considerado al instante obra de un genio. Lo único que hacía falta para que culminara con éxito, había dicho, era yo. Yo no confiaba demasiado en que saliera bien, pero mi esclavitud de facto y las heridas me daban fuerzas para intentar de nuevo la huida, antes de que Atila tuviera tiempo de cumplir con su promesa y torturarme hasta la muerte. Ansiaba escapar del limbo de mi cautiverio, y deseaba tanto la compañía de Ilana que el anhelo se convertía en dolor. No es que deseara su cuerpo, aunque también pensara en él; era el hecho de que fuera romana lo que más me atraía, el vínculo que para mí representaba con mi hogar, con mi normalidad. ¿Se trataba de amor? De locura, supongo, de la voluntad de arriesgarlo todo por lo que con toda probabilidad no era más que una inmensa ilusión. ¿Por qué ejercía ese poder sobre mí? No lo sé. Vivíamos de momentos robados, de confidencias breves, y en realidad nos conocíamos muy poco. Y sin embargo me fascinaba de un modo que hacía que mis sentimientos por la lejana Olivia me parecieran infantiles, y me empujaba a arriesgarlo todo, incluso a matar.

Fue Ilana quien sugirió que me colara en la cocina de Atila, pero fue a Julia a la que se le ocurrió la manera de hacerlo. Me metería en una ánfora de barro de las que se usaban para transportar el vino de los saqueos.

—No es demasiado distinto de cuando César se llevó a Cleopatra metida dentro de una alfombra enrollada —razonó.

—Bueno, la reina de Egipto no se mojaría tanto, supongo, y seguro que no pesaba lo que yo.

Reconocí que la idea tenía el encanto de lo simple, y aunque no conocía bien a Julia, ya en otras ocasiones me había impresionado su serenidad y su sentido práctico. Pertenecía a esa clase de personas con el don de sacar el mejor partido de lo que tienen, en vez de soñar en lo que podría ser, y así era más feliz con su curioso compañero que cien reyes con sus mil reinas.

Se había casado con el enano para abandonar la esclavitud, aunque convertirse en la esposa de un bufón no fuera el camino más directo a la respetabilidad. De su desesperación mutua había nacido una forma peculiar y conmovedora de amor, parecida a la que me había llevado a mí a amar a Ilana. Zerco habría agradecido la fidelidad de cualquier mujer, incluso de la más sencilla, pero Julia no sólo era atractiva, sino que siempre estaba de buen humor, se mostraba inteligente, capaz y leal, y demostraba una fe en su diminuto esposo que muchos otros maridos le envidiarían. Había convertido en compañerismo la broma pesada de Bleda que en un principio había sido su matrimonio. Julia no sólo valoraba la inteligencia del enano y sus ganas de vivir, sino también el hecho de que hubiera regresado a una vida de sometimiento con los hunos para estar con ella. No había duda de que Zerco la amaba, y aquél había sido el primer paso del amor que ella había empezado a sentir por él. Yo no tenía idea de a qué tipo de arreglo sexual habrían llegado, pero los había visto besarse, y Zerco se acurrucaba en los brazos de ella por las noches, como un cachorrillo feliz.

Envidia

Es curioso, a veces, que lleguemos a envidiar a quienes envidiamos.

De modo que Julia se había acercado al vertedero que se encontraba a los pies de la colina donde tenían lugar las crucifixiones, y encontró una ánfora de barro que se ensanchaba desde la base igual que las caderas de una mujer, y volvía a estrecharse hacia la embocadura, formando un hermoso cuello. Contaba con dos asas en la parte superior, y pesaba dos tercios de un hombre. La esposa de Zerco la arrastró como pudo, partida en dos mitades, hasta nuestra cabaña, pasando junto a perros que ladraban en la noche sin luna. El barro apestaba a uva fermentada. Yo me acurrucaría en el fondo, y me encerraría como si fuese un polluelo en su cascarón.

—Te dolerán las heridas —me advirtió Julia—, pero al menos el dolor te mantendrá despierto.

—¿Y cómo haré para salir?

—Te daremos una espada corta romana para que te abras paso con ella, si es necesario, en el camino de regreso.

—Sí, pero ¿y si abren el ánfora antes de que consiga escapar?

—Sellaré la boca con capas de cera y paja, y echaré un poco de vino encima —dijo—. Por debajo abriremos un agujerito para que puedas respirar, y te cubriremos de paja.

Zerco caminaba de un lado a otro, entusiasmado.

—A que es lista.

brea?

Observé las dos mitades.

—Pero esta ánfora está rota, Julia.

—La pegaremos con brea y cubriremos la junta con polvo de barro. Las provisiones las transportan de noche para no molestar a la multitud que de día se congrega para seguir los juicios de Atila. Estará oscuro. Te meteremos en la bodega, te subirán a un carro y antes de que te des cuenta te encontrarás en las cocinas del *kagan*.

Zerco no podía ocultar su admiración.

—¡Julia, mi adalid, conoce todos los ardides!

Así, consentí que me metieran en el ánfora, que pegaran sus dos mitades con brea y que la rebozaran de polvo. A instancias de Julia, yo mismo reforcé la grieta desde el interior valiéndome de una soga empapada en pez. Me sentía como si estuvieran enterrándome en vida, como si regresara al seno materno. Me movían como a un feto, notaba la espada pegada a mi cuerpo igual que un cordón umbilical, y la sensación de ser transportado sin ver nada me desorientaba tanto que debía hacer esfuerzos por no vomitar.

En poco más de media hora llegué a los aposentos de Atila. Al principio oí unas voces guturales. Después, el silencio. Debía de ser la hora más negra de la noche, cuando casi todo el mundo dormía. Haciendo caso de la recomendación de Julia, me valí de la punta de la espada para romper los topes. Recibí una ducha de vino que me dejó más apestoso de lo que ya estaba, pero el aire que entró en mi reducido espacio me devolvió las fuerzas. No vi ninguna luz, ni oí voces. La cocina debía de estar vacía. Empecé a cortar la soga pegajosa para debilitar la junta. Al fin, armándome de valor, fui rompiendo el ánfora en pedacitos que retiraba y metía dentro, como fragmentos de la cáscara de un huevo que cada vez estuviera más abierto. En cuanto pude, me arrastré buscando el refugio de las demás vasijas, empapado como un pollo. Me dolían las heridas y todos los músculos del cuerpo.

Me eché al suelo de tierra de la bodega y agucé el oído. Nada. Los guardias de Atila no hacían guardia en la despensa sino junto a la empalizada.

Había llegado el momento de encontrarme con Ilana y poner en marcha su insensato plan para salvar a Roma y huir de allí.

Los barracones de los esclavos se alineaban a un lado y otro del patio. Zerco me había advertido de que los de las esclavas se encontraban a la derecha, de manera que sus ventanas y sus porches daban al oeste, para que pudieran aprovechar al máximo el sol de la tarde y dedicarla a tejer, fabricar cestos, cardar, bordar, coser y pulir, tareas en las que las mujeres hunas parecían ser grandes expertas. Las escogidas para servir al *kagan* solían ser jóvenes y hermosas, por supuesto, para que todo el mundo las admirara. Ellas, por su parte, también observaban y cuchicheaban sobre los visitantes que llegaban a la corte de Atila. Su rey las mantenía como objetos decorativos y para que trabajaran, pero no para el sexo. Sólo se acostaba con las mujeres con quienes se casaba, para evitar las complicaciones políticas que representaban los herederos bastardos. Sus múltiples matrimonios —el más importante de los cuales era el que había contraído con Hereka— se decidían en función de las alianzas, no del amor. Las cautivas también constituían una inversión. Uno o dos años al servicio de Atila incrementaban su valor, y antes de que su belleza se marchitara eran vendidas a otros nobles hunos, con lo que se obtenían pingües beneficios. El dinero ayudaba a costear el gasto de los ejércitos.

Ilana le había hablado a Zerco del pasaje que existía entre la cocina y los barracones, al que se accedía a través de una puerta disimulada en la despensa. Permitía que las esclavas de la casa alcanzaran los aposentos privados sin necesidad de transitar por las áreas públicas. La discreción de aquel paso evitaba que, en el camino, tropezaran con hombres que pudieran causar problemas. Aquélla, pues, sería mi entrada. Me colé entre los estantes llenos de trozos de carne colgados y vasijas de barro que contenían conservas, y, al fondo, encontré la pequeña puerta. Por su tamaño, parecía construida a medida para Zerco, pero una vez la franqueé, el pasaje sin ventanas al que daba acceso ganaba en altura, y pude incorporarme en medio de la oscuridad sin golpearme la cabeza. Llegué a la segunda puerta, corté el cierre de cuero, levanté el tirador y entré en la estancia.

La luna bañaba la cámara de las esclavas e iluminaba tenuemente los perfiles de las más de veinte mujeres que dormían en el suelo, sobre colchones. Sus cuerpos me recordaron a las suaves colinas de Galicia, sinuosas, redondeadas, y el lugar estaba impregnado del aroma dulce y penetrante propio de un espacio habitado por mujeres. Sus cabellos caían en cascada sobre las almohadas de lana, y brillaban como llanuras bajo las estrellas. Se intuía un pecho junto a un brazo levantado, una cadera que formaba un perfecto arco bizantino....

—Es el cielo en la tierra... —susurré.

Empecé a avanzar por entre las dos hileras de durmientes, maravillado. Era como una asamblea de damiselas en un pueblo junto a un lago: aquí una rubia de Hibernia, allí una pelirroja del Cáucaso, delante de ella una negra de Nubia. Todas exquisitas, todas cautivas. Parecía inevitable pasar frente a todas ellas, inspeccionarlas a todas siquiera someramente. El tiempo que me llevaría hacerlo no podía ser tanto. Luego, una vez satisfecha mi curiosidad, volvería sobre mis pasos para buscar a Ilana con mayor atención.

En aquel momento noté que alguien me rozaba el tobillo con la punta del pie.

Me agaché. Ella levantó la cabeza. Tenía el cabello revuelto y los ojos soñolientos. Se había quedado adormilada mientras me esperaba. La luna pintaba en su rostro una inocencia que hasta entonces me había pasado inadvertida. Me di cuenta de hasta qué punto la Ilana que conocía era una mujer nerviosa, impetuosa, desesperada por llegar a un acuerdo conmigo. Pero allí, por un instante, me pareció más joven, más tierna, como si acabara de salir de un sueño. No pude evitar arrodillarme y acariciarle la mejilla y el hombro. Toda aquella belleza femenina había despertado mi deseo sin yo saberlo.

—Aquí no —susurró Ilana, que temblaba al roce de mis dedos. Me agarró la mano—. Jonás, para.

Tenía razón. Me aparté y los dos nos pusimos en pie. Ninguna de las demás cautivas se había movido. La vista se me iba hacia sus formas, y me pregunté cuál sería su suerte. ¿Sufrirían de algún modo por lo que estaba a punto de suceder? No, me respondí a mí mismo, los hunos contaban con su propio sentido de la justicia, por duro que fuese, y sabrían que aquellas esclavas eran inocentes. Pero, por otra parte, Rusticio tampoco había sido culpable de nada... Ilana me dio un codazo. Estaba impacientándose. Nos dirigimos deprisa hacia la puerta, pero nos detuvimos en seco al oír a la escita de cabellos castaños que gruñía y se volvía, estirándose perezosa como un perro dormido. Al cabo de unos momentos, se quedó nuevamente dormida.

Oí el suspiro de alivio de Ilana.

Antes de cerrar la puerta, dediqué a todas aquellas mujeres una última mirada de deseo.

Cuando ya nos dirigíamos a la cocina, me asaltó la duda: ¿había visto levantarse una cabeza?

16

Huida

—¿Por qué has tardado tanto? —le preguntó Ilana cuando se detuvieron junto a la puerta de la cocina—. Temía que te hubieran descubierto. Estaba muy preocupada.

—Sí, hasta que te quedaste dormida.

—¡Es casi de día!

—No fui yo quien decidió a qué hora enviar el ánfora, y además he tenido que esperar a que la cocina quedara en calma. —La miré fijamente—. Tal vez no debemos correr este riesgo.

Ella sacudió la cabeza.

—Sí debemos —dijo—. Y no sólo por nosotros, sino por Roma.

Su empeño me dio fuerzas.

—En ese caso, vamos a buscar esas vasijas de aceite de cocina para llevar a cabo el plan que el enano y tú habéis urdido. Con las primeras luces del alba, ya no estaremos aquí, o habremos muerto.

Ilana se daba cuenta de que el duelo con Skilla me había curtido, de la misma manera que el saqueo de Axiópolis la había convertido a ella en una mujer más dura. El dolor había hecho mella en nuestra juventud, y la imposibilidad de nuestro rescate había abierto el paso a la desesperación. En el reflejo de sus ojos vi el brillo de los míos, y me di cuenta de que nos habíamos transformado en lobos. En cierto sentido, nos habíamos convertido en hunos.

—Sí —convino ella—. De un modo u otro, esto termina hoy.

—Ahora no te muevas. Voy a cortarte el vestido.

Ella me agarró de la muñeca.

—No me hace falta ayuda.

—Pero es que a mí me gustaría ayudarte.

Ella me dedicó un gruñido, me arrebató la daga, se volvió y se lo cortó, antes de devolvérmela.

Debíamos obrar con tanta precisión como brutalidad. Me arrastré junto a la empalizada hasta acercarme a la parte trasera del Gran Salón de Atila, atento a la posibilidad de ser descubierto por los centinelas que vigilaban las murallas. Las siluetas de las torres de vigía, todas ellas orientadas hacia el exterior, parecían soñolientas. Apostado a la puerta trasera del salón había un solo guardia, aburrido y medio atontado. El brillo de mi daga fue señal para mi compañera de aventuras, que se puso en marcha.

Ilana atravesó en silencio y a la carrera el patio oscuro, cargada con las vasijas de aceite. El guardia se incorporó, desconcertado al constatar que se trataba de una mujer. Al acercarse al centinela tropezó, y uno de los recipientes sellados se le cayó y rodó por el suelo como un balón errante, que llamó la atención de éste. Ella se aferró a sus rodillas.

—¡Por favor!

—¿Quién eres? —le preguntó, confuso, bajando la vista—. Levántate.

Ilana retrocedió para que viera su ropa desgarrada, con intención de resultar provocativa.

—Él ha intentado poseerme, pero yo me debo a Atila...

El centinela se demoró demasiado en la contemplación. Yo aparecí por detrás y le clavé la espada, que le atravesó el estómago. Con la otra mano cogí la daga y le corté el pescuezo. Un chorro de sangre nos manchó a los dos. El corte interrumpió el grito del huno, que se desplomó al instante.

—Qué fácil se ha hundido la daga —susurré, algo alterado.

—Igual de fácil se hundirá en Atila. Ponte su casco y su capa.

El salón estaba desierto y en penumbra. La mesa y los bancos parecían arrimados a las paredes, y sobre el entarimado donde se alzaba, la cama con dosel de Atila se distinguía apenas, iluminada sólo con una lamparilla de aceite. Allí el monarca dormía con la esposa que hubiera escogido para pasar aquella noche, y oímos el vaivén lejano de sus ronquidos. Colgada en la pared, como la primera vez que la había visto, se encontraba la gran espada de Marte. Se intuía enorme, inaccesible, tan gastada que el filo no era más que una delgada lámina de hierro. ¿Lograríamos, al robarla, detener a los supersticiosos hunos?

—Vierte el aceite, que yo voy en busca de la espada.

Ilana negó con la cabeza.

—Yo peso menos y hago menos ruido al caminar.

De puntillas, se subió a la tarima y avanzó en dirección al arma. Yo empecé a verter el aceite sobre los tablones de madera del suelo; la tenue luz se reflejaba en ellos. No pude evitar mancharme las manos. El barro cocido se me hacía cada vez más resbaladizo. A pesar del frío de la noche, había empezado a sudar. ¿Cuánto tiempo transcurriría hasta que otro centinela descubriera a su compañero muerto? Terminé de verter el contenido de la primera vasija y me dispuse a hacer lo mismo con el de la segunda. Si no salía bien, no quería ni imaginar el largo martirio que deberíamos soportar...

De pronto, oí un golpe sordo, y me incorporé. La espada de hierro pesaba más de lo que Ilana había supuesto, por lo que le resbaló de una mano y la punta fue a dar contra el suelo del estrado. A mí, del sobresalto, se me resbaló la vasija que tenía entre las manos y el resto del aceite salió a borbotones, inundando el suelo.

Los dos permanecimos inmóviles, a la espera. El ronquido de Atila se había transformado en un gruñido. Aun así, las cortinas de su lecho no se abrieron.

El corazón me latía con fuerza. Al momento, los ronquidos de Atila volvieron a resonar en la estancia.

Suspiré, aliviado.

Ilana cogió con la otra mano la espada por el pesado filo, la levantó y avanzó despacio hacia mí. Luego iría en busca de la lámpara para encender el aceite y provocar el incendio...

—¡Los romanos pretenden matar a Atila!

Era la voz de una mujer, que venía del patio, donde alguien, sin duda, había descubierto el cadáver del centinela.

—¡Auxilio! ¡Los romanos han asesinado a un centinela!

Las cortinas de la cama se abrieron.

—Es Guernna —murmuró Ilana.

Salté sobre el charco de aceite para hacerme con la espada.

—¡Ve por la lámpara!

Cogí el arma. No me extrañaba que se le hubiera caído. Aquella reliquia pesaba dos o tres veces más que una espada normal, como si, en efecto, hubiera pertenecido a algún dios. ¿Dónde la habrían encontrado los hunos? Entonces pisé el aceite, resbalé y caí al suelo cuan largo era, maldiciéndome a mí mismo. En ese preciso instante, la silueta negra de Atila abandonó el lecho y agarró a Ilana por el pelo en el instante mismo en que ella cogía la lámpara.

¿Por qué había salido todo tan mal?

Ella me miró, desesperada, mientras yo intentaba ponerme en pie. Si lo lograba, quizá pudiera usar el espadón para acabar con el rey antes de que acabaran conmigo. Atila le tiró del pelo con fuerza e Ilana, presa del dolor, echó la cabeza hacia atrás y soltó la lámpara.

La llama prendió en el aceite y al instante se elevó una cortina de fuego que me separó de ella.

—¡Ilana!

—¡Huye, huye por el bien del imperio!

Ya apenas los veía forcejear. Intenté hallar un resquicio entre las llamas, pero tenía las piernas impregnadas de aceite y el fuego prendió en ellas. Me revolqué por el suelo para apagarlo, estremecido por el dolor. El incendio se propagaba por momentos, y el humo me hacía toser.

—¡Ilana!

No obtuve respuesta. Sólo había fuego.

La puerta trasera era inaccesible, pero del otro lado veía a Guernna, que me miraba entre la nube temblorosa de calor infernal. ¡Maldita! Me incorporé como pude y con ímpetu atravesé las llamas, con la ropa humeante.

La joven germana soltó un grito y desapareció de mi vista.

Me volví hacia el estrado, dispuesto a cortar a Atila por la mitad. ¡Pero el lecho estaba vacío! Miré alrededor, pero no vi ni a Ilana ni al *kagan* por ninguna parte. Empecé a toser.

La madera que revestía las paredes empezaba a arder. El calor era sofocante y me abrasaba.

—¡Ilana!

Tampoco esta vez obtuve respuesta. La cama de Atila ya estaba envuelta en llamas, y gracias a la luz que desprendía vi que en el suelo había un hueco que conducía a un pasadizo. Mientras lo estudiaba, también empezó a ser pasto de las llamas. El fuego alcanzó el techo y lo devoró al instante. Envuelta en llamaradas azules, la madera crepitaba con fuerza. Debía salir de allí como fuera.

Volví a arrojarme a las llamas para llegar a la salida. Yo mismo era una antorcha. Rodé de nuevo por el suelo para apagar el fuego que me envolvía, entre punzadas de dolor. Luego, aturdido, maltrecho, tambaleante, me acerqué a la puerta principal del salón. Desde el exterior me llegaban gritos. No había soltado la pesada espada de hierro ni me había quitado el casco del huno. ¿Qué debía hacer? El fin mismo de la huida se había desvanecido entre las llamas. Había perdido lo que había salido a buscar: no una espada, sino a una mujer. Pero Ilana se había sacrificado para concederme algo más de tiempo. «¡Salva el imperio!», me había dicho. Y las mismas palabras las había pronunciado Zerco.

Sin saber qué hacer, abrí la puerta.

—¡Los romanos están atacando a Atila! —grité en la lengua de los hunos. Los soldados me apartaron y se lanzaron al interior del salón—. ¡Id por agua para salvar al *kagan*! —Entre el humo y la confusión, nadie se fijó en lo que había bajo el casco y la capa—. ¡Él me ha pedido que proteja la espada!

El humo se perdía en la penumbra y cien voces gritaban al unísono. A duras penas logré abrirme paso entre la multitud. Ya en el patio, constaté que reinaba el caos. Los hunos franqueaban al galope las puertas de acceso al recinto para prestar ayuda, las esclavas abandonaban precipitadamente sus barracones para ponerse a recaudo de las llamas, y no se detenían hasta alcanzar la empalizada. Yo me uní a la corriente de personas que huían, con la espada pegada al pecho. Empecé a correr y llegué junto a un caballo a quien su jinete había abandonado momentáneamente. Lo tomé por las riendas y pasé el lazo por la empuñadura de la espada para poder atarme ésta a la espalda. Miré alrededor. El palacio de Atila estaba en llamas. Ilana no aparecía por ninguna parte. El *kagan* tampoco.

Ya no había vuelta atrás.

Galopé en dirección al Tisza. Mi corazón era una piedra, la garganta me ardía de tanto humo y mi mente era un torbellino de pensamientos. ¡Qué fracaso tan grande! Primero había perdido a Rusticio, ahora a Ilana. Me dije que el fuego sería piadoso si acababa con ella de una vez. No quería ni pensar en el destino que le esperaba si, al desaparecer por aquel hueco, habían sobrevivido los dos.

En el campamento de los hunos reinaba una confusión total. Muchos, al ver el fuego, creyeron que estaban siendo atacados. Guerreros medio desnudos abandonaban sus casas con la espada en la mano o el arco tensado, en busca del enemigo. Las madres, en desbandada, se llevaban a los niños. Los jinetes cabalgaban enloquecidos y, en medio del caos, se adelantaban los unos a los otros. Como pude, confundido entre aquella multitud de hombres enloquecidos que llegaban de todas partes a caballo, alcancé el río sin que nadie me detuviera. Mi montura y yo nos adentramos en el Tisza, una lámina lechosa iluminada por la luz de la luna, y dejamos que la corriente nos alejara de la siniestra luz de las llamas. Al cabo de poco, indiqué al caballo que se acercara a la orilla y ya de nuevo en tierra firme lo conduje, a través de la llanura bañada de rocío, hasta el borde del bosque oscuro, en el que, según el plan, el enano debía estar esperándonos.

Ya casi había llegado cuando mi caballo robado se detuvo al percibir a alguien que acechaba con una lanza. A pesar de su precaución, no tuve tiempo de reaccionar y el arma se le clavó entre las patas delanteras, derribándolo. En su caída, me aplastó una pierna. ¡Me habían descubierto! El peso de la espada me impedía levantarme. Mi atacante se había acercado al animal, que agonizaba, mientras otro, un niño, venía hacia mí con un gran cuchillo. Visto nuestro fracaso, tal vez fuera lo mejor. Me preparé para recibir la estocada final, pero en ese momento me di cuenta de quién me atacaba.

—¡Zerco! ¡Soy yo! —grité, en latín—. ¡Julia!

El enano y su esposa se detuvieron. Ella le había arrancado la lanza ensangrentada al caballo y me apuntaba con ella, pero ahora, sorprendida, bajó la vista.

—¿Vestido de huno? ¿Y dónde está Ilana? Éste no era el plan.

Eché la cabeza hacia atrás y dije con voz desgarrada:

—No he podido hacer nada por salvarla. En medio del incendio, Atila se la ha llevado. —Noté que los ojos se me llenaban de lágrimas.

—¿Está muerto?

—No lo sé. Creo que no.

—Pero tienes la espada —dijo Zerco.

Aparté al enano.

—¡Al infierno con esta maldita espada!

Zerco volvió junto a mí, cortó el lazo que mantenía la espada atada a mi espalda y la soltó.

—Esto es lo importante, Jonás Alabanda. Esto, y lo que yo también he conseguido robar. Lamento lo de tu mujer, pero con esto salvaremos a muchas más. A muchas, muchas más mujeres.

—¿Qué has robado tú?

—No eres el único que ha estado ocupado esta noche. Y he visitado al médico griego dispuesto a traicionar al imperio —respondió, esbozando una sonrisa maliciosa—. Ha decidido acompañarnos, atado como un cerdo.

—¿Nos llevamos a Eudoxio, cuando no hemos sido capaces de matar a Atila? —Las locuras no cesaban—. ¡Nuestro plan ha fracasado!

—Si Genserico se alía con Atila, Aecio debe saberlo. Y nadie mejor que el propio traidor para convencerlo. Además, la ausencia del galeno puede crear una confusión aún mayor entre los hunos. Tal vez crean que se trata de un traidor doble, que trabaja secretamente al servicio de Roma. En caso de que el incendio que has provocado no logre retrasar sus planes, tal vez con esto sí lo consigamos.

Meneé la cabeza, desesperado. Nada se desarrollaba como esperaba. Ya sin el peso del arma, logré liberar la pierna que me había quedado atrapada bajo el caballo. Nunca me había sentido tan mal. Quemado, magullado por culpa de la caída, agotado tras pasar la noche en vela y metido dentro de aquella ánfora, desolado por la pérdida de Ilana. A media milla de donde nos encontrábamos veía a la gente correr, iluminada por las llamas del palacio del *kagan*.

—Y eso que hemos robado ¿vale más que la vida de Ilana?

—Y la de un millón de mujeres, espero. —El enano apoyó la espada en su hombro, como si de una pértiga se tratara. Medía dos veces más que él—. Esta espada se verá como una señal de Dios. Nos ayudará en la unión de Occidente. Comprendo tu pena, pero todavía existe alguna posibilidad. Los hunos huyen en desbandada e Ilana no sabía por dónde escaparíamos. Si, de algún modo tu amada ha conseguido sobrevivir, tal vez esta espada sea su única salvación.

Tuve una idea.

—¡Claro! ¡Podríamos intercambiarla por ella!

Zerco negó con la cabeza.

—No me refiero a eso. No te tortures. Esta espada es para Aecio.

—¡Al infierno con Aecio! Este pedazo de hierro es lo único que importa a Atila. Los hunos harían lo que fuera para recuperarlo.

—¿Cuánto tiempo crees que tú o cualquiera de nosotros, incluida Ilana, sobrevivirá una vez te detengas a parlamentar con esos bárbaros? ¿Acaso no has aprendido nada en los meses que llevas aquí?

Tenía razón, pero yo no quería dar mi brazo a torcer.

—Tienen su sentido del honor.

—Precisamente porque lo tienen, deben vengar el asesinato, o el intento de asesinato, de Atila. ¿Y tú quieres volver al campamento con la espada que has robado?

Abrí la boca para decir algo, pero volví a cerrarla. El enano estaba en lo cierto. Que hubiera escapado era de por sí una humillación terrible para ellos, pero además lo habíamos arriesgado todo al violar los aposentos de Atila. Jamás nos lo perdonarían. Ilana había jugado con gran valentía, y había perdido. Y yo la había perdido a ella.

—Si vive, tu única esperanza es derrotar a Atila —prosiguió Zerco—, y la mejor manera de hacerlo es llevarle esta espada a Aecio. Ven. Los caballos nos esperan. —Empezó a arrastrar el arma en dirección a los árboles.

Me sentía tan abatido que no podía moverme.

—Le he fallado, Zerco —dije, invadido por la tristeza.

Mi tono debió de impresionar al enano, porque se detuvo y, volviendo sobre sus pasos, me devolvió la espada.

—Entonces borra tu fracaso, Jonás. Lo último que Ilana querría sería que, al amanecer, te encontraran de pie, como un necio, en este prado. Su sacrificio habría sido en vano.

Empezaba a clarear. Montamos a lomos de nuestros caballos y cabalgamos lo más deprisa que pudimos. Debíamos estar lejos cuando amaneciera.

Eudoxio, atado a una silla, iba amordazado y lo observaba todo enfurecido. Yo conservaba la esperanza de que Zerco hubiera conseguido recuperar mi propia yegua, *Diana*, pero me dijo que aquello habría levantado demasiadas sospechas, tanto en el momento de llevársela como cuando descubrieran su desaparición. Su presencia en el campamento, en cambio, confundiría más a los hunos, que tal vez llegaran a pensar que yo había muerto en el incendio. Así, el enano había optado por robar caballos árabes. Julia y Zerco compartían montura. Eudoxio iba a su lado y yo cabalgaba sobre el tercero de ellos. El cuarto lo soltamos, pues Ilana no estaba ahí para cabalgarlo.

17

Persecución

A Skilla le resultaba asombrosa la precisión con que Ansila, la bruja, había predicho el futuro. Al fin y al cabo, la fortuna le había dado una segunda oportunidad.

Tras su humillante duelo con Jonás, el abatimiento del huno había sido tal que había pensado incluso en arrojarse al Tisza y ahogarse. Ya era bastante humillación que el romano le hubiera vencido. Pero, por si eso fuera poco, quien le había salvado la vida había sido una mujer. A partir de entonces, los demás guerreros lo trataban como si fuera el espíritu de algún muerto que, sin que nadie supiera cómo, siguiera viviendo y resultara un estorbo, el recordatorio de una derrota excepcional. Skilla ansiaba vengarse y recuperar su honor, pero Atila no consentía la revancha. Por otra parte, un vulgar asesinato no bastaba para restañar su vergüenza. Las puñaladas por la espalda eran propias de cobardes. De modo que, hasta que comenzara la guerra, no iba a tener ocasión de demostrar su valía, y para eso todavía faltaban seis largos meses, si no más. Los días se sucedían lentamente, y sus noches se poblaban de pesadillas en las que Jonás se recuperaba gracias a los cuidados de Ilana. Así que, al final, Skilla fue a ver a la bruja Ansila y le suplicó que le dijera qué debía hacer. ¿Cómo podía recobrar su antigua vida y eliminar a aquel maldito romano?

Ansila era una arpía de edad indefinida que vivía a la orilla del río, como una alimaña en su madriguera, en una cueva con el suelo cubierto de paja y con las raíces de los árboles por techo. Tenía el don de recordar casi todo el pasado y de ver en el futuro, y los guerreros temían sus visiones y le pagaban para que les leyera el destino. En su caso, el precio por la profecía había sido una brida y un freno de oro que Skilla había obtenido durante el saqueo de Axió-polis. Había ido a verla a medianoche y se había acuclillado junto a ella, mientras la bruja encendía el fuego para calentar el agua sagrada. Después, observó con impaciencia sus movimientos; ella removía las hierbas de la superficie y se concentraba en el vaho.

Pasó un buen rato sin moverse sobre la marmita de hierro. El vapor le humedecía el rostro arrugado y el pelo blanco. Pero entonces, de pronto, se le dilataron las pupilas y sus manos empezaron a temblar. Pronunció su mensaje como un cántico, sin mirarlo a él, con la vista clavada en un horizonte imposible.

> *Mucho no habrás de esperar*
> *para tu ira aplacar*
> *joven guerrero.*
>
> *Aquel a quien odias a la suerte tienta*
> *un incendio provoca que el deseo alimenta*
> *y roba lo que al fin ha de sanar.*
>
> *En un campo en penumbra os habréis encontrado*
> *cuando el fuego mayor no se haya ocultado.*

Se apartó del vaho, suspiró hondo y cerró los ojos. Skilla esperó a que le aclarara sus palabras, pero ella no decía nada. El ambiente enrarecido de la cueva también abotargaba sus sentidos.

—¿Robar qué, anciana? ¿Qué fuego? No comprendo.

Al fin la vieja abrió los ojos, lo miró como si hubiera olvidado que se encontraba a su lado, y sonrió con su sonrisa de bruja desdentada.

—Si comprendieras la vida, necio, no soportarías vivir. Nadie lo resistiría. Da las gracias por ser más ignorante que una cabra en estas cosas, pues serlo te hace más feliz. Y ahora vete, sé paciente y prepárate, pues todo va a cambiar.

Sin añadir palabra, le dio la espalda, cogió la brida de oro y se internó en la cueva para meterla en un arcón. Más tarde la cambiaría por comida y ropa.

Skilla pasó una semana desesperado, confundido con aquella

profecía, aguardando alguna señal. ¿Se había equivocado Ansila? ¿Había malgastado aquella brida? Pero luego Jonás provocó el incendio de la casa del *kagan*, e Ilana había sido descubierta. En una sola noche de llamas y confusión, todo había cambiado.

Entre las ruinas de la Casa Grande no se había encontrado ningún cuerpo. El propio Atila había salido ileso junto a Ilana y a su tercera esposa, Berel, que aquella noche compartía lecho con él. El rey había empujado a las dos mujeres hasta la abertura que se encontraba bajo su cama y que conducía a un túnel especialmente abierto en previsión de peligros. Estaba demasiado oscuro y con todo aquel humo el rey no había sido capaz de distinguir quién le atacaba, aunque Guernna aseguraba que se trataba del joven romano.

Ilana, magullada por los golpes que el enfurecido Atila le había propinado, aseguraba que Jonás quería secuestrarla.

—Yo intentaba salvar tu espada cuando despertaste —dijo con voz temblorosa cuando la mañana lo tiñó todo de la pátina gris de las cenizas—. Su intención era llevársela, y llevarme a mí también.

Nadie la creyó, aunque sus palabras proporcionaron una excusa verosímil a lo que vendría a continuación. Los jefes de Atila se congregaron junto a las ruinas humeantes. Varios de ellos opinaban que a la cautiva había que crucificarla de inmediato, o darle una muerte aún peor. El rey, no obstante, expresó una opinión distinta. La pérdida de su espada había perturbado sobremanera su espíritu supersticioso. Se trataba de un mensaje, significaba algo. Pero ¿el qué? Demostrar dudas era dar pie a que entre sus filas surgiera un usurpador; sin embargo, no aprovechar todas las ocasiones de recuperar la espada era tentar al destino. Lo mejor sería valerse de la pérdida del arma sagrada para espolear a sus hombres, y mantener con vida a la mujer hasta que volviera a tenerla en su poder.

—Parece que el dios de la guerra nos pone a prueba —dijo a sus hombres—. Primero nos lleva a descubrir su espada en un campo, pues es su voluntad que la encontremos. Y después nos la arrebata con la misma facilidad. ¿Merecemos su favor, o nos hemos ablandado tanto como los romanos? —Sus caudillos, avergonzados, bajaron la vista. Todos ellos habían oído otras veces sus advertencias en ese sentido. ¿Era aquélla una señal última de que habían caído en desgracia?

—Volveremos a ser fuertes como Marte —prometió Edeco.

—¿Qué sabemos nosotros? —preguntó Atila—. ¿Está aquí el romano?

—Está su caballo.

—Eso no significa nada. —Atila caviló unos instantes—. El dios de la guerra nos indica la dirección correcta que hemos de seguir. Quiere que marchemos hasta donde se encuentra la espada y que luchemos por recuperarla.

—¡Pero la tienen los romanos! —exclamó Onegesh—. ¡La usarán contra nosotros!

—¿Cómo van a usar algo que no comprenden? ¡Es mi talismán, no el suyo!

—Preferiría que no estuviera en su poder —dijo Edeco, taciturno.

—Que la cautiva confiese adónde ha ido el romano —propuso Onegesh.

Todos la miraron. Ilana permaneció en silencio.

—No —sentenció al fin Atila—. No pienso causarle daño a esta mujer por algo que seguramente desconoce. Es mejor que la usemos de cebo. Todos sabemos lo mucho que la desea el romano que se ha llevado la espada. Guernna dijo que había saltado entre las llamas para rescatarla. —Señaló a Skilla—. Y también estoy al corriente de lo que siente por ella nuestro joven exaltado. De modo que, salvo esta prueba divina, nada ha cambiado. El fuego es una señal que nos dice que los hunos deben volver a dormir bajo las estrellas. Que yo haya sobrevivido al incendio indica que Marte sigue considerándome digno de su causa. Cualquier espada, pasada por las llamas, se vuelve más fuerte. Así que ahora debemos planearlo todo con gran seriedad. A la joven la encerramos en una jaula. A Skilla lo enviamos a averiguar dónde está la espada y le ordenamos que la recupere o, si no puede, cuando demos con el romano le cambiamos la espada por la mujer.

—¡No habrá trueque alguno, porque el romano estará muerto, y yo te traeré la espada! —exclamó Skilla.

Parecía que las profecías de Ansila se hacían realidad. Acompañado de treinta hombres, inició ese mismo día la persecución.

Siguió el curso del Tisza en dirección sur, rumbo al Danubio, donde llegó tras dos días y medio de duro galope. Jonás no aparecía por ninguna parte. Los barqueros juraban no haber visto a ningún fugitivo. Los aldeanos no informaban de la presencia de ningún visitante extraño. Los mejores cazadores de la expedición no lograban seguir ningún rastro, hallar ningún indicio.

Skilla empezaba a inquietarse. ¿Acaso el romano iba a humillarlo de nuevo?

—Quizá sea tan lento que lo hayamos adelantado —sugirió un guerrero que respondía al nombre de Tatos.

—Es posible —repuso Skilla—. O tan rápido que haya cruzado el río sobre un tronco o un barco robado. O incluso a nado, con su caballo. No sería imposible. Como no lo es que se haya ahogado. —«Eso sí sería un robo amargo», pensó—. Está bien, dos buscarán río abajo, uno en cada orilla. Dos más, río arriba. Otros cinco cruzarán por aquí y cabalgarán hacia el paso de Succi, interrogarán a todo el que encuentren por el camino y ofrecerán recompensa a quien dé con el paradero del romano. De todos modos, no creo que se haya aventurado por esta ruta. Sus intenciones son otras.

—¿Cuáles?

—Según creo, ha partido en otra dirección.

—¿Hacia el este? —preguntó Tatos.

—Eso lo alejaría de cuantos conoce.

—¿Hacia el oeste?

—Tal vez, en último extremo. Pero no al principio, pues se arriesgaría a ser interceptado por nuestras patrullas. Intuyo que debe de haber puesto rumbo al norte, para variarlo luego. Los germanos jamás lo ocultarían para perjudicarnos, no son tan insensatos. Yo creo que ha ido primero hacia el norte y después hacia el oeste..., en busca de Aecio. —Intentó recordar los mapas que había visto en los que se representaba esa zona del mundo. Los hunos carecían de los conocimientos gráficos suficientes para dibujar mapas, pero habían aprendido a interpretarlos. Qué curioso que un enemigo te facilitara el camino que llevaba a su patria—. Si seguimos el Danubio hasta las antiguas provincias romanas de Nórica y Retia, río arriba, quizá lo interceptemos. Tatos, regresa al campamento y transmite a Atila nuestros movimientos, e infórmate de si hasta allí han llegado noticias. Los demás cabalgaremos hacia el noroeste, en dirección a la gran curva del Danubio. He viajado en compañía de romanos, y sé lo lentos que son. Todavía disponemos de tiempo.

De modo que se pusieron en marcha, y cuando Tatos se reunió con ellos, cinco días después, lo hizo llevándoles unas noticias que los desconcertaron.

—El enano y su esposa también han desaparecido.

—¿El enano?

—Sí, el bufón, Zerco. No se encuentra en el campamento.

¡Claro! El bufón no sólo había ayudado al romano durante su convalecencia, en su propia choza, sino que se había convertido en conspirador. La osadía que había llevado a Jonás a incendiar el palacio de Atila no la había demostrado hasta que empezó a convivir con Zerco. ¿Cuánto de lo que había sucedido era responsabilidad suya?

—Y todavía hay algo más raro, Skilla. El griego Eudoxio también ha desaparecido.

—¡Eudoxio! No es amigo de Zerco.

—Ni del romano. A menos que se haya prestado a un doble juego.

Skilla caviló un momento.

—Tal vez se lo hayan llevado como prisionero.

—O tal vez como rehén —aventuró Tatos—. O para que los romanos lo torturen.

—Entonces está claro. Van al encuentro del anterior amo de Zerco, el general romano Aecio. Nosotros haremos lo mismo. Cualquiera que los haya visto pasar, recordará a un enano, una mujer, un romano y un médico griego. La expedición debe de asemejarse a un circo ambulante.

Nos adentramos cada vez más en tierra de bárbaros. El plan de Zerco consistía en llegar a Germania describiendo un gran arco que nos llevara primero al noroeste y después al suroeste. Volveríamos a encontrar el Danubio en algún punto entre Vindobona, al este, y Boiduram, al oeste. Decía que el río podía atravesarse con ciertas garantías de seguridad en Nórica, la provincia que quedaba al norte de los Alpes y que, en parte, seguía bajo control romano. Una vez allí, nos informaríamos del paradero de Aecio, o proseguiríamos viaje hasta Italia.

El temor a que nos descubrieran patrullas de hunos o germanos nos obligaba a mantenernos alejados de los caminos principales, por lo que avanzábamos despacio. Descansábamos en las horas centrales del día, que cada vez era más corto, pues el otoño se acercaba a pasos agigantados, pero cabalgábamos hasta bien entrada la noche y nos levantábamos antes del amanecer, sigilosos como ciervos perseguidos. Por suerte, nos encontrábamos lejos de los ríos importantes y de las rutas comerciales principales, y la población era dispersa. Las cabañas de madera se arracimaban en los claros de los bosques ancestrales. El humo de los hogares se difuminaba entre la neblina. Los troncos de los árboles eran gruesos como torres, y sus ramas parecían los brazos extendidos de gigantes. Caían las hojas, y los días amanecían cada vez más nublados y fríos. El mundo iba entrando en la noche.

Jamás había visto un país como el que ahora recorríamos. Era distinto incluso de los Balcanes, que habíamos atravesado para ir al encuentro de Atila. La densidad del bosque creaba una penumbra constante, y resultaba difícil saber qué camino seguir. De noche se movían las sombras, y en ocasiones vislumbraba el reflejo de la luna en los ojos de algún animal que desconocía. El aire siempre era gélido y húmedo, y nuestra reticencia a encender fuego por miedo a que el humo delatara nuestra posición convertía nuestras comidas en un mero trámite. Me consolaba pensar que a los hunos aún les gustaría menos aquel camino, dada su querencia por los horizontes abiertos y las vastas praderas.

Supongo que habría podido cabalgar más deprisa, pero lo habría hecho a costa de la prudencia, y las probabilidades de que nos descubrieran habrían sido mayores. La emoción que esperaba sentir al escapar del campamento de Atila se había convertido en tristeza por la muerte de Ilana. Era una suerte contar con la compañía del enano y de su esposa, que me eximían de tomar decisiones y decidían la ruta que debíamos seguir. Se mostraban comprensivos con mi tristeza y mi distanciamiento —sólo mucho más tarde pensaría en darles las gracias—, y Julia, que procedía del país en que nos encontrábamos, nos instruía en la manera más conveniente de acampar. Zerco intentaba que me familiarizase con las complejidades de la política imperial. ¡Eran tantos los reyes, tantas las alianzas, tantas las traiciones! Enemistades que se remontaban a dos o trescientos años. Tal vez la espada que portábamos lograra unirlos por un tiempo.

Eudoxio, por el contrario, se había convertido en un pésimo compañero de viaje. Una vez liberado de su mordaza, no dejaba de quejarse, y no sólo de su secuestro, sino del tiempo, de la comida, del camino, de lo duro que estaba el suelo por las noches, de verse obligado a frecuentar nuestra compañía...

—Yo me codeo con reyes, no con bufones —decía—. Mi misión es liberar al mundo cautivo. ¡Soy Pericles! ¡Soy Espartaco! ¡Soy Gideón! Ya oigo los cascos de los caballos que nos siguen los talones. Oíd bien. Al capturarme habéis cavado vuestra propia tumba.

—¿Oír? ¿Cómo no vamos a oír? Si eres más escandaloso que una mula, y das el doble de problemas —replicó Zerco—. Y tus rebuznos no tienen más sentido.

—Soltadme y no os molestaré más.

—Te cortaremos el cuello y entonces sí que dejarás de molestar. Te estás ganando a pulso un collar rojo, créeme.

—Hagámoslo ya —propuse, molesto.

—Conoce a Genserico —aclaró Zerco, fatigado—. A Aecio le interesará saberlo. Confía en mí. Ya verás que las molestias valdrán la pena.

Zerco sabía más de lo que sospechaba. Sus maneras de bufón le habían ayudado a pasar inadvertido durante algunas de las asambleas de los hunos, y había aprendido bastante sobre la distribución de las tribus bárbaras, las mejores rutas hacia el oeste y los lugares en que podían comprarse o robarse provisiones. Cabalgaba como un niño, en el mismo caballo de su mujer, con la cabeza apoyada cómodamente en el pecho de ésta, y nos guiaba a través del mapa mental que había ido trazando. Cuando llegábamos a una encrucijada sin señalizar o a alguna choza en la que tal vez nos vendieran algo de comida, desmontaba y nos hacía esperar mientras él representaba el papel de peregrino misterioso y deforme. Y siempre regresaba con la información que había ido a buscar, o con algo de pan. «Es por aquí», declaraba, confiado. Y volvíamos a ponernos en marcha. La gran espada la llevaba yo, oculta entre telas, a la espalda.

El viaje resultaba más incómodo que el que había emprendido camino del campamento de Atila. Las lluvias de otoño resultaban frías, y esa zona de Germania se componía de un laberinto de colinas bajas cubiertas de densos bosques que se extendían hasta donde abarcaba la vista. No dormíamos bien, y no contábamos con esclavos que montaran las tiendas o nos prepararan la comida. Nos acurrucábamos los unos contra los otros, igual que animales.

La cuarta noche Eudoxio intentó escapar. Yo le había atado las manos a la espalda, le había inmovilizado los pies y le había pasado otra soga por un tobillo, que por el otro extremo había anudado al mío, para que me alertara en caso de que intentase alguna fechoría. Pero en plena noche me moví un poco, estiré la pierna y me di cuenta de que estaba suelta. Desperté al instante. Alguien se movía, pues oía su respiración entrecortada.

La luna salió tras una nube y entreví una silueta oscura acurrucada al lado de mi caballo, junto al lugar en que guardaba la gran espada de hierro.

Sin pensarlo dos veces, le lancé un trozo de madera que pilló a Eudoxio por sorpresa. El griego echó a correr lo más que pudo en dirección a los árboles, abandonando en el acto la espada que intentaba robar.

Eché mano a mi arco, pero Zerco, que también se había despertado, me disuadió cogiéndome la mano.

—Aecio lo necesita vivo.

De modo que yo también corrí, y por suerte mi juventud acudió en mi ayuda. No tardé en oír los resoplidos temerosos del torpe galeno.

Cuando estaba a punto de darle alcance, se volvió y casi me mata con un cuchillo cuya existencia yo ignoraba. Con él había cortado las sogas. Por suerte, apenas me rozó un costado. Me abalancé hacia él con la fuerza de un toro y rodamos los dos por el suelo. Eudoxio soltó el cuchillo. Recurrí a las mismas técnicas de pugilismo que tan buenos resultados me habían dado con Skilla. No sabía con seguridad qué me enfurecía más, si mi propio descuido, su afán por recuperar la espada o su intento de matarme, pero lo cierto es que le aticé con fuerza por las tres cosas. Al cabo de un instante, dejó de resistirse y se acurrucó hecho un ovillo.

—¡Ten piedad, por favor! ¡Sólo quería regresar junto a Atila!

Jadeante, me detuve.

—¿De dónde has sacado ese cuchillo?

Asomó la cabeza entre los brazos y esbozó una sonrisa.

—Lo guardaba en los calzones, debajo de la silla de montar.

Se acercó Zerco y vio el cuchillo, que brillaba a la luz de la luna. Lo recogió.

—Con esto podría habernos matado a los tres, si hubiera tenido el valor de cortarnos el pescuezo mientras dormíamos. —Lo levantó y, sujetándolo por el mango recubierto de piedras preciosas, lo hizo girar—. Buen filo. Una pieza de gran finura, sí. —Se acuclilló—. ¿De dónde la has sacado, médico?

—No es asunto tuyo.

Zerco le acercó el cuchillo al cuello.

—¡Ya sé yo a quién voy a enviarlo, para que lo limpie de sangre!

—¡Me lo regaló Genserico! Se lo robó a un general romano y se lo envió a Atila como prueba de su palabra; Atila me lo entregó a mí a modo de recompensa.

El enano me lo alargó.

—Y ahora tú se lo ofreces a Jonás, y a partir de ahora pasarás todas las noches atado como un cerdo. —Le dio un puntapié al médico, que seguía tirado en el suelo—. Éste, por desvelarme. —Le dio otro—. Y éste por habernos obligado a soportar tus sandeces estos cuatro últimos días.

—¡Pienso seguir diciendo la verdad!

—Y yo pienso seguir pateándote.

Proseguimos el viaje. Sin indicadores romanos y pocos promontorios desde los que visualizar nuestro progreso, aquel nuevo mundo parecía tan interminable como el mar. Senderos en mal estado serpenteaban bajo árboles gigantescos plantados allí desde antes del nacimiento de Rómulo y Remo. Transitábamos por un mundo que Roma jamás había conquistado ni tenía intención de conquistar, un lugar de sombra y quietud, de ciénagas grises y quebradas oscuras tapizadas de verdor. El sol del Bósforo quedaba muy lejos, y cuando hallábamos algún asentamiento, el estado precario en que se hallaban sus habitantes tras los saqueos a que los sometían los hunos nos resultaba deprimente. Junto a las ruinas de Carnuntum vimos a un pequeño grupo de gépidos que vivían cual animales. ¡Cómo añoraba un buen baño romano! Pero todos los baños estaban en ruinas, las piscinas vacías, los hornos apagados. No había más agua corriente que la de las cloacas abandonadas de la comunidad, y era en ellas donde los desventurados bárbaros se aseaban y lavaban la ropa.

Compramos algo de comida y seguimos viaje tan pronto como pudimos.

Durante aquellos días fui conociendo más detalles del peculiar matrimonio entre Zerco y Julia.

—Planearon nuestra unión para escarnio mío —me explicó Julia—. De niña los hunos me llevaron de la tribu esciria en la que había nacido y me vendieron a un señor gépido tan brutal como estúpido. Creía que podía obligarme a sentir cariño por él recurriendo al látigo, y quería hacerme su esposa cuando cumpliera los trece años. Yo había crecido lo bastante para despertar su deseo, pero él era tan feo que anulaba el mío. Un día, declaró que ya era mayor y que debía entregarle mi virginidad, pero le di a comer carne en mal estado y se pasó la noche en las letrinas. Sus vecinos se reían de él. Amenazó con matarme, pero los hunos lo disuadieron, de modo que se fue a ver a Bleda para que le devolvieran el dinero. Bleda, que no quería enemistarse con los gépidos en aquel momento, me compró con un dinero que debía a su propio bufón. Entonces me entregó a Zerco a cambio del pago, como insulto hacia mí y como castigo por mi mal comportamiento.

—A mí no me importó en absoluto perder aquel dinero y no verlo nunca más —intervino Zerco con voz cantarina—. Yo jamás había pensado en casarme, y de repente apareció este ángel. A los hunos les parecía gracioso. Me ofrecieron un taburete.

—Lo que a ojos de los demás era una broma, nosotros lo vimos como la salvación —prosiguió Julia—. Zerco era el primer hombre amable y educado que conocía. Y teníamos algo en común: el miedo a un futuro dominado por los hunos. Atila es un parásito que *Atila* vive de pueblos que son mejores que el suyo.

—Movido por dos grandes temores —precisó Zerco—. El primero es que los saqueos poco a poco corrompen a su pueblo, que está perdiendo bravura.

—No creo que la pierda del todo antes de la primavera —observé—. ¿Y el segundo?

—Teme su propio fracaso. ¿Te das cuenta de cómo ha de sentirse un tirano que gobierna basándose en el terror y que no puede confiar en nadie? ¿Cómo sabe si la lealtad de un secuaz es real o interesada? ¿Cómo sabe si el sexo es amor o coacción? El mismo poder que convierte a un *kagan* en alguien todopoderoso también puede convertirlo en un ser que duda de todo. Sólo obtiene apoyos si vence. Si pierde, su poder se desvanece.

—¿Y crees que sin su espada perderá?

—Ésa es mi esperanza.

—Atila te envió con Aecio, y Aecio te envió de nuevo con Atila en calidad de espía.

—Nuestro matrimonio fue una excusa para enviar a Zerco de nuevo hasta donde Atila me tenía cautiva —prosiguió Julia—. Y allí a mi enano se le ocurrió la manera de solucionar todos nuestros problemas.

—¿Cómo?

—Haciendo que tú robaras la espada, claro. Eso desmoralizará a Atila y alentará a Aecio. Si logramos dar con el ejército romano, la espada que nos hemos llevado podría servir para unir al ejército, y si los romanos vencen, Zerco y yo podremos vivir en paz. —Asintió, feliz, como si el destino del mundo fuera algo sencillo que estuviera a mi alcance modificar en su beneficio.

18

La escapada

Los hombres de Skilla estaban cansados y lejos de casa, cabalgando por una región fronteriza disputada por varias naciones. El tramo superior del Danubio, en otro tiempo inexpugnable, hacía las veces de precaria frontera septentrional del Imperio romano. Bastante más al sur, los romanos mantenían su influencia, pues debían proteger los pasos alpinos que conducían a Italia. Considerablemente más al norte, los germanos dominaban en los densos bosques que suponían una barrera para todos los pueblos conquistadores. Pero a lo largo del Danubio el orden había degenerado en multitud de gobernadores semiindependientes, y caudillos y jefes que se habían hecho con sus feudos aprovechando la decadencia de un imperio que agonizaba. Una expedición tan numerosa y temible como la de los hunos podía moverse por aquel paisaje con relativa impunidad, pero el grupo de Skilla prefería no demorarse en exceso por temor a que algún duque local o algún centurión renegado lo considerara una amenaza. La misión del huno pasaba por recuperar la espada y matar a Jonás sin provocar escaramuzas con aquellos provincianos. De modo que sus hombres y él sorteaban las villas amuralladas y los nuevos fuertes construidos en lo alto de los montes con tanta precaución como los fugitivos, maldecían al encontrarse con los bosques umbríos y las constantes pendientes que debían remontar, y sufrían del mismo modo las inclemencias del tiempo. Llevaban los arcos y las flechas constantemente húmedos, lo que les hacía perder gran parte de su fuerza, e incluso sus espadas comenzaban a oxidarse. Por si fuera poco, los Alpes asomaban por el suroeste. La nieve cercaba ya sus flancos otoñales.

Zerco era clave. En todo momento emisarios, vendedores ambulantes, peregrinos, místicos, mercenarios y brujas recorrían los caminos, por lo que se hacía difícil seguir la pista de un fugitivo como Jonás. Pero un enano de piel oscura, a lomos de un caballo, acompañado de una mujer alta y de otros dos hombres, uno de ellos atado, resultaba, cuando menos, una curiosidad que incluso en esas extrañas tierras no se veía todos los días. En el avance de su expedición río arriba, camino de Lauriacum, empezaron a oír relatos de un peculiar cuarteto que había surgido desde los bosques del norte. Los recién llegados iban sucios y parecían cansados, y sin embargo el enano había pagado en oro para que un emisario llevara un mensaje río arriba. Según se rumoreaba, era una misiva destinada al mismísimo Aecio. Más tarde cruzaron a la otra orilla y prosiguieron en dirección a las minas de sal de los Alpes, donde los romanos mantenían algunos destacamentos. Uno de los fugitivos transportaba un curioso bulto a la espalda; estrecho y largo como un hombre.

Las noticias impacientaron a Skilla. Si los fugitivos conseguían una escolta poderosa, su huida culminaría con éxito.

Debían darles caza antes de que ocurriera.

Galoparon con furia camino de Lentia, donde se encontraba el último puente aún en pie en aquel tramo del Danubio. Sus agrietados pilones de piedra sostenían unos simples tablones de madera, vulgar remedo de la obra de carpintería de los romanos, destruida hacía tiempo. A pesar de ello, seguía siendo transitable. El acceso lo controlaban unos rufianes que exigían peaje. Tan pronto como aquellos bribones oyeron el sonido de los cascos de los caballos y cerraron las verjas que habían fabricado con huesos, supieron por el olor que quienes se acercaban eran hunos, que anunciaban su llegada como el humo advertía de la presencia del fuego. Los custodios del puente reconsideraron entonces su situación. Y cuando la expedición de bárbaros abandonó el bosque y se aproximó al puente al galope, como una jauría de lobos de las estepas, varios de ellos con sus arcos en la mano y el oscuro rostro surcado de cicatrices, se encontró la verja abierta y ni rastro de los recaudadores. En la distancia, apenas intuyeron a unos bárbaros que se dirigían a toda prisa hacia el sur.

Los guerreros prosiguieron su avance como una nube amenazadora, oscura, recabando retazos de información de aquí y de allá. En la calzada de Iuvavum habían visto a cuatro fugitivos exhaustos. Uno de ellos parloteaba en griego.

Skilla se descubría pensando en Ilana más de lo que habría querido, a pesar de la humillación de su rechazo, y de la de otra, la que le infligió al salvarle la vida durante el duelo. A diferencia del romano, él sí sabía que seguía viva, y la idea de ganarla para sí lo obsesionaba. ¿Por qué había apartado la lanza de Jonás en el momento decisivo? Si tan insoportable le resultaba la muerte violenta, ¿por qué había intentado quemar a Atila, y no se había limitado a escapar con el romano? No la entendía, y era precisamente ese misterio el que le impedía quitársela de la cabeza. Antes de partir la había visitado en su cautiverio, le había llevado algo de alimento como excusa para verla. Confiaba, además, en que le proporcionara alguna pista del paradero de los fugitivos, movida por la piedad, la obligación y la desesperación.

—Nada de todo esto habría sucedido si te hubieras entregado a mí —dijo, tanteándola.

—Nada de todo esto habría sucedido si tú y los tuyos hubierais permanecido en vuestra tierra, allí, en vuestros mares de hierba —replicó ella—. Nada de todo esto habría sucedido si hubiera dejado que Jonás venciera en el duelo.

—Sí. Entonces, ¿por qué no lo hiciste, Ilana?

—No pensé... Todo aquel ruido, y la sangre...

—No. Es porque también estás enamorada de mí. Estás enamorada de los dos.

Ella había cerrado los ojos.

—Soy romana, Skilla.

—Eso es cosa del pasado. Piensa en nuestro futuro.

—¿Por qué me atormentas?

—Te amo. Acéptalo, porque voy a liberarte de esta celda.

Ilana se expresaba con el agotamiento de una enferma agonizante.

—Déjame, Skilla. Mi vida ha terminado. Terminó en Axiópolis, y por algún monstruoso error del destino he sobrevivido para presenciar esta otra. Llevo ya un tiempo muerta, y debes encontrar a una mujer de tu pueblo.

Skilla, empero, no quería a ninguna mujer de su pueblo, sino a

Ilana. No la creía muerta en absoluto. Cuando matara al romano, recuperase la espada y ella fuera al fin suya, todo resultaría más sencillo. Se arañarían y se morderían como gatos monteses, ¡pero qué hijos les nacerían después de que yacieran juntos!

Las pendientes eran cada vez más pronunciadas, y a Skilla le recordaban a la carrera que había disputado con Jonás en el viaje desde Constantinopla. Intuía que el romano se encontraba cada vez más cerca, de la misma manera que en ocasiones percibía la proximidad de un ciervo, de un caballo salvaje, aunque las montañas boscosas le impedían ver en la lejanía. Empezaba a invadirle el desaliento; ¿y si, en su urgencia por atraparlos, se habían adelantado? Pero entonces uno de sus hombres gritó, y todos se detuvieron a contemplar un hallazgo maravilloso: un anillo de oro griego, dejado allí como un faro junto al camino que se alejaba de la calzada principal. ¡Eudoxio!

Así, los hunos se levantaron mucho antes de que clareara para avanzar sin ser vistos por el camino secundario, y al fin vislumbraron una columna de humo a lo lejos. ¿Acaso los fugitivos eran tan necios como para encender fuego? ¿O se habían confiado en exceso? Pero al poco el fuego se desvaneció, como si alguien se hubiera percatado del error. Los hunos siguieron por cimas desde las que se dominaba el lugar en que debían de haber encendido la hoguera. Era la hora del alba, las montañas que se alzaban ante ellos apenas se intuían, y los árboles, a sus pies, no eran más que un borrón oscuro. Desde allí, Skilla entrevió tres caballos en un claro que quedaba más abajo.

¡Había llegado el momento de su venganza! Sin embargo, Skilla no tenía mucha práctica al frente de una expedición, sus hombres eran jóvenes y, antes de que tuviera tiempo de ordenar una emboscada, los guerreros prorrumpieron en gritos y se lanzaron al ataque.

¿Un enano y una mujer? Era pan comido.

Fue precisamente el ruido lo que salvó al romano. Se levantó de un salto, gritando, justo cuando las primeras flechas, disparadas desde muy lejos, caían sobre el campamento y se clavaban en el suelo. Montó en un caballo, agarró a otro hombre —¿el médico griego?— del cuello y se lo llevó consigo. La mujer y el enano montaron en otro caballo, mientras el tercero se soltaba y se alejaba al galope, en dirección a los atacantes, y siguió haciéndolo hasta que las flechas de los hunos se clavaron en su pecho. Querían asegurarse de que la expedición enemiga no pudiera usarlo más adelante. El animal, estremecido, cayó de rodillas. Los fugitivos espoleaban con furia las dos monturas restantes. Los hunos casi les habían dado alcance. Pero aquellos caballos árabes parecían centellas, esquivaban los árboles casi por instinto, y en un abrir y cerrar de ojos se habían esfumado tras las frondosas ramas. Los guerreros gritaban nerviosos, frustrados, y golpeaban los flancos de sus pequeños caballos para que prosiguieran con la búsqueda, avergonzados por no haber sido capaces de rodear a sus presas. Pero los caballos de los fugitivos estaban frescos tras el descanso nocturno, mientras que los de los hunos llevaban dos horas remontando pendientes y, además, habían echado el resto en el momento del ataque. Así, lo que debía ser una captura fácil se había transformado en una penosa persecución.

Skilla estaba furioso. Sus hombres habían abandonado las tácticas que les habían enseñado desde la infancia ante la perspectiva de obtener la gloria por recuperar la espada de Atila. Y todos habían salido perjudicados por igual. Los guerreros se culpaban los unos a los otros sin dejar de cabalgar, mientras los fuertes caballos de los fugitivos franqueaban el paso que les llevaba a la otra vertiente de la montaña y acababan así con toda posibilidad de un ataque con flechas. Cuando los bárbaros alcanzaron la misma cima, aquéllos ya se internaban en un angosto valle que, más abajo, conducía a un puente sobre un arroyo de aguas bravas.

—Les daremos alcance —dijo Skilla a sus hombres con aspereza.

—Van demasiado cargados —convino Tatos.

Los caballos de los hunos descendieron por la ladera formando una línea más o menos recta. Los guerreros mantenían tensados los arcos, y las espadas les golpeaban los muslos. Vieron a los romanos detenerse un instante junto al puente, como si quisieran romperlo, o impedir el paso de algún modo. Pero al cabo parecieron desistir de su empeño y prosiguieron al galope, abandonando la calzada romana e internándose en un claro que se abría entre los árboles, en uno de los extremos del cañón, venciendo una fuerte pendiente. Skilla suponía que su desesperación iba en aumento, pues de otro modo no se explicaba que hubieran decidido abandonar el camino. Querían, sin duda, perderse entre la maleza. Pero no lo lograrían, y su decisión resultaría fatal. Sus hombres no desfallecerían, seguirían el rastro de su presa como si de un venado herido se tratara.

Sólo debían cruzar el puente, y los atraparían.

El ataque de los hunos nos pilló a los tres por sorpresa, aunque no así a nuestro prisionero, el astuto Eudoxio. Tras cruzar el Danubio y cabalgar hacia el sur, rumbo a los Alpes, supusimos, erróneamente, que con nuestra ruta indirecta habíamos logrado nuestro propósito. En consecuencia, aminoramos la marcha para dar a nuestros caballos un respiro. Sin embargo, ni siquiera cuando los pasos que conducían a Italia se encontraban casi a tocar de la mano, me había atrevido a encender fuego, ni a abandonar las precauciones que habíamos extremado durante todo el viaje. Al cruzar el Danubio asumí el riesgo de comprar carbón, y el calor que desprendía sin producir humo nos había mantenido con vida desde entonces.

Hasta esa mañana.

Desde que escapamos del campamento de Atila, Eudoxio había hecho todo lo posible para atraer la atención de aquellos con quienes nos encontrábamos. Llevarlo amordazado habría despertado demasiadas suspicacias, así que hablaba en griego siempre que tenía oportunidad. Había ofrecido sus conocimientos médicos a la interminable sucesión de enfermos y tullidos que nos encontramos en el camino. Uno a uno, había ido desprendiéndose de todos sus anillos, dejándolos sobre troncos o piedras, con la remota esperanza de que algún huno los descubriera, aunque no fue hasta que nos encontrábamos a los pies de los Alpes cuando Julia, furiosa, se dio cuenta de que tenía los dedos desnudos. Eudoxio se mantenía al acecho por las noches, pegaba la oreja al suelo para oír si nos seguían. En realidad, creo que no vio ni oyó la presencia cada vez más cercana de Skilla, sino que la sintió, como si notara que un brazo se extendía para rescatarlo, mientras él se hundía bajo las aguas. Cuanto más nos acercábamos a los Alpes, más aumentaban sus perversas esperanzas. Al fin, nuestros últimos carbones encendidos fueron nuestra perdición. Tras calentar la cena, los apagué a patadas, pero quedaron algunas brasas ocultas entre las cenizas. Al amanecer, cuando a Julia, la encargada de vigilarlo, la venció el cansancio, Eudoxio cogió una pequeña rama de abeto cubierta de rocío y la arrojó sobre las brasas antes de que los demás nos percatáramos. El humo empezó a ascender al cielo. Julia despertó y nos avisó a gritos. Zerco le dio una patada a la rama y otra a nuestro prisionero, pero ya era demasiado tarde. Poco después, oímos los gritos de los hunos.

Nuestra desesperación crecía por momentos. Incapaces de romper los grandes tablones del puente, habíamos abandonado el camino romano y cabalgábamos ladera arriba, entre los árboles. Eudoxio creía que tratábamos de escondernos.

—Es mejor que os entreguéis —me aconsejó mientras lo llevaba como un saco de trigo sobre mi caballo y me preguntaba por enésima vez si el interés que pudiera tener para Aecio compensaba los problemas que no dejaba de ocasionarnos—. Intentar esconderse no servirá de nada, será como cuando los niños se tapan los ojos con la esperanza de no ser vistos. Los hunos te encontrarán. Los he visto hacer diana en el ojo de un venado que se encontraba a doscientos pasos de distancia.

—Si yo muero, tú también morirás.

—No verás venir la flecha hasta que la tengas clavada en el pecho.

Desesperado, le di un puñetazo, y él soltó una sarta de maldiciones.

—Libérame y deja conmigo la espada, y tal vez entonces los hunos pongan fin a su persecución —dijo—. A cambio de tu vida.

—Aunque abandonara la espada, te llevaría a ti como escudo.

Con tiempo, y con un arma más afilada que aquella espada, quizá podríamos haber saboteado el puente. Se notaba que nadie lo había reparado desde hacía al menos una generación, y los desgastados tablones mostraban algunos pocos parches clavados por los escasos viajeros que se preocupaban por quienes venían detrás. Por más de un hueco se veía el río. Sin embargo, casi no había dispuesto de tiempo para valorar la posibilidad cuando los hunos comenzaron a descender al galope, por lo que, sin tiempo que perder, miré al frente y vi algo que me dio una idea.

—¿Dónde diablos nos llevas? —exclamó Zerco con la respiración entrecortada, mientras nuestros dos caballos ascendían con dificultad por la pendiente cubierta de grava.

—Es imposible que veinte hombres no acaben por darnos alcance —respondí—. Lo que tenemos que hacer es detenerlos.

—¿Cómo? —preguntó Julia. En ese momento una flecha, disparada desde gran distancia, impactó casi sin fuerza en un árbol cercano.

—¿Ves esa pendiente de piedras sobre el cañón y el río? Si lográramos que cayesen provocaríamos un desprendimiento.

—Sí, y nosotros resultaríamos arrastrados —predijo Zerco. Aun así, ¿qué otra cosa podíamos hacer?

Salimos del abrigo de los árboles, en la base del precipicio que se alzaba verticalmente sobre la quebrada que cruzaba el puente, y sobre cuyo arroyo proyectaba una sombra. Avanzamos algo más antes de iniciar el ascenso por la ladera de roca suelta, que al poco se desnudaba de toda vegetación. Los caballos empezaron a resbalar como si avanzaran sobre el hielo. Bastante más abajo, vimos que los hunos se aproximaban al puente.

—Zerco, ata a este maldito médico como si fuera un chivo expiatorio. Julia, ven conmigo.

Cogí un tronco seco de pino que sobresalía de las piedras y descendimos en zigzag hasta un saliente.

Los hunos parecían hormigas, agrupados al fondo del valle. Los veíamos señalar hacia donde nos encontrábamos. Uno de ellos ordenaba con vehemencia a los demás que siguieran avanzando, y por su postura y sus gestos supe al instante que se trataba de Skilla. ¿Es que nunca iba a librarme de mi rival?

Di con lo que buscaba. Una roca mayor que las demás se había deslizado por la ladera y había quedado suspendida al borde del precipicio, apenas sujeta por las piedras más pequeñas que la rodeaban. Hinqué el tronco por debajo, haciendo palanca con un canto.

—¡Ayúdame a empujar!

Julia apretó con todas sus fuerzas. Los hunos, a lomos de sus caballos, empezaron a cruzar el puente.

—¡No puedo! —gritó.

—¡Súbete encima con todo el peso de tu cuerpo!

—¡Ya estoy encima!

En ese momento, una pequeña bola rodó con ímpetu por la ladera, desde lo más alto, y fue a caer sobre el tronco. ¡Zerco! Bastó el impacto del enano, su peso multiplicado por la velocidad, y la roca se levantó lo suficiente como para que las demás piedras iniciaran el descenso en cascada.

Zerco también se deslizaba por la ladera, y su esposa lo agarraba de la túnica. Por unos instantes, ella también se mantuvo en un equilibrio precario, a punto de dejarse arrastrar por el desprendimiento.

—¡Debemos apartarnos ahora mismo! —grité, retomando el ascenso.

La ladera rugía cada vez con más fuerza, mientras las rocas caían. Alcanzamos la cima del precipicio y nos volvimos a mirar. ¡Qué espectáculo!

Habíamos desencadenado una gran avalancha. Las piedras chocaban unas con otras, se amontonaban y rompían el precario equilibrio de la montaña, levantando una polvareda que todo lo cubría. El rumor inicial, inaudible en un principio para los hunos, fue haciéndose tan intenso que hizo enmudecer el susurro del agua del caudaloso arroyo. Los bárbaros alzaron la vista, estupefactos. Una lluvia de rocas y piedras descendía por la ladera en dirección a ellos.

De inmediato, tiraron de las riendas de sus caballos, giraron en redondo y salieron al galope por donde habían llegado.

Cientos de toneladas de rocas alpinas caían por el precipicio cual una catarata y se alzaban igual que una erupción al llegar al puente. Los listones de madera saltaban como por efecto de catapultas, y las vigas, muy viejas ya, se partían como astillas. La estampida de rocas no se detuvo hasta alcanzar el lecho del río, arrastrando consigo a dos hunos con sus caballos.

Una vez en la cima, volvimos a atar a Eudoxio y nos deleitamos con lo que habíamos logrado. Yo me sentía exultante. Parecía que un gigante hubiera arrancado de un mordisco un pedazo de monte. El cielo se había cubierto de una nube de polvo. Más abajo, la mitad del puente había desaparecido.

Los hunos que sobrevivieron alcanzaron la otra orilla del arroyo e, inmóviles, observaban la magnitud de lo ocurrido.

—Tardarán días en encontrar otro paso —dije con más esperanza que convencimiento—. O al menos, horas. —Le di una palmadita en el hombro a Zerco—. Recemos por que Aecio haya recibido tu mensaje.

19

La torre romana

La torre de vigía de Ampelum se alzaba sobre el cruce de dos antiguas calzadas romanas; una se dirigía hacia el oeste, en dirección a las minas de sal de Iuvavum y Cucullae, y la otra hacia el sur, hasta Ad Pontem y los pasos alpinos que quedaban más allá. Se trataba de una construcción cuadrada, de cincuenta pies de altura, almenada y rematada por una gran marmita que se sostenía en un trípode que podía llenarse de aceite y encenderse, de modo que sirviera para enviar señales a otras torres como aquélla. Habían sido muchas las ocasiones en que la marmita se había encendido sin que jamás llegara ayuda —los recursos del imperio eran escasos—, y aquella guarnición, como tantas otras, había aprendido a sobrevivir por sus propios medios. Roma era como la luna: siempre presente, pero muy lejana.

En torno a la base de la torre se alzaba una fortificación de piedra de ocho pies de altura, cuyos muros rodeaban un patio con establos, almacenes y talleres. Los doce soldados romanos que la ocupaban dormían y comían en la misma torre. Las vacas que ocupaban la planta baja les proporcionaban cierto calor animal que complementaban con el de unos braseros de carbón que impregnaban el aire de una pátina acre que con el paso de los años había ennegrecido las vigas.

Llamar «romana» a aquella guarnición era mostrar generosidad con la acepción histórica del término. Hacía siglos que las legiones formadas en número principal por latinos no salían de Italia. El ejército se había convertido en la principal fuente de integración del imperio, pues reclutaba a hombres de cien naciones conquistadas y los adiestraba bajo una lengua común. Progresivamente, la universalidad del lenguaje, la costumbre y el armamento habían ido desapareciendo, y quien defendía la torre en aquellos tiempos constituía una amalgama políglota de jóvenes granjeros y vagabundos reclutados, todos ellos bajo el mando de un decurión adusto llamado Silas, procedente de las tierras pantanosas de Frisia. Uno de los soldados era griego, otro italiano y un tercero africano. De los otros, tres eran germanos ostrogodos, uno gépido y cinco nacidos en Nórica, los cuales nunca se habían aventurado a más de veinte millas de la fortaleza. Aunque aquellos hombres, nominalmente, debían fidelidad a Roma, se dedicaban sobre todo a protegerse a sí mismos y a las pocas aldeas de los valles circundantes, de las que obtenían las provisiones, así como los escasos impuestos que recaudaban. A los viajeros que pasaban por aquel cruce de caminos se les hacía pagar un derecho de tránsito. Si los funcionarios de Rávena insistían lo bastante, una pequeña parte de esa tasa se enviaba al gobierno central. Los soldados no esperaban nada a cambio de su trabajo, ni lo recibían. Eran responsables de conseguirse el sustento, la ropa y las armas, así como los materiales que requiriesen para reparar la torre de defensa. Su recompensa consistía en el derecho a cobrar impuestos a sus vecinos.

A pesar de todo ello, aquellos hombres mantenían cierto compromiso con la idea de Roma: la noción del orden, de la civilización. Yo abrigaba la esperanza de que nos ofrecieran refugio. La destrucción del puente, varias millas atrás, había supuesto un retraso para los hunos, pero no necesariamente su abandono definitivo de la persecución. Tal vez la presencia de una guarnición romana obligara a Skilla a darse por vencido y regresar a su campamento.

—¿Qué diablos es eso? —preguntó Silas, el decurión, con la vista clavada en Zerco, tras asomarse a la puerta y vernos a los cuatro montados a lomos de los dos caballos exhaustos.

—Un importante asesor del general Flavio Aecio —respondí, convencido de que no había nada malo en exagerar un poco la verdad.

—¿Un bufón?

—Su inteligencia es mucho mayor que su estatura.

—¿Y ese saco de grano que llevas sobre la montura? —quiso saber posando la mirada en Eudoxio que, atado y amordazado, forcejeaba para comunicar su indignación.

—Un traidor a Roma. Aecio desea interrogarlo.

—¿Un asesor? ¿Un traidor? —Señaló a la mujer—. ¿Y quién es ella? ¿La reina de Egipto?

—Escucha. Llevamos información importante al general, pero nos hace falta ayuda. Nos sigue un grupo de hunos.

—¡Hunos! Menuda broma. Los hunos viven mucho más al este.

—Entonces, ¿por qué vamos los cuatro en dos caballos? Las flechas de los hunos acabaron con el otro —intervino Zerco, que desmontó y se acercó al decurión—. ¿Acaso crees que un hombre tan grande como yo se detendría en una pocilga como ésta si no se encontrara en grave peligro?

—Zerco, no insultes a nuestro nuevo amigo —lo interrumpió Julia, apeándose también—. Disculpa sus modales, decurión. Los hombres de Atila nos persiguen, y sólo la destrucción de un puente ha impedido que nos capturasen. Te pedimos protección.

—¿Un puente roto?

—Tuvimos que hacerlo.

Silas no sabía si debía creernos, y parecía claro que, en el caso de hacerlo, no resultábamos de su agrado. Me señaló y preguntó dirigiéndose a Julia:

—¿Viajas con él?

—No, mi esposo es el antipático —repuso ella, poniéndole una mano en el hombro a Zerco—. Es bufón, aunque en ocasiones los demás no aprecian gracia alguna en sus bromas, pero por favor, no se lo tengas en cuenta. La altura de su espíritu dobla la de muchos hombres, y es cierto que está al servicio del gran Aecio. ¿Conoces el paradero de éste?

El decurión soltó una carcajada.

—¡Mira alrededor! —La torre se encontraba agrietada y cubierta de musgo, el patio, embarrado y los animales del establo, flacos a causa del hambre—. Es tan probable que sepa algo de Aecio como que lo sepa de Atila. Se decía que estaba en Roma, o en Rávena, o en el Rin, e incluso nos llegaron noticias de que pasaría por aquí, pero también se decía que había un unicornio en Iuvavum y un dragón en Cucullae. Además, él nunca permanece demasiado tiempo en un mismo lugar. Con el invierno tan cerca, quizá se retire a Tréveris, o a Milán. Si vuestra intención es ir a su encuentro, será mejor que os deis prisa y crucéis los pasos antes de que la nieve os lo impida.

—En ese caso, necesitaremos comida, forraje y otro caballo —dije.

—En ese caso, yo necesitaré un sólido, otro sólido y otro sólido —replicó Silas—. Enseñadme vuestra bolsa, forasteros.

—¡No tenemos dinero! Hemos escapado del campamento de Atila. Por favor, disponemos de una información que debemos transmitir a Aecio. ¿Acaso no puedes solicitar ayuda del gobierno?

—De Roma no envían nada ni para nosotros. —Nos miró, escéptico, y echó un vistazo a nuestras escasas pertenencias—. ¿Qué es eso que llevas a la espalda?

—Una vieja espada —respondí.

—Déjame verla. Tal vez podríamos hacer un trueque.

Tras pensarlo unos instantes, decidí desmontar y mostrársela. Negra y oxidada, parecía recién desenterrada de un lodazal. Lo único que impresionaba de ella era su tamaño.

—Más que una espada, parece un ancla —dijo Silas—. Con este filo no cortaría ni un queso, y es tan grande que no se puede manejar. ¿Por qué cargas con este armatoste?

—Se trata de una reliquia familiar. Es importante para mí. —La envolví de nuevo—. Una prenda de nuestros antepasados.

—¿Es que medían más de dos metros, esos antepasados tuyos? Esto es ridículo.

—Escucha. Si no nos facilitas provisiones, al menos déjanos pasar la noche aquí. Hace semanas que no dormimos bajo techo.

Silas miró a Julia.

—¿Sabes cocinar?

—Mejor que tu madre.

—Eso lo dudo —contraatacó Silas esbozando una sonrisa—. Pero mejor que Lucio, seguro. Está bien. Tú cocinarás, tú irás por agua y tú, hombrecillo, traerás la leña. Ataremos a vuestro prisionero a un poste de la torre para que ladre todo lo que quiera. ¡Agentes de Aecio! La guarnición de Virunum se reirá cuando se lo cuente. Vamos. Os llenaréis la panza y dormiréis en mi fuerte. Pero mañana a primera hora partiréis. Esto es un puesto militar, no una mansión.

Si el decurión nos recibió con reservas, sus soldados, aburridos, nos dieron la bienvenida, pues al menos suponíamos una distracción en su rutinaria existencia. Julia preparó una sopa espesa, reparadora, Zerco les cantó canciones irreverentes y subidas de tono, y yo les hablé de Constantinopla, que a sus oídos resultaba tan distante como Roma o Alejandría. Eudoxio, a quien habíamos librado temporalmente de su mordaza, juraba ser un príncipe de los hunos y prometió a cada uno de ellos su peso en oro si lo liberaban y devolvían al campamento. Los soldados encontraban tan hilarante aquella ocurrencia como los chistes de Zerco. Nos aseguraban que por aquellos pagos no había hunos y que, si los había, ya se encontraban camino de sus tierras. Los pasos que conducían a Italia se hallaban custodiados por fuertes similares a aquél, situados a un día a caballo los unos de los otros. Así, podríamos viajar con mayor seguridad.

—Esta noche dormiréis tranquilos —nos aseguró Lucio—, porque no permitimos que los bárbaros lleguen más allá de Nórica.

Al llegar el alba, en esa hora en la que al fin los centinelas se convierten en siluetas oscuras recortadas contra un cielo apenas iluminado, sólo dos romanos quedaban despiertos en nuestro pequeño destacamento.

Y ambos murieron con pocos instantes de diferencia.

El primero de ellos, Simón, custodiaba la puerta y, soñoliento y aburrido, procuraba no apartar la vista del camino. Esperaba que Ulrika, una vaquerita del lugar, con los pechos tan grandes como las ubres de las vacas que ordeñaba, y que no lograba quitarse de la cabeza, apareciera camino de sus repartos antes de que terminara su guardia. Estaba pensando en sus pechos, redondos como melones y firmes como odres de vino, cuando un caballo de baja alzada surgió de las sombras y, sin que le diera tiempo a dar la voz de alarma, una flecha le atravesó la garganta. Cayó al suelo boqueando, preguntándose qué diablos le había sucedido y también, sin salir de su asombro, qué le habría sucedido a Ulrika. Suele decirse que una de las expresiones más comunes en la hora de la muerte es la sorpresa.

El segundo hombre, Casio, se encontraba en lo alto de la torre y caminaba de un lado a otro para mantenerse en calor. Un rumor sordo le llevó a alzar la vista, y al momento vio que una lluvia de flechas describía una parábola en dirección a él, como una susurrante bandada de pájaros. Cuatro de ellas alcanzaron su blanco, y las demás golpearon la techumbre de la torre como bolas de granizo. Fue el ruido que provocaron, seguido del golpe del soldado al desplomarse, el que nos despertó a todos.

—¡Los hunos! —grité.

—Sueñas —gruñó Silas, medio dormido aún.

En ese momento, una flecha entró por la ranura de un ventanuco y fue a impactar en un muro de piedra. El decurión se incorporó.

Oímos el repicar de cascos. Los hombres de Skilla llegaron al galope ante las murallas de la fortificación, desmontaron rápidamente y entraron como una sola sombra. Recordando la lección del día anterior, de sus bocas no había salido aún sonido alguno.

Se internaron con cautela en el patio. Sus pisadas amortiguadas eran apenas advertencias. La calma sólo se vio alterada por los ladridos de un perro, antes de que una flecha certera acabara con su vida. También un burro se asustó, pero sus rebuznos fueron acaballados a hachazos. Los hunos tardaron poco en explorar la cocina, los almacenes y los establos, pasando de unos a otros con rapidez, y con las espadas desenvainadas. Cuando se cercioraron de que todos nos encontrábamos en el interior de la torre, empujaron la puerta con fuerza y la encontraron cerrada. Los romanos empezaron a asomarse a las ventanas y a dar la señal de alarma. Silas fue el primero en contraatacar, y lo hizo arrojando una lanza desde una abertura de la tercera planta, con tanta fuerza que se clavó profundamente en el cuerpo de un huno y quedó ahí como la estaca de una tienda de campaña.

—¡Despertad! —atronó—. ¡Coged la espada, no las sandalias, imbéciles! ¡Nos atacan! —Se hizo a un lado un instante antes de que otra flecha entrara silbando por la ventana y se clavara en una viga.

Yo había dejado el jergón en el que habría dormido e iba armado con la espada corta con que había degollado al centinela de Atila. Julia aún tenía en su poder la lanza con la que había desventrado a mi caballo. Aparte de aquellas armas, y de la daga que le había quitado a Eudoxio, nos encontrábamos prácticamente desarmados: mis dotes de arquero seguían siendo escasas. Me dirigí al estante de las jabalinas, cogí una y me asomé por la ventana. Apenas había luz, y los hunos se movían como arañas por el patio. Uno de ellos se detuvo, miró hacia arriba y yo se la lancé, pero me vio y se apartó a tiempo. Había algo familiar en la agilidad de sus movimientos. ¿Sería Skilla?

Otros romanos habían empezado también a lanzar jabalinas y flechas incendiadas, a pesar de que los hunos no dejaban de disparar las suyas contra la torre.

—¿Quién diablos nos ataca? —preguntó Silas.

—Los hunos que según tú regresaban a su campamento —respondí.

—¡Nosotros no tenemos ningún litigio con los hunos!

—Pues parece que ellos sí lo tienen con vosotros.

—¡Vienen por vosotros! ¡Y por el prisionero! ¿No es cierto?

—Por él y por la espada que llamaste ancla.

—¿La espada?

—Es mágica. Si Atila la recobra, conquistará el mundo.

Silas me miró lleno de asombro, sin decidirse a creerme.

—¡Julia, calienta la sopa! —gritó Zerco señalando el caldo de buey y mijo que había quedado en el perol de hierro. Al cabo de un momento, el enano subió por las escaleras hasta lo alto de la torre. Sus pasos resonaron con fuerza.

¿Que calentara la sopa? Tardé unos instantes en darme cuenta de lo que se le había ocurrido. Julia había empezado a atizar el fuego. Entretanto, yo, desde la ventana, esperaba a que apareciera otro bárbaro para lanzarle otra jabalina. Recordando mi combate con Skilla, me puse a cubierto hasta que oí el chasquido de una flecha estrellarse contra la pared y al instante me asomé y la arrojé con ímpetu. El arma cayó como una centella, y el huno se desplomó antes de llegar a la puerta.

El único sentimiento que me provocó aquella muerte fue el de satisfacción. Había dejado por completo de ser niño.

Los romanos ya habían pasado a la ofensiva, y la luz de la mañana había acudido en su ayuda. Pero habíamos sufrido algunas bajas —dos más habían muerto por disparos de flecha—, y ellos nos doblaban en número. Por si eso fuera poco, los hunos estaban empezando a desmontar el tejadillo de paja y tejas del establo, y se congregaban a su alrededor. Su intención era evidente: usarían el tejado como escudo móvil para acercarse a la puerta. Otros bárbaros recogían hierba seca y troncos para encender un fuego frente a ella.

Ahora que el grado de alerta de ambos bandos era máximo y que los soldados no se exponían tanto, el intercambio de proyectiles era menor. Nosotros debíamos administrar bien las armas arrojadizas con las que contábamos. En el patio cubierto de sangre, los insultos pronunciados en latín, huno y germano sustituían en gran medida a las flechas y las jabalinas.

—¡Entregad a nuestros esclavos! —gritó Skilla en huno.

Los integrantes de la guarnición romana no lo entendieron siquiera.

Zerco volvió a aparecer, con los ojos encendidos de la emoción. Encerrado como estaba en una fortaleza, en cierto modo era igual que el resto, y en ciertos aspectos incluso contaba con ventaja, pues no debía agazaparse para esquivar las flechas.

—He encendido la señal de fuego. Lucio y yo hemos arrancado algunas piedras de las estructura para lanzárselas cuando rompan la puerta. ¿Ya está caliente la sopa?

—Empieza a hervir —le respondió Julia.

—Que Jonás te ayude a verterla. Sacad ese banco por la ventana para que haga de rampa. Cuando se rompa el tejadillo que se han fabricado, les tiráis los restos de la cena encima.

—¿Y si me da hambre? —bromeó uno de los soldados.

—Si no puedes llegar a las cocinas del patio cuando empiecen a sonarte las tripas, es que estarás muerto —replicó el enano, antes de volver a perderse escaleras arriba.

Fuera se oyó un grito y un haz de flechas volvió a ascender por el aire. Muchas de ellas se colaron por los ventanucos.

—¡Que nadie se levante hasta que los nuestros arrojen las piedras desde arriba! —ordenó Silas—. Cuando los hunos huyan para ponerse a buen recaudo, levantaos y usad las ballestas.

Observé desde un extremo del ventanuco alargado y estrecho. El tejado del establo se levantó de pronto, se balanceó un poco mientras los hunos se afianzaban para llevarlo mejor, y empezó a avanzar. En la parte trasera había guerreros agazapados con combustible y antorchas. Sus arqueros volvían a arrojar las flechas con ritmo infernal, y no nos atrevíamos a detener a los bárbaros que intentaban echar la puerta abajo. Yo no podía evitar encogerme, atemorizado, cada vez que una flecha silbaba al colarse por las aberturas de la torre. El borde del techo chocó contra su base con un ruido sordo, y los hunos, entre gritos, empezaron a pasarse la paja, las ramas y las antorchas.

—¡Ahora! —gritó Zerco desde arriba.

Las piedras del parapeto cayeron entonces sobre el enemigo, y al estrépito del impacto siguieron los gritos de dolor y las maldiciones. El peso de los proyectiles era suficiente para romper las tejas.

—¡El taburete! —ordené.

Un soldado lo sacó por la ventana y lo inclinó para que la sopa no cayera sobre los muros. Entonces Julia y yo, que nos habíamos envuelto las manos con trapos, levantamos la marmita negra, apartándola del fuego, y la vertimos. Parte de la sopa cayó en el suelo, dentro de la torre, pero logramos echar casi toda al exterior, tal como habíamos planeado. Humeante, el líquido hirviendo cubrió a los hunos, que intentaban quitarse de encima el tejadillo roto sobre sus cabezas. Volvieron a oírse gritos, y más maldiciones.

Los hunos se dispersaron como pudieron, y los que desde detrás disparaban sus flechas se distrajeron y erraron el tiro. Los romanos nos asomamos entonces a los ventanucos para lanzar nuestros proyectiles. Alcanzamos y abatimos por la espalda a dos enemigos que intentaban huir. Otros dos yacían en el suelo, sin conocimiento, o muertos, bajo los escombros del tejado, y algunos más se desplazaban tambaleantes, cojeando.

Las fuerzas comenzaban a nivelarse.

Celebramos nuestra suerte hasta que constatamos que el humo empezaba a ascender peligrosamente por la fachada de la torre. Me asomé por la ventana para mirar hacia abajo, y volví a meter la cabeza justo a tiempo, pues una saeta me pasó rozando la oreja.

—El tejadillo de paja ha empezado a arder, y está apoyado contra la puerta —informé—. Necesitamos agua para apagarlo.

—¡Agua no! —objetó Silas—. Apenas nos queda para hoy, así que en caso de sitio, la necesitaremos toda.

—Pero si se quema la puerta...

—Recemos por que no suceda. Si no, los mataremos en las escaleras. Debemos atrincherarnos hasta que llegue la ayuda.

—¿Qué ayuda?

—La señal de fuego de tu amiguito el enano. Recemos por que Aecio, o Dios, la vea.

Los hunos, al observar las llamas, se pusieron a gritar de alegría. Uno de ellos cruzó el patio con un montón de paja y varias ramas que arrojó a la improvisada hoguera, y volvió a alejarse antes de que ningún romano tuviera tiempo de dispararle. Otro lo imitó, y después un tercero. Al cuarto lo matamos, pero para entonces las llamas ya habían crecido mucho. El humo nos impedía ver con claridad desde los ventanucos de la torre. Silas y yo corrimos a la planta baja para evaluar los daños. Las vacas encerradas allí mugían, presas del pánico, y tiraban con fuerza de las cuerdas a las que estaban atadas. El humo ascendía y se filtraba por los resquicios de la puerta, oímos toser a los soldados apostados arriba. Hacía cada vez más calor.

También desde arriba nos llegó un grito. Una flecha había alcanzado a otro romano.

—¡Soltadme! —gritaba Eudoxio desde su cautiverio—. ¡Han venido por mí! ¡Si me entregáis, les pediré que os perdonen la vida!

—¡No le hagáis caso! —advertí desde abajo.

—Cuando consigan entrar, soltaremos el ganado —murmuró Silas—. Julio y Lucio aguardarán con las ballestas. Debemos matar a bastantes, a ver si se cansan de este juego.

—Apuntad al jefe, si podéis —pedí a los ballesteros—. Pues él no se rendirá.

Los hunos habían comenzado a entonar cánticos de muerte dedicados a nosotros. Un tercio de los integrantes de cada bando había muerto o se encontraba herido.

Skilla aguardó una hora a que las llamas devoraran la puerta, y mientras lo hacía ordenó a sus hombres que arrancaran una pesada viga de la cocina. Cuando lo hubieron hecho, con unos cuchillos largos le dieron una forma puntiaguda. Hicieron sendos agujeros a los lados y en ellos introdujeron asas a fin de sostenerla. Nunca hasta entonces había visto a aquellos nómadas tan concentrados en un trabajo. Resultaba evidente que fabricaban un ariete. En cuestiones militares podían ser tan laboriosos como perezosos se mostraban para la agricultura y la ganadería.

Al fin, el fuego empezó a extinguirse. La puerta seguía en pie, aunque convertida en un tablón maltrecho y ennegrecido. Surcó el cielo un nuevo haz de flechas, que los hunos lanzaron para cubrir su aproximación. Así, sosteniendo el ariete, cruzaron el patio como una exhalación y golpearon una sola vez la carbonizada plancha que les vedaba la entrada, y que saltó por los aires.

—¡Sí! —exclamó Skilla. Los hunos irrumpieron en la planta baja, dispuestos a soltar la viga y a desenvainar.

En ese instante, sin embargo, la entrada se llenó de cuernos y pezuñas. Nosotros azotábamos los flancos de nuestras vacas, que acudían al encuentro de los hunos como elefantes cartagineses y los tumbaban. Los bárbaros procuraban que cambiaran de dirección y volvieran a entrar, pero la iniciativa había sido nuestra y su estampida ya resultaba imparable. Embestían y pateaban a todo el que caía al suelo. En ese momento de confusión, desde arriba llovieron más piedras y lanzas, y otros dos hunos sucumbieron. Al fin, nuestros enemigos se dieron cuenta de que debían dejar salir a las vacas, aunque para entonces ya no contaban con el factor sorpresa. Cuando los atacantes que habían sobrevivido volvieron a franquear la puerta, dispuestos a poner fin al combate de una vez por todas, nosotros ya estábamos en guardia.

Dos ballestas dispararon sus bodoques y abatieron a dos hunos, haciendo tropezar, además, a los que venían detrás. Maldije al constatar que Skilla no se encontraba entre ellos. Todas las ventajas con que aquellos jinetes guerreros contaban en la batalla normal desaparecían en la lucha en espacios reducidos, y yo sabía que las bajas sufridas los enfurecían. Si perdíamos, no demostrarían ninguna piedad con nosotros.

Los soldados de Silas se esforzaban por volver a tensar las ballestas, para lo cual debían subir algunos escalones. Mientras lo hacían, los hunos dispararon con sus arcos.

Lucio y Julio cayeron por las escaleras.

Los bárbaros cargaron de nuevo, y esta vez fueron recibidos por la marmita de sopa, que descendió rodando y los arrojó hacia atrás. Los nuestros lanzaron dos jabalinas, pero sólo una de ellas dio en el blanco. El combate en la escalera era desesperado, y Skilla me vio al fin entre el grupo de romanos que les impedían el paso. No dijo nada, pero en sus ojos podía leerse: «¡Ya te tengo!»

De pronto, alguien que se encontraba detrás de los hunos, comenzó a gritar con una vocecilla irritante que me resultaba familiar.

—¡Soy ministro de Atila y respondéis ante mí! ¡Luchad con mayor vehemencia! ¡Desenvainad!

¡Eudoxio!

—¿Cómo ha logrado desatarse? —pregunté, indignado.

—Uno de nuestros soldados, el más necio, lo ha soltado creyendo que parlamentaría —respondió Julia desde atrás, sin dejar de pasarme jabalinas—. El griego ha apuñalado a su benefactor y ha saltado por la ventana.

—¡Quemad las vigas de la planta baja y la torre caerá! —aconsejaba el galeno.

—¡Otra ballesta! —pedía Silas, mientras con un escudo empujaba a otro huno. Las heridas le sangraban, y nadie se hacía eco de sus órdenes.

Escalón a escalón, los hunos, jadeantes, iban abriéndose paso hacia la planta superior. Nosotros ya éramos muy pocos. Yo me colé bajo el banco que habíamos usado para lanzar la sopa, pero ellos lo apartaron a golpes. Renunciamos a defender la primera planta y usamos los muebles que encontramos para atrincherarnos en la segunda. Las flechas enemigas se clavaban en ellos.

—¡Quemadlos, quemadlos! —exigía Eudoxio.

Entonces, desde arriba, nos llegó la aguda voz del enano.

—¡La caballería, la caballería!

Entonces oímos el silbido lejano, inconfundible, del cuerno romano, y los hunos que se agolpaban en la escalera se miraron, consternados. ¿Refuerzos? Nuestros supervivientes, al oírlo, prorrumpieron en gritos de júbilo.

Skilla usaba una mesa pequeña a modo de escudo para protegerse de todo lo que le lanzábamos. Me pareció que se sentía vacilante, indeciso. El enemigo y la espada de Atila estaban casi al alcance de su mano. Pero si los hunos quedaban encerrados en la fortaleza y rodeados por la caballería romana, lo perderían todo.

¡Un último ataque!

—¡Basich! ¿Qué sucede?

—¡Vienen los romanos! ¡Son muchos, y van a caballo!

—¡Todavía tenemos tiempo de matarlos! —exclamó Skilla levantando su improvisado escudo.

Cogí una ballesta y disparé. El bodoque impactó en la mesa. Skilla echó la cabeza hacia atrás.

Al volverse, observó que sus hombres empezaban a arredrarse.

—¡Debemos huir!

—¡La espada, la espada! —suplicaba Eudoxio.

Skilla no acababa de decidirse.

Yo, desesperado, intentaba tensar de nuevo la ballesta.

Al fin, de un salto, Skilla inició la retirada justo en el momento en que yo lograba disparar de nuevo. El proyectil estuvo a punto de alcanzar el blanco, pero el huno logró escapar y, abriéndose paso entre el amasijo de cuerpos ensangrentados, alcanzó la puerta. Los bárbaros malheridos quedaron a merced de los romanos, mientras el resto corría en busca de sus caballos, atados junto al muro exterior. Skilla saltó desde el parapeto, cayó sobre el suyo a horcajadas y cortó las riendas de un tajo.

Nosotros gritamos en señal de triunfo, pero lo cierto era que los hunos estaban escapando.

Me asomé a una de las ventanas. Salía el sol, y sus rayos se reflejaban en las armaduras de una compañía de caballería excepcionalmente bien equipada, que en ese momento, superada ya la cima de una colina, iniciaba su descenso hacia el sur, donde se alzaban las montañas más altas. Skilla espoleaba a su animal y se alejaba en la dirección contraria, rumbo a las tierras de los hunos. Escapaban cuesta abajo, y no había en el mundo otros soldados más escurridizos que los jinetes del Pueblo del Alba. Cuando la caballería romana alcanzó la torre asediada, los hunos ya se encontraban a una milla de allí, galopando con brío, dispersándose.

La batalla había concluido con tanta rapidez como se había iniciado.

Al ver al jefe de la compañía, quedamos mudos de asombro. Iba montado en un semental blanco como la nieve, ataviado con capa roja, y la cresta de su casco era fiel al estilo tradicional. Llevaba en el peto intrincadas incrustaciones de oro y plata, y por un instante nos pareció que Apolo había descendido desde el sol naciente. Llegó al galope hasta la entrada del fuerte, y continuó al paso hasta la puerta calcinada de su torre central, seguido por sus hombres. Al llegar a ella, tiró de las riendas de su caballo, contemplando con asombro el desastre. Nosotros, los defensores, nos asomamos para recibirlo. ¡Qué aspecto debíamos de tener! Una mujer con pelo sudoroso que se le pegaba al rostro, un enano y yo, que sostenía con los brazos una gran espada de hierro que casi me superaba en altura.

El oficial parpadeó, incrédulo.

—¿Zerco?

La sorpresa del recién llegado no fue mayor que la del propio bufón, que también abrió mucho la boca, mudo de sorpresa, antes de hincar una rodilla en el suelo y postrarse ante él con una humildad que jamás había demostrado a Atila.

—¡General Aecio!

—¿Aecio? —Silas, ensangrentado, triunfante, lo miraba como si en verdad tuviera delante a ese unicornio sobre el que tantas leyendas circulaban—. ¿Significa eso que este necio decía la verdad?

El general sonrió.

—Lo dudo, si me atengo al recuerdo de su astucia. Pero ¿qué diablos estás haciendo aquí, Zerco? Aunque me llegaron tus avisos, no esperaba encontrarte así... —Aecio era un hombre apuesto, maduro, y a pesar de haber entrado en la cincuentena todavía tenía los músculos duros. Su rostro aparecía surcado de arrugas que, junto con su pelo canoso, le conferían autoridad y reflejaban sus preocupaciones.—. Hemos divisado la señal de humo. Siempre se te ha dado bien eso de meterte en líos.

—Te buscaba, señor —dijo el enano—. He decidido cambiar de jefe, pues Atila se ha cansado de mi compañía. En esta ocasión he traído a mi esposa conmigo.

Julia bajó la cabeza.

—Bueno —dijo Aecio—, los santos saben bien que en estos tiempos llenos de peligros nos hace falta la risa, pero no parece que hayas estado de broma últimamente, necio. —Con un rictus que era mezcla de aprensión y regocijo posó la vista en el caos que nos rodeaba—. Al parecer habéis iniciado lo que yo apenas albergo la esperanza de concluir. Me encuentro inspeccionando los puestos alpinos por si Atila, como rezaban vuestras advertencias, decidiera invadir Italia. Apenas hace dos días que recibí el mensaje en el que me comunicabais vuestra huida.

—Son algo más que advertencias, general —puntualizó Zerco—. Te traigo malas noticias del campamento de Atila. Y te traigo también un nuevo compañero, un romano de Constantinopla que a punto estuvo de matar al propio *kagan*. —Se volvió hacia mí—. Creo que traes un presente para él, ¿no es así, Jonás Alabanda?

Me alegré de quitármelo de encima.

—Así es.

Me adelanté hasta su caballo con la espada.

—¿Intentaste matar a Atila?

—Intenté quemarlo, pero cuenta con la suerte del demonio. La mía ha sido este talismán. —Alcé la vieja reliquia—. Un presente, Aecio, del dios de la guerra.

20

Los tambores de Atila
451 d.C.

Llegaron las nieves, y el mundo pareció sumirse en un letargo. Sin embargo, desde la capital de Atila, en las heladas praderas de Hunuguri, se enviaron cientos de mensajeros a miles de fuertes, poblados y campamentos bárbaros. No se informaba de la pérdida de la mítica espada, pero Atila apelaba a otros mitos y advertía a sus seguidores de que los propios profetas de Roma habían vaticinado el fin de ésta. Todas las corrientes de la historia —la súplica de Honoria, la promesa de Genserico, el desafío de Marciano, la petición de ayuda que Clodion, ansioso por recuperar el trono de los francos, le había transmitido— convergían en el río del destino. En todo el mundo no había tierras más dulces, verdes, fértiles y templadas que las que se extendían a Occidente: las de Galia, Iberia e Italia. Los hunos debían prepararse para la batalla final. Todo aliado y vasallo tenía que renovar su alianza. A todo enemigo se le concedería una última oportunidad de unirse a los bárbaros. Si la desperdiciaban, serían destruidos sin piedad. En primavera, Atila desataría al ejército más temible que el mundo hubiera visto. Y cuando lo hiciese, la Edad Antigua tocaría a su fin.

Como muestras de vasallaje, los emisarios regresaban portando los estandartes, penachos y estacas sagradas de las tribus súbditas. Los caudillos las recuperarían cuando se unieran a las fuerzas de Atila. Se perforaron grandes tablones y en ellos se clavaron las insignias tribales, que volvieron a decorar el Gran Salón de Atila, reconstruido tras el incendio y que aún olía a madera recién cortada. Hacia el final del invierno, cuando en los campos volvía a crecer la hierba y el sol asomaba de nuevo en el cielo azul y limpio de Hunuguri, la estancia ya se hallaba repleta de estandartes, y Atila y sus jefes se reunían al aire libre, para aspirar el aire más cálido que anunciaba la primavera.

Ilana debía presenciarlo todo. Tras dos meses de encierro habían consentido en sacarla de su jaula de madera. De no haberlo hecho, seguramente las inclemencias del tiempo habrían acabado con su vida. Ahora dormía en un rincón de la cocina, se alimentaba de las sobras, y caminaba arrastrando grilletes. Guernna se complacía en ver sometida a la altiva romana, y le habría gustado humillarla dándole algún que otro puntapié. Sin embargo, la primera vez que lo había intentado, Ilana le había devuelto el golpe, de manera que a partir de entonces se mantenía a una distancia prudencial. Las quemaduras y los cardenales sanaron con el tiempo, y en el corazón de la cautiva volvía a brillar un atisbo de remota esperanza. Skilla había regresado, y con él la noticia de que Jonás seguía vivo.

El huno llevó consigo al griego Eudoxio, pero no la espada. Skilla se mantenía en silencio, parecía más maduro, más sombrío, y no la visitaba. Según los rumores que circulaban por el campamento, había luchado con gran bravura, pero el joven romano había vuelto a derrotarlo. A pesar de ello, Edeco lo trataba con renovado respeto, y le prometió que cuando llegase la primavera tendría ocasión de terminar lo que había empezado. Atila, por el contrario, hacía caso omiso de él, y su silencio mantenía al joven en un estado permanente de inquietud.

La hierba crecía cada día un poco más, y brotaron las primeras flores. Los animales engordaban antes de la matanza y el forraje abundaba. Era el tiempo en que los ejércitos podían hacer acopio de provisiones y, por tanto, el tiempo de la guerra. Atila reveló sus intenciones al ordenar la celebración de una asamblea en la antigua fortaleza romana de Aquincum, cercana a la gran curva del Danubio. Allí, junto a las barracas sin techumbre y al circo cubierto de malas hierbas, los hunos se prepararían para atacar Occidente. Atila anunció que había sido llamado para que acudiera en rescate de la princesa Honoria, hermana del emperador romano. La desposaría y se convertiría en rey de Roma.

Las huestes de Atila llegaban al fuerte en ruinas procedentes de los cuatro puntos cardinales. No se trataba solamente de la miríada de tribus hunas, sino también de sus aliados bárbaros. A caballo o a pie, hasta el extenso campamento acudían ostrogodos, gépidos, rugianos, escirios y turingios, así como contingentes en representación de los vándalos de África, refugiados bagaudas de la Galia, guerreros venidos por mar desde las tierras heladas que se extendían más allá del Báltico. Algunos lo hacían protegidos con sus armaduras, otros vestían harapos. Las tribus poseían armas diversas —lanzas, hachas, arcos, flechas, espadas—, pero todas creían que Roma jamás se había enfrentado a una invasión como aquélla. El ejército era cada vez más numeroso, como grande su fama, lo que creaba una fuerza centrípeta que atraía hasta sus filas a esclavos fugitivos, ladrones, políticos exiliados, nobles caídos en desgracia, mercenarios sin empleo y viejos soldados cansados de su retiro. Muchos llevaban con ellos a sus mujeres e hijos. Lo hacían para que los ayudaran a cargar con el botín, si regresaban con vida, o para que reclamaran su parte, si caían en el campo de batalla. Había rameras, hechiceras, pitonisas, brujos, sacerdotes, profetas, mercaderes, tratantes de caballos, armeros, curtidores, zapateros remendones, carreteros, carpinteros, ingenieros de asedios, proveedores, compradores de oro y desertores romanos. La ciudad de tiendas crecía y crecía, los pasos convertían la hierba en lodazal, y un tercio del ejército no tardó en enfermar. Atila empezó a enviar avanzadillas de caballería Danubio arriba sólo para que el avituallamiento de aquel campamento inmenso no se hiciera imposible. Cuando todas las divisiones partían rumbo al oeste, el *kagan* las hacía pasar bajo un pórtico en ruinas de Aquincum, como si lo hicieran a través de algún arco triunfal de Roma.

—El mundo entero está en marcha —murmuró Skilla a su tío mientras veía desfilar a las tropas, que hacían sitio a las que seguían llegando desde el este—. No sabía que hubiera tanta gente en esta tierra.

—Cuando termine el verano no seremos tantos —señaló Edeco con una sonrisa triste.

En luna nueva, a finales de la primavera, Atila convocó a los jefes más importantes a una última asamblea en torno a una gran hoguera. Sería su última ocasión en mucho tiempo de dirigirse a ellos en persona, de desplegar todo su carisma. Una vez sus huestes se pusieran en marcha y lo ocuparan todo como una gran ola, sólo podría hacerlo a través de emisarios, y así sería hasta que se unieran de nuevo para la batalla final. Una vez más, vestía ropas sencillas, y llevaba una armadura exenta de ornato y la cabeza descubierta. Su único adorno era el broche de oro en forma de venado con que se sujetaba la capa. Los godos lucían sus anillos de juramento con los que sellaban su alianza, y los gépidos, los fajines de colores de sus clanes. Atila los contemplaba a todos, sus ojos eran como puños.

—El Pueblo del Alba está destinado a marchar hasta donde se pone el sol —dijo—. Es nuestro sino. Así ha sido desde que el Ciervo Blanco nos alejó de nuestra tierra.

Los hunos que asistían a la asamblea asintieron con gran solemnidad.

—Nuestro dominio se extenderá desde las inabarcables praderas hasta el mar infinito —continuó—, que ninguno de nosotros ha visto todavía. Todos los hombres se nos unirán, y cuantos estáis aquí podréis escoger a cien mujeres y a mil esclavos.

Los congregados prorrumpieron en gritos de impaciencia.

—La campaña que se avecina no será fácil. —Atila adoptó una expresión grave—. El emperador romano de Occidente es un loco, eso lo sabemos todos. Pero su general no lo es, y Aecio, a quien conozco bien, hará todo lo que esté en su mano para oponerse a mí. De niños fuimos los mejores amigos, pero ahora que somos hombres nos hemos convertido en los peores enemigos. Así debe ser, pues somos demasiado parecidos y anhelamos lo mismo: el imperio.

Se elevó un murmullo de asentimiento.

—La princesa Honoria me ha rogado que la rescate de su insensato hermano —prosiguió Atila—. En tanto que rey más poderoso del mundo, no puedo ignorar sus súplicas. Ansía dormir en mi lecho. ¿Quién puede culparla por ello?

Ahora fueron las risotadas las que interrumpieron el discurso.

—Es más, me han llegado noticias de nuestros hermanos los vándalos —continuó—. Su rey, Genserico, me ha mandado anunciar que si nosotros atacamos Occidente, él también lo hará. Clodion pondrá a sus francos de nuestra parte. Los propios profetas de Roma previeron nuestra victoria.

Todos asintieron, sabedores de que la fortuna estaba del lado de los hunos.

—Esto es lo que sucederá. En esta ocasión no vamos a saquear —explicó Atila—, sino a conquistar y a quedarnos, hasta que todos los hombres juren vasallaje al Pueblo del Alba. Vamos a destruir Occidente en lo que se ha convertido en su corazón, es decir, en la Galia. Allí derrotaremos a los romanos, reclutaremos a sus aliados germanos y descenderemos sobre Italia e Iberia para apoderarnos de ellas y hacernos sus amos y señores. Luego me casaré con Honoria, la montaré y haré nuevos Atilas. —Sonrió.

Los jefes estallaron en gritos de júbilo y patearon el suelo rítmicamente, con gran estrépito. Los únicos que fruncieron el ceño fueron sus hijos mayores.

—Entonces, con todo Occidente bajo mi pabellón, destruiré a Marciano en Oriente.

—¡Atila! —Aullaban como perros y graznaban como águilas los presentes. Rugían, gruñían y chillaban. Golpeaban el suelo con las bases de sus lanzas, y el estrépito que levantaba su entusiasmo era tal que se oía en todo el campamento.

Atila alzó las manos para pedir calma.

—Los hunos vencerán. ¿Por qué? Porque no son débiles como los romanos. Aunque puedan vivir bajo techo, los hunos no lo necesitan. Tampoco necesitan esclavos, aunque los capturen. Pueden dormir a lomos de sus caballos, lavarse en los arroyos, guarecerse bajo los árboles. El Pueblo del Alba vencerá no por lo mucho que posee, sino por lo poco que necesita. Lo ha demostrado en el campo de batalla. Las ciudades debilitan a los hombres. Cuando las quememos, nuestras mujeres cantarán de alegría.

En esta ocasión la unanimidad fue menor.

Aquellos hombres habían conocido las comodidades de un buen lecho y un baño caliente. Gustaban de las joyas y espadas bien labradas.

—¡Escuchadme bien, todos vosotros! —añadió Atila—. ¡Convertiremos los lugares más recargados en hogares sencillos! Deseo la pureza del fuego. Deseo la limpieza de las estepas. Que no quede piedra sobre piedra. No dejéis ningún tejado intacto. Que sólo permanezcan las cenizas del nuevo nacimiento, y os juro por todos los dioses en los que creéis que la victoria será nuestra. Porque es nuestra victoria la que desean los dioses.

—¡Atila! —exclamaron todos.

El rey de los hunos asintió, satisfecho a medias, conocedor de la naturaleza humana de sus seguidores.

—Haced esto que os digo —les prometió—, y os haré inmensamente ricos.

Como el trueno que anuncia la inminente tormenta, las noticias de la unión de todos los hunos llegaron puntualmente hasta Aecio. El general romano había instalado sus cuarteles de invierno en Tréveris, en el valle del alto Mosela, ciudad con un patrimonio tan falso como su propio ejército. En otro tiempo capitanía de emperadores, Tréveris había sido saqueada, reconstruida y amurallada de nuevo.

El palacio de Constantino se había convertido en iglesia, pues las delegaciones imperiales ya no se aventuraban tan al norte. Los baños habían cerrado, y sus nuevos habitantes, francos y belgas, los habían convertido en viviendas de varias plantas, poniendo tabiques de madera en los grandes salones con arcadas. Los juegos ya no se celebraban, y el circo se había transformado en mercado.

Con todo, Tréveris era la ciudad romana mejor conservada y más estratégica de la región. Desde allí, Aecio embarcaba rumbo al Rin y lo recorría en ambos sentidos, instando con vehemencia al refuerzo de las defensas y a la necesidad de quemar los puentes cuando llegara el momento. Se enviaron mensajes a alanos, borgoñones, francos, armoricanos y sajones, advirtiéndoles de que la intención de los hunos era destruir Occidente y convertirlos a todos en vasallos. Sólo unidos mantendrían alguna posibilidad de hacer frente a la invasión.

Los reinos bárbaros respondieron con cautela. Muchos se mostraron interesados por una gran espada de la que habían oído hablar, la espada de Marte, que aunque pertenecía a Atila, de algún modo había llegado a manos de Aecio. ¿Existía en realidad? ¿Qué poderes concedía? «Reuníos conmigo en primavera y admiradla con vuestros propios ojos», respondía él.

Al mismo tiempo, Atila enviaba a sus espías a las mismas cortes para que éstas se rindieran y le juraran vasallaje si deseaban la supervivencia de sus tribus. No podrían hacer frente a la invasión que se avecinaba, les advertían, y aliarse con el tambaleante Imperio romano suponía una locura.

La clave, tanto para Aecio como para las tribus indecisas, la tenía Teodorico, rey de los visigodos y el más poderoso de los jefes bárbaros. Si se unía a los romanos, Aecio y sus aliados podían conservar cierta esperanza en la victoria. Si se mantenía neutral o se decantaba por Atila, todo estaba perdido.

Teodorico era consciente de su propia importancia estratégica, y estaba cansado de las intrigas de Aecio. El general ya había manipulado muchas veces a las tribus germanas. Así, respondía con negativas a todas sus misivas, a todas sus artimañas. «No tengo litigio ninguno con Atila, como tampoco lo tengo contigo —le escribió al general romano—. Es invierno y los hombres deben descansar. En primavera, los visigodos tomarán una decisión, y lo harán según su propia conveniencia, no según la tuya.»

El emperador Valentiniano prefería asimismo no hacer caso del peligro que se avecinaba. En respuesta a las súplicas de Aecio, que le reclamaba más soldados, más armas, más suministros, respondía con extensas cartas en las que se lamentaba de la incompetencia de los recaudadores de impuestos, las extravagancias de los ricos, la corrupción de los burócratas, los traicioneros planes que urdía su hermana, el egoísmo de los estrategas militares. ¿Acaso el ejército no se daba cuenta de los acuciantes problemas a los que se enfrentaba la corte imperial? ¿Acaso Aecio no comprendía que el césar hacía todo lo que estaba en su mano?

Sospecho que la información de tus espías sobre los planes de Atila no es del todo precisa. Tal vez desconozcas que Marciano ha suspendido el pago de los tributos que Oriente entrega a los hunos y ha retirado a sus tropas de Persia. ¿No es, pues, más probable que la ira de su pueblo caiga sobre Constantinopla? ¿No es Atila uno de tus mejores amigos de la infancia? ¿No han servido con gran arrojo los hunos como mercenarios en tus propias campañas? ¿No es más pobre mi parte del imperio que la de Marciano? ¿Por qué habría de querer atacarnos Atila? Tus miedos, general, son exagerados...

La carta proseguía en similares términos. Aecio pensó amargamente que su tono le recordaba al parloteo quejumbroso y autocompasivo de una esposa. Sabía que Valentiniano había destinado grandes partidas del presupuesto a los circos, las iglesias, los palacios y los banquetes. Los nuevos emperadores se negaban a reconocer que ya no podían permitirse la vida de sus antepasados. Las legiones funcionaban a medio fuelle. Entre los contratistas, la corrupción era rampante. Los equipos envejecían. «Tal vez las profecías tengan razón —pensó el general—. Tal vez haya llegado la hora de la muerte de Roma. Y también mi hora. Sin embargo...»

Contempló el Mosela, de aguas verdosas, caudaloso tras las lluvias de la primavera. El río había perdido desde hacía tiempo el denso tráfico comercial de otros tiempos imperiales, pero a sus orillas quedaban vestigios de la agricultura romana y el comercio que todavía alcanzaba los confines septentrionales de la Galia. Tal vez los bárbaros desdeñaran a Roma, pero aun así la imitaban, si bien a una escala inferior, casi infantil. Las iglesias eran rústicas y sus casas muy precarias. Su comida era simple, sus animales se veían descuidados, y su desprecio por las letras era perseverante hasta la incomprensión. Y sin embargo fingían ser romanos, vestían con ropajes que habían obtenido en sus saqueos y residían en villas medio ruinosas, como monos en un templo. Intentaban cocinar con anís y aceite de pescado. Algunos hombres se cortaban el pelo al estilo romano, y algunas mujeres cambiaban sus zuecos por sandalias finas, a pesar del barro.

Algo era algo. Si Atila ganaba, ni siquiera sobrevivirían aquellos remedos del imperio. El futuro regresaría al estado salvaje, se produciría un eclipse del conocimiento, así como la extinción de la Iglesia católica de Roma. ¿Es que todos aquellos necios no se daban cuenta?

Uno de ellos, al menos, sí: Zerco, el bufón. Era curioso que el enano hubiese acabado convirtiéndose en uno de sus compañeros predilectos. No sólo resultaba gracioso, sino también receptivo. Regresó a su lado con información sobre el poder de Atila, y también sobre sus temores. El rey bárbaro creía que la civilización corrompía. Aecio recordaba que Atila era el más silencioso y taciturno de todos los hunos a los que había conocido cuando fue rehén en su campamento. El general había llegado a preguntarse si aquel hombre infeliz, que sangraba por alguna herida secreta, era de pocas luces.

Pero no era así en absoluto, más bien todo lo contrario, claro, y mientras sus nobles se pavonaban y fanfarroneaban, él sellaba alianzas secretas y reclutaba a los hombres gracias a un agudo y a la vez discreto magnetismo. Demostró ser tan buen estratega dentro como fuera del campo de batalla. Mientras los demás sucumbían, él había ido escalando posiciones gracias a sus amistades, sus alianzas y sus asesinatos. Y lo que había comenzado como una plaga de saqueadores, se convirtió, con Atila, en algo mucho peor: en una horda de conquistadores en potencia que querían regresar a la salvación de una existencia animal y sencilla.

Todo aquello y mucho más intentaba explicárselo Zerco, que le decía que el núcleo del ejército huno no era enorme, que los bárbaros solían pelearse como perros por un pedazo de carne, que su espíritu se incendiaba con facilidad cuando no se le daba la razón.

—Sólo vencerán si Occidente cree que no puede ser de otro modo —razonaba el enano—. Si los combates, señor, huirán como el chacal que se escabulle en busca de una presa más enclenque.

—Mis aliados temen oponerse a ellos. Han atemorizado al mundo.

—Y, sin embargo, el más débil y el que más miedo tiene es el bravucón.

El joven que había acompañado a Zerco en su huida, aquel Jonás de Constantinopla, también se mostraba animoso. Estaba enamorado de una cautiva —ah, la juventud, capaz de dejarse consumir por tales anhelos—, y sin embargo no había permitido que el amor anulara por completo sus facultades. Había demostrado ser un secretario diplomático muy capaz, a pesar de sus fantasías de rescate y venganza. Aunque se impacientaba con sus deberes administrativos —«¡quiero luchar!»—, resultaba demasiado valioso para reducir su misión a la de mero soldado. Su conversación resultaba tan interesante como la de Zerco. En una ocasión relató a Aecio su victoria en el duelo en el que combatió contra un rival que acabó sin flechas, e intentó convencerle de que Roma podía recurrir a su misma táctica de resistencia. Un atardecer frío de marzo, Aecio ordenó que encendieran una hoguera y convocó a sus dos amigos. Las hojas empezaban a brotar en las ramas de los árboles, y tan pronto como la hierba estuviera crecida y ello les permitiera alimentar a sus caballos, los hunos atacarían. En esa orilla del Rin, ningún aliado le quitaría la vista de encima a los demás para ver cuántos se unirían al general romano. Si no mantenía la unión con mano firme, todo saltaría en pedazos.

—Os tengo reservada una misión a cada uno —anunció Aecio.

Los ojos del bizantino se iluminaron al momento.

—¡Llevo tiempo practicando con tu caballería!

—Seguro que a la larga te servirá lo practicado. Entretanto, necesito que emprendas una tarea de mayor trascendencia.

El joven se inclinó hacia delante, impaciente por oírla.

—Primero, Zerco. —Aecio se volvió hacia el bufón—. Voy a enviarte con el obispo Aniano, a Aurelia.

—¿Aurelia?

—Se trata de la capital de la tribu de los alanos, la ciudad de la que sus nuevos gobernantes han corrompido el nombre, y que ahora pronuncian algo así como «Orleans». Es la puerta de acceso al valle más rico de la Galia, el del Loira, y la llave estratégica de la provincia.

Zerco se puso en pie, evidenciando, burlón, lo breve de su estatura.

—Si mide lo mismo que yo, seguro que lo derrotaré. —Guiñó un ojo—. Y si mide menos, incluso disfrutaré con la experiencia.

Aecio sonrió.

—Te envío a escuchar y a parlamentar, no a luchar. Te quedarás con Aniano un tiempo como prenda de lealtad, y debes entender bien que una de tus misiones consiste en trabar amistad con él. He sabido que se trata de un romano muy pío que ha logrado inspirar gran respeto entre los alanos. Lo creen santo, y portador de buena suerte. Cuando lleguen los hunos, la población permanecerá atenta a sus movimientos. Tú debes convencerlo para que se sume a nuestra causa.

—Pero ¿por qué yo, un enano? —protestó Zerco—. Seguro que un hombre de mayor estatura...

—Sería estudiado con detalle por Sangibano, rey de las tribu de los alanos. Según las noticias que me han llegado, Sangibano ha recibido a emisarios hunos, y sigue recibiéndolos. Teme a Atila y desea mantener lo que tiene. Una vez más, necesito que te hagas el tonto, que te introduzcas en su corte y me transmitas tus impresiones sobre cuál será el sentido de su decisión. Si entrega Aurelia a Atila, toda la Galia quedará expuesta a la invasión. Si resiste, dispondremos de tiempo para alcanzar la victoria.

—En ese caso, llegaré a conocer mejor que él mismo lo que encierra su mente —prometió Zerco.

—Y si existe una trama para traicionarnos, yo combatiré para impedirlo —intervino Jonás con entusiasmo.

Aecio se volvió para mirarlo.

—No, para ti tengo reservada una misión todavía más importante y difícil, Portador de la Espada. Te envío a Tolosa.

—¡A Tolosa!

La ciudad se encontraba en el sur de la Galia, a dos semanas de viaje.

—No sé bien cómo, pero debemos convencer al rey Teodorico de que se alíe con nosotros. Por carta he tratado de razonar con él, he rebatido sus motivos y le he suplicado, pero se niega a comprometerse. En ocasiones, una simple visita puede más que cien cartas. Te nombro mi enviado personal. Hazlo como quieras, pero atrae a los visigodos a nuestra causa.

—¿Cómo?

—Tú conoces a Atila. Háblale con el corazón.

Mientras Zerco y Julia se dirigían a Aurelia, remonté el Rin en barca. Todo parecía tranquilo en el valle frondoso, la guerra no era más que un augurio lejano, y sin embargo los cambios flotaban en el aire. Los pasos de la caballería resonaban en las viejas calzadas romanas, señal inequívoca de que los preparativos seguían su curso, y cuando la barcaza atracaba para descargar bienes y mensajes, o para cargar provisiones, en las poblaciones ribereñas y en los fuertes romanos el ambiente se cargaba de prevención y solemnidad. Por las noches, los hombres afilaban sus armas. Las mujeres ahumaban carne y almacenaban el grano sobrante del año anterior, por si estallaba la guerra que, según los rumores, llegaba de Oriente. Eran pocos los que habían visto a los hunos. En las posadas yo les advertía de su ferocidad. En las fortalezas, revisaba las tropas en nombre del general.

Aecio me había pedido que me desviara de mi ruta para visitar la fortaleza legionaria de Sumelocenna.

—He ordenado a un tribuno que responde al nombre de Stenis que convierta a sus hombres en avispas —me había informado el general—. Quiero que compruebes si lo ha logrado, y que me escribas con tu veredicto.

El fuerte, desde la distancia, parecía una construcción baja y poco imponente, con una torre derruida y la capa de pintura desaparecida desde hacía tiempo. Sin embargo, al acercarme, lo que vi me reconfortó. En los fosos defensivos se habían eliminado las malas hierbas. Una empalizada de estacas se había erigido a una distancia de un tiro de flecha para protegerla de las torres de asedio y los arietes. Los muros más viejos se habían reforzado con piedra nueva, y unos campesinos reclutados se ejercitaban en el patio de armas.

—Somos una nuez que tal vez Atila prefiera no cascar —me contó Stenis con tono de orgullo—. Hace un año, incluso un niño habría sido capaz de conquistar este destacamento, y Aecio se dio cuenta de ello enseguida. Ahora me gustaría ver intentarlo a un ejército completo. Hemos construido veinte nuevas catapultas, cien ballestas, y hemos reclutado a setenta y cinco hombres.

—Se lo transmitiré al general. —Opté por no revelarle el tamaño del ejército de Atila.

—Dile que estoy listo para clavar el aguijón.

Proseguí hacia el suroeste, camino del Ródano, donde otra barcaza me llevó río abajo, rumbo al Mediterráneo. A medida que me acercaba al sur, el sol brillaba más y la tierra se hacía más exuberante. El paisaje era hermoso, más verde que en Bizancio, y me pregunté cómo sería la vida por aquellos pagos. Sin embargo, el rápido avance de la primavera aceleraba también mis temores. El tiempo apremiaba, al igual que Atila. ¿Cómo iba a persuadir a Teodorico?

Cerca ya de la desembocadura compré un caballo y tomé la principal calzada romana que se dirigía hacia el oeste y llegaba a Tolosa, capital de los visigodos. De vez en cuando, desde algún altozano, vislumbraba el mar centelleante en la lejanía. ¡Qué lejos me encontraba de casa, de Ilana! Había partido de mis sueños para llegar a mis pesadillas.

Terminaba abril cuando llegué a la ciudad romana que los visigodos habían convertido en su corte. Su fortaleza principal sobresalía por encima de sus tejados rojos. Me detuve un minuto ante sus grises murallas de piedra, sin saber cómo haría para convencer a aquellos bárbaros a medio civilizar de que se aliaran con el imperio que casi habían conquistado, por el que sentían grandes recelos, al que envidiaban y temían. ¿Asustar a Teodorico con mis historias de Atila? Mi misión era absurda.

Con todo, el destino cuenta con sus propios mecanismos. Aunque yo lo ignoraba, observándome secretamente desde un ventanuco que se abría en lo alto de una torre se encontraba mi respuesta.

21

El Azote de Dios

Los ejércitos de Atila eran tan numerosos que no podían transitar por una sola calzada o camino, de modo que ascendieron por el Danubio en una serie de columnas paralelas que se tragaban, como si de una ola se tratase, la antigua frontera que separaba Roma y Germania. La caballería huna iba delante, como una punta de flecha, atacando sin previo aviso y derrotando fácilmente a las débiles guarniciones antes de que tuvieran tiempo de prepararse. La caballería ostrogoda seguía detrás, con sus grandes caballos, sus pesados escudos y sus largas lanzas, que usaban contra cualquier foco rebelde. En caso de que los habitantes trataran de buscar refugio en alguna torre, fortaleza, monasterio o iglesia, quedaban a expensas de la larga serpiente de la infantería, entre cuyas filas se encontraban mercenarios e ingenieros con conocimientos para construir catapultas, torres de asedio y arietes. Las columnas de humo se elevaban al cielo y delataban que las desesperadas bolsas de resistencia habían sido sofocadas.

Los hunos nunca habían congregado un ejército tan imponente, y jamás su manutención había resultado tan costosa. Arrasaban la tierra igual que una plaga de langostas. Los que lograban ocultarse y emergían de sus escondrijos cuando el peligro había pasado, lo hacían para encontrarse unos campos desolados. El valle del alto Danubio se convirtió en un erial. Todas las casas fueron quemadas. Todo los graneros saqueados. Todas las vides, todos los árboles frutales, talados. No se trataba tanto de conquistar como de despoblar. Tras matar a los hombres y violar y esclavizar a las mujeres, la caballería huna acababa con los recién nacidos y las esposas encinta. No debía quedar ninguna generación futura que persiguiera la venganza. Los pocos supervivientes huérfanos temblaban en los bosques como animales. Los perros abandonados se asilvestraban y acababan alimentándose de los cadáveres de sus propios amos. Uno a uno, los destacamentos de la civilización iban convirtiéndose en montones de ruinas. Astura, Agustiniana, Faviana, Lauriacum, Lentia, Boiodurum, Castra Batava, Castra Augusta, Castra Regina..., todos eran borrados de la historia. Era como si la tierra se tragase la civilización. En lugar del aroma del manzano, el aire se impregnaba de cenizas, y todas las casas desprendían el olor acre de la madera quemada, la podredumbre y la humedad del abandono. La sangre seca dibujaba intrincados mosaicos en los suelos, los murales que adornaban las paredes estaban manchados de los cerebros y las vísceras de sus propietarios que habían muerto contemplándolos. Los oráculos estaban en lo cierto: los ejércitos malditos señalaban el fin del mundo. Ni en mil años Europa olvidaría aquel avance. El mal llegaba a lomos de los caballos enanos de las estepas, y los ángeles habían huido valiéndose de sus alas. Era primavera, pero la oscuridad se cernía sobre los días.

Atila se sentía satisfecho.

Una tarde se detuvo para alimentarse de lo saqueado en un fuerte romano llamado Sumelocenna. Su guarnición había sido aniquilada con particular furia, dado el inusitado arrojo con que había resistido el embate. Atila apoyó los pies sobre el cuerpo de un tribuno que, según decían, se llamaba Stenis, y constató que la túnica del muerto se sostenía gracias a un broche de oro en forma de avispa. Se agachó para arrancarla. Nunca había visto un adorno como aquél, y decidió regalárselo a Hereka. «El hombre que lo llevaba, aguijoneaba», le diría.

A Atila no lo había adiestrado ningún oficial en el arte de la guerra. Ningún cortesano lo había educado en las gracias de los nobles. Ningún vate había guiado sus torpes dedos por arpas ni por liras. Ninguna mujer había aplacado su ira permanente, aquella furia nacida de una infancia llena de palizas y duras enseñanzas, y de una edad adulta transcurrida entre traiciones y guerras. Ningún sacerdote le había convencido con sus explicaciones del sentido de su existencia, y ningún advino había osado sugerirle que la derrota entraba dentro de lo posible. Él era una fuerza primigenia, enviada para purificar el mundo.

Según creía, los hunos no se parecían a los demás hombres; de hecho, resultaban tan distintos que tal vez no fueran humanos, sino dioses. O quizá fuesen los únicos hombres verdaderos, y el mundo que saqueaban estuviera habitado por extrañas formas, seres inferiores, hombres de barro. Lo ignoraba. Lo que sí sabía era que la muerte de aquellos romanos no significaba nada para él. Sus vidas le resultaban demasiado ajenas, y sus hábitos, inexplicables. Para él la vida era lucha, y la dicha que algunos hallaban en la mera existencia le desconcertaba. O se mataba o se moría. Uno podía decidir ser cazador o ser presa, comer o ser comido. La noción de que la vida era implacable impregnaba todo lo que hacía. Atila llevaría a sus hunos a la gloria, sí, pero no confiaba en nadie. No amaba a nadie. No delegaba en nadie. Sabía que jamás hallaría descanso, pues el descanso significaba la muerte. ¿Acaso no había sido mientras dormía cuando la ramera romana casi le había prendido fuego? ¡Qué lección tan importante había aprendido ese día! Ahora ya sólo dormía a ratos. Su rostro aparecía más envejecido. Sus sueños lo perturbaban. Pero así debía ser. Matar representaba la esencia de la vida. En la destrucción se encontraba la única promesa de seguridad.

Atila no era estratega. No abarcaba mentalmente las tierras que planeaba conquistar. El interés que pudieran albergar por ellas resultaba casi inmaterial. Atila entendía el miedo, y en aquellos días preparaba una catástrofe, pero una catástrofe que debía recaer sobre Aecio. Por cada romano que mataban, dos o tres huían en dirección a su objetivo, que era la Galia. Y todos los fugitivos debían comer. Todos los fugitivos transportaban consigo el pánico como una plaga. Cada vez que relataban las experiencias vividas, los jinetes hunos se volvían más espantosos, su puntería mejoraba, su hedor se hacía más insoportable, su sed de rapiña más insaciable. Aquel recurso al terror era necesario. Sus hordas eran numerosas, sí, pero seguían siendo escasas comparadas con los millones y millones de personas que habitaban el mundo romano. Su fuerza estribaba en que sus enemigos los consideraran invencibles. A los hunos jamás los derrotaban porque nadie creía que pudieran ser derrotados.

Atila no sabía que Aecio había empezado a interceptar a decenas de miles de fugitivos como con red, que a los hombres los reclutaba en sus filas, que a las mujeres y a los niños los ponía a ayudar en las granjas.

No tenía ninguna intención de combatir a Aecio a menos que fuera estrictamente necesario. Aquel hombre era un soldado extraordinario. Pero si debía luchar contra él, lo haría cuando se hubiera quedado casi solo, cuando sus aliados se encontraran divididos y enfrentados, cuando sus ciudades hubieran sido incendiadas, cuando sus reservas de alimentos las hubieran devorado las multitudes errantes, cuando sus legionarios se sintieran enfermos y desmoralizados, cuando su emperador flaqueara, cuando sus lugartenientes empezaran a traicionarlo. Atila nunca había perdido una batalla, porque nunca había luchado limpiamente. La sorpresa, el engaño, la traición, la superioridad numérica, el terror y la cautela le habían permitido vencer en todas sus contiendas, desde el asesinato de su hermano hasta la destrucción de las provincias orientales. Sólo la pérdida de la vieja espada le preocupaba en su fuero interno. Sabía que sólo se trataba de un talismán que, taimado, había inventado él mismo, pero sus aliados creían en sus propiedades mágicas. Y el don de mando se basaba enteramente en la fe. Jamás se había hablado de su desaparición, pero en sí misma constituía una semilla de temor plantada en su pueblo.

Las victorias harían olvidar la pérdida de aquel símbolo. El bárbaro condujo a su séquito de jefes y emisarios hasta lo alto de una colina desde la que se divisaba el valle del Danubio y las largas y serpenteantes columnas que perpetraban las matanzas y que se perdían en el horizonte neblinoso. Los aguerridos hombres iban montados a lomos de sus caballos enanos, que se alimentaban de la hierba del camino. Atila nunca perdía porque sabía que si lo hacía, aquellos chacales se volverían contra él. A los caudillos sólo los mantenía a raya gracias a los botines que los corrompían. Cuanto más saqueaban, más ambicionaban, y cuanto más ambicionaban, más romanos se volvían. Atila no veía solución a ese dilema, excepto la de destruirlo todo. Para él, la salvación de los hunos se encontraba en la desolación.

Anhelaba convertir toda la tierra en un erial.

Y aguardaba con impaciencia lo que le haría a Ilana cuando recuperase la espada.

lobas ululantes animal preferido de Atila

Ilana se había convertido en un animal más de la curiosa feria que acompañaba a Atila.

Igual que a las reinas y a las niñas esclavas, a ella también se la habían llevado a la invasión. Pero en lugar de viajar en el cómodo carro cubierto con dosel y tapizado de alfombras, su hogar era una traqueteante jaula de madera, sin techo, expuesta al sol y a las inclemencias del tiempo. El suyo era uno de los doce carromatos que avanzaban en fila y en los que se exhibían osos capturados, un león liberado de una villa romana, un lobo, tres generales romanos, y varias lobas ululantes, el animal preferido de Atila. Aquel precario medio de transporte solía usarse para trasladar a esclavos y a prisioneros, pero a aquéllos los habían incorporado al gran ejército, y a éstos, sencillamente, los habían ejecutado. De modo que Atila había decidido llenarlos de curiosidades, entre ellas la mujer que había intentado quemarlo vivo y a quien, por razones aún no aclaradas, se le había permitido seguir con vida.

La piedad temporal del rey era un tormento para Ilana. Su vida se había visto reducida a una subsistencia animal, lo que explicaba su extrema delgadez. Allí, sentada en aquel carromato polvoriento e infestado de moscas, con la ropa sucia y privada de intimidad, se sentía degradada en su rango. A mediodía pasaba calor, y por las noches, frío. Apenas disponía de agua para beber, por lo que lavarse constituía un lujo impensable. Estaba a cargo de Guernna, que se divertía burlándose de ella desde una distancia prudencial.

—Seguro que de un momento a otro acudirá en tu rescate —le dijo la muchacha germana al llevarle las sobras que eran todo su sustento—. Con la espada que robó se abrirá paso entre medio millón de hombres.

—Nos espera a las dos, Guernna —puntualizó Ilana con más entusiasmo del que sentía, sólo para prolongar la conversación—. Él también desea tu liberación. Cuando empiece la batalla, las dos tendremos la oportunidad de escapar con los romanos.

—¿Crees que quedará alguno, Ilana? Edeco afirma que éste es el mayor ejército que el mundo ha visto.

Ilana también lo creía así. El eje de su carro se había salido en una ocasión cuando se encontraban en lo alto de un monte, y mientras un grupo de gépidos lo reparaba, había podido echar la vista atrás y había contemplado con asombro las interminables huestes

aplastando la hierba

que se perdían en el horizonte. Campos de lanzas se mecían al viento cual espigas de trigo, manadas de caballos levantaban polvo como si fuesen torbellinos, y los carromatos avanzaban, cargados como elefantes con las tiendas y el producto del botín, aplastando la hierba de los prados.

—Aecio y Jonás también contarán con un gran ejército.

Guernna sonrió.

—Todos nos preguntamos que hará Atila contigo, Ilana. Casi todas las mujeres creen que arderás en la hoguera, pues así fue como estuviste a punto de matarlo a él. Hay quien piensa que serás crucificada, y algunos opinan que morirás violada por los ostrogodos, o incluso por los animales. También he oído decir que te desollarán viva, o que Atila esperará a obtener tanto oro de los romanos que fundirá una parte y te lo hará beber, para quemarte por dentro y hacer un molde con tu cuerpo.

—Qué entretenidas resultan todas esas especulaciones. ¿Y tú, Guernna, qué crees?

—Yo creo que, para tu ejecución, está pensando en algo tan ingenioso que a nadie se le haya ocurrido. —Los ojos se le iluminaron al pensarlo. La imaginación de Guernna era más bien escasa, y se trataba de una cualidad que admiraba en los demás.

—Y tú lo ayudarás, claro.

La germana la miró, indignada.

—¡Ilana! Soy la única que te da de comer. Obraste mal al atacar a nuestro amo, y aun así sigo trayéndote el agua y te arrojo encima un cubo de ella, para limpiarte la mugre. ¿No esperas lo mejor de mí?

—Lo mejor, lo sabes bien, sería que me clavaras una lanza entre las costillas. Me parece que al menos eso sí podría esperar de ti, dado tu comportamiento traicionero la noche en que intentamos escapar.

Guernna sonrió.

—Sí, matarte consumaría nuestra relación. Pero también debo pensar en las demás mujeres, dulce Ilana. Siempre es emocionante presenciar las torturas. Lo hemos discutido, y lo que de verdad deseamos es oírte gritar.

devastación
matanza
(allando en la
locura

Aecio había planeado quemar los puentes del Rin, pero la caballería huna se presentó tres días antes de que los defensores creyeran posible su llegada. Irrumpieron de noche, y sus flechas acabaron con los ingenieros. Así, cruzaron el río por Maguncia y por Worms, como si aquella imponente barrera fluvial apenas existiera. El propio Atila alcanzó la otra orilla dos días después, observando con interés los cuerpos que, río abajo, flotaban en la corriente, hinchados y atravesados por las flechas de los hunos. Sus soldados cumplían con su misión. Aecio había establecido a su ejército en Argentorate, cien millas al sur, y el plan de los hunos consistía en darle alcance a través de las tierras altas, boscosas, del nordeste de la Galia, para alcanzar así París desde el este. A partir de ahí, la caballería descendería sin obstáculos hacia el sur, atravesando las fértiles llanuras, tomaría la importante encrucijada que era Aurelia, y haría suyo el centro estratégico de Occidente.

Atila cabalgaba hacia horizontes de humo, el mismo humo que dejaba atrás —un anillo de fuego que marcaba la devastación causada en todas direcciones por sus ejércitos—. Hasta el momento no se había formado ninguna fuerza de resistencia cohesionada. Los francos se habían retirado, y otras tribus vacilaban. Si los hunos atacaban con brío y con rapidez, aniquilarían a Aecio antes de que éste tuviera tiempo de congregar a una fuerza mínimamente capaz de hacerles frente. Las ciudades quedaban desiertas, las armaduras se capturaban, los acueductos se destruían con deliberación, y se saqueaban los graneros. Había tantos muertos por todas partes que los cuervos, ahítos, se tambaleaban por las calzadas como hombres ebrios.

Miles de oportunistas, traidores y personas temerosas se unían a la invasión de Atila: jefes cobardes, esclavos huidos, mercenarios insaciables. Había quien escapaba de un mal matrimonio, de un desengaño amoroso, de las deudas. No eran tantos como el rey de los hunos esperaba, pero quienes se alistaban en sus filas se entregaban a la matanza con un arrojo rayano en la locura. Ya no había reglas. El Infierno se había impuesto al Cielo. La anarquía y el pillaje eran la ocasión de saldar viejas deudas, de exhibir resentimientos contenidos contra los ricos, de tomar por la fuerza a las doncellas que se habían resistido a las proposiciones más descaradas. A medida que unas leyes perdían su vigencia, parecía más sencillo embestir contra las que aún la conservaban. La indisciplina se contagiaba al propio ejército de los hunos, donde las trifulcas a menudo degeneraban en asesinatos. Los caudillos debían mantener a distancia a los soldados enemistados, como si de perros rabiosos se tratara, y si lograban cierto orden se debía al látigo, la cadena y las ejecuciones. Tan numeroso era el ejército, hasta tan lejos llegaban sus columnas y se extendían sus alas, que apenas resultaba controlable.

Atila sabía que cabalgaba en medio de un vendaval, pero él era el dios de las tormentas.

Fue en el claro de un bosque de la Galia donde encontró al hombre santo romano que lo bautizaría con un nuevo título. Una patrulla de hunos había atado a un eremita cristiano a varios de sus caballos. El santón era tan necio, al parecer, que había emprendido su peregrinación por el mismo camino empleado por el ejército de Atila. Los integrantes de la caballería se entretenían avanzando y retrocediendo con sus caballos, en ambos sentidos, tensando las cuerdas que sostenían al peregrino, para gran regocijo de todos. El eremita gritaba, incitándolos tal vez a que consumaran la matanza y lo convirtieran en mártir.

—¡Gozad de vuestro triunfo, pues vuestros días están contados, hijos de Satanás! —gritaba el viejo al huno—. ¡La profecía habla de vuestra condena!

Aquello interesó a Atila, que creía en el destino y hacía que le echaran las piedras de adivinación y le leyeran el futuro en entrañas de animales. Después de matar a varios oráculos en sus arrebatos de ira, sus profetas habían aprendido a vaticinarle lo que él deseaba oír, hasta tal punto que habían acabado por aburrirle. Pero ese eremita decía otras cosas, de manera que ordenó a sus hombres que acercaran a él los caballos y dejaran de tirar de las cuerdas.

—¿Hablas nuestra lengua, anciano?

—Dios me ha concedido el don de advertir a los condenados. —El eremita vestía harapos e iba mugriento y descalzo.

—¿De qué profecía hablas?

—¡De la que dice que será tu propia espada la que te hiera! ¡De la que dice que la noche más oscura anuncia el alba!

Varios jefes murmuraron, inquietos, tras la mención de una espada, y Atila frunció el entrecejo.

—Nosotros somos el Pueblo del Alba, eremita.

Aquel hombre miró a Atila, desconcertado, como si apenas pudiera creer en tanta necedad.

—No, vosotros llegáis envueltos en polvo y os vais dejando un rastro de humo que oculta el sol. Sois criaturas de la noche, que brotáis de la tierra.

—Nosotros regeneramos la tierra. No abrimos hendiduras en ella, no talamos sus árboles.

—¡Pero os alimentáis de hombres que sí lo hacen, viejo guerrero! ¡Qué necedades decís los hunos! Si Atila se encontrara aquí, se reiría de vuestras vanas ocurrencias.

Los hunos estallaron en carcajadas, divertidos con la situación.

—¿Y dónde crees que se encuentra Atila en estos momentos, anciano? —preguntó el rey.

—¿Cómo voy a saberlo? Durmiendo con sus mil esposas, sospecho, o atormentando a un peregrino santo en vez de atreverse a atacar al gran Flavio Aecio. ¡Ay! ¡Es más fácil tomarla con un piadoso que combatir a un enemigo armado!

La sonrisa que esbozaba Atila se esfumó al momento.

—No tardaré en enfrentarme a él.

El eremita entornó los ojos para verlo mejor.

—Tú eres Atila, ¿verdad?

—Así es.

—No vistes con lujo.

—No lo necesito.

—No ostentas los distintivos de tu rango.

—Descontándote a ti, todos los hombres me conocen.

El santo asintió.

—Yo tampoco los llevo. Dios Todopoderoso sabe quién soy.

—¿Y quién eres?

—Su emisario.

Atila rió.

—¿Atado e indefenso? ¿Qué clase de dios es ése?

—¿Cuál es tu dios, bárbaro?

—Atila, el huno, cree en sí mismo.

Su cautivo señaló la nube de humo que los rodeaba en la distancia.

—¿Eres tú quien está al mando de todo eso?

—Yo mando sobre el mundo.

—¡A cuántos inocentes habrás sacrificado! ¡A cuántos recién nacidos habrás dejado huérfanos!

—No me disculpo por la guerra. He venido a rescatar a la hermana del emperador.

Entonces el eremita soltó una carcajada y se le iluminaron los ojos, como si de pronto comprendiera.

—Sí, ahora ya sé quién eres. ¡Te reconozco, monstruo! ¡Eres la peste! ¡El látigo, enviado desde Oriente para castigarnos por nuestros pecados! ¡Eres el azote de Dios!

El rey parecía desconcertado.

—¿El azote de Dios?

—Es la única explicación. ¡Eres un instrumento del Altísimo, un castigo terrible, tan devastador como el Diluvio o las Siete Plagas de Egipto! ¡Eres Baal y Belcebú, Ashron y Plutón, enviado a nosotros como castigo divino!

Sus hombres esperaban que, a continuación, Atila les ordenara matar al loco, pero no sólo no lo hizo, sino que permaneció pensativo.

—El Azote de Dios. Es un nuevo título, ¿no es así, Edeco?

—Uno más que añadir a otros mil. ¿Lo matamos, *kagan*?

—No... —repuso Atila con una sonrisa—. El Azote de Dios. Ha dado razón de mí, ¿verdad? Me ha justificado ante todo cristiano que encontremos. No, este eremita me cae simpático. Soltadlo. Sí, soltadlo y proporcionadle un burro y una moneda de oro. Quiero que nos preceda, que llegue antes que nosotros a la ciudad de Aurelia. ¿Sabes dónde se encuentra, anciano?

El eremita se retorció, aún sujeto por las cuerdas.

—Ahí es donde nací.

—Muy bien. Tu insulto me gusta, y lo adoptaré como propio. Ve a tu Aurelia natal, eremita, y diles a todos que viene Atila. Diles que vengo a limpiar sus pecados con sangre, como el Azote de Dios. ¡Ja! ¡Su emisario soy yo, no tú! —Volvió a reír—. ¡Yo, Atila, instrumento del Altísimo!

22

La hija de Teodorico

Tolosa había sido una ciudad celta antes de ser romana, y ahora se trataba de la capital de los visigodos. Sus nuevos gobernantes habían hecho poco más que ocupar los ruinosos edificios de sus predecesores. Su fama en el campo de batalla no venía acompañada de un especial talento para la arquitectura. La ciudad estratégica, situada en una hondonada, a orillas del Garona, había dominado desde antiguo el suroeste de la Galia, y cuando Ataúlfo, el rey visigodo, aceptó renunciar a Iberia y enviar a la princesa Gala Placidia de vuelta a Roma a cambio de las nuevas tierras adquiridas en Aquitania, Tolosa se convirtió en su capital natural. Los bárbaros ampliaron las viejas murallas del imperio con una zanja y un dique, pero en el interior de la ciudad parecía como si una familia pobre se hubiera mudado a una casa rica y se hubiera dedicado a añadir detalles decorativos de dudoso gusto. La piedra y el ladrillo eran viejos, las calles se encontraban llenas de socavones y mal mantenidas, las capas de pintura, más viejas que sus habitantes, y las viviendas de mármol y estuco mostraban añadidos de madera, adobe y paja.

Con todo, bajo mando del gran rey bárbaro Teodorico —que hasta el momento llevaba treinta y seis años gobernando, de manera que la mayoría de sus súbditos no había conocido a otro rey—, Tolosa bullía de actividad. Así como la cultura romana se había asentado sobre la celta, ahora las costumbres tribales germánicas se afianzaban sobre las romanas, y el resultado era una amalgama de artesanos paganos, burócratas imperiales y guerreros bárbaros que conferían a la ciudad una energía desconocida en los últimos cien años. Comerciantes y campesinas voceaban sus mercancías en media docena de lenguas desde los concurridos mercados, sacerdotes arrianos celebraban misas ante multitudes de analfabetos de las tribus, y los niños, en número jamás vistos en la historia reciente, jugaban a perseguirse por las calles.

Su fiereza, sin embargo, seguía viva, y Aecio confiaba en que yo, de algún modo, lograra mantenerla bajo control. Los visigodos eran tan arrogantes como los hunos y tan altivos como los griegos. La fama de las largas lanzas de su caballería podía parangonarse a la de los arcos y las flechas de los hombres de Atila, y los barbudos guardias palaciegos parecían gigantes metálicos cuyos brillantes ojos asomaban igual que piedras preciosas bajo los cascos de hierro. Sus piernas semejaban troncos de árbol, sus brazos parecían muslos. Cuando apoyaban la punta de la espada sobre el suelo de mármol cuarteado, el mango les alcanzaba el pecho. Eran hombres que no debían de temer nada de los hunos. Así pues, ¿por qué no se unían a nosotros?

Tal vez vacilaran porque, tres generaciones atrás, los hunos habían expulsado a sus antepasados de las tierras que ocupaban, obligándolos a huir. ¿Acaso habían recorrido toda Europa para verse enfrentados al mismo peligro en el otro extremo del continente? ¿Presentarían batalla de una vez por todas? ¿O se rendirían y se convertirían en vasallos de Atila? Era necesario convencer a Teodorico de que, para sobrevivir, debía ponerse del lado de Aecio y los odiados romanos.

El general ya le había anunciado mi llegada a través de un emisario. Un oficial visigodo me ayudó a llevar el caballo hasta el establo, me ofreció vino rebajado para aplacar mi sed y, al fin, me escoltó hasta palacio. Tras su entrada se extendía un patio de formas que me resultaron familiares, a pesar de que la fuente que lo adornaba se encontraba seca, pues en la cuidad no había nadie con los conocimientos necesarios para repararla. También sus plantas se habían secado, ya que los bárbaros no se preocupaban de ellas. Entramos en la sala de audiencias. Los antiguos estandartes y símbolos del poder romano habían desaparecido de ella desde hacía tiempo, por supuesto, y de los pilares colgaban los escudos brillantes y las lanzas cruzadas de los godos. Pendones y tapices robados proporcionaban color a los muros de pinturas desvaídas, y sobre los suelos de mármol se habían colocado esteras que absorbían el barro de las botas bárbaras. La luz que se filtraba por las altas ventanas creaba haces trenzados en el techo. Los nobles, agrupados, cuchicheaban tras una barandilla que separaba el trono labrado de Teodorico de los cortesanos y pedigüeños. Junto a él no había más que un asistente, que tomaba las notas —¿sabría leer aquel monarca de cincuenta y seis años?—. La corona que llevaba no era más que una simple anilla de metal. Su pelo era largo, su barba, gris, su nariz, aguileña, y su gesto, ceñudo. Se trataba de un hombre acostumbrado a decir que no.

Teodorico me indicó que franqueara la barandilla de madera y me acercara a él para que pudiéramos hablar sin ser oídos. Le hice una reverencia, tratando de recordar las maneras formales de Maximino, mi mentor en el arte de la diplomacia, mientras recordaba con asombro la odisea que me había llevado hasta allí.

—Rey Teodorico, te presento los respetos de tu amigo y tu aliado Flavio Aecio. Grandes acontecimientos sacuden el mundo, y son grandes las misiones que deben emprenderse.

—El general Aecio ya me ha enviado por carta sus respetos otras cien veces este invierno —replicó el bárbaro con voz áspera, cargada de escepticismo—. Sus saludos siempre llegan con noticias, y las noticias, con peticiones. ¿No es así, Hagan? —preguntó volviéndose hacia su escriba.

—El romano quiere que luchemos por él en la batalla —respondió su ayudante.

—Por él, no. Con él —lo corregí—. Atila avanza hacia Occidente, y si no nos unimos todos, desapareceremos por separado, asustados, solos.

—Aecio ya ha intentado convencerme de lo mismo en otras ocasiones —señaló el rey—. Es un maestro jugando con los temores de las tribus. Siempre existe un peligro inminente que nos obliga a unir nuestros ejércitos en beneficio de Roma, a derramar nuestra sangre por su imperio. Y aunque suplica nuestra ayuda, se muestra reacio a prometer cuántas legiones enviará o a decir qué otras tribus se sumarán a nuestra causa. Tampoco alcanza a explicarme por qué Atila ha de ser mi enemigo. No estamos en litigio con los hunos.

Constaté enseguida que la negociación sería difícil.

—El mundo ha cambiado, señor.

Le conté de un tirón lo que él ya sabía: la súplica de Honoria, el acceso al trono de Oriente de Marciano, las aspiraciones de Clodion, el príncipe franco, en el norte. Él me escuchaba con impaciencia.

—Y también está el asunto del médico griego, Eudoxio —tanteé.

—¿Quién? —preguntó el rey a su escriba, interesado.

—Creo que se refiere al hombre que alentó la revuelta de los bagaudas en el norte —respondió él—. Un intelectual al frente de una turba.

—Una revuelta que Aecio aplastó —añadí.

—Ah, sí, ya recuerdo al griego. ¿Qué sucede con él? —preguntó Teodorico.

—Se ha unido a Atila.

—¿Y?

—Lo persuadió de que lo enviara en misión a Cartago para reunirse con Genserico. Cuando Eudoxio regresó de su encuentro con los vándalos, los hunos decidieron avanzar sobre Occidente.

Al pronunciar aquellas palabras, advertí que algo se movía entre las sombras, como si alguien se hubiera sobresaltado al oírme. Me fijé mejor y constaté que se trataba de una persona que, con la cabeza cubierta, escuchaba desde una alcoba.

—¿Genserico? —El rey entornó los ojos—. ¿Y por qué conversa Atila con los vándalos?

—También sería interesante preguntarse, señor, por qué los vándalos conversan con Atila.

Al fin había conseguido que reaccionase. Atila resultaba distante, y el emperador romano Valentiniano, incapaz; pero a quien los visigodos temían de verdad era a Genserico y sus orgullosos vándalos. Como ellos, también eran una tribu de origen germánico. Ahora ocupaban África, pero sin duda ambicionaban Aquitania. Constaté que aquella noticia le había causado un fuerte impacto. Recordé haber oído que los vándalos habían humillado a los visigodos rechazando y mutilando a la hija de Teodorico.

—¿Genserico se ha aliado con los hunos? —preguntó al fin.

—Tal vez. No estamos seguros. Sólo sabemos que esperar de brazos cruzados es una locura.

Teodorico volvió a sentarse en su trono y se puso a tamborilear con los dedos mientras reflexionaba. Genserico, que contaba con tantos guerreros como él. Genserico, el único que lo alcanzaba en edad, años de reinado y victorias sangrientas. Genserico, que lo había humillado como ningún otro hombre desgraciando a Berta, su amada hija. Posó la vista en mí, ese joven romano que tenía delante.

—¿Qué pruebas tienes de lo que dices?

—La palabra de Aecio, y el favor de Dios.

—¿El favor de Dios?

—¿Cómo, si no, explicar que tenga en mi poder la espada de Marte? ¿Has oído hablar de esta reliquia? Se la robé al propio Atila y se la entregué al general. Dicen que se trata de una espada de los dioses que el huno ha usado para levantar en armas a su pueblo. Ahora Aecio se sirve de ella para unir Occidente.

espada de marte

Teodorico me miró con expresión de escepticismo.

—¿Y la espada es esa que llevas al cinto?

Sonreí, pues su pregunta me brindaba la ocasión de presentarle más pruebas, y alcé la daga que le había arrebatado a Eudoxio.

—Esta daga se la quité al griego. La espada es diez veces mayor.

—Mmm. —Teodorico sacudió la cabeza. Me di cuenta de que la figura encapuchada que se ocultaba en la penumbra había desaparecido—. Quienes se preparan para atacar a Aecio son los hunos, no los visigodos —insistió—. ¿Qué prueba tienes de que los vándalos son sus aliados? A mí me interesa saber de éstos, no de los hunos.

Vacilé.

—El propio Eudoxio me reveló que Genserico había prometido aliarse con Atila. El rey vándalo espera que el huno te derrote.

—¿Y cómo sabes tú todo esto?

—Capturamos al galeno. Me hicieron cautivo en el campamento de los hunos, y cuando logramos escapar con la espada, nos llevamos al griego con nosotros.

—De manera que ese griego podría confirmármelo.

Bajé la cabeza.

—No. Los hunos nos persiguieron, hubo un combate en una torre romana. Escapó.

El monarca visigodo soltó una carcajada.

—¿Lo ves? ¡Ésas son las pruebas que tiene Aecio de cuanto afirma!

Hagan, su secretario, sonrió, burlón.

—El imperio todo, el mundo entero, están en peligro —insistí con vehemencia—. ¿Acaso no basta esa prueba? Contigo, Aecio puede vencer. Sin ti...

—Pruebas. Quiero pruebas.

Me sentía cada vez más desesperado.

—Mi prueba es mi palabra —dije.

El rey permaneció unos instantes con la vista fija en mí, en silencio, antes de hablarme con algo menos de dureza.

—No sé quién eres, pero has hablado lo mejor que has podido en nombre de un señor célebre por su astucia. Mi recelo no es culpa tuya, sino de Aecio, a quien conozco bien. Ahora ve, que mis sirvientes te mostrarán el camino a tus aposentos, mientras yo evalúo tus palabras. No me fío de Aecio. ¿Debería fiarme de ti? Sólo añadiré una cosa: cuando los visigodos ataquen, lo harán por su propia causa, y no por una causa romana.

Me sentía abatido. La discreta alabanza que me había dedicado Teodorico sólo parecía presagiar un fracaso. Desde aquel primer instante feliz en el que mi padre me había anunciado la posibilidad de participar en una embajada que había de reunirse con Atila, parecía haber transcurrido un siglo. Aquello que, en mi esperanza, debía servir para labrarme un nuevo futuro, ahora lo nublaba. Nuestra misión diplomática con los hunos había sido un desastre. Mis intentos de rescatar a Ilana no habían dado ningún fruto. Ahora, una vez más me encontraba, aprendiz de embajador, necesitado de una prueba para convencer a los visigodos —el testimonio de Eudoxio—, y esa prueba la había perdido en la torre. De modo que esa embajada tenía pocas probabilidades de acabar mejor que la anterior. Si lo pensaba bien, lo cierto era que jamás había convencido a nadie, ni a Olivia en la lejana Constantinopla, ni a ese rey bárbaro. Daba risa que me hubieran escogido como emisario.

Podía esperar a que llegara el fin allí mismo, en Tolosa. Mi presencia no importaba en absoluto al pobre ejército de Aecio, y Atila aún tardaría un poco en llegar hasta allí. También podía regresar y unirme a la batalla para acabar antes con todo; al menos en ella habría cierto sentido. No se produciría la unidad contra los hunos. Roma ya era demasiado vieja y estaba exhausta. Sólo habría batalla desesperada, fuego, olvido...

Alguien llamó a la puerta de mi habitación. No estaba de humor para responder, pero al cabo de unos instante volvieron a llamar, y siguieron haciéndolo con insistencia hasta que, finalmente, abrí la puerta. Se trataba de un miembro del servicio que me traía una bandeja con frutos secos y fiambres, gesto de hospitalidad que no había solicitado. Llevaba una capa, y una capucha le cubría la cara.

—Algo de sustento, tras un viaje tan largo, embajador —dijo una voz de mujer.

—No tengo apetito.

—¿Ni siquiera de compañía?

Me puse en guardia. ¿Qué clase de ofrecimiento era aquél?

—¿No deseas saber más de lo que sabes? —preguntó la desconocida.

¿Saber más? ¿Quién había oído mi discreta conversación con Teodorico? Entonces lo recordé.

—Tú eres quien escuchaba desde las sombras, junto a la columna que había al otro lado del trono.

—Y entiendo tus advertencias mejor incluso que tú mismo.

—Pero ¿quién eres?

—Déjame entrar, deprisa —dijo con voz nasal—. No es decente que pretenda entrar en los aposentos de un hombre.

Hice lo que me decía y me retiré del quicio de la puerta para que pasara. Para mi sorpresa, aquella mujer no se quitó la capucha con que ocultaba su rostro. Dejó la bandeja sobre una mesa y se volvió.

—Quiero verte comer.

—¿Cómo?

—Te lo explicaré.

Miré la comida con desconfianza.

—No está envenenada —añadió.

Cogí una manzana y di un bocado, seguido de un pequeño sorbo de agua. No había nada de particular en ninguna de las dos. Saqué la daga del cinto y corté un pedazo de carne fría...

—Sí —prosiguió ella entre susurros—. ¿De dónde has sacado esta daga? —me preguntó con voz cortante como su filo.

Bajé la vista y me di cuenta al momento de qué era lo que le interesaba.

—De Eudoxio, el médico griego. Se la arrebaté cuando intentaba escapar. Estuvo a punto de apuñalarme con ella.

—¿Y él? ¿De dónde la sacó?

Me fijé mejor en la hermosa empuñadura de la daga, en su mango de marfil finamente trabajado, en las incrustaciones de rubíes y en el brillo intenso del filo.

—No lo sé.

—Yo sí.

Miré, desconcertado, a aquella misteriosa mujer.

—Sin duda a estas alturas ya debes de saber quién soy —añadió—. Todo el mundo conoce la desdicha de Berta. —Acto seguido se quitó la capucha como quien levanta un telón.

Sin poder evitarlo, ahogué un grito de horror.

Era una mujer, sí, pero desfigurada, con el rostro atravesado de cicatrices rosadas de distintas tonalidades. Le faltaba prácticamente una oreja, y la otra estaba partida en dos mitades, ambas rematadas en forma puntiaguda. Los dos cortes verticales que le atravesaban la boca convertían su sonrisa en una mueca. Lo peor, con todo, era la nariz, que carecía de punta y se veía aplanada, con unos orificios que asemejaban los de un cerdo.

—Ahora ya sabes quién soy, ¿no es cierto?

El corazón me latía con fuerza.

—Princesa, no imaginaba que...

—Ningún hombre imagina mi desgracia, ni la humillación de mi padre, ni la necesidad de eliminar todos los espejos de mis aposentos. Ni mi propio rey soporta verme, y me tiene encerrada a menos que me cubra la cabeza o enmascare mi rostro. Me oculto en la penumbra de este palacio como un fantasma, un recordatorio incómodo de la arrogancia de los vándalos.

—Eras la esposa de Locnario el Vándalo —dije con lástima en la voz.

—La nuera del mismísimo Genserico, símbolo de la unidad entre ambos pueblos. ¡Qué orgullosa me sentí el día de mis esponsales! Grandes ejércitos armados de godos y vándalos flanquearon la procesión nupcial en Cartago, y Genserico pagó a mi padre una pequeña fortuna en concepto de dote. Sin embargo, Valentiniano le ofreció a Locnario una princesa romana, y me olvidó al instante.

—Pero ¿por qué...?

Su fealdad me perturbaba.

—Locnario exigió el divorcio para casarse con la romana cristiana, pero a las hijas de Teodorico no se las repudia así como así. Mi padre se negó a concederle el divorcio y, al fin, mi suegro, Genserico, ebrio, en un arrebato de ira causado por una intransigencia nuestra que le impedía sellar una alianza con Roma, me convirtió en el monstruo que soy. Matarme habría sido menos cruel.

—¿Y por qué me has preguntado por el origen de esta daga?

—Porque sé quién es su anterior propietario. —Contempló el arma con amargura—. Estaba al corriente de tu misión, y desde la ventana de una torre te vi acceder a palacio. Conozco a Genserico tan bien como tú conoces a Atila, y llevo tiempo advirtiendo a mi padre de que son como dos gotas de agua. Cuando te he visto entrar con esa daga al cinto, he estado a punto de desmayarme. Ésa... ¡ésa es el arma que Genserico usó para desfigurarme!

La solté de inmediato, como si quemara.

—¡Lo ignoraba por completo! Por favor, perdóname, lo lamento mucho. Eudoxio intento clavármela, por eso se la quité.

—Por supuesto que no lo sabías. —Se adelantó, sin dejar de hablar con voz pausada, levantó la daga y la sopesó—. Ni el necio más valiente del mundo entraría en casa de mi padre con esta reliquia encima si conociera su historia. Sólo un inocente, un ignorante de su pasado, haría lo que has hecho tú.

—Seguro que a Eudoxio se la entregó Genserico...

—Para que se la mostrara a Atila —dijo Berta con tono de profunda amargura—. Para deshacerse de su propio pecado. ¿Sabes qué me dijo Genserico? Que a causa de mi obstinado orgullo ningún otro hombre me poseería, que mi rostro asustaría a los niños y repugnaría a los amantes. Me dijo que esperaba que viviera cien años, y que en todos y cada uno de los días que me quedaran con vida pensase en la locura que había cometido al desafiar al príncipe de los vándalos.

—Señora, su acto fue en verdad monstruoso.

—¿Imaginas el odio que siento? ¿Imaginas mis ardientes deseos de venganza? Y sin embargo, mi padre, avergonzado, permanece de brazos cruzados en su viejo palacio, demasiado temeroso de desafiar a Genserico por sus propios medios, y demasiado orgulloso para pedir ayuda a Roma. ¡Y ahora es Roma quien se la pide a él! Así, de pronto, mi enemigo más odiado se ha aliado con vuestro enemigo. —Sacaba fuego por los ojos—. Jonás Alabanda, eres un

— 291 —

regalo de Dios, un emisario enviado como el arcángel para sacar a mi padre de su letargo. Él sigue albergando dudas, pero a mí no me ha cabido ninguna cuando he visto tu daga. En tu poder está una prueba del ultraje de los vándalos con la que ni siquiera sabías que contabas.

La esperanza empezó a abrirse paso en mí.

—¡En ese caso, debes convencer a tu padre de que lo que digo es cierto!

—Exigiré la justicia a la que tiene derecho toda mujer visigoda. Atila cree que su alianza con Genserico le garantiza la victoria. Pero yo creo que todo el que pacta con ese vándalo malvado queda envenenado por el destino, de modo que Atila también sucumbirá a la condena. —Alzó la daga, con los nudillos blancos de tanto apretar, y el puño tembloroso—. Por el filo que acabó con mi felicidad, juro que mi pueblo acudirá en ayuda de Aecio y de Roma, porque unirse a él es derrotar a hunos y a vándalos... ¡de una vez por todas!

Se encendieron las señales de humo y los cuernos llamaron desde las cumbres más altas a los valles más recónditos. Toda Aquitania se agitaba, tanto en las costas de su gran mar occidental como en los picos de su Macizo Central. ¡El rey llamaba a los visigodos a hacer la guerra! Las flechas afiladas en los largos y oscuros días del invierno se ataban en haces, las largas espadas se afilaban con piedras impregnadas de aceite, y las lanzas cortas, con sus puntas plateadas en forma de hoja, se descolgaban de las paredes. Se alzaban los grandes escudos, se vestían las armaduras y los cascos se bruñían. Los muchachos más impacientes eran enrolados, mientras que a sus hermanos menores, llenos de decepción, se los conminaba a vigilar sus casas un año más. Las esposas, temerosas, llenaban los hatillos de carne seca y legumbres, mientras sus hijas zurcían las ropas de campaña y lloraban en silencio por temor a lo que se avecinaba. ¡Los visigodos iban a la guerra! Se engrasaban las monturas, se clavaban nuevas suelas a las botas, los cintos se abrochaban y se ataban las capas de viaje. Los hombres abandonaban las colinas y se congregaban en las aldeas, abandonaban las aldeas y se congregaban en los pueblos grandes, y los arroyos de soldados se convertían en riachuelos, y los riachuelos en ríos.

Se había corrido la voz. Después de tanto tiempo, comenzaba a consumarse la venganza de Berta.

En Tolosa, mil caballeros aguardaban a su rey a lomos de sus caballos, que eran enormes, de grandes pezuñas, colas trenzadas con cintas y crines adornadas con monedas Los cascos de los visigodos estaban rematados en punta y adornados con plumas. Los escudos que llevaban cuando cabalgaban eran ovalados, y las lanzas, altas como los tejados de las casas. Esperar junto a ellos me llenaba de emoción.

Al fin, tras franquear el viejo pórtico romano, apareció el propio Teodorico, alto, resplandeciente con su cota de malla dorada y un escudo labrado en bronce. Sus hijos, Torismundo y Teodorico el Joven iban con él, también protegidos por sus armaduras y bien armados; al verlos, los guerreros congregados prorrumpieron en gritos de salutación que me hicieron estremecer.

El rey habló con voz profunda, pausada. Sus palabras resonaban entre la multitud y se propagaban como las ondas de un estanque.

—Nuestros padres lucharon por esta tierra fértil. Ahora nos toca a nosotros defenderla. Los hunos y los vándalos se han unido, y si cualquiera de los dos vence, nuestro mundo se perderá. Mi hija clama venganza. ¡Así que escuchadme bien, guerreros! ¡Cabalgaremos en su busca!

Mil lanzas chocaron contra otros tantos escudos en señal de aclamación. Teodorico montó en su caballo, mantuvo unos instantes el brazo en alto, y el ejército inició la marcha. Un desfile compacto, de prietas filas, avanzaba por las calles de Tolosa en dirección a sus grandes puertas romanas. Con ruido ensordecedor se alejaban para unirse a las grandes hordas de aldeanos que los esperaban en los campos y en los bosques. Aquellos mil se convertirían en decenas de miles, y aquellas decenas de miles, en un ejército. Las huestes visigodas cabalgarían hasta encontrarse con Aecio, y todo Occidente se uniría a ellos.

¿Serían capaces todos juntos de detener a Atila?

Yo me adelanté al galope para llevar la buena nueva a mi general, y cuando me encontraba a cierta distancia volví la vista atrás y miré hacia la torre desde la que Berta lo observaba todo. Al fin iba a consumarse su venganza.

Tercera parte

LA BATALLA DE LAS NACIONES

23

El alijo secreto

Aurelia era una ciudad romana amurallada que se hallaba en la ruta de todo ejército que avanzara a través de las tierras bajas de la Galia. Se alzaba en el corazón de la provincia más fértil de Roma, a orillas del Loira. Si los hunos lograban ocuparla, se harían con una capital estratégica desde la que dominar Europa occidental. Si los romanos resistían, su defensa les resultaría menos complicada.

Atila confiaba en tomar la ciudad mediante componendas. Los asedios resultaban costosos; la traición era barata.

Por ironías del destino, la tribu alana que había acabado por controlar Aurelia y el valle del Loira estaba emparentada con la de los hunos. Ahora formaba parte de la confederación de pueblos romanos, germánicos y celtas que constituían el mosaico del Imperio occidental. Las migraciones de tribus que habían confluido en la región dos generaciones atrás habían dado lugar, con el tiempo, a una precaria coalición de jefes, generales y oportunistas que arañaban sus cotas de poder. Todas ellas rendían vasallaje nominal al imperio, pero también gozaban de cierta independencia, a causa de la debilidad de éste. Era el emperador quien distribuía a las tribus a lo largo del territorio para que se mantuvieran mutuamente a raya. Los bárbaros dependían de Roma, la envidiaban, la desdeñaban, la temían, y sin embargo se consideraban a sí mismos nuevos romanos.

Si los visigodos eran la tribu más poderosa, los bagaudas, los francos, los sajones, los armoricanos, los borgoñones, los belgas y los alanos contaban con territorios y ejércitos propios. Dos meses antes de que las hordas hunas se pusieran en marcha, hasta Aurelia habían llegado emisarios para sondear al rey de los alanos, el astuto

Sangibano. Atila marchaba con el mayor ejército jamás visto en Occidente, le advirtieron. Sangibano podía alinearse con los romanos y ser destruido, unirse a ellos y mantenerse como rey, aunque vasallo de Atila.

La elección no era nada fácil para el monarca alano, que conocía bien a sus belicosos guerreros y sabía que no tenían ninguna intención de someterse a nadie. Además, si su traición se descubría antes de la llegada de los hunos, tal vez Aecio decidiera llevar a cabo con él un castigo ejemplar. Por otra parte, enfrentarse a Atila significaba arriesgarse a la aniquilación.

—En esta guerra no puedes sentarte a mirar. Debes tomar partido —insistió el joven y cada vez más influyente huno enviado a persuadir a Sangibano—. O gobiernas sometido a Atila, o mueres sometido a Roma.

—Mi pueblo no me secundará si me alío con Atila. Mis súbditos se vanaglorian de ser romanos y cristianos. Nadie desea volver a las costumbres de nuestros abuelos.

—No son ellos quienes han de decidir, sino tú, que debes tener en cuenta su seguridad. Escucha, rey, tengo un plan que no haría necesario que nadie se enterase, ni siquiera tus guardianes. Todo lo que hay que hacer es...

El nombre de aquel huno era Skilla.

—Un niño desea verte.

—¿Un niño?

—Aunque por sus modales no lo parece. En realidad, modales, lo que se dice modales, no tiene. Afirma que viene a tratar de la seguridad de la Iglesia. Lo cierto es que resulta de lo más peculiar.

—Pues debe de ser un niño ciertamente atrevido.

El rostro del obispo Aniano reflejaba preocupación.

—Insiste en mantener el rostro oculto. Si se tratara de un asesino...

—Bertrando, a mí es muy fácil matarme. No hace falta que nadie envíe a un muchacho encapuchado a hacerlo. Podrían asaltarme por la calle, echarme un carro encima, soltar una piedra desde un parapeto o envenenar la sagrada forma...

—¡Obispo!

Con todo, lo que decía era cierto. Si aquel visitante era peculiar, más aún lo era el prelado. Tenía por costumbre desaparecer semanas enteras, dedicarse a la vida contemplativa, igual que un eremita, o a la peregrinación, y hablaba con Dios a su manera. Entonces regresaba sin previo aviso, como si jamás se hubiera ausentado. Visitaba a enfermos y tullidos sin temor al contagio, ponía penitencia a asesinos y ladrones, se codeaba con los poderosos. En un mundo donde las leyes tenían cada vez menos valor, él representaba la ley divina. Su piedad y sus buenas obras no sólo lo habían hecho popular, sino que lo habían convertido en un jefe influyente.

—Pero a mí no me causan daño, es la voluntad de Dios —prosiguió Aniano—. Y creo que también es Su voluntad que reciba a este misterioso visitante. Vivimos tiempos extraños, y la gente extraña está a la orden del día. Demonios, tal vez. ¡Y ángeles! Veamos si éste es una cosa o la otra.

El visitante había oído la conversación.

—Demasiado feo para ser un ángel, y demasiado encantador para ser un demonio —declaró, quitándose la capucha—. De ser extraño sí me acuso.

Bertrando parpadeó.

—No es un niño, sino un enano.

—Me envía Aecio, y me llamo Zerco.

El rostro de Aniano reflejaba sorpresa.

—No eres la clase de emisario habitual en estos casos.

—Cuando no represento a mi señor, lo entretengo —aclaró Zerco haciendo una reverencia—. Admito lo poco usual de mi aspecto, pero te aseguro que no tengo nada de inútil. No sólo soy bufón, sino que he llegado hasta aquí con unos refugiados borgoñones. Los enanos pasamos inadvertidos entre los niños.

—Yo creía que el trabajo del bufón era hacerse notar.

—En momentos menos peligrosos, sí. Pero la Galia se encuentra llena de espías de Atila, como también lo está de los de Aecio, y preferiría no encontrarme con ellos. Te traslado los saludos del general, y la advertencia de que Aurelia se encuentra en la ruta de los hunos. Aecio desea saber si la ciudad resistirá.

—La respuesta a esa pregunta es sencilla. Resistirá si él acude en su ayuda.

—Su ejército se ha retirado temporalmente a Poitiers con la esperanza de que su proximidad y su apoyo a Teodorico lleven a los visigodos a sumarse a la causa. Si Aurelia logra ganar tiempo para que mi general una a las tribus occidentales...

—Pero ¿qué van a hacer los visigodos?

—No lo sé. Han enviado a un amigo muy capaz a instarlos para que se sumen a nosotros, pero todavía no me han llegado noticias del resultado de su encuentro. Mi misión consiste en averiguar cuál va a ser la posición de Aurelia.

Aniano se echó a reír.

—Todos esperan a ver qué harán los demás. Seguro que existe una parábola que dé cuenta de tal cautela, aunque ahora mismo no se me ocurre ninguna. Con todo, ¿qué otra elección nos queda? Si vencen los hunos, la Iglesia morirá antes de haberse afianzado del todo, y a mí me quemarán en la hoguera como anticipo de mi castigo eterno. Sé más sobre Atila de lo que tal vez creas, enano; entre otras cosas me he tomado la molestia de aprender su idioma. Mis intenciones son muy claras: pretendo resistir, resistir con todas mis fuerzas. Sin embargo, el rey me ha excluido de sus consejos. Sus soldados no desean someterse al yugo de un nuevo imperio, pero tampoco están dispuestos a morir en vano. Todos preguntan si los demás se mantienen firmes, pero ninguno reúne el valor suficiente para dar el primer paso al frente. Los francos tantean a los alanos, éstos a los borgoñones, que a su vez sondean a los sajones. Los sajones, por su parte, hacen lo propio con los visigodos y éstos con los godos que, supongo, consultan a los romanos. ¿Quién, además de Aecio, va a presentar batalla?

—En ese caso, empecemos tú y yo, obispo.

Aniano sonrió.

—¿Un hombre de paz y un enano? Por otra parte, ¿no es ése el verdadero mensaje de la Iglesia, su esencia? Me refiero a significarse contra el mal, a tener fe y plantarle cara al miedo.

—De la misma manera que sabes algo de Atila, yo sé algo de ti. A medida que me acercaba a Aurelia, la gente me cantaba tus excelencias, obispo Aniano. La gente se unirá a ti si Sangibano lo permite. Pero Aecio teme que el rey de los alanos no tenga fe en sí mismo ni en nada, que se venda a los hunos.

Aniano se encogió de hombros.

—Yo soy obispo, no monarca. ¿Qué puedo hacer?

—Oiré a Sangibano, pero me hacen falta los ojos de vuestros sacerdotes, monjas y prelados a fin de averiguar qué es lo que de verdad sucede. Si se está urdiendo una traición para entregar la ciudad, debemos tener conocimiento de ella e impedirla, y convencer a los alanos de que resistan hasta que llegue Aecio.

—Si no lo hace, Atila nos matara a todos.

—Si entregáis Aurelia y ponéis a Atila en posición de ganar esta guerra, matará el Imperio, matará al obispo y, con él, a la Iglesia. En el mundo reinarán las tinieblas, y los hombres vivirán como bestias los próximos mil años. Yo también conozco mejor a Atila que la mayoría, porque fui su bufón. Y hay algo que tengo siempre muy presente: jamás le vi reír.

Si los hunos contaban con algún emisario en Aurelia, se encontraba bien oculto, pero las noticias que llegaban de Oriente resultaban muy preocupantes. La marea de refugiados que arribaba a la ciudad crecía día a día. Metz había caído la víspera de la Pascua, sus habitantes habían sido masacrados y sus edificios, incendiados. Reims fue destruida después de que sus ciudadanos huyeran. Nassium, Tullum, Noviogmagnus, Andematunnum y Augustobona ardieron al paso de los ejércitos de Atila, que se habían escindido en distintos brazos para poder subsistir. El obispo Nicasio de Reims fue decapitado, y sus monjas violadas y empaladas. A los sacerdotes los crucificaban, a los comerciantes los azotaban hasta que revelaban dónde habían escondido sus objetos de valor. A los niños los llevaban como esclavos, y no dejaban con vida ninguna cabeza de ganado. Algunos habitantes de Aurelia ya habían empezado a huir en dirección al mar. Con todo, aquellas noticias también suscitaban la determinación de resistir. En medio de la desesperación, había personas que se armaban de valor. La brecha que dividía Aurelia era profunda, como profunda había sido la disyuntiva en Axiópolis, en el extremo oriental del imperio: o resistir o rendirse.

El descubrimiento de Zerco fue producto del azar. Un niño que se había unido a una milicia reclutada a toda prisa había acudido a las armerías de la ciudad y, curioso, se había colado en un estrecho pasadizo que entrevió entre unos estantes. En su interior, el muchacho vislumbró el brillo de un alijo de armas y armaduras. Él siempre se preparaba a conciencia para la misa, pero antes de la confesión le costaba encontrar algún pecado que revelar y por el que cumplir penitencia. No resultaba fácil pecar venialmente a los ocho años de edad, de modo que el tiempo transcurrido en el confesionario siempre se convertía en una tortura silenciosa. Aquel día, sin embargo, podía arrepentirse de haber violado una propiedad privada. Al sacerdote encargado de absolverle no le interesó tanto el pecado como la existencia misma del arsenal. Pensó que la ocultación de aquellas armas resultaba lo bastante sospechosa como para mencionársela a un prelado, que a su vez recordó la solicitud del obispo, que los conminaba a informar de cualquier hecho que les resultara anormal. Fue Aniano quien se lo comentó a Zerco.

—Parece raro eso de guardar armaduras bajo llave.

—¿Las reservarán tal vez para alguna unidad especial? —aventuró Zerco.

—¿Para cuándo? ¿Para cuando la ciudad ya haya caído? Además, eso no es lo único raro. El niño reveló que todos los cascos, los escudos y las espadas se parecían.

En efecto, resultaba sorprendente. Los integrantes de las tribus asentadas en la Galia mantenían sus gustos propios en cuestiones de armamento. Todos contaban con sus armaduras, los clanes se mantenían fieles a sus colores, las naciones, a sus diseños. Sólo las escuálidas y maltrechas unidades romanas se aferraban a la norma de la uniformidad de sus equipos. Pero las tropas romanas estaban muy lejos, con Aecio.

—Tal vez no sea nada, o se trate sólo de la imaginación de un niño. De todos modos, me gustaría echar un vistazo al arsenal, obispo. ¿Podrías conducirme hasta él?

—Es competencia del mariscal, como el altar es la mía —repuso Aniano—. Pero quizá pueda enviar a un monaguillo en busca de Helco, el joven que reveló en confesión lo que sabemos. Alguien de tu estatura, con los ropajes adecuados, tal vez pueda acercarse lo bastante...

—Me convertiré en monaguillo.

La confusión causada por el avance de los hunos favorecía a Zerco. Los hombres debían custodiar los arsenales por la mañana, y al mediodía eran enviados a defender una torre; al caer la tarde debían hacer guardia frente a los graneros, y a medianoche frente a los pozos. Se vendían, donaban y redistribuían armas. Así, que un pequeño monaguillo, cubierto por una capucha que le ocultaba el rostro, partiera en busca de otro niño, cumpliendo las órdenes del obispo, no suscitó la atención de nadie en un primer momento. Zerco se plantó frente a la estrecha abertura que se intuía tras un arsenal de la ciudad, y cuando creyó que nadie lo miraba, intentó colarse en su interior.

Pero un guardia lo descubrió y lo increpó.

—Quieto, muchacho. Lo que hay ahí detrás no es para ti.

—El obispo me ha mandado que busque a Helco. El capitán me ha dicho que lo encontraría aquí.

—¿El capitán de la guardia?

—Pregúntale si no me crees. Pero Aniano está impaciente.

El hombre vaciló.

—No te muevas hasta que vuelva.

Una vez que el guardia se hubo ido, Zerco no perdió el tiempo. El pasadizo, de piedra, contaba con una puerta de madera cerrada con un gran candado, que el enano partió con la ayuda del martillo y la escarpa que había llevado con él. En caso de que lo descubrieran, poco importaría el sistema que hubiera empleado para entrar.

El almacén estaba oscuro y, cuando el enano prendió la vela, al momento le iluminaron los reflejos del metal y el cuero. Todo era tal como Helco había descrito, aunque el muchacho había pasado por alto un detalle crucial.

—¡Es romano!

Allí había suficientes armaduras romanas como para equipar a toda una tropa de caballería, aunque los soldados del imperio jamás se internarían en la Galia sin sus equipos, ni se dirigirían al encuentro de Sangibano antes de acudir a Aecio. Aquel material era sin duda para los bárbaros. Pero ¿por qué? Y ¿cuál era la razón de que se mantuviera en secreto? Porque todo aquel que lo llevara se identificaría como romano...

Zerco oyó voces y apagó la vela, fundiéndose en la oscuridad. Se quitó la capucha y sacó el medallón con el sello que le había proporcionado Aecio, con la esperanza de sembrar la duda entre los guardias, y de que éstos se dejaran convencer de que Aniano estaba al corriente de su misión.

El pasadizo iba llenándose de luz, hasta que el quicio de la puerta quedó ensombrecido por las figuras de unos hombres que proferían maldiciones. Uno de ellos era el que lo había interceptado, y había otro, un soldado mayor y corpulento, seguramente su capitán, que manifestó gran enfado al percatarse de que el candado estaba forzado. Ambos se llevaron las manos a la empuñadura de la espada. Los seguía un tercer hombre, más bajo y achaparrado, con un sombrero de ala ancha que le ocultaba el rostro. Entraron en aquel hueco, iluminados por una antorcha.

Zerco, sabiéndose descubierto, dio un paso adelante. A pesar de que lo hizo mostrando el medallón, notó que el tercer hombre abría mucho los ojos, asombrado.

—¡Ratón inmundo! —exclamó en huno.

Era Skilla.

—Este hombre es huno —gritó Zerco sorprendido.

El guardia de la puerta sacudió la cabeza.

—Te advertimos de que no entraras.

Skilla se dirigió en latín a los alanos, con su acusado acento.

—Conozco a este enano. Es un asesino, un secuestrador, un ladrón.

—¡Soy un asistente de Aniano y de Aecio! ¡Si me causáis algún daño, ateneos a las consecuencias!

—Si le permitís hablar con vuestro obispo, hará lo imposible por confundirlo.

—Éste no va a hablar con nadie.

Los soldados desenvainaron sus espadas.

—¡Escuchadme bien! —exclamó Zerco—. Esto es una trampa, quieren entregar la ciudad, es una traición...

Una espada cortó el aire con un silbido, y estuvo a punto de clavarse en Zerco, que a su vez arrojó el martillo a la cabeza de Skilla. Sin embargo, el huno lo esquivó entre carcajadas. El enano cayó al suelo e intentó escabullirse a rastras, pero los dos filos le cerraron el paso clavándose con estruendo en el suelo de piedra. Con una voltereta hacia atrás, volcó de una patada un estante cubierto de lanzas y escudos con la intención de entorpecer el avance de sus inminentes torturadores. Pero ellos rieron. ¡Qué menudencia!

—Los hunos os esclavizarán —advirtió el enano desde la penumbra.

Una lanza salió disparada en dirección a su voz, y a punto estuvo de atravesarlo.

—¡Sal de una vez, ratoncillo! —dijo Skilla en huno—. El gato ha venido para comerte.

Debía encontrar un hueco por el que escapar. Aquel almacén carecía de puerta trasera y de ventana. ¿Habría alguna alcantarilla? No la había visto. Buscó con la mirada un espacio más oscuro que la oscuridad que lo envolvía todo, pero las botas de sus atacantes resonaban cada vez con más fuerza sobre la piedra. Estaban acorralándolo. Pero allí, en el rincón, en el punto en que el techo y la pared se unían...

Los hombres se abalanzaron sobre él, y Zerco dio un salto. Eludió la embestida de una espada y se echó sobre la cota de malla del guardia que lo había descubierto, cegándolo temporalmente con un manotazo que le hizo aullar de dolor. Entonces, como una ardilla, se le subió a la cabeza y, de otro salto, alcanzó la pequeña cavidad de la esquina, intentando desesperadamente aferrarse a algún saliente.

—¡Detenedlo, detenedlo, no veo nada!

Zerco notó que una mano se cerraba en torno a su tobillo. Pataleó, apoyó el pie en algo duro y se echó hacia arriba con todas sus fuerzas, tras lo que alcanzó un pasadizo tan estrecho que parecía una tubería.

—¡Ayúdame a subir! —oyó que gritaba alguien desde abajo.

Sentía que un brazo, tras él, intentaba darle caza.

—¡Es como un conejo! ¡Demasiado pequeño! ¡Yo ahí no quepo!

—¿Qué es ese hueco?

—¿Quién sabe? Seguramente un respiradero.

—¿Y hay salida del otro lado?

—Habrá alguna reja, para que los animales no entren. De ahí no podrá salir, pero nosotros tampoco podremos atraparlo.

—Tal vez si soltáramos un perro...

—Para qué molestarse —dijo Skilla—. ¿No hay hombres por aquí que se dedican a reforzar los muros? Que traigan unas cuantas piedras y un saco de mortero. Sellaremos el hueco y así no tendremos ni que ocuparnos de su cadáver.

Mientras trabajaban, Skilla no se quitaba de la cabeza que aquel enano le había echado una maldición. Aquel ser minúsculo resultaba grotesco y huidizo como una araña, y parecía estar presente en todos y cada uno de los episodios del tormento que había vivido con Ilana y Jonás. Las brujas le habían contado leyendas del bosque en las que siempre aparecían golems escabrosos, extraños gnomos de los bosques de Germania que vencían a los hombres normales con su magia y sus tretas. Skilla creía que el insidioso Zerco era uno de ellos, de modo que emparedarlo en una tumba de piedra era un regalo que ofrecía a la humanidad.

El guerrero observaba con impaciencia a los guardias, que levantaban como podían aquel muro improvisado. ¡Skilla no soportaba aquel lugar! Los hunos se sentían muy incómodos en espacios cerrados, oscuros o llenos de gente, y aquellos pasadizos subterráneos construidos por los romanos eran las tres cosas a la vez. Le enorgullecía que le hubieran confiado la misión de conspirar con Sangibano —señal de la creciente confianza que su tío depositaba en él, a pesar de los contratiempos—, y sabía que el éxito acabaría por proporcionarle reconocimiento, y que con éste, a la larga, Ilana sería suya. Pero la última semana transcurrida en Aurelia se le había hecho casi insoportable. La ciudad jamás descansaba, y nunca estaba limpia. Los olores del sudor, las curtidorías, las carnicerías, los fuegos de carbón, la piedra húmeda y el perfume rancio le embotaban el olfato, y los ruidos, los colores, las multitudes, el incesante repicar de mil objetos, lo aturdían. ¡Cuánto añoraba el campo abierto! Con todo, Sangibano no tardaría en traicionar a su propia capital, y Aurelia pronto caería. En muy poco tiempo los hunos serían los amos y señores de todo, y quienes se dedicaban a hacer de la vida algo tan complicado, desaparecerían.

Skilla sabía que el rey de los alanos no se atrevería a entregar su ciudad sin más. Si lo hiciera, los propios cabecillas de su ejército, que desconfiaban de sus primos hunos tanto como desconfiaban de los romanos, podrían retirarle sus apoyos. Sangibano no lograría convencerlos de la debilidad de Occidente sin pasar por cobarde. Tampoco podía organizar sencillamente un grupo de traidores, ni derrotar a los centinelas de sus propias puertas. Si era demasiado cobarde para luchar contra Atila, también lo sería para asesinar a sus propios soldados, pues el riesgo de traición y guerra civil era demasiado alto. Así, lo que Skilla le había ofrecido al monarca era algo distinto. Con armaduras romanas, y encabezados por algún oficial aureliano persuasivo, una partida de hunos lograría tomar las puertas de la ciudad sin que apenas se produjera derramamiento de sangre, y dejarlas abiertas para que otros hunos entraran al galope. De ese modo, la batalla concluiría antes de empezar, y nadie, ni siquiera Sangibano, moriría.

Ahora debían actuar más deprisa de lo que había planeado. Si Zerco había encontrado aquel arsenal oculto, ¿existía la posibilidad de que alguien más tuviese conocimiento de su existencia? Aurelia debía caer antes de que alguien acusara la ausencia del enano.

24

Las puertas de Aurelia

«Pocas cosas hay tan duras en la vida —pensó Zerco—, como oír a unos hombres levantar las paredes de tu propia tumba.» Intentaba encontrarle la gracia a aquella frase, así como intentaba encontrársela a todos los descabellados momentos de su existencia. ¡Cuánto había anhelado ser uno más entre las personas de estatura normal! Su sentido del humor era, cómo no, una máscara con que ocultaba la amargura que sentía a causa de su propia fealdad. También ocultaba el asombro que le sobrevino al casarse con una mujer como Julia, o al iniciar su amistad con Jonás. Al fin le había llegado la hora de pagar por su excesivo orgullo y su ambición. Emparedado en una pequeña catacumba, sin el consuelo del olvido. ¿Debía retroceder y entregarse antes de que terminaran el trabajo, con la esperanza de una muerte rápida que sustituyera el tormento que estaba a punto de comenzar? ¿Debía seguir agazapado en su escondrijo y morir asfixiado? Para un hombre pequeño, que dependía tanto de su agilidad como de su ingenio, aquella segunda opción resultaba un modo particularmente patético de morir. Y sin embargo la vida le había enseñado a mantener viva la esperanza. Él era un monstruo, sí, pero aconsejaba a generales y se reunía con obispos. De modo que quizá no hubiese llegado el momento de arredrarse ante una muerte segura. Así pues, lo que debía hacer era seguir adelante. Con el sonido de la última piedra encajando en su lugar, Zerco siguió avanzando por aquel túnel de pronunciada pendiente para averiguar adónde conducía.

Tardaría mucho tiempo en recordar qué sucedió a continuación. No sabría si había permanecido horas o días suspendido en la oscuridad, si había sentido un calor asfixiante o un frío atroz. Sólo recordaba que había seguido arrastrándose, interminablemente. Una pared de piedras podía resultar tan infranqueable como una montaña, y él empezó a rascarla con los dedos, logrando soltar trocitos, que descendían por el túnel. Después movía los hombros y las caderas, expulsaba todo el aire para ocupar menos espacio y avanzaba una distancia pequeñísima. Quedaba encajado, tomaba aire y se hinchaba, y su diminuto cuerpo sentía el peso de la tierra por encima de él. Hacía fuerza, parecía que los oídos le iban a estallar, y entonces soltaba el aire, avanzaba un poco, respiraba, aguantaba la respiración, hacía fuerza..., y así una y otra vez, hasta que al fin logró pasar las caderas y accedió a una especie de tubo estrechísimo. Allí, el único sonido era el de su corazón, y el único lubricante, su propio sudor. Desde algún lugar entraba el aire fresco que lo mantenía con vida. Su ropa se iba deshaciendo por efecto de la fricción, y sólo conservaba unos harapos con los que se envolvía las manos. La sangre que le cubría la piel le ayudaba a resbalar; y cuanto más sangraba, más se encogía. «Hasta este momento, nunca había deseado ser pequeño», pensó mientras reptaba como una serpiente. En algunos momentos era presa del pánico, los pulmones se hinchaban y se deshinchaban con celeridad, pero entonces pensaba en Julia y sofocaba cualquier grito. «Deja de lloriquear y sal del agujero en el que te has metido —le ordenaba ella—. ¿Tan difícil es gatear, arrastrarse? ¡Si hasta los niños de pecho saben hacerlo!»

Así lo hizo. Logró entrar en una cavidad todavía menor, apestosa, que conectaba con una antigua alcantarilla romana, y notó que un líquido viscoso resbalaba por ella como un bautismo del infierno. Lo peor, sin embargo, llegó cuando vislumbró un destello de luz, aunque sólo al fondo de la zona más estrecha del hueco que en un primer momento le había parecido demasiado pequeña incluso para él. «Prieto como el coño de una virgen», maldijo, como si a lo largo de su vida hubiera conocido a tantas. Pero ¿acaso tenía otra salida? Debía volver a nacer. Echó los brazos hacia delante, como si buceara, presionó los hombros, ya de por sí estrechos, contra sus orejas, y se dio impulso con los pies. Las costillas repicaban contra la piedra como cuentas de un ábaco, y le dolía más que si lo estuvieran azotando. Logró pasar el vientre, pero las caderas quedaron encajadas —«¡son tan anchas que parecen de mujer!»—, hasta que, con los las manos ya fuera, encontró los asideros que le permitieron tirar y salir recurriendo a la fuerza bruta, rechinando los dientes por el esfuerzo. El aire se volvió más fresco, la luz más intensa. Había llegado a una reja de hierro.

Gracias a los santos, al óxido y a los instintos de rapiña de los bárbaros por todo lo metálico, el mantenimiento de aquella reja protectora no había sido mejor que el de las murallas de Aurelia, que ahora los alanos intentaban reparar a toda prisa. Con la poca fuerza que todavía le quedaba, la golpeó como un loco una y otra vez, hasta que, con estrépito, la reja saltó por los aires y cayó al suelo. Zerco permaneció un momento inmóvil, por si oía algún grito, pero todo siguió en silencio. Todavía se encontraba bastante por debajo de la fortaleza central de la ciudad. Accedió a un túnel lo bastante ancho para avanzar a cuatro patas, iluminado por la luz que se colaba por otras aberturas cerradas con rejillas, tan estrechas que no tenía sentido intentar salir por ellas. El nuevo conducto parecía un enrevesado laberinto, y al sentirse perdido en él Zerco volvió a dejarse llevar por el pánico, pero al fin percibió el olor dulce del vapor de agua, y oyó a unas muchachas que charlaban mientras hacían la colada en unos lavaderos de la fortaleza. De una de las tuberías de la sala salía el vapor, y Zerco era el único habitante de la ciudad lo bastante pequeño para deslizarse por ella. Semejante a un demonio cubierto de sangre, fue a caer sobre un montón de ropa. Una de las lavanderas soltó un grito y echó a correr; otra se desmayó y más tarde contaría historias sobre el fin de los tiempos. Zerco se limitó a robarles una sábana y, como pudo, regresó a la residencia del obispo.

—Creo que ya sé lo que planean —fue lo único que consiguió decir antes de perder el conocimiento.

No era de extrañar que los romanos fuesen tan torpes y lentos en la batalla. Skilla se sentía como enlatado dentro de aquella pesada armadura romana, y sólo veía a través de la ranura del casco. El peso de la cota de malla le oprimía el pecho, el escudo oval pesaba más que la puerta de un granero. La lanza era un tronco, la espada recta como sus rígidas calzadas, y llevaba la ropa empapada en sudor. Una vez franquearan las puertas de Aurelia, se desprendería de todo aquello y volvería a usar su arco, pero de momento, gracias al disfraz lograrían pasar inadvertidos por las puertas de acceso a la ciudad. Cuando las hubieran tomado, la división de Edeco, formada por cinco mil hombres, entraría tras ellos, y el desdichado Sangibano no sería acusado de traición. Edeco y sus hombres habían recorrido doscientas millas en tres días, sorteando toda clase de dificultades. Ahora aguardaban en el bosque, mientras la compañía de Skilla, formada por cien hombres, disfrazados de soldados romanos, se dirigía a las murallas de Aurelia. Como siempre, Skilla escrutó la fortificación con ojos de militar. A pesar de ser de noche, los tramos de muralla y de torres construidos con piedra nueva atrapaban bastante más la luz que los más viejos, sometidos a los elementos. El camino lo señalaban algunas antorchas parpadeantes, y al acercarse el huno vio que los guardias asomaban las cabezas.

El capitán alano a quien habían pagado bien para que mantuviera en secreto el arsenal había salido de la ciudad con Skilla, y ahora regresaba con él. Mientras cabalgaba, todo el oro que había conseguido resonaba en la bolsa.

—¡Llega una compañía de Aecio para servir de refuerzo a la guarnición! —gritó el traidor cuando llegaron a la torre central—. ¡Abrid las puertas a estos amigos!

—No hemos recibido aviso de los romanos —respondió un centinela, cauto.

—¿Y de los hunos? ¿Habéis recibido aviso de ellos? Porque no están lejos, no sé si lo sabes. ¿Quieres ser de ayuda o no?

—¿A qué unidad pertenecéis?

—¡A la Cuarta Victoriosa, ciego! ¿Acaso te parecemos mercaderes de sal de Nórica? ¡Abrid la puerta! ¡Hemos de comer y descansar!

Las puertas comenzaron a abrirse despacio. ¡Sí, aquello funcionaba!

Pero a mitad de su recorrido se detuvieron, dejando apenas entrever la ciudad que se extendía del otro lado.

—Que entre vuestro oficial. Solo —ordenó una voz.

—¡Ahora! —gritó Skilla.

Se lanzaron a la carga, y aunque los soldados que custodiaban la puerta intentaron cerrarla de nuevo, los caballos de los hunos, en su avance, lograron abrirlas por completo y arrojarlos al suelo. Al otro lado de la pequeña arcada que se abría en la muralla se encontraba el patio. Los hunos espolearon a sus caballos...

En ese preciso instante, un carro apareció desde un lateral del arco, por su parte interior, y les impidió la entrada. Una antorcha de heno empapado en aceite se convirtió en una bola de fuego. Las monturas enanas de los hunos retrocedieron, espantadas, relinchando, y los guerreros, entre maldiciones, intentaron hacerse con unas armas romanas a las que no estaban habituados. Antes de poder actuar, un haz de flechas se abrió paso entre el fuego. Algunas, al atravesarlo, se encendían y se clavaban así en sus blancos. Hombres y caballos caían en el pasadizo atestado. Las monedas de oro que el capitán alano había recibido a cambio de su traición también rodaron sobre las losas de piedra. Entretanto, al otro lado de las llamas, los hombres daban la voz de alarma.

—¡No son romanos! ¡Son hunos! ¡Traición!

Empezó a tañer una campana.

Unos sacerdotes pasaron corriendo frente al carro en llamas y se situaron delante de la primera fila de jinetes con unas largas lanzas, que plantaron en el suelo, oblicuamente, con las puntas dirigidas hacia el exterior, formando un impenetrable escudo de hierro. Los cuernos empezaron a sonar. A la luz del fuego, Skilla veía que salían soldados de los edificios cercanos y se acercaban hasta la muralla. Al poco, sobre los hunos apostados detrás empezaron a llover piedras arrojadas desde lo alto y chorros de aceite que se encendían al entrar en contacto con el suelo. Su treta se había convertido en una trampa.

El caballo de Skilla se encabritó e intentó abrirse paso, sin éxito, por entre el mar de lanzas. ¿Acaso lo había traicionado Sangibano? No.... ¿Quién era aquel enano que apuntaba hacia ellos?

En una escalera, a un lado de la puerta, una figura mínima hacía girar una honda. Skilla masculló una maldición y llevó la mano al arco. ¿Era posible?

Cuando se disponía a disparar la flecha, la piedra le pasó rozando la oreja. Tatos lo cogió del brazo.

—¡No hay tiempo!

Desde lo alto de la puerta, una reja de hierro que empezaba a descender estaba a punto de aislar a los jefes hunos de sus soldados.

—¡Haced sonar los cuernos! ¡Avisad a Edeco! —gritó Skilla, desesperado.

—¡Es demasiado tarde! —Tatos desmontó y arrastró a Skilla hacia el suelo, lo que le salvó la vida, pues en aquel momento otra lluvia de flechas cortó el aire, llegó hasta las puertas y abatió a otros seis soldados. El caballo de Skilla cayó herido de muerte. La entrada a la ciudad se había convertido en un matadero. Cascos de caballos pateando al aire, piernas rotas, armas romanas tiradas en el suelo. Skilla y su compañero corrieron hacia la reja, que seguía descendiendo y, agachándose, consiguieron pasar al otro lado un segundo antes de que quedara encajada definitivamente en el pavimento. Detrás, los sacerdotes que habían atacado a sus hombres volvieron a la carga, profiriendo gritos y matando a los heridos con hachas y guadañas. La mansedumbre de los monasterios brillaba allí por su ausencia.

Skilla se encontraba al otro lado de la puerta, rodeado del desorden más absoluto. Los demás huían en todas direcciones, desesperados. Una enorme piedra impactó en la cabeza de un soldado, que reventó como si de una fruta se tratara, salpicándolos a todos de sangre. Cientos de alanos acudían en defensa de la muralla. Skilla oyó con temor la carga de la caballería de Edeco, y se volvió para detenerla.

Los portones de roble volvieron a cerrarse, dejándolos fuera.

¡Era el maldito enano!

—¡Atrás! ¡Atrás! ¡Retirada!

Pero aunque sus hombres intentaron ponerse a recaudo, los que formaban la gran división de Edeco obligaron, entre gritos de guerra, a retroceder a la asombrada compañía de Skilla, a la que arrinconaron contra la muralla. Los alanos reforzaron las alarmas al presenciar la aparición repentina de los hunos. El tañido de las campanas y el sonido de los cuernos se propagaban por toda la ciudad. En un instante se había desvanecido toda posibilidad de que Sangibano se rindiera. Los hunos, por su parte, habían iniciado una carga de caballería que los había conducido frente a una muralla de cincuenta pies de altura.

Durante quince minutos reinó la confusión y la muerte. Al fin, los hombres de Edeco comprendieron que habían fracasado en su intento de abrir una brecha en las puertas de la ciudad y se batieron en retirada. Para entonces ya eran muchos los muertos y los heridos, y las ballestas aún seguían lanzando sus proyectiles encendidos, que alcanzaban los cuatrocientos pasos. La estratagema de Skilla había terminado en desastre.

—¡Los sacerdotes nos esperaban! —se lamentó el huno.

—Así cumple sus promesas Sangibano —dijo Edeco.

—Fue Zerco, resucitado entre los muertos, quien los alertó.

—¿Zerco? Creía que habías enterrado a ese maldito enano.

—Atraviesa las paredes igual que los golems.

—¿Los golems?

—Demonios de Occidente.

Edeco escupió.

—Ése no es más que un hombrecillo astuto. Algún día, sobrino, aprenderás a acabar de una vez por todas con tus enemigos. Con ese espantoso enano, sí, y también con el romano ladrón.

Me acercaba a una Aurelia tocada de un halo anaranjado. El resplandor de los incendios de la batalla la coronaba bajo las nubes, haciéndola visible desde diez millas a la redonda. Bien entrada la noche alcancé la cima de una colina que se alzaba sobre el Loira, y la contemplé, sitiada en su orilla septentrional, parpadeando en un teatral juego de luces y sombras. Las miles de fogatas encendidas por los hunos cercaban las murallas. Las edificaciones de Aurelia enviaban al aire penachos de humo. Desde los dos extremos del perímetro amurallado las catapultas lanzaban proyectiles en llamas que describían lentas parábolas a través de la oscuridad, como decorativas filigranas. Desde aquella distancia todo se veía hermoso y sereno, un mar de estrellas en una noche de verano, pero sabía muy bien lo desesperada que debía de parecer la situación desde dentro. Yo era el portador de un mensaje de esperanza vital para la resistencia de Aurelia.

Si la ciudad lograba resistir, Teodorico y Aecio venían de camino.

Yo había realizado parte del trayecto disfrazado de huno. Había matado a un enemigo rezagado que saqueaba la granja de unos campesinos asesinados. La columna de humo de la choza y un coro de lastimeros gritos me condujeron con cautela hasta allí, y desde lejos vi al guerrero, ebrio de vino romano, cargado con el botín, tambalearse de casa en casa en busca de más bienes que robar. Los cuerpos de la familia a la que acababa de matar yacían dispersos sobre el barro, humeantes aún a causa del incendio de su choza, que los había hecho salir al exterior, donde habían encontrado la muerte. Tensé el arco con el que llevaba ya tiempo practicando y disparé una flecha desde cincuenta pasos. El hombre se desplomó emitiendo un gruñido. Aquellas muertes ya habían dejado de afectarme, dado el horror general en que vivíamos inmersos. Tras despojarlo de sus ropas y su famélico caballo, partí rumbo a Aurelia bajo mi nueva identidad, sucio, aunque sabía que en los tiempos que corrían la sangre seca ya no despertaba suspicacias.

Ahora, al amparo de la noche, inicié la aproximación al campamento huno. A diferencia de lo que sucedía en las romanas, el desorden reinaba en aquellas improvisadas ciudades itinerantes. Los hunos no erigían fortificación alguna, como si retasen a los atacados a salir a combatirlos. Sus defensas eran escasas al sur del río, pues el Loira impedía el asalto o la huida. Así, aquella parte del campamento bárbaro presentaba un aspecto precario. Los hunos se acurrucaban en torno a las fogatas y observaban impacientes la muralla que se alzaba al otro lado del curso fluvial.

—Busco a los rugianos —dije en huno, pues sabía que, por mis rasgos y mi acento, jamás podría hacerme pasar por uno de ellos—. He gozado con una muchacha más de la cuenta, y he perdido mi *lochos*. Llevo dos días cabalgando para poner mi espada a la altura de mi verga.

Semejante confesión me habría valido una tanda de azotes en el ejército romano, pero los bárbaros rieron, me hicieron sitio junto al fuego y me ofrecieron *kumis*. Al beberlo sentí que el gaznate me ardía, y mis muecas volvieron a suscitar sus carcajadas. Me sequé la boca con la mano.

—¿Cuánto más vamos a tener que esperar en este agujero apestoso?

Aquel tipo de batalla no era plato del gusto de los hunos, me dijeron. Su caballería se había adelantado a sus ingenieros, de modo que carecían de torres de asedio. Además, ellos preferían luchar en campo abierto, como hombres, no agazapados tras artefactos de guerra. Y sin embargo, los cobardes alanos no abandonaban el refugio de sus murallas. Y como los soldados se entretenían disparando sus flechas a gran distancia contra sus enemigos y habían malgastado ya miles de ellas, Edeco se había visto obligado a ordenar que dejaran de hacerlo hasta que estuvieran listos para iniciar un ataque coordinado. Por ello, los guerreros se aburrían y algunos se ausentaban para dedicarse al saqueo, como el huno a quien yo había asesinado.

—Creía que habíais logrado entrar en la ciudad recurriendo a un ardid —dije.

Me explicaron que un enano había desvelado su plan de entrar en la ciudad. Parecía una broma pesada. Ahora los alanos estaban alerta. Hunos muy valientes habían muerto intentando tomar una ciudad que aquellos hombres no querían.

—Deberíamos volver a casa.

—Pero ésta es una tierra rica, ¿verdad? —pregunté.

—Demasiados árboles, demasiada gente, demasiada lluvia.

Hice como que me alejaba para orinar y seguí avanzando hasta el río. Una tea encendida surcó el cielo, por encima de la corriente, dibujando una estela rosada. El Loira era ancho, pero se encontraba salpicado de bancos de arena en los que podría descansar al cruzarlo. Me zambullí en las frías aguas y empecé a nadar de espaldas, desprendiéndome, mientras lo hacía, de mis sucias ropas de huno. Mi cabeza era como una pequeña luna que brillaba sobre la superficie, y temía que en cualquier momento, desde cualquiera de las dos orillas, pudieran dispararme. No fue así. Me detuve en un banco a recobrar el aliento, y contemplé las murallas de la ciudad, antes de proseguir hasta el muelle de piedra de Aurelia. Cerca de la orilla flotaban los esqueletos de los barcos de la ciudad, que sus propios habitantes habían quemado y hecho zozobrar para impedir que los hunos se valieran de ellos. Me agarré a una argolla de hierro del embarcadero y miré alrededor. ¿Había alguien allí a quien pedir ayuda?

Como respondiendo a mi pregunta, vi un destello, y un proyectil a punto estuvo de darme en la cara. Me agaché, sin soltar la argolla.

—¡No dispares, arquero! ¡Traigo un mensaje de Aecio! —grité en latín.

Oí el silbido de otra flecha, amortiguado por mis palabras.

—¡Detente! ¡He dicho que de Aecio!

Al menos aquel nombre debía de reconocerlo.

Aguardé unos instantes y al fin alguien preguntó en latín:

—¿Quién eres?

—¡Jonás Alabanda, asistente de Aecio! He logrado abrirme paso entre las líneas de los hunos para transmitir un mensaje a Sangibano y Aniano. ¡Arrójame una soga!

—¿Qué? ¿Quieres entrar? ¡Pues todos los que estamos dentro queremos salir! —Con todo, alguien me lanzó una cuerda y yo me encaramé a ella, jadeante.

—Tirad deprisa, los hunos están aburridos.

Me hicieron caso, tanto que estuve a punto de soltar la cuerda. Me elevaba en un vuelo, y en mi ascenso rozaba las ásperas piedras del muelle. Intentaba no pensar en la altura cada vez mayor que me separaba del agua cuando otro proyectil iluminó la muralla. Oí gritos airados desde la orilla opuesta del río, y supe que se disponían a contraatacar.

—¡Deprisa! —Unos brazos cubiertos por la cota de malla salieron a mi encuentro. Oí un débil silbido y otra flecha, sin apenas impulso, se estrelló contra la piedra, junto a mi hombro—. ¡Tirad de mí, maldita sea!

Una tercera flecha pasó rozando mi cabeza, y una cuarta me rasgó el tobillo. Al fin, alcancé una cavidad que se abría en la piedra y me derrumbé del otro lado del parapeto, mojado, tiritando de frío, casi sin aliento.

Un rostro de duende se inclinó sobre el mío.

—¿Me echabas tanto de menos que has venido hasta el infierno para verme?

Zerco parecía haberlo pasado muy mal; tenía el cuerpo medio cubierto de vendas, pero se le veía satisfecho de sí mismo.

Me senté y contemplé el anillo de hogueras que rodeaba toda la ciudad.

—He venido a prometeros la salvación.

Al alba, la guarnición de Aurelia se congregó en la gran iglesia de la ciudad, construida sobre el templo romano de Venus, para que el obispo Aniano les dijera qué debían hacer. Su rey, Sangibano, también se encontraba presente, pero el hombre, de piel oscura y expresión severa, se mantenía a un lado, rodeado por los jefes guerreros, que en parte recelaban de él. El monarca insistía en que no estaba al corriente del ardid con que los hunos habían estado a punto de franquear las puertas de la ciudad, pero sus palabras sonaban atropelladas y estridentes, y los rumores de sacerdotes y prelados eran demasiado serios y convincentes como para absolverlo de su posible culpa. ¿Acaso su rey era un cobarde? ¿O se trataba, simplemente, de una persona realista que intentaba salvarlos a todos? De todos modos, ya era demasiado tarde, la batalla había empezado y Aurelia no tenía otra opción que resistir. La noche anterior un emisario romano había logrado escalar la muralla. Traía noticias para el obispo y el rey, y ahora Aniano lo había convocado para escucharlo. La asamblea sabía que no disponían de mucho tiempo. Los hunos habían empezado a hacer sonar sus tambores con gran estrépito, anunciando la inminencia del ataque, y su música rítmica retumbaba dentro de la basílica.

Musica Hunos

Aniano no sólo gobernaba con la fe, sino con el ejemplo. ¿Acaso no había organizado, con la ayuda del enano, la defensa secreta de las puertas, con la que habían dado tiempo a los soldados a agruparse? ¿No había recorrido desde entonces, durante los ataques, el perímetro de la muralla sosteniendo un fragmento sagrado de la Vera Cruz, exhortando a los soldados a mantenerse firmes? ¿No era cierto que ni una sola flecha de los hunos se había aproximado a su cabeza mitrada? El pueblo ya empezaba a hablar de santidad y milagros. Ahora, desde el altar, se concentraba en sus notas, y al fin carraspeó y habló a los allí congregados.

—No podéis fallar.

Las palabras flotaron en el aire como nubes de incienso iluminadas por la luz de la mañana. Los soldados —la variopinta mezcla de jinetes de Oriente, rudos germanos, achaparrados celtas y aristocráticos romanos que conformaban la Galia— se agitaron en sus puestos.

—No podéis fallar —reiteró el obispo—, porque está en juego algo más que la vida de vuestras familias. Algo más que esta ciudad de Aurelia, algo más que mi propia diócesis, algo más que el linaje de vuestro rey, de vuestro orgullo. —Asintió, como haciendo hincapié en sus palabras—. No podéis fallar, porque esta Iglesia forma parte de una nueva verdad que se extiende por el mundo, y esa verdad forma parte de un gran y venerable imperio. Somos herederos de una tradición que se remonta a mil doscientos años y que es la única esperanza de unión para la humanidad. No podéis fallar, porque si lo hacéis, si los hunos franquean estas puertas y derrocan vuestro reino y toman el corazón estratégico de la Galia, entonces, ese imperio, esa tradición, esa Iglesia, verán su fin. —Permaneció un instante en silencio, mirando a los asistentes de hito en hito—. Toda vida es un combate entre la luz y las tinieblas, entre el bien y el mal, entre la civilización y la barbarie, entre el orden de la ley y la esclavitud de la tiranía. Ahora ese combate ha llegado a las puertas de Aurelia.

Los hombres se irguieron, instintivamente. Cerraron los puños, tensaron los cuellos.

—No podéis fallar porque la Santa Madre Iglesia está con vosotros —añadió Aniano—, y esta mañana os digo que Dios está de parte de nuestras legiones, y que el cielo acogerá a todos los caídos.

—Amén —murmuraron los cristianos, llevando las manos a las empuñaduras de las espadas, las mazas, las hachas y los martillos.

Aniano sonrió ante aquella demostración de fiereza, y con la mirada recorrió las naves de la iglesia, como si se detuviera en los ojos de todos y cada uno de los presentes.

—Y no podéis fallar —prosiguió, bajando algo la voz—, bravos guerreros, porque un emisario llegó anoche con excelentes nuevas. Teodorico y los visigodos han decidido sumarse a la alianza en contra de Atila, y en este mismo instante cabalgan junto a Aecio para liberar Aurelia. Se encuentran a escasos días de camino, tal vez a escasas horas. Por eso resuenan los tambores; los hunos lo saben y, desesperados, intentan conquistarnos antes de que lleguen los refuerzos. Lucharán con denuedo para asaltar las murallas, pero no lo lograrán, pues vosotros no se lo permitiréis. Sólo debéis luchar y resistir por poco tiempo. La liberación no tardará en llegar.

Los presentes se agitaban y susurraban, percatándose de que, en un instante, el escenario de la guerra se había modificado por completo. Sin Teodorico, toda resistencia era desesperada. Con él, era posible derrotar a las hordas de Atila.

—¿Fallaréis? —preguntó Aniano en un susurro.

—¡No! —exclamaron todos al unísono.

Entonces las campanas y las trompetas empezaron a propagar la señal de alarma, al tiempo que los cuernos de los bárbaros emitían sus lamentos desde la otra orilla. Iba a iniciarse el gran combate.

Los hunos se habían adelantado a sus mejores ingenieros mercenarios, por lo que no podían organizar un asedio en toda regla. De lo que sí disponían era de arcos, escalas y mucho coraje.

Atacaron Aurelia desde todos los flancos menos desde el río, en una carga salvaje destinada a diezmar a los defensores. A medida que la magnitud del ataque aumentaba, hacían falta las manos de casi todos los habitantes de la ciudad, de mujeres a niños de diez años, que ayudaban a los hombres a arrojar piedras y tejas desde lo alto de las murallas. Miríadas de flechas surcaban el aire. Ambos bandos devolvían parte de los proyectiles que les disparaban, y el zumbido constante de aquel ir y venir recordaba a un avispero. Los curas y monjas iban de un lado a otro recogiendo en cestas las flechas caídas para entregárselas a los arqueros alanos. En ocasiones, alguna saeta se clavaba en la cabeza de un sacerdote con tal fuerza que la atravesaba y la punta salía por la boca, sellándola e impidiendo así el último grito del moribundo. Cuando uno de ellos caía de ese modo, otro lo relevaba en su tarea.

Los proyectiles seguían volando en ambas direcciones, pero los bárbaros avanzaban como un solo hombre a través del campo que se extendía extramuros. Cientos de ellos caían abatidos por los disparos de los defensores, pero otros miles alcanzaban la base de las murallas. El aceite y el agua hirviendo que caían desde lo alto provocaban incendios aquí y allá, y los gritos de dolor eran constantes. Pero todo parecía poco. Los hunos eran demasiados. Las escalas se alzaban al cielo semejantes a rígidas garras. Los hunos disparaban lluvias de flechas cada vez más intensas, con menor intervalo entre ellas, para que a los alanos no les diera tiempo a asomarse entre las almenas. Al mismo tiempo, los atacantes ascendían por las murallas. Los alanos, al verlos, arrojaban piedras sin saber dónde. En ocasiones el silbido de las saetas se detenía, y ellos suponían que era porque algún huno había alcanzado lo alto de los muros. Cuando el silencio se hacía más persistente, estallaban en un grito y se alzaban al mismo tiempo, con sus espadas y sus escudos, para aplastar a los atacantes, que se defendían desde el borde del precipicio. A veces los alanos lograban tumbar las escalas, en otras ocasiones eran los hunos los que conseguían afianzarse en la fortaleza. El signo de la batalla cambiaba a cada momento.

La ferocidad de la lucha convertía en juego de niños el combate que habíamos librado en la solitaria torre de Nórica. La dimensión de ésta era mucho mayor, los hombres se escabullían, blandían y clavaban sus espadas, peleaban a dentelladas si hacía falta, pues un instante de tregua equivalía a la muerte. Algunos de los que peleaban cuerpo a cuerpo caían juntos al vacío, sin dejar de forcejear, y si por azar el defensor sobrevivía a la caída, los hunos que lo esperaban abajo lo descuartizaban y levantaban los miembros ensangrentados en señal de triunfo.

El mensaje que yo había traído a los alanos les había infundido esperanza, y pedí prestada una armadura para unirme a los defensores. Estaba más experimentado en el siniestro arte de la guerra, y tras una lluvia de flechas me alzaba para clavar la espada y empujar con el escudo, ocultándome justo a tiempo de evitar la siguiente. Un error de cálculo y era hombre muerto. En mi proceder no había valentía, pues no había tiempo para sentir miedo. Perder era morir, de manera que hacía lo que el resto: cumplir con mi deber. Luchaba. Luchábamos.

Las murallas no tardaron en quedar cubiertas de caídos de ambos bandos, algunos heridos y algunos ya inmóviles, traspasados por flechas. Muchos de los muertos eran mujeres y niños, aunque cada vez eran más los que ascendían por las escaleras interiores para apartarlos y traer más piedras, flechas o cacerolas de aceite y brea calientes. A los pies de la muralla, muchos hombres de Atila se arrastraban por el suelo con las piernas rotas, se revolcaban o yacían calcinados. Cuando teníamos puntería con las piedras, lográbamos partir las escalas por la mitad, limitando las vías de acceso del enemigo. Con todo, lanzar una equivalía a atraer la atención de los arqueros, que disparaban sin piedad, y en muchas ocasiones una escala rota acababa costando la vida a uno de los nuestros.

En el extremo oriental de la ciudad, donde me encontraba, y donde la concentración de hunos era mayor, los defensores habían erigido un *tolleno* romano, esto es una enorme viga pivotante con un gancho en uno de sus extremos que podía manejarse mediante un contrapeso para que descendiera por el exterior de las murallas como un ave de presa. El gancho chirriaba en su descenso, atrapaba a un huno y lo alzaba por los aires. Aquel artilugio no mataba a muchos hombres, pero el estruendo que producía al bajar conseguía espantar a muchos, que huían despavoridos.

Con todo, todos aquellos combates feroces no eran sino un aperitivo del gran asalto de los hunos, que con un ariete rodante pretendían destruir las puertas principales de la ciudad. Lo que no habían logrado con su astucia, los atacantes pretendían hacerlo por la fuerza. El ariete se abría paso, rodeado de escudos que formaban un techo ondulado. Nuestros arqueros no podían hacer gran cosa contra él, pues los arqueros hunos los mantenían a raya.

Sabíamos que el ariete podía acelerar el desastre. Gritos de advertencia alertaron a nuestro obispo, que enarboló su cruz como un general su estandarte para atraer a más efectivos al escenario de aquella nueva embestida. ¿Qué otra cosa podíamos hacer? Entonces se presentó Zerco. No tenía ni idea de dónde se había metido, pero así como con su aparición en la torre de los Alpes la situación había dado un vuelco, también en aquel trance parecía contar con una presencia de ánimo de la que los demás carecíamos. Asomándose peligrosamente al borde de la muralla, ató un enorme garfio a una soga tan gruesa que hubiera soportado el peso de un barco.

—¿Qué haces ahí, amiguito? —le pregunté cuando el fragor de la batalla disminuyó por un momento—. Te van a pisar la cabeza.

—Pero al menos los disparos no me alcanzan —replicó con una sonrisa—. Deberías envidiarme, Jonás, porque yo al menos no tengo que agacharme.

—No intentes pasar por héroe en una batalla con espadas.

—¡Héroe! Me cuelo entre sus piernas y bailan como pollos. Ven, que los demás no den tregua a los hunos mientras tú me ayudas a terminar mi juguetito. Mi cerebro es tan grande como el de otro cualquiera, pero me hace falta una espalda más ancha, como la tuya, para que esto funcione.

—¿Qué es?

—Un anzuelo para arietes. Se me ha ocurrido al ver el *tolleno*.

El ariete superó el tramo final, avanzando por entre los cuerpos destrozados de los caídos, y entonces, con un rugido sobrecogedor, se empotró contra las puertas de roble. La muralla entera se tambaleó. Nuestra guarnición soltó entonces una pequeña avalancha de piedras, que cayeron sobre los que sostenían el tronco, con lo que logró que algunos de ellos se dispersaran, aturdidos. Sin embargo, al instante retiraron a los heridos y nuevas manos agarraron las asas de aquel artefacto rodante y volvieron a estamparlo contra la entrada. Dentro, se dejaban ver las primeras grietas en la madera, como brechas causadas por algún terremoto. Cada vez nos quedaban menos piedras, y a los alanos que se incorporaban para lanzar las pocas que aún teníamos los abatían las flechas enemigas.

—¡Ahora retrocederán para coger impulso! —gritó Zerco—. Cuando lo hagan, prepárate. ¡Aniano! ¡Consígueme a algunos hombres fornidos!

El obispo entendió al momento lo que el bufón pretendía lograr. Llamó a gritos a varios hombres y les pidió que, en fila india, sujetaran la cuerda. Con su voz rotunda y convincente, no tardó en congregar a más de los que necesitaba.

También yo comprendí cuáles eran las intenciones de Zerco.

—Nos acribillarán a flechazos.

—No si nuestros arqueros apuntan a los suyos. Que estén listos en sus puestos.

Zerco se alejó entonces del parapeto sujetando el garfio, y mientras lo hacía —contando los pasos que daba— la soga se iba desenroscando. Cuando se encontró a una distancia equivalente a la altura de la muralla, se detuvo. Yo me ocupaba de mantener tensa la soga, que sujetaban los hombres que se alineaban tras de mí. Mientras tanto, el enano intentaba ver por entre dos almenas el avance de los hunos. Al fin oímos sus gritos, que indicaban que una vez más se disponían a dirigir su ariete contra las puertas. Quizá fuera el embate definitivo.

—¿Listos? —gritó Zerco.

Asentí, sin saber si aquel invento funcionaría.

—Que Dios nos asista —dijo Aniano.

Los hunos dieron la orden de avanzar con el ariete, y en ese momento nuestros arqueros dispararon su lluvia de flechas, que alcanzaron al enemigo y, por unos momentos, le impidieron proseguir su embestida. Zerco aprovechó la confusión para ponerse de puntillas y empujar el garfio, mientras yo sostenía la soga a la altura de la puerta. El gran anzuelo rebotó en la pared exterior del muro, superó el obstáculo de una escala y quedó suspendido, tras describir una parábola predecible, en un punto que quedaba por debajo del lugar en el que yo sujetaba la soga. Y entonces, cuando el ariete inició al fin su embate, el garfio se clavó limpiamente, como un anzuelo en un pez, en el costado de aquel gran tronco puntiagudo.

—¡Ahora! —gritó el enano.

Todos tiramos hacia atrás al mismo tiempo. La cuerda se tensó y, con ella, se levantó el morro del ariete, que se separó de la puerta. El extremo posterior descendió y, entre maldiciones, los hunos constataron que su arma se les escapaba de las manos. La punta del ariete seguía ascendiendo, gracias a la fuerza que ejercíamos desde arriba, y los atacantes, desconcertados, se movían de un lado a otro y saltaban intentando cortar la soga como fuera. Los habíamos sorprendido. Sólo un huno listo y valiente empezó a subir por una escala, pues nuestra acción había dejado momentáneamente desprotegida una sección de la muralla. Su intención era, sin duda, cortar la cuerda desde arriba. Abandoné mi puesto para impedírselo.

Llegué al borde de la muralla cuando él también lo alcanzaba desde el exterior. Nos enzarzamos en una pelea cuerpo a cuerpo en la que forcejeamos, caímos por los suelos y nos incorporamos a la vez. Volví a embestirlo, él me esquivó. Resoplando, sudorosos, retrocedimos los dos, preparándonos para enzarzarnos en un duelo a muerte. Aquel hombre poseía un valor extraordinario.

En ese momento, a pesar de llevar uno de los cascos que habían requisado, lo reconocí. Y él también supo quién era yo.

—¡Tú! —masculló Skilla.

—Zerco creía que te había matado —dije.

—Yo también creí haber dado muerte al ratón de tu amigo. —Se echó a un lado, buscando un espacio libre por el que colarse—. ¿Dónde guardas la espada que robaste, romano?

—Está con quien debe tenerla, que es Aecio.

Skilla atacó con movimiento certero, pero yo paré el golpe con las manos. Volvimos a enzarzarnos en un violento abrazo, forcejeamos, nos separamos. Nos movíamos en círculos, buscando el punto débil del otro. La batalla que se libraba a escasos metros había perdido todo interés para mí.

Skilla sonrió con malicia.

—Cuando te mate, Ilana será mía una vez más. Atila la tiene guardada para mí, dentro de una jaula.

Al oír aquello perdí toda concentración.

—¿Está viva?

El huno aprovechó mi descuido para embestirme sin darme tiempo a reaccionar. Intenté esquivarlo y caí de espaldas sobre un cadáver. Skilla se abalanzó sobre mí. Pero Zerco, que se había acercado por detrás, le clavó una daga en la pierna. Gritando de dolor, el huno se volvió para ver quién había osado herirlo. Yo aproveché para levantarme y, a riesgo de mi vida, aparté un instante la mirada para echar un vistazo a la muralla.

El ariete se encontraba ya en posición vertical, y su extremo posterior descansaba en el lodo mientras los cincuenta fornidos hombres, desde arriba, intentaban tirar de él.

Volví a concentrarme en Skilla, que también permanecía inmóvil, contemplando el espectáculo.

Las flechas de los hunos surcaron el aire en dirección a la cuerda tensada de la que colgaba el ariete. Las que daban en el blanco iban desgarrándola poco a poco. Al fin lograron romperla. El equipo de forzudos cayó hacia atrás, y el gran tronco descendió y se desplomó de lado sobre el suelo, al otro lado de la muralla. Al hacerlo se partió en varios pedazos. Las ruedas de madera salieron rodando igual que monedas dispersas.

Aprovechando la distracción de Skilla, arremetí contra él, que sin embargo logró echarse hacia atrás. De repente, su expresión era de duda. Se encontraba solo en lo alto de la muralla. Los cuernos de los hunos llamaban a la retirada. Libres de la soga, los soldados alanos acudieron en mi auxilio, formando un semicírculo alrededor de él. Con un gesto, les pedí que dilataran el ataque.

—Estás en el bando equivocado, Skilla —le dije, con la respiración entrecortada—. Aecio llegará muy pronto. No luches por tu monstruo.

—¡Quiero a Ilana!

—Entonces ayúdanos a rescatarla.

—Sólo lograré rescatarla matándote. —Su desesperación era creciente. Pero entonces, percatándose de que sus probabilidades de éxito eran nulas, se volvió y dio un gran salto.

Por un momento pensé que se había arrojado al vacío y, por tanto, a una muerte segura, y me acerqué a ver, invadido por una repentina sensación de temor. En realidad no deseaba la desaparición de aquel huno. Pero no. Skilla se había agarrado al extremo de la soga desde el que se había soltado el ariete y se mecía en ella, a medio camino entre lo alto de la muralla y su base. En su movimiento de péndulo, soltó primero su espada y después se descolgó él cayendo desde una altura de treinta pies. Al tocar el suelo, y a pesar de las flechas y las lanzas que le arrojaban desde arriba, se echó a rodar hacia un lado. Los arqueros hunos arremetieron contra los nuestros, cubriendo su retirada. A un soldado alano lo alcanzaron en un ojo, y a otro en un hombro. El guerrero alcanzó al fin, renqueante, sus filas, y se detuvo a ayudar a un camarada a cargar con una de las ruedas del ariete. Sabía que la aprovecharían para fabricar otro. Skilla jamás se rendiría.

Observé su retirada. En un momento, se volvió y clavó sus ojos en los míos. Los demás hunos también se ocultaban tras los árboles. ¿Sería posible que los hubiésemos derrotado?

—Deberíamos haberlo matado —dijo Zerco.

Miré alrededor. El parapeto era un cementerio. Los cuerpos se amontonaban de tal manera que la sangre se escurría por los desagües y los caños igual que agua de lluvia. La mitad de Aurelia estaba en llamas, y la oscuridad, la sangre y el cansancio lo cubrían todo.

No sobreviviríamos a otro asalto como aquél.

Nuestra moral decayó a la vista de lo que nos aguardaba, y nos preguntamos cuánto tardaría el enemigo en tener listo un nuevo ariete. Las mujeres y los ancianos aparecieron cargando pellejos de agua y odres de vino. Bebimos, cegados por un sol que parecía suspendido en lo más alto del cielo. En aquel momento alguien gritó que había visto un destello entre los árboles, más al sur, y oímos el sonido de los cuernos romanos. ¡Aecio!

25

Agrupación de los ejércitos

Los hunos se fundieron como la nieve. Un instante antes parecía que Aurelia sería estrangulada por sus enemigos, y, sin embargo, al siguiente la mortífera invasión semejaba un mal sueño del que hubieran despertado. La maquinaria de asedio había quedado abandonada, el nuevo ariete a medio hacer, las fogatas del campamento humeantes, sin nadie que las atendiera. Los bárbaros habían montado en sus caballos y se habían retirado hacia el noreste, alejándose de la trampa del ejército romano y visigodo que se aproximaba desde la dirección contraria. Sin apenas creerlo, asistíamos a la retirada de nuestros asaltantes. Nuestro obispo, era cierto, nos había prometido la liberación, pero ¿quién en su fuero interno contaba con ella? Y sin embargo, desde el sudoeste llegaba Aecio, tal como había prometido, con sus infatigables legiones, su caballería goda, sus curtidos veteranos y sus inexpertos jóvenes. Al verlos acercarse, los ojos se me llenaron de lágrimas. Zerco saltaba de un lado a otro, emocionado, canturreando cancioncillas tontas.

Con una mezcla de orgullo e impaciencia, contemplé la entrada de los comandantes aliados a través de las puertas de la ciudad. Sí, la misión que me había llevado hasta Tolosa para convencer a los visigodos de que se unieran a nuestra alianza había sido un éxito. Y sin embargo, de pronto la movilización de aquellos vastos ejércitos no era nada comparada con la noticia que me había transmitido Skilla. ¡Ilana vivía! El huno no me había dicho cómo, ni dónde, pero todo mi ser ardió al saberlo, y constaté que su pérdida se había apoderado de mí en secreto desde mi huida del campamento de Atila. El peso de la culpa dejó de oprimirme, y el de la tristeza quedó desterrado de mi corazón. Sabía que, en aquellos tiempos en los que el imperio corría un grave peligro, mis sentimientos resultaban egoístas, pero al repetir en mi mente las palabras de Skilla, buscando en ellas algún dato más del que en sí mismas proporcionaban, mil recuerdos regresaban a ella. Mi amada había salvado a Skilla tras el duelo, y después me había cuidado a mí. Había sido idea suya provocar el incendio y entregar a Zerco la espada. Su voz, sus gestos... Deseaba cabalgar siguiendo a Skilla, seguir al huno como él me había seguido a mí. Tal vez consiguiera hacerme pasar por bárbaro una vez más, abrirme paso entre los ejércitos de Atila, reunir información...

—¿Jonás Alabanda? —Un centurión nos había encontrado sobre la muralla.

Me puse firmes.

—El general espera vuestro informe.

Durante el consejo de guerra que se celebró aquella noche se pronunció un breve agradecimiento por el fin del asedio a Aurelia. Todos sabían que la misión que les aguardaba sería mucho más ardua. Varios capitanes alanos presentes en el consejo de la mañana habían muerto en la defensa de las murallas. Su lugar lo ocupaban hombres de los reinos bárbaros vecinos. Muchos de ellos jamás habían participado en una alianza. Aecio era el jefe supremo, pero había muy pocos entre los presentes que no hubiesen luchado o librado escaramuzas contra él en algún momento de su ya dilatada carrera de negociador y estratega. Cada tribu se mostraba orgullosa de su individualidad, a pesar de que en aquel momento todas se unieran para defender la unidad de Roma. Teodorico y sus visigodos eran los más numerosos, y constituían el contingente militar más imponente. Sangibano y sus alanos eran los anfitriones ensangrentados de la alianza, los héroes de Aurelia. Pero hasta allí también habían acudido francos riparios desde las orillas del Rin, francos sálicos, belgas, borgoñones, sajones del norte, armoricanos y los veteranos romanos conocidos como olibriones. Su armamento resultaba tan variado como sus tácticas y sus orígenes. Nosotros, los romanos, combatíamos a la manera tradicional, parapetados tras los escudos y la maquinaria de guerra, pero los bárbaros eran tan individualistas como distintas eran sus ropas y armamentos. Los había que preferían el arco, otros atacaban con hachas, lanzas cortas o largas espadas. Los arqueros sármatas, que eran mercenarios, demostraban un arte en el lanzamiento de flechas sólo equivalente al de los hunos, y los honderos sirios y africanos añadirían nuevos proyectiles al combate. Había ballesteros, unidades de infantería ligera con sus jabalinas, caballería pesada de *cataphractarii* que basaba su eficacia en el factor sorpresa y en el peso de sus caballos con armadura, infantería pesada dotada de largas lanzas, y batallones especializados en el lanzamiento de proyectiles de fuego.

Toda esa experiencia dependía de nuestra voluntad combinada de hacer frente a Atila. Eso era lo que Aecio deseaba reforzar aquella noche, en la que aún resonaban los ecos de nuestra gran victoria.

—La columna principal de Atila se bate en retirada —dijo el general dirigiéndose a los reyes y jefes que lo rodeaban—. Ha perdido el control de su gran ejército, que se encuentra disperso por el norte de la Galia. Si atacamos ahora, sin esperar más, concertadamente, lo derrotaremos de una vez por todas.

—¿Se retiran o se reagrupan? —preguntó Sangibano, más cauto—. No nos arriesguemos a echar por tierra la victoria que hemos obtenido.

—Las guerras que se luchan a medias, casi siempre acaban por perderse —replicó el romano—. Los hunos no desaprovechan ni una sola muestra de indecisión. ¿No es así, Zerco, tú que has vivido entre ellos?

—Hemos derrotado un dedo del ejército de Atila, no a Atila —opinó el enano—. Y si en Aurelia se hubiera consumado alguna traición, ni eso habríamos logrado.

El comentario flotó unos instantes en el aire.

Sangibano no tardó en reaccionar.

—Nosotros, los alanos, hemos cumplido más que de sobra con nuestra parte, hombrecillo. Tú mismo oyes desde aquí los lamentos de quienes entierran a sus muertos. Entre Atila y yo no había enemistad alguna, y dejará de haberla en el momento en que abandone mi reino.

—¿Y dónde termina tu reino? —le preguntó Aecio.

—¿Qué insinúas? En este valle, que nos otorgó el emperador de Roma. Hemos respondido a su llamada, defendiendo nuestras posesiones y las suyas. ¿Quién sabe qué pretende Atila? Tal vez no se detenga hasta volver a Hunuguri.

Los asistentes le rieron la ocurrencia, y Sangibano se ruborizó.

—Lo que insinúo, Sangibano —prosiguió Aecio—, es que mientras Atila constituya una amenaza para Roma, lo será para todos nosotros, incluido tú.

—Mil veces he oído ese razonamiento. ¡Al infierno con tu imperio! Lo que siempre acaba sucediendo es que mis guerreros mueren en defensa de los ricos de Italia.

—Si no nos unimos todos, será el fin de lo que tus antepasados, que aquí emigraron, vinieron a buscar. Roma existe desde hace más de mil años. Cinco siglos lleva la Galia siendo romana. —Aecio se volvió hacia la concurrencia—. Escuchadme bien todos. Vuestros ancestros llegaron al Rin y al Danubio y hallaron un mundo de poder y de riquezas cuya existencia ni siquiera imaginaban. Cuanto más os internabais en él, más deseabais pertenecer a él. Los emperadores os han otorgado tierras, a condición de que defendáis la civilización que os ha aceptado. Ahora os toca saldar la deuda. Si Atila vence, el mundo se sumirá en las tinieblas para siempre. Si es derrotado, vuestros reinos heredarán mil años de civilización. La elección es simple. Podéis luchar para vivir como monarcas libres, en un mundo de promesa. O esperar por separado vuestra destrucción, aguardar, uno por uno, a que esclavicen a vuestro pueblo, que violen a vuestras hijas, que torturen a vuestras esposas, que quemen vuestras casas. ¿Somos cobardes que nos abandonamos a la merced del los hunos? ¿O somos los últimos y más grandes legionarios?

El discurso de Aecio provocó un murmullo general, aunque no unánime, de aprobación. Ya habían caído demasiadas ciudades, ya había demasiados refugiados, demasiadas historias hablaban de las matanzas perpetradas por los hunos. Había llegado el momento de la venganza.

—Los alanos no somos cobardes —intervino Sangibano con voz grave, consciente de que el romano había puesto en duda su valentía ante los presentes.

—No lo son, ciertamente, como lo demuestra el asedio del que han salido victoriosos —dijo Aecio con aparente magnanimidad—. Por ello concederé a vuestro pueblo un puesto de honor, Sangibano, en la batalla que hemos de librar en breve: ocuparán las líneas medias.

El rey dio un respingo. El centro de la formación viviría sin duda algunos de los combates más duros. También era el lugar desde el que la huida y el cambio de posición resultaban más difíciles. Una vez situado en el centro, Sangibano ya no podría hacer otra cosa que luchar contra los hunos para salvar la vida.

Aecio se mantenía a la espera de una respuesta. Todas las miradas seguían puestas en el rey de los alanos, quien sabía que el general romano lo había acorralado con sus palabras, apelando a su hombría y a la reputación de su pueblo. Sangibano observaba con gesto sombrío a los cientos de jefes que a su vez lo observaban a él. Tragó saliva y, altivo, levantó la cabeza.

—Los alanos sólo combatirán en el centro, y yo iré al frente de ellos.

Un rugido de aclamación lo invadió todo. Cuando las aguas volvieron a su cauce, los reyes congregados pasaron a discutir a quién le correspondería ocupar la peligrosa pero probablemente decisiva ala derecha. Al fin se resolvió que la misión debía recaer en Teodorico, rey de los visigodos.

Uno a uno, a los demás reinos les fueron asignados sus respectivos puestos en la batalla. Los príncipes se pavoneaban y fanfarroneaban al conocer sus puestos. Anto, rey de los francos, deseaba dirigir el ataque desde el flanco occidental con la esperanza de acabar de una vez por todas con la pretensión de su hermano Clodion, que aspiraba a hacerse con su trono. A los veteranos, a quienes llamaban olibriones, les propusieron actuar como refuerzo de las posiciones centrales que ocuparían los alanos. Los borgoñones deseaban ocupar un lugar entre los ostrogodos.

—¿Y yo? —preguntó Zerco, provocando la carcajada de los asistentes.

—Tú serás mi consejero, pequeño luchador.

—Permíteme cabalgar sobre tus hombros, mi general, y juntos le sacaremos más de tres cabezas a Atila, que es bajito y feo.

De nuevo las risotadas atronaron en la sala.

—Te reservo para una misión más importante. Conoces a los hunos y hablas su lengua mejor que nadie aquí. Capturaremos a algunos y heriremos a otros. Quiero que los interrogues sobre el estado del ejército de Atila. Si es cierto que pretende reagrupar sus fuerzas, lo hará probablemente en las llanuras que se extienden más allá del Sena, pues allí su caballería puede operar con mayor holgura. Nosotros, sin embargo, nos concentraremos en el erial que él ha quemado. Necesito saber durante cuánto tiempo podrá alimentar a sus hombres.

—Nosotros nos encargaremos de que cada vez tenga menos bocas que alimentar —exclamé envalentonado.

Aecio se volvió hacia mí.

—No, Jonás, para ti también reservo una misión especial. Según un persistente rumor, esta guerra ha estallado en parte porque Genserico y los vándalos aceptaron ayudar a Atila en su ataque contra Roma. Por el momento no hemos recibido noticias de que la invasión se haya iniciado desde el sur, pero si se produce, todos nuestros esfuerzos serán en vano. Necesitamos desesperadamente la ayuda de Marciano. Debes regresar a tu patria en barco, con mi sello, e intentar persuadir al emperador de Oriente de que ataque la retaguardia de Atila.

—¿Y obligar así a Atila a retirarse? —apunté.

Aecio sonrió.

—Cada vez demuestras mayores conocimientos de estrategia, joven.

Bajé la cabeza.

—Pero la intuición me dice que no ha de ser así, general.

Aecio enarcó las cejas.

—Me haces un gran honor demostrándome tanta confianza —proseguí—. Lo que pretendes es sin duda importante. Pero me llevará semanas alcanzar Constantinopla, por rápidos que sean mis caballos y el barco en el que zarpe. Incluso en caso de que lograra persuadirlo, mi emperador tardaría meses en reunir a su ejército y atacar Hunuguri. O en iniciar el combate contra Genserico. Dudo de que lograra hacerlo antes de la llegada del invierno. De modo que habrá tiempo, señor, cuando concluya el verano, de transmitirle nuestra petición. Será entonces cuando Oriente y Occidente puedan unirse. Pero nuestro combate con Atila se decidirá mucho antes. Por favor, no me obligues a perderme lo que sospecho que será una contienda cuyas hazañas seguirán cantándose dentro de mil años.

—Creo que ya has visto bastante sangre, Alabanda.

—Más de la que desearía ver durante el resto de mi vida. Pero sobre todo, más que la inmensa mayoría de los que aquí se encuentran, he visto lo que Atila representa. Lo vi crucificar a un amigo sin motivo alguno. A mí me apartó de la mujer a la que amo, cubrió nuestra embajada de humillación y envió a unos hombres a matarnos a mí y a Zerco. Te pido que me permitas unirme a tus filas.

Mis palabras suscitaron murmullos de aprobación de la asamblea. Aquellos jefes de tribu habían comprendido mi alegato personal.

—Admiro tu valor —expuso el general con voz pausada—. Y he recibido suficientes pruebas de tu inteligencia como para saber que no es sólo tu misión como soldado lo que tienes en mente.

Me encogí de hombros.

—Atila aún retiene a la mujer que amo, general. Mi intención es matarlo, llegar hasta ella y suplicarle que me perdone por haberla abandonado.

Las risas y los gritos de aliento resonaron entre los asistentes.

—¿Luchas por amor, y no sólo por odio? —preguntó el romano.

—Lucho por el ideal de una vida buena y sencilla.

—¡Igual que todos nosotros! —exclamó Teodorico con voz atronadora, poniéndose en pie—. ¡Permite que el muchacho cabalgue junto a nosotros en pos de esa mujer, como yo cabalgo para vengar a mi hija! ¡Permite que se una a mí!

—¡Por nuestras mujeres! —gritaron los jefes.

Aecio levantó las manos pidiendo silencio.

—No, Teodorico, creo que lo incorporaré a las legiones —declaró, esbozando una sonrisa—. Tiene sus propias razones para luchar, sí, pero algo me dice que Alabanda nos ha sido enviado por otros motivos, y que todavía no ha revelado toda su utilidad.

Cien millas al este, la interminable fila de carros del ejército de Atila llevaba dos días detenida. Ilana ignoraba el motivo. El sol había casi alcanzado su mayor altura, pues el verano se encontraba en su cenit, y el paso de los miles de caballos y cabezas de ganado levantaba un polvo que enturbiaba la visión de los ardientes campos que se extendían a lo largo de la llanura cataláunica de la Galia. Ilana jamás había concebido que el mundo fuera tan inmenso, y sólo ahora, cuando la llevaban encerrada como a un animal cautivo, empezaba a concebir su verdadera extensión. También se preguntaba si su fin estaba próximo. Augustobona, que sus habitantes más recientes llamaban Troyes, se encontraba al sur, según le había comunicado el carretero. Durocatalauni, el lugar que los francos denominaban Chalons, se alzaba al norte. O ahí es donde se había alzado, pues de la ciudad quedaban apenas las columnas de humo que se elevaban al cielo, indicando su ubicación.

El carretero respondía al nombre de Alix, había perdido media pierna en el curso de una batalla que había librado contra el ejército de Bizancio, y se ganaba el sustento como integrante de la columna del *kagan* en la que se trasladaba el botín de los saqueos, así como las esposas y esclavas. El viaje de mil millas había convertido su desprecio inicial por aquella asesina en potencia, a la que llevaban enjaulada, en algo parecido a la compasión. El traqueteo constante le había llenado el cuerpo de cardenales, y la suciedad del camino se había incrustado en su piel. Su delgadez era extrema, pues se alimentaba únicamente de sobras, y el encierro continuado le entumecía los miembros. Hablaba poco, se limitaba prácticamente a observar los lugares por los que transitaban, el famoso Rin, las montañas cubiertas de bosques... Ahora acababan de llegar a aquel campo abierto, que le recordaba en algo a las llanuras de Hunuguri. Sólo cuando se detuvieron pareció mostrar cierta curiosidad. ¿Habría encontrado al fin Atila un lugar que le agradara lo bastante como para instalarse en él? ¿Habrían logrado escapar Jonás y Zerco, y se encontrarían en algún lugar cercano? ¿Se hallaban los hunos próximos al océano del que tantas fábulas se contaban?

Seguramente, no, le dijo Alix. Se había librado una batalla, y los hunos se retiraban para reagrupar sus efectivos.

Aquellas noticias resultaban intrigantes.

Ilana creía que su destino sería avanzar eternamente hacia Occidente, pero ahora, cada vez eran más los carros que se congregaban y formaban un inmenso círculo defensivo, rodeado por otro de mayores dimensiones. Los regimientos de hunos empezaban a reagruparse en aquel lugar. Algo en el ritmo de la invasión había cambiado.

Luego llegó el propio Atila, con un ruidoso contingente de comandantes.

Como siempre, su aparición provocó un gran estallido de júbilo. Se abrió paso cual exhalación entre las filas de su ejército, dejando atrás un caudal interminable de tesoros saqueados, alimentos requisados, ánforas de vino, estandartes robados, reliquias de iglesias sometidas a pillaje, mujeres secuestradas, esclavos aturdidos, así como de las orejas, narices, dedos y vergas de sus enemigos más destacados. Él era el Azote de Dios, y castigaba al mundo por sus pecados. Representaba su papel con maestría de actor. Era capaz de reírse a la vista de una masacre perpetrada con eficacia, de llorar ante un solo huno abatido, de imponer su voluntad a sus lugartenientes abandonándose a arrebatos de ira tan intensos que ponía los ojos en blanco y le brotaba sangre de la nariz. Ahora, al tener noticias de que Aecio había acudido en ayuda de Aurelia, se había trasladado hasta aquel campo abierto rodeado de colinas de suaves pendientes. De modo que los romanos habían agrupado sus fuerzas, y que incluso habían ganado para su causa a los recelosos visigodos. También él lo haría, entonces. Todo se decidiría en un solo día, en un día grande y sangriento. Cuando se pusiera el sol, o estaría muerto o sería el rey del mundo.

Jamás había sentido una emoción semejante.

Jamás sus presagios lo habían atenazado de aquel modo.

Aquella noche, en el campamento, ardían mil fogatas que reflejaban el esplendor de los cielos. Atila no comió apenas, bebió, taciturno, e inesperadamente mandó llamar a Ilana.

—Soltad a la joven, adecentadla, vestidla y acicaladla. Y traedla ante mí.

La cautiva llegó a medianoche. Sus cabellos, después de lavados, habían recuperado su ondulación natural, y brillaban a la luz de la luna como guijarros de río. Llevaba una túnica de seda roja, robada a los romanos, brocada con hilos argénteos y ceñida con un cinto de oro engarzado de rubíes. Su cuello se adornaba con una piedra preciosa del tamaño de un ojo de cabra, y sus sandalias estaban trenzadas en plata. Tras amenazar con matarla si se resistía, accedió a que le llenaran los dedos de anillos de meretrices asesinadas, y los pesados pendientes que le obligaban a lucir pesaban como trofeos. Le habían pintado los ojos con alheña y los labios de ocre rojizo. Le habían frotado la piel, y le habían aplicado ungüentos para suavizarla. Las hojas de menta que le hicieron mascar le perfumaban el aliento. La mujer que, horas antes, permanecía agazapada en su jaula, se mostraba de pie, muy tiesa, como un muchacho que no sabe cómo moverse metido en su ropa nueva. Así como no había escogido vivir en cautiverio, tampoco había sido su voluntad ataviarse de aquel modo. Ambas imposiciones le resultaban igualmente humillantes.

—Arrodíllate ante tu *kagan*.

Bajando la mirada, roja de ira, obedeció. Negarse sólo le habría valido un empujón de los guardias. Con el rabillo del ojo buscó algo que, por pequeño que fuese, pudiera servirle de arma ofensiva. No albergaba la mínima esperanza de acabar con la vida de Atila, pero al menos tenía la certeza de que él o sus guardias la matarían si se atrevía a atentar de nuevo contra el rey. Y al menos eso representaría un alivio, una cierta liberación. ¿Tendría el valor de hacerlo? Con todo, allí no encontró nada que sirviera a su propósito.

—¿Quieres saber por qué te he hecho venir?

Ilana alzó la vista.

—¿A tu tienda, o a la Galia?

—Podría haber ordenado mil veces que te sometieran a los más terribles tormentos y te dieran muerte, pero me he contenido —dijo Atila—. Me divertía ver a Skilla anhelar a quien yo odio. Según todos los informes, está luchando como un tigre para ganarse mi favor, y tu compañía. Me recuerda que debemos desconfiar del deseo y la avaricia, porque mudan como el tiempo y, como él, carecen de explicación. Por eso yo como siempre en un plato de madera, duermo sobre pieles de animales, desprecio el pan blando y prefiero la carne y el tuétano. Quien desea demasiado corre el riesgo de perderlo todo.

Sin saber bien dónde, Ilana halló fuerzas para decir:

—El miedo a la esperanza es la marca que distingue al cobarde.

—Yo sólo temo la estupidez de aquellos con los que debo tratar —replicó Atila con ceño—. Como tú, que anhelas algo que está fuera de tu alcance: el pasado. Un huno como Skilla te convertiría en princesa. En cambio, un romano como Jonás te ha conducido a tu jaula.

Ella se irguió todo lo que pudo y sacó pecho.

—Quien me enjaulado has sido tú, *kagan*. Y sé que puedes degollarme en cuanto quieras. Sí, sí quiero saber por qué me has traído hasta aquí.

Atila se apoyó en el respaldo de su silla de campaña, demorándose en la respuesta.

—Alabanda vive —dijo al fin.

Ilana notó que se le agarrotaban los miembros.

—¿Cómo lo sabes?

—Skilla lo vio en las murallas de Aurelia. Volvieron a luchar pero, una vez más, ninguno de los dos se impuso al otro. —El rey se percataba de la confusión que invadía a la cautiva, no sólo por las noticias, sino porque no alcanzaba a comprender qué interés podía tener él para transmitírselas. Permaneció unos instantes en silencio, regodeándose en su impaciencia, antes de añadir—: ¿Has pensado que tal vez te haya traído hasta aquí para entregarte a él?

—¿Para entregarme o para venderme? —preguntó Ilana, temblorosa.

—Para venderte, si así prefieres llamarlo, a cambio de la espada.

—Ni siquiera sabes si obra en su poder.

Atila se incorporó de pronto y dio un puñetazo en la silla, sobresaltando a Ilana.

—¡Por supuesto que lo sé! ¿Por qué, si no, Teodorico se habría aliado con Aecio? ¿Por qué, si no, se niegan a luchar en mi bando las tribus de la Galia? ¿Por qué no hay noticias de Genserico y de los vándalos? Porque la espada de Marte ha infundido valor a Roma. Por eso. Pero esa espada es mía, por haberla descubierto y por derecho. ¡Él me la robó, y quiero recuperarla antes de la batalla!

—¿Y para eso me has traído hasta tan lejos? —Las fluctuaciones del coraje eran misteriosas; de repente, Ilana volvía a sentirse valiente, e incluso se atrevía a sonreír—. Puedes estar seguro de que los romanos jamás te devolverán la espada a cambio de mí. Ni siquiera Jonás haría algo así.

Atila tamborileaba con los dedos sobre el brazo de la silla, como era su costumbre, y la miraba fijamente con sus ojos oscuros, hundidos en las cuencas.

—Si tú se lo pidieras, lo haría —dijo, y ante estas palabras el corazón de Ilana empezó a latir con fuerza—. ¿Por qué te crees que te he vestido como a una meretriz romana, he ordenado que te quiten ese hedor a pocilga que desprendías, que te pinten los labios del color de tu coño? ¿Por qué haría todo eso por la bruja que ayudó a ese ladrón a robarme lo que por derecho me corresponde, que incendió mi casa y casi me hace perecer entre las llamas? Pues para que convenzas a tu amante.

—Ojalá nos hubiéramos quemado todos —repuso ella en voz baja.

—Si pierdo la próxima batalla por no contar con mi espada sagrada, todos nos quemaremos, bruja. Y nos quemaremos juntos, tú y yo, en una pira que construiré con mis más preciadas posesiones. Tal vez me clave una daga en el corazón para acelerar el fin, pero tú tendrás una muerte lenta, pues serán las llamas las que acaben contigo.

—Temes a los romanos, ¿verdad? —dijo Ilana con asombro al darse cuenta—. Tú, el rey que asegura no temer nada. En Occidente se han unido para luchar contra ti. Por eso nos hemos detenido. Temes a Aecio. Incluso a Jonás. Lamentas haber venido hasta aquí. Nada está saliendo como lo planeaste.

Él negó con la cabeza.

—Atila no teme a nada. Atila no necesita nada. Pero cuanto menos encarnizada sea la batalla final, más hunos y romanos se salvarán. Si vas al encuentro de Jonás y lo convences para que me devuelva la espada, te dejaré volver con él.

—¿Y Skilla?

—Skilla es huno. En un año ya te habrá olvidado. Le entregaré mil mujeres, todas ellas más bonitas que tú. Tú ayúdame a que me devuelvan lo que me robasteis.

Ilana no salía de su asombro. Aquel rey pretendía hacer un trueque con la persona más insignificante de su expedición.

—No. Si quieres la espada, arrebátasela a Aecio.

Atila se puso de pie de un salto y exclamó en tono colérico:

—¡Quiero que se la arrebates tú! ¡Si no lo haces, te mato ahora mismo! Puedo violarte, desnudarte, azotarte y entregarte a mis soldados para su uso y disfrute, y a mis perros, para que se alimenten de lo que quede de ti.

Aquella ira no era más que debilidad, y al advertirlo Ilana se envalentonó todavía más.

—Puedes hacer todo lo que se te antoje —dijo sin alterarse. Acababa de descubrir que aquél era su verdadero poder; el poder de jugar con los temores de Atila. El rey de los hunos parecía un hombre perseguido por sus peores pesadillas—. Yo te maldije, sí, y la maldición persiste. Pero fuiste tú quien se la ganó a pulso cuando Edeco, en su acto de traición, mató a mi padre. Si me violas, la maldición será doble. Si me matas, me apareceré sobre tu hombro en el campo de batalla y te echaré el aliento de la tumba. Si me maltratas, perderás tu imperio.

—¡Si pierdo esta batalla, tú arderás en mi hoguera! —Atila parecía aterrorizado.

—Prefiero morir así que vivir para ver tu victoria.

26

Primera sangre

Los hunos que habían asaltado Aurelia no eran más que un árbol en la inmensidad de un bosque, un bosque al que, al fin, nos aproximábamos.

Atila congregaba a sus fuerzas en los Campos Cataláunicos, y allí iba a ser donde Aecio se enfrentara a él. Cien reyes y jefes militares unidos tras el consejo de guerra convirtieron cien ejércitos en uno solo. Algunos se componían de las diezmadas guarniciones de ciudades y fuertes vencidos. Otros eran los orgullosos séquitos de los grandes monarcas germanos. También había legiones romanas cuyos estandartes e historias se remontaban a cientos de años de antigüedad y que ahora avanzaban hacia su última y más decisiva batalla. Y regimientos congregados a toda prisa, formados por hombres que habían huido presas del pánico y que ahora, con una mezcla de desesperación y esperanza, deseaban recuperar su orgullo y vengarse de la destrucción de sus hogares. Los hunos habían llamado a las armas a más de un millón de personas, creando el caos, pero también habían generado una inmensa reserva de animadversión que ahora Aecio usaba en su beneficio, convertida en fuerza militar. Algunos de aquellos hombres eran veteranos. Otros, jóvenes inexpertos. Muchos se dedicaban al comercio y a la artesanía, y su experiencia en las artes de la guerra era escasa. Pero todos eran capaces de sostener una lanza y manejar la espada. En el desorden que no tardaría en producirse, tal vez la destreza no fuera tan importante como la cantidad de efectivos.

Yo me sentía arrastrado por la corriente de un río que me acercaba a Ilana en una oleada irrefrenable. Mi decisión de no acudir a

Constantinopla en calidad de enviado me había convertido en soldado y asistente, pero no añoraba mi anterior condición de diplomático, y mi nuevo anonimato me resultaba curiosamente atractivo. No debía enredarme en complicaciones, sino limitarme a acatar órdenes, a luchar y a esperar la ocasión que me permitiera encontrarme con la mujer a la que me había visto obligado a abandonar. A medida que las columnas avanzaban —hileras largas y resplandecientes de hombres que ocupaban las rectas calzadas romanas—, a mí me parecía que nos acompañaban los espíritus de los incontables romanos que nos habían precedido: César, Trajano, Escipión y Constantino, todas las legiones que habían impuesto el orden en un mundo en conflicto. Ahora nos enfrentábamos a la mayor de las tinieblas. Las nubes de tormenta que se formaban por el este, en aquel cielo ardiente de finales de junio, parecían adecuados presagios que parecían indicar, con los primeros relámpagos, la dirección del ejército de Atila. El aire húmedo, cargado, anunciaba una tormenta que simbolizaba la durísima prueba que nos aguardaba. Con todo, la lluvia no había hecho acto de presencia en el punto en que nos encontrábamos, y una gran polvareda se alzaba al paso de hombres, monturas y ganado, que cada vez se encontraban más cerca del choque final. La vida cotidiana había cesado y todos los soldados de Europa se dirigían al encuentro de la inminente batalla.

Zerco cabalgaba conmigo en su propio caballo enano, pues había insistido en que deseaba ver cómo terminaba lo que él mismo había iniciado. Seguíamos a Aecio igual que perros leales. Con nosotros, atada a un báculo a modo de estandarte, transportada como talismán por un decurión veterano, iba la espada de hierro de Atila. Anteriormente, Aecio había declarado a sus oficiales que su presencia constituía la prueba de que Dios se había puesto de nuestro lado y no del suyo.

Alcanzamos lo alto de una loma y nos detuvimos unos instantes para admirar el avance de nuestra alianza. Resultaba emocionante ver a tantos hombres marchar bajo los viejos estandartes romanos, fila tras fila, calzada tras calzada, a izquierda y derecha, hasta donde alcanzaba la vista.

—Parecen las venas de un brazo —constaté.

—Entre nuestras filas he visto a ancianos de sesenta años y a niños de doce —dijo Zerco en voz baja—. Armaduras desvencijadas.

Instrumentos que hasta hace nada se usaban para labrar la tierra, no para matar a hombres, y ahora convertidos en armas. Esposas con hachas. Abuelas con dagas con que rematar a los heridos. Y mil fuegos que indican los lugares por los que ha pasado Atila. Ésta es una batalla de venganza y supervivencia, no una prueba de reyes.

Aquel hombrecillo pequeño y feo se sentía orgulloso de que los dos hubiéramos desempeñado un pequeño papel en todo aquello.

—No te pierdas en la batalla, valeroso guerrero —le aconsejé.

—A ver si te pierdes tú —replicó Zerco, nuevamente jocoso—. Ya te he dicho que yo no pienso bajar de los hombros de Aecio.

El paisaje por el que avanzábamos era fértil y ondulado, verde de pastos, salpicado de campos de trigo y de villas en otro tiempo esplendorosas. En muchos aspectos se trataba de la tierra más hermosa que jamás hubiera visto, más frondosa y con más caudales de agua que mi nativa Bizancio. Si moría en la Galia, mi cuerpo no hallaría un mal lugar para el reposo. Y si sobrevivía...

Esa noche permanecí en la tienda de mando, ocupando un discreto segundo plano, mientras Aecio recibía los informes de los contingentes y sus respectivos destinos.

—Existe una encrucijada que se llama Campus Mauriacus —informó el general a sus oficiales, señalando un mapa—. Todos los ejércitos que transiten entre el Sena y el Marne, tanto los hunos como nosotros, deberán pasar por ella. Ahí es donde nos encontraremos con Atila.

—Anto y sus francos ya se encuentran próximos a ese lugar —informó un general—. Su impaciencia por encontrar a su hermano traidor es similar a la de ese joven por recuperar a su mujer.

—De modo que los francos pueden topar con Atila antes de que estemos preparados. Quiero que lo impidáis. ¿Jonás?

—Sí, general.

—Ejercita tu propia impaciencia y ve en busca del impaciente rey Anto. Adviértele de que tal vez estén a punto de encontrarse con los hunos, y de que debe esperar la llegada de nuestros refuerzos.

—¿Y si se niega a esperar? —le pregunté.

Aecio se encogió de hombros.

—En ese caso, dile que lleve al enemigo derecho al infierno.

Cabalgué toda la noche, casi a tientas, temeroso de que alguna flecha perdida me abatiera, o de que alguien, confundido, me apuñalara. Hasta bien avanzada la mañana siguiente no di con Anto. Apenas había dormido, y el cansancio se apoderaba de mí. Jamás me había sentido tan alterado, tan impaciente. Los relámpagos seguían iluminando el cielo, pero la lluvia se resistía a caer, y el aire se cargaba de un olor metálico. Cuando desmonté para que mi caballo descansara un poco, al apoyar los pies en el suelo noté que la tierra retumbaba; eran los pasos de todos los soldados que hollaban los caminos.

El rey franco, que se había quitado el casco para sobrellevar mejor el creciente calor del mediodía, escuchó cortésmente mi mensaje de cautela y soltó una carcajada.

—No hace falta que Aecio me informe de la posición de mi enemigo. Ya nos hemos encontrado con varios hunos, y las heridas de algunos de mis hombres son buena prueba de ello. Si atacamos antes de que terminen de agruparse, los destruiremos.

—El romano prefiere que todas nuestras fuerzas estén reunidas.

—Si lo hacemos así, ellos también dispondrán de tiempo para reorganizarse. ¿Dónde se encuentra Aecio? ¿Es que los romanos cabalgan a lomos de burros? ¡Es más lento que un carro cargado de carbón!

—Intenta reservar los caballos para el momento de la batalla. No desea cansarlos innecesariamente.

Anto volvió a ponerse el casco.

—La batalla es inminente. ¡Debería encontrarse entre nosotros! ¡Tengo en la cara el trasero del enemigo! No son hunos, sino gusanos de otra calaña.

—Son gépidos, señor —apuntó uno de sus lugartenientes—. Vasallos de los hunos.

—Sí, encabezados por el rey Ardarico, un gusano que espera recoger las migajas del favor de éstos. Pareciera que sus tropas acaban de salir arrastrándose de debajo de una piedra. Yo me encargaré de ahuyentarlos.

—Aecio preferiría que esperaras.

—¡Aecio no es franco! ¡No son sus hogares los que están ardiendo! ¡No es su hermano el que se ha pasado al bando de Atila!

Nosotros no esperamos a ningún hombre, como tampoco tememos a ninguno. Ésta es ahora nuestra tierra. La mitad de mis soldados han perdido a sus familias a manos de esos invasores, y están sedientos de venganza.

—Si aparece Atila...

—¡Entonces yo y mis francos lo mataremos también! ¿Qué me dices, romano? ¿Deseas aguardar un día y otro y otro más en la esperanza de que el enemigo se retire por sí solo? ¿O prefieres luchar contra él esta misma tarde, con el sol a nuestra espalda y la hierba tan crecida que alcanza los vientres de nuestros caballos? Creo recordarte asegurando con jactancia que te abrirías paso entre el enemigo para recuperar a tu mujer. ¡Ahora tienes ocasión de demostrarlo!

—Aecio ya sabía que no me harías caso —admití.

—Es decir, que en realidad te estaba enviando a la primera línea de batalla. —Sonrió y sus ojos brillaron bajo el casco—. Serás afortunado, Alabanda, si conoces la guerra junto a los francos.

Los cuernos iniciaron la llamada. La pesada caballería franca se puso en marcha. Los escudos, en forma de cometa, lucían distintos colores y motivos, las lanzas eran gruesas como troncos, altas como árboles. Los caballeros llevaban las manos cubiertas por guantes de piel oscura, y sus cotas de malla eran del gris de una laguna en los meses de invierno. Sus cascos estaban rematados en punta, y llevaban las caretas atadas con tal fuerza a la barbilla que los que se afeitaban a la manera romana mostraban unas líneas blancas marcadas en el rostro. Constaté que el pelo y la barba de los bárbaros actuaba de relleno y amortiguaba el contacto.

Al unirme a su avance, me asaltaron cien olores; a carne y a excremento de caballo, a polvo y a sudor, a heno y a tomillo, a metal afilado y a madera recién cortada. La guerra es un hedor a sudor y aceite. Además, en las formaciones de caballería el ruido es incesante, pues los cascos de los caballos no dejan de resonar en su avance, los hombres se gritan los unos a los otros, se jactan a voz en cuello de su destreza con las armas o con las mujeres. Muchas de las palabras se pronunciaban con ese tono agudo, tan propio de los momentos de tensión, de quienes tienen miedo y sin embargo controlan su temor y aguardan impacientes una batalla para la que llevan toda una vida adiestrándose. Los francos eran tan distintos de los hunos y los gépidos como la noche y el día: altos, de poderosos miembros, blancos como la leche.

Sólo una minoría de ellos podía permitirse el gasto que comportaban montura y armadura. Muchos miles avanzaban a pie junto a los jinetes, abriéndose camino por entre los trigales ya maduros. Sus cotas de malla les llegaban sólo hasta los muslos, y no hasta las pantorrillas, y las vainas de sus espadas golpeaban rítmicamente sus caderas.

Nuestro enemigo era aquella masa indeterminada que se extendía ante nosotros, junto a un río de caudal lento pero profundo en el que se había detenido a beber. La mitad de los hombres que la integraban ya había cruzado a la orilla opuesta para unirse a la fuerza principal de Atila, al este. La otra mitad aún no lo había hecho y era, por tanto, la más próxima a nosotros. Comprobé que Anto no sólo era un militar visceral, sino también un buen estratega a quien su avanzadilla había informado con precisión de aquella oportunidad; la formación enemiga se encontraba dividida por la profunda corriente del río.

—¿Lo ves? —dijo el rey, que parecía hablar consigo mismo tanto como con los demás—. Sus malditos arqueros no se arriesgarán a cruzar a este lado. Su lejanía nos proporciona ventaja.

Nuestros contrincantes parecían agitarse sin rumbo, como hormigas cuyo hormiguero hubiera sido pisoteado. Algunos iniciaban una retirada apresurada que implicaba volver a cruzar el río, mientras que otros instaban a presentar batalla a los francos. Aquellos guerreros, acostumbrados a llevárselo todo por delante, habían acatado a regañadientes las órdenes de Atila de replegarse. Y ahora sus enemigos acudían a su encuentro. No se trataba del vasto ejército de Aecio, del que tanto se hablaba, sino de apenas un ala de francos temerarios que habían avanzado más de la cuenta.

Distinguimos al rey Ardarico, flanqueado de estandartes reales, que se alejaba al galope en busca de Atila, seguramente para que le indicase cómo actuar.

Aquel movimiento era precisamente el que Anto estaba esperando.

—¡Al ataque!

Supuse que sentiría más temor, pero qué placentera embriaguez experimenté al unirme a ellos. La sensación de poder absoluto, el impulso de la caballería franca, me arrastraban. Jamás me había sentido tan vivo como en ese momento, galopando, rodeado de guerreros. El suelo temblaba bajo los cascos de los caballos y, a medida que la distancia entre los dos bandos se acortaba, aumentaban los gritos. La caballería franca y la infantería gépida, más numerosa, se apresuraban a formar sus respectivos frentes de batalla.

Al aproximarnos nos dispararon y lanzaron sus proyectiles, una lluvia de jabalinas que detuvo nuestra carga. Algunos de nuestros jinetes más expuestos sucumbieron al impacto y cayeron sobre las primeras filas de gépidos. El resto se abrió paso y rompió la línea enemiga a golpes de lanza, llegando de una sola embestida hasta la orilla del río, antes de retroceder al rescate de los supervivientes que habían quedado rezagados. La violencia del ataque pilló por sorpresa a los gépidos, acostumbrados a que sus víctimas huyeran despavoridas. Las grandes espadas de los francos partían por la mitad las lanzas y los escudos de sus rivales, por más que éstos, desesperados, lanceaban los flancos de los caballos de Anto, haciendo caer al suelo a varios jinetes, donde resultaban a todas luces más vulnerables. Durante unos peligrosos instantes, los gépidos nos superaron en número, pero entonces, la infantería franca llegó en nuestro apoyo, infiltrándose en todos los resquicios del combate, profiriendo pavorosos gritos que se confundían con la cacofonía de todos los tambores. *Cacofonia ?*

Al principio, parecía que la encarnizada batalla podía decantarse por cualquiera de los dos bandos. Yo usaba mi montura para abrirme paso y hacer perder el equilibrio a los soldados de la infantería gépida, mientras atacaba con la espada, pero también veía a nobles francos sucumbir, devorados por el remolino de la contienda. Paulatinamente, la furia de los nuestros fue imponiéndose, el valor del rival flaqueaba, y el enemigo quedó acorralado contra el agua, donde se percató del peligro real al que se enfrentaba. La pendiente de la orilla era considerable, y si resbalaban por ella no lograrían seguir luchando en las mismas condiciones. Así, su única elección pasaba bien por huir a nado, abandonando a sus camaradas, bien por permanecer donde se encontraban, aun a riesgo de que los arqueros francos les dispararan o fueran ensartados por las lanzas enemigas. Desesperados, pedían auxilio a gritos a los soldados de su bando que se encontraban en la otra orilla. Algunos se lanzaban al río para acudir en su defensa, mientras otros abogaban por la retirada antes de que fuera demasiado tarde. El desorden reinante se apoderaba de todo, y los generales gépidos, acostumbrados como estaban a acatar las órdenes de los jefes hunos, parecían incapaces de decidir por sí mismos si debían contraatacar o retirarse. Y como cada vez más francos se sumaban a la lucha, las asediadas tropas enemigas, sintiéndose acorraladas, eran presas del pánico.

Un regimiento de refuerzos hunos apareció en la orilla opuesta y comenzó a disparar sus flechas, pero, como Anto esperaba, la distancia y la confusión del combate cuerpo a cuerpo impedían la eficacia del ataque, que cesó en cuanto los arqueros enemigos constataron que mataban a tantos gépidos como francos. De haber cruzado el río más arriba y haber sorprendido a los francos por la retaguardia, habrían representado un peligro mayor, pero temían quedar separados de Atila.

Con todo, los gépidos también se resistían a retirarse y abandonar a su suerte a sus camaradas. Algunos se lanzaban, temerarios, a una muerte prácticamente segura, arrojándose al agua y vadeando el río, o atravesándolo lentamente a nado. Muchos recibían el impacto de las flechas enemigas, otros, simplemente, se ahogaban. Los que sobrevivían trepaban por la orilla franca e intentaban engrosar la línea bárbara, cada vez más debilitada. De ese modo lograban dilatar el combate, aunque no alterar el resultado de su desenlace. Nuestra caballería abría grandes brechas en la formación gépida, las espadas y las hachas se abatían sobre los soldados de a pie que, al caer, eran pisoteados por los caballos. Entretanto, la infantería franca aprovechaba los resquicios para sorprender al enemigo por los flancos y la retaguardia. El combate iba convirtiéndose en fuga desordenada, y ésta en carnicería. Los secuaces de Atila cruzaban el río a la desesperada, atropellándose los unos a los otros, pero los arqueros francos les disparaban desde su orilla. Todos intentaban salvar la vida, y el agua se teñía del rojo de la sangre.

Una vez asegurada nuestra victoria en la orilla occidental, varios jinetes de Anto atravesaron el río para seguir con la persecución. Ahora, sin embargo, la pendiente favorecía al enemigo, que contaba además con superioridad numérica. Así, aquellos francos más intrépidos morían o se veían obligados a emprender una rápida retirada. Al fin, fueron los propios gépidos quienes se alejaron más de su orilla. Y como ambos bandos se apartaron temporalmente del río ensangrentado, aquella primera batalla se extinguió. Recomponiendo a duras penas la formación, la maltrecha retaguardia de Atila ascendió por una colina distante. Los hunos que habían acudido en su apoyo tras desgajarse del contingente principal del *kagan*, cabalgaban en círculos sobre la cima de la loma, como si su intención fuera proseguir con la lucha. Con todo, al fin desestimaron la idea, pues las sombras de la tarde eran cada vez más alargadas, el sol poniente los cegaba y los llevaba a errar cada vez más el tiro, y a lo lejos veían los destellos de otras formaciones romanas que acudían en apoyo de los francos. Era mejor aguardar la llegada del nuevo día, cuando Atila pudiera atacar con toda su fuerza.

De modo que dieron media vuelta y desaparecieron tras el repecho.

Yo contuve la respiración. El brazo me dolía de blandir la espada, que se había abatido sobre escudos, cascos y carne humana. Por su filo resbalaba la sangre y yo, de milagro, no tenía ni un rasguño. Volví la vista atrás y contemplé aquella alfombra tejida con miles de cadáveres, y me sobrecogí al pensar que sólo se trataba del principio. No era la primera vez que presenciaba la muerte en el campo de batalla, por supuesto, pero era su gran número el que me impresionaba. Los cuerpos aparecían inmóviles, curiosamente planos. Los muertos resultaban inconfundibles.

Pero, al mismo tiempo, el entusiasmo de haber sobrevivido se apoderaba de mí, y parecía que el resplandor de los relámpagos que habían surcado el cielo aquel mismo día me hubiera transmitido su fuerza. ¿Se trataba de una señal que me indicaba que iba a ser inmune al impacto de cualquier proyectil, al filo de cualquier arma? Habíamos aplastado la retaguardia, tal como el rey franco había vaticinado, y por un breve instante de locura mi mayor temor fue que los hunos prosiguieran con su retirada sin darme tiempo a rescatar a Ilana.

Anto volvió a quitarse el casco. Tenía el pelo sudoroso y una expresión de triunfo en los ojos brillantes.

—¡Vamos! ¡Vamos a por el resto antes de que oscurezca! —gritó—. ¡Este campo de batalla es mío, y quiero reclamar esa colina!

Los mil jinetes de la caballería franca cruzaron el río como un solo hombre, convirtiendo sus aguas, ya desiertas de enemigos, en un hirviente mar de espuma. Sin dilación, nos encaminamos a lo alto de la loma que el enemigo acababa de abandonar. Al llegar a la cima nos detuvimos. La tierra era un mosaico formado por las huellas que dejaban los caballos, y miramos hacia el levante, sobrecogidos. El sol, a punto de ponerse, recortaba los nubarrones que se cernían sobre el este, ennegreciéndolos, y bañaba con su luz dorada el esplendoroso paisaje que se extendía ante nosotros. El efecto era cautivador y la vista tan hermosa que mientras viva jamás la olvidaré. Parecía que a nuestros pies pudiéramos divisar a toda persona nacida al este del Rin.

A pocas millas, comenzaban las líneas del campamento huno, grandes grupos de hombres que se disponían a pasar la noche. A su alrededor, un doble círculo defensivo formado por carros se extendía por la llanura; en su interior proliferaban los techos de lona y las yurtas, que semejaban enormes setas grises. A lo lejos divisamos la encrucijada de Campus Mauriacus, y a las decenas de miles, a cientos de miles de guerreros de Atila allí congregados, como un inmenso rebaño expectante. También eran visibles las reatas de caballos, los grupos de ovejas y de bueyes que se concentraban en la zona. La tierra misma parecía moverse y ondularse como la piel de un animal. El humo de las mil fogatas nublaba el aire, y el metal de las incontables puntas de lanza refulgía amenazador. Era como si todos los hombres que habitaban la Tierra se hubiesen congregado al fin en aquel lugar para decidir la supremacía del mundo de una vez por todas.

—Mirad bien esto, hermanos, y no lo olvidéis, pues desde hace mil años ningún hombre ha visto semejante espectáculo —declaró Anto con gran solemnidad—. ¿Os parece una batalla digna de ser librada?

—Es como si se hubieran congregado todas las naciones que habitan la Tierra —comentó un capitán franco, sobrecogido—. Ya me duelen las manos de blandir la espada, y parece que apenas hemos comenzado.

—Así es, pero los romanos, los visigodos y todos los demás acuden ya, y nos ayudarán a poner fin a lo que hemos comenzado. Nosotros les hemos mostrado el camino.

Nos volvimos y observamos las infinitas columnas de nuestros aliados, que, desde todas las direcciones, convergían en el mismo punto y cubrían las últimas millas que los separaban del campamento de Atila. La polvareda que levantaban había teñido el sol de rojo sangre, y sus armaduras conferían a su avance un brillo de marea creciente.

—Contemplad este espectáculo —reiteró Anto en voz más baja—, y mantened la esperanza de poder, algún día, relatarlo a vuestros hijos. Contempladlo bien, y no lo olvidéis nunca —insistió, al tiempo que asentía como si estuviera hablando consigo mismo—. Pues no sólo no se ha visto nunca, sino que jamás volverá a repetirse.

—¿Jamás? —preguntó el capitán.

El rey sacudió la cabeza.

—No. Porque cuando mañana caiga la noche, muchos de ellos y de nosotros habremos muerto.

27

La batalla de las Naciones

Lo que recuerdo de la noche anterior a la gran batalla no es el miedo ni el sueño, sino los cantos. Los germanos eran muy aficionados a ellos, entonaban sus canciones en voz mucho más alta y con mayor entrega que nosotros, los discretos y metódicos romanos, y a medida que los regimientos, las divisiones y los ejércitos desfilaban para ocupar las posiciones que Aecio les había asignado, dispuestos a pasar una noche en blanco en aquella gran pradera, elevaban unos cánticos que hablaban de un pasado incierto y legendario: de grandes monstruos y grandes héroes, de tesoros y doncellas de belleza cautivadora, de la necesidad de los hombres de convencerse, aquella noche y siempre, de la misma disyuntiva de conquista o muerte. Si morían, accederían al más allá, una mezcla de Cielo cristiano y Hades pagano, y ocuparían su lugar en un panteón de héroes y santos. Si sobrevivían, su existencia se vería libre de temores. Las palabras se elevaban al cielo estrellado del estío, y el aire cálido y todavía húmedo por las tormentas que se habían disipado, acogía una sucesión de cantos que iban encadenándose hasta convertirse en uno solo, y que armaba a nuestros soldados del valor que tanto necesitaban.

Los hunos también cantaban. Sé que, tras su campaña de invasiones, tras la desolación que sembraban a su paso, se les recuerda como seres casi inhumanos, como una plaga oriental de ferocidad tan inusitada que parecían pertenecer al reino de Satán o de otros dioses de las tinieblas. O, como Atila se llamaba a sí mismo, que eran el Azote de Dios. Y, sin embargo, a pesar de saber que debían ser derrotados, yo también los había conocido como pueblo: eran orgullosos, libres, arrogantes y, en secreto, temerosos del mundo civilizado contra el que se habían levantado. Me resultaba difícil entender las letras de sus cánticos desde la distancia que nos separaba, pero sus melodías eran, curiosamente, más dulces, más tristes, como si surgieran de lo más profundo de ellos mismos. Las canciones de los hunos hablaban del hogar que habían dejado atrás hacía tanto tiempo, de la libertad de las estepas, de una simplicidad que ya no podrían recobrar, por más que cabalgaran. Hablaban de un tiempo que, ganara quien ganase aquella batalla, no volvería más.

*Cantos
Hunos*

Los romanos se mostraban más tranquilos. Al principio intentaron dormir, aunque no tardaron en desistir y se dedicaron a afilar las armas y a instalar los cientos de ballestas que lanzarían proyectiles capaces de abatir a más de diez enemigos de una sola vez. Su disciplina habitual era el silencio. Pero al alba de aquella noche que era la más corta del año, algunos de ellos se dejaron contagiar del ambiente general y entonaron himnos cristianos. El obispo Aniano nos había seguido desde Aurelia, y yo lo observaba entre aquellos rudos soldados, vestido como humilde peregrino, bendiciendo y confesando a los creyentes, ofreciendo palabras de aliento incluso a los que no habían sido aún ganados para la Iglesia.

El sol salió como se había puesto, rojo entre nubes incendiadas. Sus primeros rayos nos deslumbraron, y Aecio ordenó a sus reyes y generales que prepararan sus filas, por si los hunos aprovechaban la posición del sol a su espalda para iniciar la carga. Sin embargo, el enemigo no estaba más preparado que nosotros para el combate. Jamás dos contingentes tan numerosos se habían congregado en una batalla, y la confusión en ambos bandos era considerable. Los hombres iban de un lado a otro con impaciencia creciente, mientras el astro rey se elevaba en el cielo y el calor empezaba a apretar. Un pequeño arroyo discurría, alegre, entre los dos ejércitos, aunque su distancia se salvaba fácilmente con un tiro de flecha, por lo que ninguno de los dos ejércitos se atrevía a acercarse a él. Las mujeres recorrían las filas cargadas con pellejos y vasijas de agua que habían sacado del otro río, el que habíamos capturado durante la tarde anterior, y que ahora quedaba a nuestras espaldas. Los hombres, sedientos, bebían, sudaban enfundados en sus armaduras, y orinaban allí mismo hasta que, hacia el mediodía, el campo de batalla olía a letrina.

Todos nos preguntábamos cuándo empezaría.

La disposición de ambos bandos era opuesta. Atila se había situado, junto con sus hunos, en el centro de su línea, con la clara esperanza de usar su caballería —la más ofensiva de sus fuerzas— para dividir a nuestro ejército en dos mitades.

Los ostrogodos del *kagan*, comandados por el rey Valamer, se encontraban a su derecha, frente a nuestros romanos, que quedaban a nuestra izquierda, lo mismo que los maltrechos gépidos y los bagaudas rebeldes. Clodion, el príncipe franco, que aspiraba a la corona, se encontraría cara a cara con su hermano Anto.

Las tribus rugianas, escirias y turingias, aliadas de los hunos, se alineaban, por su parte, a la izquierda de Atila, reforzados por una fuerza de varios millares de vándalos venidos de Iberia, sin vínculo con Genserico y su ejército de Cartago, que habían atravesado los Pirineos para unirse a los hunos en esa hora decisiva; su propósito era matar al máximo número de visigodos.

Aecio, a diferencia de Atila, situó a sus mejores tropas en ambas alas y, tal como prometió, dejó el centro a Sangibano y los alanos.

—No es necesario que venza. Basta con que resista —dijo Aecio. Aquel contingente se vio reforzado con la incorporación de tropas que aún no se habían estrenado en la carnicería: los liticianos y los olibriones. Éstos eran veteranos romanos que, tras pasar a las reserva, habían vuelto a incorporarse al ejército, dispuestos a vivir aquella última pesadilla titánica. Lo que les faltaba de vigor juvenil lo compensaban con creces gracias a su empeño y su experiencia.

Teodorico y los visigodos formaban el flanco derecho del bando romano, y constituían nuestra fuerza de caballería más poderosa, que habría de enfrentarse a rugianos, escirios y turingios.

Aecio y sus legiones romanas, combinadas con francos, sajones y armoricanos, ocupaban el ala izquierda. Exceptuando la caballería pesada de los francos, que tan bien había luchado la tarde anterior, la mayor parte del contingente estaba formada por soldados de a pie, que se alineaban escudo contra escudo hasta formar paredes ininterrumpidas, que avanzaban como lentos dragones contra la infantería enemiga. Lo que Aecio esperaba era que, mientras los hunos se abalanzasen contra el centro de su formación, él pudiese rodear a los aliados de los hunos situados a ambos lados y obligar así a los invasores a agruparse, lo que les permitiría dejarlos encerrados y pasarlos por la espada, del mismo modo que Aníbal había hecho con los romanos en Cannas, o los godos en Adrianópolis.

—Todo dependerá de dos cosas —nos dijo—. La primera es que el centro resista. De lo contrario, Atila no tardará en atacarnos por la retaguardia y cortará nuestro avance con flechas que nos lloverán por la espalda. La segunda es que nuestra ala alcance esa pequeña loma de ahí, pues desde ella nuestra infantería podrá lanzar sus lanzas contra cualquier enemigo y repelerlo. El ataque decisivo será entonces el de Teodorico y los visigodos. Si logramos sumir a los hunos en la confusión, su caballería saldrá victoriosa. —Se colocó el casco—. He hablado con Teodorico y le he transmitido que todas las riquezas de Oriente y Occidente aguardan en el campo de Atila. Él ha respondido que, en ese caso, cuando acabe el combate reunirá más riquezas de las que puede imaginar o estará muerto antes de que caiga la noche. —Esbozó una mueca poco tranquilizadora que pretendía ser una sonrisa—. Esa profecía suya también se refiere a todos nosotros.

Cuando la historia deja constancia de esos planes de batalla, lo hace con trazos claros y sencillos. La realidad es que ambos bandos formaban una babel de lenguas, una coalición de reyes orgullosos, de manera que ni la paciente diplomacia de Aecio ni el terrorífico carisma de Atila bastaban para llevar a todos los hombres a sus posiciones. Apenas nos entendíamos entre nosotros, y las dimensiones del campo de batalla resultaban inabarcables; una orden, por ejemplo, podía tardar media hora en alcanzar a su destinatario.

Nadie sabrá jamás cuántos hombres se congregaron en el campo de batalla aquel día. Decenas de miles de esclavos romanos fugitivos se habían sumado a las filas de Atila. Decenas de miles de mercaderes, tenderos, granjeros, estudiantes e incluso sacerdotes engrosaban las de Aecio, pues sabían que aquélla era la única posibilidad de que la civilización sobreviviera. La confusión del momento, la polvareda que se elevaba al aire, impedían cualquier intento de llevar la cuenta, pero mi impresión era que los números de cada bando alcanzaban los centenares de miles. Como si aquello fuera el fin del mundo, como si estuviera a punto de librarse la batalla final de la historia y todos los hombres hubieran empeñado su alma en la victoria.

Así, iban pasando las horas y los dos ejércitos se escrutaban desde la distancia, que entre los dos frentes era todavía superior a una milla. La loma seguía inexpugnada, y el tentador riachuelo surgía como una cinta pálida entre la hierba crecida, una promesa de agua fresca al primero de los ejércitos que lograra alcanzarlo. Sin embargo, durante un tiempo ninguno de los dos se mostraba listo para iniciar el avance, pues hacerlo desordenadamente era incitar a la aniquilación. Yo empezaba a cansarme de permanecer sentado sobre mi inquieto caballo, y la infantería llevaba tanto tiempo de pie que muchos soldados, exhaustos, se tumbaban sobre la hierba.

He dicho que recuerdo aquella noche como una noche de cánticos, pero aquel mediodía fue un tiempo de silencio, de quietud. Al fin resultó evidente que ambos bandos habían logrado cierta apariencia de orden, y que el combate debía empezar. Fue entonces cuando una calma extraña se cernió sobre ellos. Para algunos debían de ser momentos de callada concentración, para otros de miedo, de oraciones o de superstición. Pero todos sabíamos que había llegado la hora de la verdad. A mí tampoco se me ocurría nada que decir. Los romanos no se habían enfrentado hasta ese momento con un enemigo tan temible, ni los hunos con uno tan decidido a resistir, con la espalda, en cierto sentido, apoyada en el gran océano del oeste, que aun así se encontraba a muchas millas de allí. Al menos mil estandartes y pendones se erguían entre las interminables filas de soldados, y formaban un campo inmóvil, con la calma que precede a las tormentas. Contemplaba los estandartes dorados de los legionarios romanos, los de los hunos, rematados en crines, las cruces y las representaciones paganas de las diversas tribus y naciones que allí se habían congregado, pues todos los hombres se identificaban con el símbolo que se alzaba frente a ellos. La tensión de la espera resultaba casi insoportable, y yo, a pesar del pellejo de agua que había bebido, sentía la boca reseca. Me preguntaba en qué lugar, más allá de la inmensa horda de Atila, se encontraría el campamento de éste. Ésa debía ser mi meta, pues allí era donde se encontraba Ilana.

Ignoraba cuál sería su aspecto tras aquellos meses de cautiverio, si la habrían quemado o torturado, si sentiría que la había abandonado a los hunos o que había hecho lo que ella deseaba al huir con la espada. No importaba. Seguía siendo Ilana, y su recuerdo se mantenía tan vívido y preciso en mí como el filo de una espada. Curiosamente, cuanto más agudo era el conflicto en que me hallaba inmerso, más me ocupaba de mi propia e insignificante felicidad. Venciera quien venciese, yo no descansaría hasta encontrarla, rescatarla y apartarla de aquella pesadilla. Los reyes luchaban por sus naciones; yo lo hacía por recobrar mi paz.

Como si hubiera leído mis pensamientos, un jinete solitario se alejó de las filas hunas y, al galope, inició un lento rodeo que lo acercó a nuestra primera línea. El caballo era pardo y el huno, erguido, orgulloso, llevaba el pelo largo, recogido en una cola que ondeaba al viento, al tiempo que las flechas de su carcaj se movían con el vaivén de su avance. En el silencio preñado de inminencia, sorprendía el retumbar de los cascos del animal. Se metió en el riachuelo, pero nadie le disparó una sola flecha y, cuando se encontraba a cien pasos de nuestras líneas viró ligeramente y siguió cabalgando paralelo a ellas, inspeccionando con gran sangre fría a los miles de hombres listos para la batalla, buscando sin duda algo muy concreto. Entonces, al acercarse a las formaciones romanas del ala izquierda, lo reconocí y supe al fin a quién andaba buscando: a mí.

Era Skilla.

Su caballo aminoró el paso al acercarse al pequeño bosque de estandartes que rodeaban a Aecio y a sus oficiales, avizorando en busca de mi rostro. Con una mezcla de temor y fatalidad, levanté un brazo. Él se percató de mi gesto, y decidí quitarme el casco para que no le cupiera duda de mi identidad. En ese instante detuvo su caballo y me señaló, como si me dijera que había llegado el momento de reanudar nuestro combate. Me fijé en su sonrisa, en el breve destello de sus dientes recortados sobre aquel rostro bronceado por el sol. Y lo vi alejarse al galope, impaciente por incorporarse de nuevo a las filas de su propio ejército, y ocupar sin dilación un lugar entre los hunos, un lugar que aproximadamente quedaba frente al mío. Los hombres de su nuevo *lochos* prorrumpieron en gritos de júbilo.

—¿Quién era? —me preguntó Aecio, curioso.

—Un amigo —respondí sin pensar, y fui el primer sorprendido al oír mis propias palabras. Con todo, ¿quién podía entenderme mejor que el hombre que también quería hacer suya a Ilana? ¿Quién era capaz de compartir mis experiencias más íntimas, sino el hombre contra el que en tantas ocasiones había combatido?

Aecio frunció el ceño al oír mi respuesta, y me miró como si me viera por primera vez y deseara retener aquella imagen en la memoria. Le hizo una señal a Zerco de que se acercara, y el enano obedeció, tambaleándose casi con el peso de la gran espada de Marte que llevaba amarrada a una estaca. El general se inclinó a recogerla y, en ese momento, tensando los músculos del brazo, la alzó lo más que pudo sobre su cabeza. Diez mil rostros se volvieron a mirarla y, a medida que entre las filas se corría la voz, los diez mil se multiplicaban por diez, por veinte. ¡Al fin llegaba la señal! Hasta los hunos, que sin duda también la veían, abandonaron su inmovilidad. Se trataba de su talismán, el que les había sido arrebatado, y yo imaginaba a Atila exhortando a sus hombres a que volvieran la vista en dirección al negro filo alzado contra el cielo del oeste, y prometiendo su peso en oro a quien lo recuperara.

Luego, al son de los tambores, los soldados de infantería romanos y aliados recogieron sus escudos y se cubrieron con ellos al mismo tiempo, como quien cierra las contraventanas de una casa. Así, nuestra ala se puso en marcha en dirección a la loma.

Yo, al igual que los oficiales, iba a caballo, y disfrutaba por ello de una mejor vista. Junto a un reducido grupo de asistentes, me mantenía a una distancia prudencial y me maravillaba al contemplar la disciplinada cadencia de aquel mar de cascos que se mecían entre lanzas ante nosotros. Bajo el rugido de los tambores se intuía la fricción del cuero y el chasquido del metal de los equipos, así como el retumbar de cien mil pasos. Era como si un gran monstruo hubiera despertado al fin de su letargo y avanzara desde su cueva, agazapado y amorfo, con la vista fija, decidida. Al aproximarnos a la colina que Aecio pretendía tomar, los ostrogodos apostados frente a nosotros desaparecieron por un momento de nuestra vista, aunque cuando la tierra empezó a ganar altura, oímos un gran grito que provenía de lejos, seguido de una sucesión de alaridos sincopados, sobrenaturales, que parecían los graznidos de mil águilas. Un escalofrío nos recorrió la espalda; los invasores iniciaban la carga para alcanzar la cima antes que nosotros. El ritmo de nuestros tambores se hizo más rápido y pusimos los caballos al trote, y enseguida al galope. Desenvainé la espada al tiempo que el resto de oficiales. Por el momento no veía más que la verde hierba que coronaba la cima de la loma, pero el estruendo de la infantería goda que acudía a nuestro encuentro era tal que sentíamos con claridad la vibración de la tierra.

Entonces, un diluvio de flechas oscureció el sol.

¿Cómo describir aquella visión? Nadie la había presenciado hasta ese momento y no es probable que nadie vuelva a presenciarla. Como si de un viento de astillas se tratara, un manto de madera resonante, un silbido de dardos que hendía hasta el aire con un sonido de sábanas hechas jirones. Nos envolvió un rumor de plaga de langostas. Las legiones avanzaban a la carrera, en curiosa formación, alzando sus escudos por encima de sus cabezas. Y apenas el primer chaparrón llegó hasta nosotros, un segundo inició su sonora travesía.

Las flechas caían con estrépito de granizo y se abrían paso entre los resquicios de los escudos, provocando los gritos de los desventurados en quienes se clavaban. Al instante, mi propio caballo fue blanco de una de ellas y, doblando las patas delanteras, me arrojó sobre lo que se había convertido en un prado de astas de madera clavadas sobre la tierra y los hombres. Aterricé de bruces, aturdido, sin saber en un primer momento qué había sucedido. La segunda lluvia de saetas cayó entonces sobre nosotros, y fue en verdad un milagro que ninguna hiriese mi indefensa figura. Los relinchos desesperados de mi caballo me hicieron percatarme de que las flechas se le habían clavado en el cuello, los flancos y los ojos. Armándome de valor, tras recobrar el aliento, me hice con el escudo de un soldado muerto y me lo coloqué encima justo antes de que la tercera salva se abatiera sobre mí. ¿Cuántas flechas se dispararon en aquellos momentos iniciales de la batalla? ¿Un millón? Fueran las que fuesen, no constituían más que un preludio de lo que sería un día eterno.

Oí que en el aire volvía a reverberar un silbido iracundo y me atreví a asomar la cabeza. Nuestra artillería romana disparaba ahora con las ballestas y dirigía los proyectiles en llamas hacia el enemigo, en respuesta al ataque. Vi que nuestros arqueros avanzaban a la carrera. Ahora la lluvia de flechas venía de ambas direcciones, y eran tantas que algunas se encontraban en el aire y, tras chocar, caían sobre la tierra en espiral, como semillas voladoras. Los hombres que avanzaban las pisaban y las partían con un chasquido semejante al del hielo fino al resquebrajarse.

Se oyó un rugido terrible, un mar de voces, seguido del chasquido de las dos alas, la romana y la ostrogoda que, en lo alto de la loma, acababan de iniciar el combate cuerpo a cuerpo. El choque reverberó en todo el campo de batalla como un trueno, como un muro que se desmoronara contra otro, y a partir de ese momento la disciplina de las líneas romanas de Aecio empezó a dar sus frutos. A pesar de que éstas se abrían y se ondulaban, no llegaban a escindirse, mientras que los ostrogodos se replegaban ligeramente.

Arrastrándome, abandoné el caparazón protector de mi escudo y me coloqué éste en el brazo. Como los dos bandos ya se habían fundido en el combate, la lluvia de flechas había menguado. Tres de ellas se habían clavado en mi adarga, y me llevaron a recordar mi lucha solitaria contra Skilla. Seguía algo aturdido por aquel primer ataque con flechas, y por un instante olvidé cuál era mi misión. ¡Ilana! ¡La vida! Pensar en ella me dio fuerzas para emprender la tarea que tenía entre manos. Acababa de convertirme en soldado de infantería, y mi arrojo hacía tanta falta como el de cualquier otro. Los dos bandos formaban un cuerpo compacto, enorme, así que tuve que esperar a que un número suficiente de hombres hubiera caído para encontrar un resquicio por el que sumarme a aquel clamor de músculos y espadas. Delante de mí veía a Valamer, el ostrogodo, y a sus hermanos Teodimer y Valodimer, que instaban a sus tropas a proseguir con el ataque, y a nuestro enloquecido Anto, que intentaba abrirse paso para llegar hasta Clodion, su rival. Los romanos y los hunos combatían por el imperio; los aliados de ambos bandos lo hacían para dirimir sus antiguas enemistades.

Desearía poder hablaros de movimientos ágiles, de embestidas limpias y certeras, pero no recuerdo que los acontecimientos se desarrollaran de ese modo, ni que nos entregáramos a la lucha con gran destreza. Un mar de cabezas godas, algunas con casco y otras sin él, ascendían hacia lo alto de la colina, mientras nosotros, los romanos, jadeando, avanzando, hincando las espadas, alcanzábamos la cima. Fueron apenas unos pasos de diferencia los que nos permitieron llegar antes que ellos y, gracias a eso, contar con una ventaja que resultó decisiva. Yo levanté el escudo para protegerme de la lluvia de todas las cosas que nos arrojaban y que caían como los golpes de unos intrusos que intentaran echar una puerta abajo, y a ciegas blandí mi espada, que casi siempre chocaba con estrépito con bultos duros, pero que en ocasiones desgarraba otros más blandos, que gritaban de dolor... Algunos hombres se aferraban a mis tobillos, y yo los remataba entre maldiciones. Junto a mí había un soldado que retrocedía, tambaleándose, con un hacha clavada en la cabeza: lo recuerdo porque la sangre le salía a borbotones y salpicaba a todos quienes nos encontrábamos a su alrededor. No recuerdo mucho más. Filas enteras parecían caer en los dos bandos, como si la tierra se las tragara, y enseguida aparecían otras que las relevaban. Pisé algo, un cuerpo o una lanza, y caí al suelo ahogando un grito, ya exhausto. Me encontraba a cuatro patas, sin ninguna protección a mi espalda. Contraje todos los músculos, seguro de estar a punto de recibir la estocada final. Pero no, la línea avanzó, dejándome atrás, y otros romanos ocuparon mi lugar. Los godos se amontonaban en su retirada, y el avance las legiones de Aecio no se detenía. Más tarde me enteraría de que aquel primer combate habría de resultar decisivo, pues otorgaría a nuestros ejércitos una ventaja que ya no cederían durante toda la pesadilla que se avecinaba. Con todo, en aquellos momentos ignoraba la trascendencia de la acción. Me incorporé justo a tiempo de ver a Skilla que, a lomos de su caballo, se veía obligado retroceder, arrastrado por la marea de godos y gépidos que se batían en retirada, y que, impotente, les gritaba en huno que resistieran. Ellos, a su vez, maldecían en su lengua e intentaban reorganizarse tras la muerte de muchos de sus jefes. Dudo de que me viera, pues yo seguía medio tendido en el suelo.

Los cuernos sonaron y Aecio detuvo el avance en mitad de la pendiente de aquella colina que con tanto esfuerzo habíamos conquistado. Miles de cuerpos se amontonaban en su cima, algunos inmóviles, otros retorciéndose y gimiendo, ensangrentados, con los huesos rotos y dislocados que nuestros refuerzos se encargaban de enderezar a medida que avanzaban. Los romanos mataban a los ostrogodos que seguían con vida, al tiempo que éstos destripaban o desmembraban ante nuestros propios ojos a los escasos romanos a los que habían capturado. Y allí, donde la altura del lugar proporcionaba a nuestras jabalinas cierta ventaja, nos detuvimos, sin resuello, a reponer fuerzas.

A partir de ese momento, empezó la verdadera batalla.

Si antes el suelo había temblado, ahora se agitaba, y lo hacía con una violencia tal que me recordaba a los terremotos que habían derribado las murallas de Constantinopla hacía unos años. Los supervivientes nos contaron más tarde que Atila se había negado a ofrecer a los ostrogodos la ayuda de su caballería, en su lucha por aquella cima, pues creía que la elevación resultaba de poca importancia para las grandes cargas a caballo, que en su opinión eran las que contaban. Alertaba a sus caudillos de que la infantería romana estaba compuesta por babosas a las que no había que dar importancia, y que la batalla verdadera la librarían los jinetes. Así, con un grito, condujo a lo mejor de su ejército al encuentro de Sangibano y los alanos, que ocupaban la posición central, y prometió descabalgar al rey que se había negado a la rendición de Aurelia. Si Atila abría allí una brecha, la batalla terminaría. Los hunos cargaron entre alaridos, lanzando tandas de flechas, y en aquel momento me vino a la memoria la primera lección de guerra que me proporcionó Zerco a orillas del río Tisza, y me pregunté si alguna vez se quedarían sin ellas y si, en caso de que tal cosa sucediera, no sería ya demasiado tarde para nosotros. También dudaba de que Aecio hubiese tomado la decisión correcta situando a Sangibano en el centro, pues nuestro general parecía no tener prisa por rodear a los hunos. Hasta que lo hiciera, el peso de la batalla lo llevarían los alanos, los liticianos y los olibriones.

Nuestros ejércitos intentaban frenar el avance enemigo con el lanzamiento de proyectiles, y aunque el número de nuestras flechas era menor, no sucedía lo mismo con nuestra artillería pesada, que abría surcos en el asalto valiéndose de piedras, saetas de ballesta y bolas de fuego que segaban a grupos enteros de hunos. Entretanto, la caballería alana atacaba con gran ímpetu, pues eran muchos los que tenían cuentas personales que saldar con aquellos bárbaros procedentes del este que habían asediado su ciudad y asesinado a miembros de sus familias. A medida que el espacio entre las dos caballerías disminuía, las flechas acribillaban a los hombres de nuestras filas combinadas, que sucumbían al remolino de los jinetes. Con algunas cargas más, tal vez los hunos lograran abrirse paso y dividir nuestro ejército en dos. Pero ni siquiera aquellos guerreros de las estepas podían disparar tan deprisa, y su número era tal que se entorpecían los unos a los otros. Ninguna de las naciones allí congregadas tenía experiencia en el control de una concentración de soldados de semejante envergadura. Al fin, los dos ejércitos centrales se encontraron, y la colisión —no sólo de hombres, sino también de caballos a la carrera— dejó pequeña la que acabábamos de protagonizar en lo alto de la colina. Yo no conocía el gran mar del oeste, pero intuía que su sonido debía de parecerse al que oí en ese instante, que el romper de las olas contra las rocas no sería muy distinto del choque de aquellas decenas de miles de jinetes. Los caballos relinchaban, las lanzas y los escudos se partían y, en algunos casos, la violencia del impacto era tal que cascos, puntas de lanza y fragmentos de armadura, e incluso fragmentos de cuerpos, saltaban disparados por los aires en siniestra erupción. Todos aquellos pedazos de cuerpos y de objetos ascendían lentamente y parecían quedar suspendidos durante horas antes de iniciar el descenso.

En esos momentos la confusión era total, pero los hunos no se encontraban preparados para la clase de combate cuerpo a cuerpo que los alanos, más altos y mejor equipados, habían adoptado en Occidente. Los caballos de baja alzada de aquéllos retrocedían llevando aún en sus lomos a los jinetes muertos, arrastrando por el suelo sus propias entrañas. Las espadas de los alanos desgarraban sin dificultad sus delgadas protecciones de cuero. Los estandartes de crin, que se habían mantenido en pie durante generaciones, sucumbían al ataque. Clanes de hunos quedaban atrapados en aquel círculo central en el que reinaba una desesperación creciente, y en escasos instantes de carnicería desaparecían antiguas familias. Aunque los ostrogodos volvían a avanzar sobre las filas romanas, Aecio parecía exultante y blandía la gran espada de hierro con un brazo herido, ensangrentado, cubierto de vendajes.

—¡Resisten! ¡Resisten!

Llegaba entonces el centro de la infantería, y los caballos hunos retrocedían, a pesar de que sus jinetes trataban de lanzarlos contra los lanceros. Qué impotencia debía de estar sintiendo Atila.

Las filas de la caballería huna sucumbían una tras otra, y proseguir el combate en semejantes condiciones de inferioridad habría sido una locura, de modo que los bárbaros se retiraron para reorganizarse. Entretanto, los cuernos y los tambores resonaron y el ala izquierda de Atila inició su avance hacia Teodorico y los visigodos, que ocupaban nuestra derecha. Si no lograban abrir brecha por un lado, lo intentarían por el otro.

La batalla se libraba a lo largo de millas enteras, grandes mareas de hombres avanzaban y retrocedían bajo el arco susurrante de las innumerables flechas. Ningún guerrero lograría mantenerse al margen de la furia que iba a desatarse, del remolino de caballos, hombres, lanzas, flechas, espadas y dientes que se clavarían, desesperados, en la carne. Compañías enteras parecían devoradas de golpe, aunque apenas desaparecían en la vorágine de la matanza, otras surgían de la nada y ocupaban sus posiciones.

Los ostrogodos volvían a cargar contra nosotros una y otra vez, sin tregua, ascendiendo por la colina para intentar alcanzar una posición ventajosa. Y en todos los casos se enfrentaban a una ladera cada vez más resbaladiza por culpa de la sangre, cada vez más cubierta de los cadáveres de sus camaradas, que formaban barreras de miembros agarrotados y armas rotas. Ardarico, el rey gépido, fue lanceado y abatido, y se lo llevaron delirando, mientras que Clodion, el ambicioso franco, cayó confundido entre el amasijo de cuerpos. Su hermano condujo deliberadamente hasta allí a su corcel para que lo pisoteara. Cada vez que los ostrogodos cargaban, nuestras disciplinadas legiones les lanzaban una lluvia de jabalinas. Con cada embestida caían cientos de godos, que nos arañaban, nos escupían y nos apuñalaban, pero la pérdida de la cima de aquella loma se estaba revelando catastrófica para ellos. Morían demasiados guerreros, y el ala derecha de Atila se debilitaba por momentos. ¿Qué sucedería si Aecio, de acuerdo con su plan, comenzaba el cerco a su ejército central?

Sin embargo, el sol todavía lucía alto en el cielo, y aparecían sin cesar nuevas oleadas de ostrogodos que, como los granos de arena de una playa, parecían no tener fin. A nosotros no lograban expulsarnos de nuestras posiciones, pero tampoco nos permitían avanzar. Tras cada embate, nuestros hombres se tambaleaban, exhaustos, sin aliento, con las extremidades cubiertas de la sangre que brotaba a raudales de sus heridas. Durante las breves treguas que concedía la batalla, se desprendían de los escudos y se ocultaban tras ellos, para poder descansar sin temor a las flechas.

Yo había regresado al lado de Aecio. Como me habían asignado el caballo de un centurión muerto, volvía a disponer de una vista más privilegiada de la batalla, aunque el encuentro con el general no me resultaba del todo tranquilizador. Parecía clara su sensación de impotencia, pues no lograba abrir una brecha entre los ostrogodos.

—¡Debemos superarlos, y no lo conseguimos! —murmuraba impaciente—. Tal vez este combate se decida en otro frente —añadió mientras observaba con preocupación el resto de la línea.

En aquel momento Atila hacía gala de su talento táctico. A la derecha de nuestras fuerzas, bastante más al sur, Teodorico y sus visigodos habían logrado lo que esperábamos de ellos. Tras una carga heroica, su caballería se había abierto paso entre vándalos, rugianos, escirios y turingios, como un alud que descendiera sobre un bosque de palillos, una gran nación bárbara que embestía contra otras menores o menos numerosas, y nuestra ala derecha parecía destinada a aplastar a su ala izquierda. El precio que debíamos pagar por ello era, una vez más, altísimo, pues una generación de guerreros tras otra sucumbían a la guadaña implacable de las flechas. Con todo, las lanzas visigodas daban en el blanco y sus enemigos se veían obligados a retroceder en dirección al parapeto de carros de Atila. El avance de Teodorico y de sus hombres era tan rápido, tan inmensas sus ansias de vengar en los vándalos la desgracia que por ellos vivía Berta, que cabalgaban muy por delante de nuestro centro. Entre ellos y el resto de nuestro ejército empezaba a abrirse una brecha peligrosa.

A Atila no le pasó inadvertido ese hecho, y cargó para alcanzar el hueco, conduciendo a sus hunos contra el flanco visigodo.

Fue como si los hombres de Teodorico se hubieran convertido en un perro enfurecido al que, de pronto, hubieran atado de una cadena corta. Los hunos atacaban en su avance por el flanco, como relámpagos, disparándoles desde aquella distancia tan pequeña sus lluvias de flechas, y acercándose entonces con sus caballos sobre los caídos para rematarlos con la espada. La carga visigoda se vio así interrumpida; los hunos, que se retiraban, retomaron su avance, y de pronto Teodorico, punta de lanza de su gente, se vio rodeado por tres lados.

Yo contemplaba el combate desde lejos, sin comprenderlo bien, pero las canciones que se compusieron después contaban la historia del gran rey de los visigodos, padre de Berta, la princesa mutilada, el de los cabellos grises, el de la ira de hierro, que no se había arredrado ante Atila. En vez de emprender la retirada, espoleó a su caballo para que fuera al encuentro del rey de los hunos, gritando que tenía delante al mismísimo diablo y que pretendía matarlo, y que cuando lo hubiera hecho acabaría con Genserico. Atila también parecía haber enloquecido en el fragor de la batalla, y lanzaba su caballo contra su enemigo. Sin embargo, antes de que los dos monarcas se encontraran, una jauría de hunos rodearon a Teodorico y lo separaron de su escolta, clavando en sus integrantes sus flechas y los filos de sus espadas. Fue entonces cuando una, dos, tres, cuatro saetas se hundieron en el pecho del rey de los visigodos, que aturdido, tambaleante, invocó en sus momentos postreros a sus divinidades paganas, así como a su nuevo Dios cristiano, antes de caer de su montura y ser pisoteado y convertido en un amasijo de carne ensangrentada. Los hunos prorrumpieron en gritos de triunfo, y los visigodos, tras la carga, huyeron en estampida en un intento de recuperar su posición inicial. Los hombres de Atila también se encontraban dispersos tras el ataque, y no iniciaron su persecución de manera inmediata. Muchos habían quedado dentro del radio de acción de las ballestas romanas y los hunos, a los que Atila había preservado con tanto empeño durante años —obligando a que fueran los aliados quienes ocuparan los puestos de mayor peligro—, morían como moscas.

Todo estaba aún por decidir. Los visigodos se habían batido en retirada tras la muerte de su rey. Los alanos, que ocupaban la posición central, habían perdido la mitad de su contingente y su posición era desesperada. Sólo el apoyo de los liticianos y la resistencia de los viejos veteranos romanos, los olibriones, impedían que su desmembramiento fuera total. El ala de Aecio, compuesta por francos, sajones y armoricanos, se mantenía en lo alto de la loma, pero seguían sin poder avanzar, y el propio Atila se encontraba frente a ella, con su gran fuerza militar, alentada por la caída de Teodorico.

Ambos bandos estaban igualados. ¿Cuál vencería?

Los dos ejércitos volvían a la carga, todavía más desesperados.

Transcurrían las horas. La lluvia de flechas perdía intensidad, pues, como Zerco había predicho, ni siquiera los hunos contaban con suministros ilimitados. Cuanto más se prolongaba el combate, más se veían obligados a acercarse a la poderosa caballería occidental, y más bajas sufrían. El vaticinio del enano demostraba su implacable exactitud. No se trataba de una incursión relámpago ni de un concurso de tiro con arco, sino de una guerra brutal y sin cuartel, de un combate cuerpo a cuerpo en el que los europeos occidentales mostraban su superioridad. Con todo, ninguno de los dos bandos podía luchar sin tregua por tiempo indefinido, de manera que las filas aparecían, se enzarzaban en la lucha y cuando se sentían exhaustas se retiraban y dejaban sus puestos a nuevos contingentes. La tierra desaparecía bajo un manto de cuerpos cada vez más denso, convertida en una pradera de carne como ningún cronista jamás imaginó. Nada se asemejaba siquiera a lo que algunos llamarían la batalla de los Campos Cataláunicos, otros la batalla de Campus Mauriacus, y otros, sencillamente, la batalla de las Naciones. Los hombres intuían que se encontraban en una encrucijada de la historia, que de ellos dependía que en el futuro reinara la luz o las tinieblas, la opresión o la esperanza, la gloria o la desesperación, y ninguno de los dos bandos estaba dispuesto a ceder. Si las espadas se rompían, luchaban con las espadas rotas, y si volvían a romperse, se echaban al suelo y peleaban cuerpo a cuerpo, buscando el cuello y los ojos de sus oponentes, dándoles patadas y golpes con furia inusitada. Cada muerte debía vengarse, cada paso perdido debía recuperarse, y así, en lugar de perder intensidad, los combates se hacían más encarnizados a medida que avanzaba la tarde. El calor resultaba sofocante y una nube de polvo cubría el campo de batalla. Los heridos gemían, sedientos, e invocaban a sus madres.

Los moribundos se arrastraban en busca de agua hacia el riachuelo que había separado a los dos ejércitos, pero el cuerpo humano contiene más sangre de la que imaginamos, y ésta se derramaba a chorros sobre la tierra, la empapaba y corría sobre ella formando manantiales que se convertían en arroyos que, a su vez, alcanzaban el caudal de riachuelos que atravesaban los campos y, al fin, alcanzaban la corriente a la que se dirigían los heridos que, al ir a beber, se encontraban con aquel líquido espeso y oscuro, y morían por centenares, atragantándose con la sangre de sus camaradas.

Yo, como todos los demás, me encontraba inmerso en el fragor de la batalla, todavía a lomos de mi caballo, con la espada envainada para poder usar una lanza más larga con la que abatir a los ostrogodos y a los hunos que habían perdido sus monturas y que vagaban en un mar de confusión. Mis armas estaban cada vez más ensangrentadas, aunque no sabía a quién mataba ni en qué momento; sólo entendía que debía blandirlas con todas mis fuerzas, pues ésa era la única manera de salvar la vida. Cualquier atisbo de razón o de estrategia había abandonado aquella batalla, que había quedado reducida a una prueba brutal de resistencia. Al fin me percaté de que en el flanco derecho la intensidad de nuestro ataque había disminuido, debido a que los visigodos se replegaban tras la muerte de Teodorico. Así, los hunos encontraban menor resistencia y les resultaba más fácil aproximarse a nuestra ala. Yo temía que, sin su rey, los visigodos se retiraran del todo.

Aún no conocía bien el espíritu visigodo, su deseo de vengar aquella muerte. Porque lo cierto era que no se retiraban, sino que se replegaban para reorganizarse.

Entretanto, Atila concentraba sus fuerzas en la izquierda y el centro. La batalla seguía igualada. Aecio y su infantería pesada progresaban contra los ostrogodos y los obligaban a retroceder ladera abajo y a cruzar el riachuelo ensangrentado, llevándolos en dirección a las posiciones centrales del ejército huno y al círculo defensivo de sus carros. Pero, al mismo tiempo, los alanos, a pesar de contar con el apoyo de los robustos olibriones, también avanzaban, y se agrandaba la distancia que había entre ellos y los visigodos de nuestro flanco derecho. Lentamente, el combate parecía salir de su punto muerto. La clave la tenían los hunos, que con sus furiosas embestidas cargaban contra nuestras filas y las debilitaban cada vez más. Sus caballos pasaban por encima de los montones de cadáveres. Yo me encontraba luchando en el punto en que alanos y romanos se habían encontrado, y me dedicaba a interceptar a los hunos que se abrían paso a través de las filas de la infantería. Combatía con una eficacia ciega, mortífera, exenta de remordimientos, y me daba cuenta de hasta qué punto el último año me había cambiado. Matar ya no causaba en mí la más mínima impresión; se había convertido en la interminable tarea de aquel día interminable. Las sombras se alargaban y los heridos morían desangrados sin poder arrastrarse en busca de ayuda; el campo se había convertido en un lodazal de hierba pisoteada y sangre. Y la lucha no cesaba.

Entonces llegó Skilla.

Una vez más, había dado conmigo. Se había abierto paso con su espada, para que, en aquel vasto campo sembrado de muerte, él y yo saldáramos al fin las cuentas pendientes. El duelo que debería haber concluido en Hunuguri concluiría allí.

Su carcaj estaba vacío desde hacía tiempo, y su cuerpo tan manchado de sangre como el mío, aunque no era capaz de distinguir si se trataba de la suya o de la de los demás. Un año entero de impotencia había iluminado su mirada con un fuego oscuro, y aunque ninguno de los dos lograría que la victoria se decantara hacia su bando, sí seríamos capaces, tal vez, de decidir el destino del otro. Valiéndose de su caballo echó a un lado a un legionario herido, que siguió tambaleándose hasta que otro huno lo remató, y entonces se acercó a mí. Nuestras monturas bufaban, piafaban y se mordían. Le arrojé la lanza y erré el tiro por muy poco, tras lo que me apresuré a desenvainar. Nos enzarzamos en una lucha en la que intentábamos no perdernos de vista mientras nuestros corceles caracoleaban exhaustos y atacaban. Mis deseos de acabar con él eran tan intensos como los suyos de darme muerte. Pero, para él, además, hacía mucho tiempo que yo habría escapado con Ilana de haber podido. Por supuesto, nosotros dos jamás habríamos logrado escapar, y la guerra habría estallado de todos modos, aunque tal vez Atila hubiese acudido a ella con su espada mágica. ¿Era, quizás, ésa una de las razones de la impotencia de Skilla, que sin quererlo nos hubiéramos convertido en parte de su extraño destino? ¡Cuán inescrutables son los hados!

En aquella ocasión yo me sentía cansado, fatigado hasta lo indecible, mucho más de lo que jamás había estado en mi vida. Skilla, por el contrario, llegaba con una ferocidad renovada, como si la larga batalla no hubiera hecho mella en él. Con el peso de cada embestida se me torcía la muñeca. Sudaba por el esfuerzo y el miedo que me invadía, mientras me mantenía a la espera de que cometiera un error que nunca llegaba. Yo, en cambio, erraba demasiado. En una de sus muchas estocadas, paré mal el golpe y mi espada se partió por la mitad.

Tras un instante de desconcierto, durante el cual me quedé observando el arma con expresión de incredulidad, Skilla volvió a la carga y soltó un grito de victoria que pareció helarse en su garganta. Si no me decapitó fue porque me eché hacia atrás sobre la grupa de mi caballo hasta casi notar la cola del animal en la cara. Desesperado, seguí deslizándome por ella hasta desmontar, y me fundí con el amasijo de cuerpos que gemían, un infierno de miembros amputados y hombres agonizantes. Busqué un arma, arrastrándome entre caballos y piernas humanas, mientras, más arriba, los soldados jadeaban y Skilla maldecía e intentaba echar su caballo sobre mí.

Encontré un hacha cuyo dueño, ya muerto, aún sostenía con firmeza por el mango, y tiré de ella, no sin dificultad, pues los dedos comenzaban a agarrotársele. En ese momento me eché de lado al suelo. La pezuña de un caballo se posó muy cerca de mí, y aproveché para clavarle el arma. Skilla apartó su montura, mirándome un instante mientras retrocedía, y buscando luego con la vista la posible presencia de algún otro romano que pudiera atacarlo por la espalda. Me puse en pie, hacha en mano, con la intención de obligarlo a descabalgar, como ya había conseguido en el improvisado circo de Atila, de matarlo de una vez por todas y llegar al fin al campamento del rey de los hunos. El cansancio y la desesperación me obnubilaban. Lo único que deseaba era rescatar a Ilana y escapar de aquella locura para siempre. Pero Skilla era astuto y también recordaba nuestro anterior combate. Vi que se llevaba la mano al carcaj y maldecía por no disponer de más flechas. Había cientos de ellas esparcidas en el suelo, por supuesto, algunas rotas pero otras aún intactas, y yo aguardaba a que se agachara a recoger alguna para atacarlo.

En aquel momento, me di cuenta vagamente de que los cuernos sonaban a un volumen que hasta entonces no habíamos oído en aquella batalla. Su eco era tan intenso, tan extraordinario, que me hizo recordar las historias de ascensiones de ángeles, y las de Josué en Jericó. ¿Qué ocurría? No veía más que hombres que luchaban y nubes de polvo. El sol estaba bajo en poniente. El largo día iba a ser engullido por la oscuridad. Skilla se hizo a un lado y se agachó, aprovechando una pausa en la lucha, para recoger una flecha.

Yo corrí hacia él, alzando el hacha.

De haber estado el campo despejado, tal vez hubiese logrado herirlo. Pero tropecé con un cadáver, su caballo se alejó de mí y, en cuestión de un instante, Skilla se hizo con tres flechas. Yo no podía huir, ni buscar el refugio de algún escudo, y él se encontraba demasiado cerca como para no acertar. Me sentí derrotado y me invadió una pena profunda. Cómo lamentaba no haber hecho... ¿el qué?

Tensó el arco, dispuesto a matarme.

Y entonces, una tromba de hunos se abalanzó sobre nosotros, tropezó con el flanco de su caballo y la flecha salió disparada hacia otro lado. Aquellos bárbaros huían en desbandada, con los ojos muy abiertos y emitiendo gritos roncos en señal de advertencia mientras levantaban al vuelo a sus camaradas y se alejaban como una ola al abandonar la costa. Huían, sí, y Skilla, que no dejaba de soltar maldiciones, se vio irremediablemente arrastrado en su pánico.

En ese instante vi que se alzaba el muro implacable de nuestra caballería, formada por romanos, visigodos, francos y alanos, que avanzaban raudos sobre los hunos, demasiado lentos para eludir el embate. Yo también corrí, aunque hacia un lado, a fin de dejar paso a los caballos. Sonaban todos los cuernos, tanto los romanos como los hunos, y el campo parecía ondularse de oeste a este, como si alguien lo hubiera levantado por uno de sus extremos. La batalla estaba acercándose al campamento de Atila.

Hallé un montículo formado por cadáveres y me subí a él para ver qué sucedía. Lo que contemplé me asombró. Los visigodos no habían abandonado la lucha, como me temía, sino que se habían sumado de nuevo a ella. Pero ahora lo hacían con la fuerza imparable de una ola, encabezados por Torismundo, el hijo de Teodorico. Su embestida se lo llevaba todo por delante, como el agua represada en una inundación. Era la venganza por la muerte de su rey, la mutilación de su princesa, la falta de respeto y la arrogancia de aquellos hunos. Muchos de ellos seguían luchando encarnizadamente, otros morían aplastados, pero decenas de miles se retiraban al círculo de carros que Atila usaba como fuerte de emergencia, y buscaban refugio en su interior.

Habían sido repelidos.

El sol brillaba al oeste, sobre la línea del horizonte.

—¡Avanzad! —gritaba Aecio, cabalgando entre nosotros—. ¡Avanzad!

¿Había funcionado la espada de hierro? ¿Iba a ser aquélla la destrucción final de Atila?

Avancé, junto a los demás, pero para la mayoría de nosotros aquello era, más que un ataque, una especie de tambaleo. Llevábamos luchando sin tregua medio día, la batalla se había convertido en un apocalipsis de muerte, y para levantar cualquier arma debíamos hacer esfuerzos sobrehumanos. El estado de los hunos no era mejor. Sin embargo, al llegar a sus carros accedían al agua, lo que les daba fuerzas y les permitía tensar los arcos y defenderse llenando el cielo de flechas. Nuestros arqueros y nuestra maquinaria de guerra quedaban lejos de nuestro alcance, de modo que cuando aquella lluvia negra cayó entre las sombras del ocaso, no pudimos devolverla. Tampoco nos atrevíamos a seguir avanzando. Ni siquiera yo, que deseaba más que nada en el mundo reencontrarme con Ilana. Estar vivo representaba un milagro, me sentía ebrio de fatiga y ya no tenía fuerzas para luchar. Nos alejamos del alcance de las flechas enemigas. Los dos maltrechos ejércitos volvieron a quedar separados por una milla de distancia, y nos desmoronamos sobre el osario en que se había convertido nuestro campo de la victoria. El sol se había puesto, y la oscuridad llegaba como un bálsamo. Encontré un pellejo de agua sobre un legionario degollado, bebí y, exhausto, me sumí en el sopor de la fatiga.

28

La espada de Marte

Desperté al cabo de unas horas. La luna iluminaba el campo cubierto de cadáveres. La carnicería se extendía hasta donde alcanzaba la vista, jamás un hombre había contemplado semejante espectáculo, y nadie en el futuro recordaría una batalla más grande y terrible que aquélla. ¿Quién resistiría llevar a cabo el recuento? Nadie intentó siquiera enterrar a los muertos. Cuando todo terminara, abandonaríamos aquel lugar y dejaríamos que la naturaleza reclamara los huesos.

La noche era fantasmagórica, siniestra, los gritos de los heridos componían un lamento sordo, y al arrastrarse en su desesperación la tierra crepitaba, como poblada de insectos o alimañas. Los perros, abandonados por sus amos al iniciarse la invasión, salían a alimentarse de los cadáveres. Según me dijeron, lo mismo hacían los lobos, cuyos ojos brillaban a la luz de la luna. Los gruñidos y los alaridos se alternaban junto a los ejércitos.

Parecía que para detener el avance de Atila había hecho falta todo el mundo, e incluso así nadie estaba seguro de haber logrado frenarlo más de una noche. Se había retirado, sí, pero ¿saldría de nuevo de su escondrijo cuando llegara el alba? De no ser así, ¿soportarían los romanos otro asalto? En una sola tarde, la mitad de una generación había desaparecido de la faz de la tierra, y el precio de la batalla de los Campos Cataláunicos se recordaría durante siglos. Nunca hasta entonces tantas personas habían muerto en tan poco tiempo y en un espacio tan reducido.

Y no se trataba sólo de hombres, pues también habían perdido la vida miles de caballos. Ahora, iluminados por el tenue resplandor de la luna, los cadáveres de los soldados y los de los caballos se unían para formar curiosas formas: líneas, semicírculos, círculos enteros que marcaban los puntos en los que se había librado una lucha más encarnizada. Parecía tratarse del intrincado dibujo de una alfombra macabra. Algunos sobrevivientes vagaban por el campo en busca de amigos y seres queridos, pero la mayoría de los integrantes de ambos bandos había sucumbido al cansancio, de manera que a los cadáveres había que sumar la gran cantidad de combatientes que yacían dormidos y sin sentido. El hedor a sangre, orín y excrementos empezaba a inundarlo todo. Al día siguiente se añadiría el de la putrefacción, pero por el momento nuestro ejército descansaba entre los caídos.

Yo no tenía ni la más remota idea de lo que debía hacer. Había visto tanto horror aquel último año que la vida me resultaba incomprensible. Me sentía aislado, vacío, aturdido. Sólo el azar habían impedido que Skilla acabara conmigo en aquella ocasión. ¿Por qué? ¿Qué propósito divino latía en todo lo que había visto? Podía ir al encuentro de Aecio pero ¿con qué motivo? Podía arrastrarme hasta dar con Ilana, aunque me parecía más inalcanzable y remota que nunca. El ejército de Atila aún se interponía entre nosotros. Podía intentar derrotar de nuevo a Skilla, pero tampoco él parecía morir nunca. Por extraño que pareciera, se había convertido en el guerrero a quien más próximo me sentía. Compartíamos el amor por la misma mujer, batallas y un viaje histórico, y me preguntaba si cuando todo aquello hubiera terminado podríamos dejar de pelear y tomarnos unos vinos y un *kumis* ante una hoguera, recordando a los dos jóvenes arrogantes que éramos antes de la batalla.

¿Habría desaparecido para siempre, barrido por el ataque de los visigodos? ¿O seguiría buscándome con el arco tensado y la flecha a punto?

Me palpé y constaté con asombro que bajo mis ropas ensangrentadas no tenía ni una herida, aunque sí gran profusión de rasguños y cardenales. No podía decirse lo mismo de las tres cuartas partes de nuestro contingente que habían muerto, pero ahí estaba; yo seguía respirando, y ellos no. No dejaba de preguntarme el porqué. En otro tiempo creía que la experiencia me ayudaría a comprender los misterios de la vida, pero ahora me parece que no hace más que acrecentarlos.

Así que me senté, sumido en mis pensamientos. Me sentía tan inútil como mi espada rota. Al cabo de un buen rato me percaté de que una forma oscura avanzaba hacia mí, entre los muertos, como si se tratara de alguien que buscara a algún compañero caído. La tarea no debía de resultarle fácil. Las heridas infligidas habían sido brutales, y los muertos habían recibido tantos pisotones que muchos de ellos eran irreconocibles. No pude por menos que admirar la fidelidad de aquel hombre.

Sin embargo, resultó tratarse de una fidelidad de otro tipo. A medida que se acercaba, su perfil se definía de manera inquietante, y mi cansancio desapareció al momento, sustituido por una oleada de temor. Me puse en pie, tambaleante. Él se detuvo. La luna, a su espalda, me iluminaba el rostro. Aquel hombre me habló desde una distancia de treinta pasos.

—¿Alabanda?

En un instante todas mis ensoñaciones desaparecieron. Una vez más, se trataba de Skilla.

—¿Es que no descansas nunca? —le pregunté, invadido por la desconfianza.

—No he venido a combatir, estoy cansado de tanta muerte. Lo de hoy no ha sido la guerra, sino la locura. Mi nación está destruida. —Miró los cuerpos iluminados por la luna—. Jonás Alabanda, Ilana necesita nuestra ayuda.

—¿Ilana? —pregunté con voz entrecortada.

—Atila ha enloquecido. Teme que mañana se consuma su derrota final, y ha levantado una pira con sillas de montar y con sus mejores posesiones. Si Aecio irrumpe en el círculo defensivo, su intención es encenderla y arrojarse al fuego.

Al oír aquella información inesperada, mi corazón empezó a latir con fuerza. ¿Estaban los hunos tan desesperados, o era todo una trampa?

—Si Atila muere, tal vez Ilana quede libre —tanteé soñoliento.

—La ha encadenado a la pira.

—¿Por qué me cuentas todo esto?

—¿Crees que acudiría a ti si me quedara otra salida, romano? Desde que nos conocimos, has sido como la peste para mí. Ayer estuve a punto de matarte, pero los dioses intervinieron. Ahora sé por qué. Sólo tú puedes salvarla.

—¿Yo? —¿Estaría Skilla tendiéndome una trampa? ¿Habría decidido obtener con artimañas lo que los distintos combates le habían negado?

—Su rescate es imposible —prosiguió—. La pira se encuentra rodeada por mil hombres. Pero Atila liberará a Ilana a cambio de la espada.

De modo que de eso se trataba.

—La espada de Marte.

—Culpa a su pérdida el mal que hoy ha caído sobre nuestro pueblo. La mitad de la nación huna ha desaparecido. Ya no podemos seguir atacando, eso es evidente, pero podemos retirarnos ordenadamente, como un ejército. La espada de Atila devolverá el corazón a mi país.

—¡Eres tú quien se ha vuelto loco! —grité—. La espada no está en mi poder, sino en el de Aecio. ¿Acaso crees que accederá a entregarla, ahora que la victoria final está a nuestro alcance?

—Entonces deberemos robársela, como vosotros se la robasteis a Atila.

—¡Eso jamás!

—Si no lo hacemos, Ilana morirá en la hoguera.

Hundí los ojos en la oscuridad. Me dolía la cabeza. ¿Había llegado hasta tan lejos, luchado tanto, para ver a mi amada consumida por las llamas por culpa de nuestra victoria? ¿Cómo podía ser tan cruel el destino? Y, sin embargo, acceder a la petición de Skilla implicaba poner en peligro un triunfo romano seguro por una mujer, poner en manos de Atila el símbolo que necesitaba para reagrupar a su maltrecho ejército. No tenía garantía de que los hunos soltaran a Ilana si les entregaba la espada. ¿Quién me decía que no pensaban quemarnos a los dos? Tal vez aquélla era la manera de Skilla de acabar conmigo, atraerme hasta su campamento con la promesa de Ilana.

O tal vez él también la amara de veras, la amara tanto que tal vez aquella locura tuviera algún sentido para él. Y creía que, si lo tenía para él, también debería tenerlo para mí.

Intenté ganar tiempo para pensar.

—Si la salvamos, ¿cuál de los dos se quedará con ella?

—Eso deberá decidirlo Ilana.

Claro, no iba a decirme otra cosa, porque en ese caso yo pensaría que me escogería a mí. Era romana. Sin embargo, ¿qué sabía yo a ciencia cierta? La única noticia de que seguía con vida me había llegado del propio Skilla. Pero también podía haber muerto en Hunuguri, o haberse casado con Atila, o con Skilla. Con tal de recuperar la espada era capaz de contarme cualquier cosa. Y, sin embargo, sabía que aquel hombre a quien tan bien había llegado a conocer a través de tantas batallas me decía la verdad. Más que con la mente, lo sabía con las entrañas. La guerra nos había convertido en curiosos camaradas.

Si no hacía nada, Ilana moriría. Si accedía al plan que me proponía Skilla, era muy probable que muriésemos los dos. De modo que, en realidad, no había solución. ¿O sí? En mi cerebro comenzaba a gestarse el embrión de una idea.

—Lo cierto es que no sé dónde se encuentra la espada —dije mientras pensaba. ¿Y si ahora, en vez de servir para otorgar poder, aquella arma sirviese para desmoralizar?

—Todo el mundo sabe dónde se encuentra. Vimos que Aecio la levantaba. Donde tu general duerme, ahí duerme la espada.

—Esto es una locura.

—Lo que es una locura es que los hombres se preocupen tanto por un pedazo de hierro viejo —replicó Skilla—. Tú y yo sabemos que no transmite más poder que el que le otorgan las supersticiones. Esa reliquia no cambiará lo que aquí ha sucedido hoy, ni lo que haya de suceder mañana. Mi pueblo no puede vencer en Occidente, hay demasiados pueblos a los que conquistar. Pero la espada sí puede servir para salvar a Ilana y a mi *kagan*. Y salvará mi propio orgullo.

Lo miré, preguntándome si era posible que mi plan funcionara.

—Debemos actuar juntos, Jonás —añadió—. Por ella.

En los extremos del campo de batalla, donde se hallaban los ejércitos romanos, decenas de miles de supervivientes dormían como si los hubieran apaleado, agotados, sin energías, después de la batalla que habían librado. A otros miles, heridos, los habían llevado hasta allí a morir, o habían llegado ellos mismos arrastrándose. Nuevas tropas seguían llegando a la zona, pues la llamada a la resistencia en la Galia había sido general. Los trabajos de la guerra proseguían. Aquellos recién llegados abrían caminos entre los muertos, apilándolos como si de troncos se tratara. Traían alimentos y reservas de agua, disponían las catapultas y las ballestas en posiciones más avanzadas, y se preparaban para reanudar la batalla al día siguiente. A otros los enviaban a los campos de la muerte a recuperar las saetas y las flechas que no se hubieran roto. Yo me detuve a hablar en voz baja con un carpintero que trabajaba en una catapulta.

Las antorchas iluminaban el camino que llevaba al grupo de tiendas que hacía las veces de cuartel de Aecio. Había dejado a Skilla en su sitio, y le había pedido que se tumbara entre los cadáveres y se hiciera pasar por muerto para que no lo descubrieran. Si había de obtener la espada, sería mediante la persuasión. Era imposible que los dos juntos nos abriéramos paso a través del ejército romano. Acudía a mi encuentro con Aecio seguro de que éste me consideraría un loco. Con todo, ¿acaso no tenía yo algún derecho sobre aquella espada? ¿Podría obtenerla de algún modo? ¿Era quizás una artimaña mucho peor que otra matanza?

Si a Aecio le hacía falta algún recordatorio de cuál era su profesión, los sonidos de la noche se lo proporcionaban. Desde todas partes llegaban los lamentos de los heridos. Había mesas de operaciones sobre caballetes instaladas muy cerca las unas de las otras, y sobre ellas se amputaban miembros, se entablillaban huesos, se suturaban heridas, se intentaba curar a los desdichados que, a pesar de la gravedad de sus lesiones, seguían con vida. Se trataba de un coro demoníaco que, a pesar de la pericia de los médicos romanos, no dejaba de extenderse por el campamento. En torno a éste se había cavado una zanja y erigido una empalizada, y temí que me impidieran la entrada y que mi estratagema terminara antes de haber empezado. Pero no, Jonás de Constantinopla era bien conocido como ayudante de Aecio, como su emisario, espía y consejero. Me había lavado la cara, y los centinelas me saludaron y me permitieron el paso. Me acercaba al escondite de la espada entre los quejidos de los moribundos. «¿Qué importa una muerte más —me pregunté—, aunque sea la mía?»

—Creíamos que habías muerto —me confesó un centurión cuando entré en el recinto, con más clarividencia de la que él mismo podía imaginar. Vi centinelas visigodos y francos, así como un racimo de lamparillas de aceite en el interior de una de las tiendas, de donde procedía el murmullo de una conversación. Al parecer, los reyes y los generales de mayor graduación seguían despiertos, debatiendo sobre la estrategia a seguir cuando saliera el sol. Aecio estaría con ellos, pero yo necesitaba hablar con él en privado.

¿Dónde habría guardado la espada el general? No sobre la mesa en torno a la cual se celebraba la reunión, como símbolo de su propia suerte. Seguramente, conociendo su naturaleza diplomática, no la tendría a la vista, para no herir el orgullo de los monarcas aliados. Aquel triunfo debía ser de ellos tanto como suyo. El arma se encontraría, pues, en su aposento privado.

—El general me ha pedido que entre a recoger unos mapas y la gran espada —mentí. En sus viajes, Aecio llevaba planos de todo Occidente, y por las noches los estudiaba como un mercader pudiera estudiar un presupuesto. En tanto que asistente, yo había acudido a recogerlos en infinidad de ocasiones.

—¿Es que no piensa dormir nunca? —preguntó el centinela, poniendo así en evidencia las ganas que tenía de acostarse. Aquel hombre parecía triste, como todos nosotros.

—Dormirá cuando la victoria sea definitiva —respondí—. Esperemos que la espada ponga fin a todo esto.

Me asomé al interior de la tienda antes de entrar, por si allí se encontrara algún otro centinela. Pero no había nadie. Vacilé unos instantes, pues me daba cuenta de que un encargo que no suscitara las sospechas de un centinela vencido por el cansancio podía sin embargo llamar la atención de un bufón leal. Alguien pequeño, con movimientos furtivos, rozó sin querer la lona desde el exterior. Satisfecho, entré.

Estaba oscuro, de modo que encendí una lamparilla de barro. Allí estaban los bancos y los taburetes que tantas veces había visto; el lecho, el escritorio plegable y, en un rincón, una montaña de ropa sucia y ensangrentada. Pero ¿y la espada? Tanteé con las manos. ¡Ah! La encontré en su cama, cubierta con una manta, cual si fuese una cortesana, tan necesaria como el amor. Acaricié el metal mellado que tan familiar había acabado por resultarme. ¡Qué curioso tamaño! ¡Qué pesada y qué difícil de manejar! ¿Sería verdad que la habían forjado los dioses? ¿Había sido el destino el que había llevado a Atila a encontrarla? ¿Había sido el destino el que me había llevado a mí a entregársela a Aecio? La vida juega con nosotros, nos favorece en un momento y nos perjudica al siguiente, nos eleva por los aires para que, al caer, nuestras esperanzas se rompan en pedazos. Como siempre, ignoraba si detrás de todo ello había algún sentido.

Extraje la lima que me había agenciado y me puse manos a la obra.

Poco después, una gran sombra oscureció la entrada de la tienda.

—Veo que has decidido llevarte lo que entregaste, Jonás Alabanda —dijo Aecio con voz queda.

—He decidido entregarlo de otra manera.

—Un centinela especial ha venido a advertirme de que tal vez me interesaría venir a ver qué te traías entre manos.

Sonreí.

—Confiaba en que ese centinela estaría de servicio.

Una pequeña sombra emergió desde atrás.

—Descansaría mucho mejor si no tuviera que ocuparme de ti, Jonás —intervino Zerco.

—Sentaos, por favor. —Señalé los taburetes, como si la tienda fuera mía—. Me sorprende tanto que sigáis en pie como que yo todavía no me haya derrumbado.

—Tienes razón —replicó Aecio, acogiéndose a mi invitación—. Si resultamos tan incansables será que somos importantes. ¿Qué pretendes hacer con la espada? ¿Matar a Atila? ¿Qué intentas con esa lima? ¿Afilarla?

Solté la lima.

—Me he enterado de que a la mujer que amo la tienen encadenada a una pira funeraria. La quemarán mañana, junto al propio Atila, si atacamos y éste pierde la batalla. Me lo ha contado un huno, y le creo.

—Skilla —dedujo el enano.

—Mi vida parece inseparable de la suya, como la tuya parece inseparable de la de Atila, Aecio. Unidos por el destino. Skilla es un guerrero joven, caudillo de los hunos y sobrino de Edeco. Era contra él contra quien luchaba en Nórica cuando viniste en nuestra ayuda y te entregué la espada.

—Ah, sí. Debe de tratarse de un huno valiente para haberse aventurado en territorio romano. ¿Es el mismo que te saludó ayer?

—Sí.

—Tengo una idea mejor. Supongo que te propone que les entregues la espada a cambio de esa mujer, ¿me equivoco?

—No.

—¿Él también la ama?

—Sí.

—¿Y crees que Atila aceptará el trueque?

—No. Creo que se quedará la espada, por supuesto. Pero querrá vengarse de nosotros, que fuimos quienes prendimos fuego a su palacio. Si entramos en su campamento y no logramos nada, mi muerte es segura.

—En ese caso no comprendo qué pretendes con tu plan —dijo Aecio, sonriendo.

—Resulta imposible escapar del círculo defensivo de Atila, por lo que el rescate de Ilana queda descartado. Sin ese rescate, para mí la vida no tiene sentido. He visto morir a muchos hombres por defender aquello en lo que creían, y estoy preparado para hacer lo mismo, pues si en algo creo es en ella —añadí, y advertí que Aecio parecía divertido—. Lo que pretendo es que Skilla la traiga hasta aquí, y cambiarme por ella. Los hunos lo expresan con una palabra, el *konos*. Se trata del pago por una deuda. Así es como las familias de los clanes resuelven sus disputas. Yo pagaré un *konos* con mi vida, a cambio de la suya, y otro *konos* se lo ofreceré a Skilla con la espada, a cambio de su promesa solemne de cuidar de ella lo mejor que sepa.

Konos
Pago
x deuda

—Y eso lo harás dejando que Atila agrupe a sus tropas en torno a su símbolo, después de todo lo que nos ha costado llegar hasta aquí —dijo Zerco en tono acusador—. ¿Y para qué? Para que, en vez de quemar a una mujer, se la entreguen a otro huno.

—Sí. —Me encogí de hombros—. No soporto la idea de su muerte, y menos después de todas las muertes que ya he presenciado. ¿Soportarías tú la idea de perder a Julia, Zerco?

Se produjo un largo e incómodo silencio, tras el cual Aecio tomó de nuevo la palabra.

—Valoro tu disposición al sacrificio, pero ¿crees en realidad que voy a permitir que te lleves la espada para que la intercambies de manera tan absurda?

—No es llevármela lo que pretendo exactamente.

—¿Qué es, entonces?

Le expuse mi plan.

Cuando terminé, permanecieron largo rato en silencio, evaluando los riesgos que suponía.

—Atila debe de sentirse acabado y derrotado si tiene la intención de arrojarse a una pira —comentó al fin Aecio.

—Seguro.

—Mi propio ejército no se encuentra en mejor forma. Nadie imaginó jamás que sufriríamos tantas bajas, y la carnicería amenaza con causar la ruptura de nuestra alianza. Torismundo se ha puesto a la cabeza de los visigodos tras la muerte de su padre, pero sus hermanos ansían el trono tanto como él. Los que ayer atacaron con furia, en invencible unión, serán un pueblo dividido antes del amanecer. También Anto ha visto colmadas sus aspiraciones con la muerte de Clodion, pero teme que se produzcan más sacrificios. Los francos ya llevan luchando dos días seguidos. Sangibano me odia por haber ordenado a los alanos que se situaran en el centro de la formación. Los olibriones no son jóvenes, y apenas resistirán un día más de combate. Y así podría seguir. Nuestros caballos necesitan más agua. Nuestra maquinaria de guerra necesita munición. Nuestros carcajs están vacíos. Todos los problemas que atenazan a los hunos son los mismos que también nos afectan a nosotros. Pero nosotros, además, tenemos otro. Atila es un tirano, y mientras viva, logrará mantener en pie la coalición de hunos y tribus aliadas, pues es el miedo el que los une. Por el contrario, mi poder nace de la simple persuasión, y sólo la amenaza de Atila ha persuadido a nuestras naciones a unirse. Ha sido la amenaza del *kagan* de destruir el Imperio de Occidente la que, curiosamente, lo ha cohesionado. Si mañana lo aniquilamos en el campo de batalla, nuestra propia unidad desaparecerá y con ella la influencia de Roma. Nuestros aliados dejarán de necesitarnos. Atila es tan necesario para Aecio como Satán lo es para Dios.

—Entonces, ¿deseas que gane él? —pregunté, incapaz de salir de mi asombro.

—No, pero quiero que sobreviva. Ninguno de los dos puede permitirse librar otra batalla mañana. Pero si se retira, maltrecho pero con el honor a salvo, yo conservo en mi poder el instrumento (esto es el temor a los hunos) que necesito para mantener la unión de Occidente. Hace dos días, su existencia suponía la mayor amenaza para Roma. Mañana, esa amenaza será precisamente su ausencia. Llevo treinta años velando por la unión de este imperio, provocando los equilibrios de fuerzas de unos contra otros. Y así pienso seguir haciéndolo a partir de ahora. Necesito que se retire, desmoralizado, pero no que pierda.

—En ese caso, ¿vas a permitir que siga adelante con mi plan?

Aecio suspiró,

—Es arriesgado —repuso—. Pero la espada ya me ha prestado todo el servicio que podía prestarme.

Esbocé una sonrisa que era a la vez de temor y de alivio, y que suscitó las carcajadas de Zerco.

—Sólo a un bufón aficionado, exhausto tras la batalla y con el corazón enfermo de amor se le ocurriría una idea tan absurda como la tuya, Jonás Alabanda. Y sólo a un bufón profesional como yo se le ocurrirían tonterías aun mayores para perfeccionarla.

29

La guarida de Atila

Skilla y yo avanzamos con dificultad por un campo de batalla que más parecía una ciénaga. La luna se había puesto y la oscuridad se había apoderado de todo, aunque por el este empezaba a clarear y el macabro sendero que debíamos seguir estaba apenas iluminado. Pisábamos con cautela para evitar clavarnos los filos de las espadas, las flechas, las puntas de lanza, los fragmentos cortantes de las armaduras, y para no aplastar los cuerpos. El desastre se extendía sin fin, había miles de cuerpos amontonados. Lo peor eran los que aún seguían con vida y gemían débilmente o, sin ver, se arrastraban como caracoles, implorando agua con voz lastimera. Nosotros no llevábamos ni un pellejo, de modo que los sorteábamos como podíamos. ¡Eran tantos...! Cuando al fin llegamos a las inmediaciones del campamento huno, estaba plenamente convencido de que jamás volvería a participar en una guerra.

De nuevo llevaba la espada de Marte atada a la espalda, aunque sentía como si cargara con una cruz. ¿Funcionaría aquella estratagema? Estaba a punto de reencontrarme con la persona que más me importaba en este mundo, y tal vez de perderla para siempre. En una ocasión había escapado de la boca del lobo, y ahora volvía a internarme en ella por voluntad propia. Sí, se trataba de una locura.

Skilla había atado su caballo en el límite del campo. El animal era una silueta oscura con el cuello inclinado que pastaba la hierba húmeda de rocío, ajeno a aquella matanza histórica. A su lado se intuía la figura de otro animal que me resultaba curiosamente familiar.

—Para llegar hasta Atila, no lo haremos a pie, sino a caballo —dijo—. Te he traído uno.

—¡*Diana!*

—La añadí a mi reata cuando huiste. —Se volvió hacia mí, cada vez más visible a la luz grisácea del amanecer, y esbozó aquella fugaz sonrisa tan suya—. Sólo sirve para dar leche, pero de todos modos la he conservado.

De pronto experimenté un sentimiento de camaradería hacia aquel hombre, aquel huno, aquel bárbaro, una sensación de hermandad tan intensa que me desorientó. Mi más odiado enemigo se había convertido, después de Ilana, en la persona a la que me encontraba más próximo, incluido Zerco. Juntos intentábamos salvar una vida, en lugar de arrebatárnosla. Y a pesar de ello mi plan implicaba traicionarlo.

Montamos y, al galope, proseguimos la marcha. Mi atuendo romano llamaba la atención, por supuesto, pero Skilla era bien conocido incluso entre un ejército tan numeroso, y la luz de la mañana, cada vez más presente, hacía que se le distinguiera con mayor facilidad. Los centinelas hunos se ponían en pie al instante, alertas, pero al verlo se apartaban para permitirnos el paso. Al fin alcanzamos el gran círculo defensivo formado por carros, que ocupaba media milla de diámetro, y se encontraba rodeado por otros círculos más pequeños. Los caballos de los hunos pacían, cansados, en vastos rebaños. A la sombra de los carros aún dormían unidades de arqueros, pertrechados para repeler un nuevo ataque de los romanos.

Nuestros caballos sortearon de un salto el yugo de un carro y proseguimos. Dentro del primer círculo defensivo aparecía otro idéntico aunque menor, como la segunda muralla de Constantinopla. Me pregunté si habría sido Edeco el inventor de aquel sistema, inspirándose en la ciudad tras visitarla. Dejamos atrás también aquel segundo obstáculo y al fin divisamos las tiendas y la siniestra pira funeraria de Atila, dispuesta con sumo cuidado. Se alzaba hasta los veinte pies, y estaba formada por sillas de montar de todas clases, telas de seda, tapices, muebles profusamente tallados, pieles de animales, túnicas, joyas, perfumes, estacas y estandartes. La mayor parte de los objetos que la componían eran producto de los saqueos de los últimos meses. Parecía claro que el *kagan* no sólo pretendía quitarse la vida si llegaban los romanos, sino impedir que éstos le arrebataran sus posesiones.

Cuando vi a Ilana acurrucada junto a la hoguera, el corazón me dio un vuelco. Estaba con los ojos cerrados, dormida o, como mínimo, adormilada. Había imaginado que me encontraría con una esclava humillada y apaleada, pero la mujer que tenía ante mí iba ataviada con una espectacular túnica de seda, y cubierta de piedras preciosas. ¿Qué significaba todo aquello? ¿La había tomado Atila como esposa o como concubina? ¿Acabaría resultando inútil aquel último viaje?

Tiré de la manga a Skilla, que se detuvo.

—Escúchame bien —dije—. Quiero que me prometas que cuidarás de Ilana y que te la llevarás muy lejos de aquí, lejos de todos estos ejércitos.

—¿Qué? —preguntó, confuso.

—Atila no va a dejarnos ir. Lo sabes muy bien. Pero tal vez a ti sí te permita partir con ella. Yo me ofrezco como *konos*. Mi vida y la espada para aplacar su ira por el fuego que provocamos en su palacio, a cambio de la tuya y la de Ilana.

Skilla me miró con expresión de incredulidad.

—No te he traído aquí para que mueras, romano. Si deseara tu muerte, te mataría con mis propias manos.

—No es que tú la desees, sino que Atila la quiere. ¡Piensa un poco! La única vía de salvación de Ilana es que te la concedan a ti. Atila esperará que te cases con ella y sigas a su servicio. Pero debes darme tu palabra de que te alejarás de toda esta locura para que ella pueda llevar una vida normal. Tú has conocido el imperio, Skilla. Ve y vive con ella dentro de sus límites.

Terco, el huno sacudió la cabeza.

—Romano, nunca entiendes nada. Sí, he conocido tu imperio y no me gusta. Demasiada gente, demasiadas posesiones, demasiadas leyes.

—Pero es su mundo. Ella jamás será feliz en el tuyo. Eso lo sabes, y debes aceptarlo. Si esperas que me entregue como *konos*, debes prometérmelo.

—¿Y si no lo hago?

Me llevé la mano al hombro para desatar la gran espada, y cuando la tuve en mis manos la hice descansar sobre los dos cuernos de mi silla de montar.

—Entonces moriré intentando matar a Atila —repuse—. Ilana seguramente perecerá, y a ti te crucificarán por haberme traído hasta su tienda.

Me miró con preocupación, y se me ocurrió que tal vez también sintiese que nos unía cierta camaradería; que tal vez había ido a buscarme al campo de batalla no por cálculo, sino por soledad. Con todo, no era probable que confiase por completo en mis palabras. Al fin, se limitó a encogerse de hombros.

—Muy bien. Sacrifícate entonces. Yo iré donde Ilana me pida que vaya.

—Gracias. —Incliné ligeramente la cabeza. Mis empeños diplomáticos habían desembocado en aquella catastrófica matanza, y mis intentos por liberar a Ilana la habían llevado a un cautiverio peor que el que jamás había conocido. Negociar lo que fuera a cambio de mi vida, después del sacrificio de tantas otras, me resultaba curiosamente liberador.

Sin embargo, sí había esperado de Skilla cierto grado de sorpresa y gratitud que no demostró. Me miraba impaciente, irritado incluso.

—Al menos no te suicides hasta que hayamos liberado a Ilana —dijo.

Avanzamos el breve trecho que nos separaba de Atila y desmontamos. ¡Qué raro iba a ser ese último encuentro con el *kagan*! Allí estaba yo, el único romano entre mil hunos, después de la peor batalla librada jamás sobre la Tierra. Los bárbaros se arremolinaban en torno a nosotros igual que perros rastreadores. Uno de ellos, cubierto con un vendaje ensangrentado, me resultaba familiar, y me detuve a mirarlo. ¡Era Eudoxio, el médico griego! Ahí estaba, en medio del ejército con el que había soñado, y Aecio, a quien tanto aborrecía, podía aplastarlo en cualquier momento. Él también me reconoció, y me miró con desprecio.

No sólo Ilana estaba atada a la pira; más de diez mujeres hermosamente ataviadas se mantenían unidas a ella con cadenas finas, despiertas y atemorizadas. La sed de conquista de Atila había conducido a su pueblo al desastre, y si debía morir, se llevaría consigo a sus más allegados.

Ahora la propia Ilana nos miraba con asombro. Había despertado al oírnos llegar y, al reconocernos, ayudada por la luz cada vez más intensa de la mañana, había abierto mucho los ojos. Parecía no dar crédito a nuestra momentánea camaradería. Allí estábamos, juntos, como aliados, cubiertos de sangre y de la polvareda del combate. Entonces se fijó en la espada y su expresión se ensombreció. Yo sabía que, más que ninguna otra cosa, más que su propia vida, deseaba que Roma venciera y se consumara la venganza contra Atila.

En aquel momento el *kagan* emergió de su tienda.

Si el Azote de Dios había llegado a dormir, no lo sabía, pero lo cierto era que llevaba puestos todavía el uniforme de batalla y las pieles de animales, cubiertas de la sangre y los restos de vísceras de sus enemigos. El pelo encrespado, la barba gris, los ojos penetrantes, enrojecidos por las cuitas o por la falta de sueño. Verlo me causó honda impresión, lo mismo que a Skilla. Parecía haber envejecido diez años desde la última vez que lo había visto, tal vez en un solo día.

—¡Tú! —gritó, y confieso que di un respingo. Lo había visto muchas veces ejercer el poder. Pero ahora parecía que el impacto de la batalla le hubiera hecho caer del caballo de la razón. Nunca tantos hunos habían muerto en tan poco tiempo. Atila no se había retirado jamás de un campo de batalla, y jamás se le había escapado una victoria. Ahora había aparecido allí, atrincherado tras sus carros, esperando que Aecio acudiera para consumar su destrucción. Hasta ese instante no comprendí del todo el alcance de la victoria romana. El espíritu del *kagan* se había roto.

Alcé la espada para que la viera.

—Vengo en nombre de Aecio, *kagan*.

Me miró con desconfianza, pero pronto la sorpresa dejó paso a su astucia natural.

—¿Quiere parlamentar?

—Él no, yo —repuse. Señalé a Ilana y continué—: Esa mujer no es culpable de lo que sucedió en Hunuguri. Fui yo quien la obligó a abandonar tus aposentos, fui yo quien se llevó la espada y prendió fuego a tu palacio. Su único pecado fue que yo la secuestrara. He venido a ofrecerme como *konos*. Te devuelvo la espada y, a cambio de su vida, te entrego la mía. Mátame, pero dale a ella la libertad.

Atila entornó los ojos. Se volvió hacia Skilla y masculló:

—¿Qué pintas tú en todo esto?

—Te prometí que recuperaría la espada, y aquí la tienes.

El rey soltó una especie de gruñido.

—¿Y todavía quieres lo que te prometí a cambio?

Skilla asintió.

—Ilana se quedará conmigo —repuso.

Caer del caballo de la razón

—¡No! ¡Jonás! —gritó ella en ese momento—. ¡Esto no tiene ningún sen...!

—He venido desarmado para salvar a la mujer que amo —la interrumpí—. Mi vida es un precio muy pequeño a cambio de la suya. Entrégasela a Skilla, y que su bendición recaiga sobre la espada de Marte.

Atila nos miraba a los tres de hito en hito.

—¿Tanta importancia le das al *druugh*? —Ése era un término coloquial con que se referían a los genitales femeninos.

Tragué saliva.

—Quémame a mí en la pira.

Atila seguía sin decidirse.

—Es el *konos*, *kagan* —intervino un jefe—. Debes aceptarlo.

Reconocí la voz que había pronunciado aquellas palabras. Se trataba de Edeco, que observaba a su sobrino con curiosidad.

El rey frunció el ceño. ¿Qué era aquello? ¿Una trampa?

—Yo no debo aceptar nada —replicó entornando aún más los ojos—. Dame la espada.

Los jefes asentían, impacientes por recuperar su talismán y unir así de nuevo a sus hombres.

—Primero libera a Ilana.

—Primero devuélveme la espada. ¿O prefieres que te mate ahora mismo?

Vacilé, pero ¿qué podía hacer si no? Me acerqué a él y se la entregué. Atila la cogió por la empuñadura de hierro y apoyó la pesada punta sobre la hierba. Estábamos tan cerca que habríamos podido tocarnos.

El *kagan* esbozó un amago de sonrisa.

—Ahora ya no será tan fácil.

Volví a apoyar la mano en la espada.

—Hemos sellado un trato.

—Que pienso cambiar ahora mismo. —Atila se volvió y ordenó—: Desatad a la joven.

A pesar del frescor de la mañana, yo había empezado a sudar. Desataron a Ilana, que se incorporó y quedó inmóvil, muy rígida, con expresión de perplejidad y desconfianza.

Atila alzó la voz para que le oyeran todos.

—Ella podrá irse. El *konos* será pagado. Pero ningún asesino romano ha de dictarme el pago. —Dedicó a Ilana una mueca parecida a una sonrisa—. Será ella quien decida quién la acompañará.

—¿Cómo? —exclamó Ilana.

—El otro ocupará su lugar en la pira.

—¡No!

—¿Qué locura es ésta, *kagan*? —preguntó Edeco. Skilla había palidecido e, incrédulo, observaba a su rey.

—Rechazó una oferta mejor que le hice hace un par de noches. Así que dejemos que sea ella quien decida. ¿A cuál de sus dos pretendientes prefiere matar?

—No puedo tomar una decisión como ésa. ¡Es monstruoso! —exclamó Ilana.

—En ese caso volveré a encadenarte a la pira, con las demás mujeres, y le prenderé fuego ahora mismo. ¡Di a quién salvas!

Sentía náuseas, todo escapaba a mi control. ¿Dónde estaban mis aliados? ¿Sería capaz Atila de matar a Skilla en vez de a mí? ¿Qué clase de juego injusto era ese que, jugando con las vidas de la gente, nos amenazaba a los tres con el destino arbitrario que también había sufrido el pobre Rusticio? ¿A cuántos inocentes más condenaría ese tirano? Al ver a Ilana allí de pie, horrorizada, confusa, superada por los acontecimientos, noté que la ira se apoderaba de mí. Tal vez quien tuviera razón no fuera Aecio sino Crisafio. Si eliminábamos a Atila, nuestro problema quedaría resuelto.

Sin pensarlo, le di un empujón. Su sorpresa fue tal que cayó al suelo, arrastrando consigo la espada. Me arrojé sobre él y, antes de darle tiempo a reaccionar, forcejeando, logré colocarme a su espalda, hacerme con la espada, mellada pero todavía mortal, y acercarle el filo al cuello. Así nos fuimos acercando a la pira, pues yo quería usarla para que me cubriera la espalda. El arma era tan grande que parecía que hubiera acercado una estaca a su rostro.

—¡Esta espada se ha convertido en su maldición! —exclamé—. ¡Si alguien nos hace daño, le cortaré la cabeza!

—¡Otra mentira romana! —gritó Edeco a punto de desenvainar. Otros hunos blandían ya sus armas, pero todos vacilaban, pues Atila era mi escudo. Con el rabillo del ojo vi que Eudoxio desaparecía de la escena. ¿Qué pretendía ahora?

—¡No es mentira, guerrero! —gritó alguien—. ¡Cuídate de su maldición, Atila!

¡Al fin! Dos figuras, a lomos de un solo caballo, se abrían paso entre la multitud de hunos que se habían congregado a nuestro alrededor, e ignoraban sus airados exabruptos como quien ignora el gruñido de unos perros. El más pequeño de los dos me observaba asombrado.

—De modo que ya has encontrado a tu amada, Alabanda —dijo Zerco.

La atención de los hunos se desplazó por un instante hacia los recién llegados.

—Piensa en lo que le ha sucedido a tu pueblo desde que la encontraste —insistía el más alto—. ¡Piensa que ha estado en poder de los romanos!

—¿Qué es todo esto? —susurró Atila atenazado por mi abrazo—. ¿Es que cualquiera entra ya en mi campamento?

Un jefe de la escolta se hincó y observó, estupefacto, la escena que componíamos: Atila y yo trabados en un abrazo, como dos luchadores; Ilana y Skilla lívidos de espanto; Edeco con expresión de asesino.

—Dijo que traía un mensaje urgente de Aecio —se lamentó el huno—. Dijo que si no le permitíamos la entrada, todos nos condenaríamos. Yo recordaba al enano. Es un golem, señor. Pero, sobre todo, recuerdo a ese santo.

—¿Santo? —Atila entornó más los ojos para ver mejor—. ¡Por los dioses! ¡El ermitaño!

Edeco también se sobresaltó. Parecía reconocer a un hombre que para mí no era otro que el obispo Aniano.

—Al enano lo desprecio —añadió Atila—. Y a ti, a ti te recuerdo...

—Como te recuerdo yo, Azote de Dios —replicó el obispo. Mi desconcierto aumentaba por momentos. ¿Aquellos dos hombres se conocían?—. Como pretendías, has lavado los pecados de Occidente con tu látigo. Ahora ha llegado el momento de que regreses al lugar del que saliste arrastrándote. Deja aquí la espada que tanto anhelas, pues para vosotros ya está corrompida.

—¿Corrompida?

—Bañada en agua bendita, bendecida por los más altos obispos, ungida con un frasco de sangre de la Cruz. ¿Acaso crees que Aecio es tan estúpido como para permitir que este joven te devuelva el instrumento del poder huno a cambio de una simple mujer? ¡Ésta ya no es la espada de Marte, Atila! Es la espada de Cristo. Para vosotros está maldita, y si la llevas contigo, tu pueblo será aniquilado.

Atila forcejeó conmigo, y hundí un poco más el filo de la espada en su cuello.

—Déjanos ir, y yo te dejaré ir a ti —le susurré.

—¿Te atreves a venir aquí con una profecía de destrucción? —exclamó el rey dirigiéndose al obispo.

—Vengo a ofrecerte una advertencia justa. ¡Piensa! ¿Ha robado este necio la espada de la tienda de Aecio? ¿Cómo? ¿No habrá sido más bien Aecio quien se la ha entregado? Pregúntaselo.

Atila volvió la cabeza.

—¿Es eso cierto?

—Aecio dijo que quería que vivieras...

—¡Piensa! —insistió Aniano—. Esa espada no te ha dado suerte, Atila.

—Entonces también a vosotros os maldice —exclamó el rey, que hacía esfuerzos por pensar—. Mirad el campo de batalla, camaradas. Ellos han perdido a más hombres que nosotros.

Zerco se rió.

—Sí, cómo no, por eso viniste a refugiarte a tu guarida.

Edeco había empezado a desenvainar su espada cuando di la voz de alerta.

—¡No lo hagas! —grité al oído del rey—. ¡Mi vida a cambio de la tuya! ¡Ilana a cambio de la espada! No puedo resistir mucho más. O te paso por la espada y luego me mato, o me voy.

Se hizo el silencio. El sudor nos bañaba a los dos. Ilana parecía haberse convertido en una estatua de mármol. Skilla se mostraba aturdido por todo lo que sucedía a su alrededor.

Al fin, Atila gruñó.

—Está bien. —Nadie estaba seguro de haber oído bien, y todos permanecimos inmóviles—. Puedes irte. Tú y tu ramera. Id junto a Aecio y llevadle a él vuestra maldición. Desde que llegasteis a mi campamento habéis sido para mí como la peste. Dejad aquí la espada, y os dejaré marchar.

Noté que algo se movía en un extremo de la pira.

—¿Tengo tu palabra?

—La tienes. Pero si volvemos a encontrarnos en el campo de batalla, te mataré.

Lo solté y me alejé de él, sin dejar de apuntarle con la vieja espada, atento a algún posible movimiento traicionero. Sus ojos eran como dos puntas de lanza, pero ni se adelantó hacia mí ni impartió orden alguna. Vi que Eudoxio había intentado esconderse detrás de la pira para dispararme una flecha por la espalda, pero ahora él también permanecía inmóvil, con el arma entre las manos.

Atila se frotó el cuello enrojecido.

—La espada, romano.

Me agaché con cuidado y la deposité sobre la hierba, antes de proseguir, de espaldas, al encuentro de *Diana*.

—Necesito un caballo para Ilana —dije.

—Dadle uno —ordenó el *kagan* entre dientes.

Monté mi yegua. Ilana se subió a su caballo. Skilla nos miró con expresión de tristeza, aceptando al fin que jamás sería suya.

—Skilla, ven con nosotros —le propuse entonces.

El huno sacó pecho, orgulloso, desafiante, seguro de sí mismo.

—Soy huno —se limitó a decir.

—Skilla... —intervino Ilana con la voz entrecortada—. Quiero que sepas que...

—Marchaos de aquí —interrumpió Atila—, antes de que cambie de opinión.

Skilla asintió. Deseaba ofrecerle algo a aquel enemigo que, extrañamente, se había convertido en mi amigo. Pero ¿qué? Ilana lloraba en silencio.

—Partid —dijo Skilla con la voz rota—. Partid, partid, romanos, y dejad ya de corrompernos.

—Vamos —susurró Zerco.

Me sentía algo aturdido. Estaba vivo, Ilana venía detrás de mí. Aniano había aparecido de pronto, la espada que durante tanto tiempo había llevado a la espalda reposaba sobre la hierba, intacta. Nuestros caballos empezaron a avanzar, los hunos, a regañadientes, se apartaban a nuestro paso, vislumbrábamos a nuestro ejército en la distancia. ¿Era posible que todo acabase bien?

Entonces llegó hasta mí una voz que me resultaba familiar.

—¡He aquí un final mejor, *kagan*!

Volvimos la cabeza y vi a Eudoxio que, con expresión de profundo odio, tensaba el arco. La punta de la flecha, dirigida a Ilana, temblaba ligeramente.

—¡No!

Skilla se abalanzó sobre él sin pensar, para desviar el tiro, en el instante mismo en que el griego disparaba. La flecha se clavó en su pecho y el huno cayó al suelo, de espaldas, contemplando incrédulo el asta que sobresalía de su cuerpo.

Eudoxio, horrorizado, ahogó un grito.

—Los hunos cumplimos nuestra palabra —musitó Skilla, y al abrir la boca una gota de sangre le manchó los labios.

Se elevó al aire un grito de indignación, y Eudoxio retrocedió un paso. Edeco blandió su espada y la dejó caer sobre el galeno, partiéndolo casi por la mitad.

—¡Ahora, ahora! ¡Debemos partir al galope si queremos salvar la vida!

Atila soltó un alarido; recogió del suelo, con las dos manos, la gran espada de hierro y avanzó corriendo hacia nosotros, fuera de sí. Espoleé a mi caballo para que se interpusiera entre él e Ilana. El rey atacó con fuerza pero erró por poco. El filo de su arma pasó rozándome, partió el borde de mi silla y a punto estuvo de clavarse en *Diana*.

Y entonces se rompió. El viejo filo de hierro se rompió en varios pedazos que saltaron cual cristales en dirección al círculo de sobresaltados hunos que, supersticiosos como eran, se agacharon horrorizados para evitar el impacto. El propio monarca contemplaba incrédulo la oxidada empuñadura.

—¡Habéis lanzado la maldición sobre vosotros mismos! —gritó Aniano.

Todos, entonces, bajamos la cabeza y emprendimos la marcha. Un huno se había adelantado a coger las riendas de mi yegua, pero pasé por encima de él. Vi que alguien se acercaba a Ilana para impedirle el paso, y al fijarme constaté que se trataba de Guernna, la muchacha germana. Mi amada le dio un puñetazo y la esclava cayó al suelo.

Nos acercábamos al parapeto interior de carros, y un par de flechas pasaron por encima de nuestras cabezas, pues los arqueros temían herir a sus propios camaradas. Se oían gritos, pero eran gritos de confusión. ¿Quién había matado a Skilla? ¿A quién había matado Edeco? Lo que había empezado como negociación civilizada había acabado en caos.

Miré hacia atrás. Atila y Edeco estaban como paralizados, con la vista fija en la espada hecha añicos. Mi trabajo con la lima había surtido efecto.

Dejé que Ilana cabalgara por delante de mí, y en un instante dejamos atrás el primer círculo defensivo, que a partir de entonces nos sirvió de escudo contra los hunos que se agolpaban en torno a la tienda de Atila. Al galope nos dirigíamos ya al círculo exterior, y a nuestro paso nos tropezábamos con hunos que acababan de despertar y andaban tambaleándose, aturdidos.

Atravesamos un fuego de campo, y a nuestro paso volcamos ollas y echamos al suelo a la gente congregada a su alrededor. Llegamos a los carros que formaban la barrera exterior y, aunque algunos hunos salieron a nuestro encuentro para impedirnos la salida, los apartamos valiéndonos de los animales. Nos abrimos paso por entre los vehículos y alcanzamos el campo de batalla que se extendía más allá. Ahora cabalgábamos por encima de los muertos. Me percaté entonces de unos destellos que iluminaban el cielo y vi que se trataba de proyectiles que iniciaban su recorrido descendente.

—¡Flechas! —grité.

Todas cayeron a nuestro alrededor cortando el viento, pero ninguna dio en el blanco.

Los romanos dispararon las suyas en respuesta. Ilana avanzaba con el rostro descompuesto, horrorizada, sin apartar la vista del suelo, pues para ella se trataba del primer encuentro con la carnicería del día anterior, con aquella alfombra de cadáveres. Avanzábamos deprisa sobre ellos, y al fin dejamos atrás también aquel horror y llegamos a un lugar en el que varios hombres gritaban vítores a Aniano. Nos detuvimos al llegar al campamento de Aecio. Yo volví la vista atrás, sin salir de mi asombro. El cuartel de Atila quedaba a dos millas de allí, e Ilana estaba a mi lado, sana y salva.

Éramos libres.

El general romano ya iba montado y con la armadura puesta, listo para la batalla si se presentaba la ocasión.

—¿Qué ha sucedido?

—Skilla nos ha salvado —explicó Zerco.

—Y la espada se ha roto —apuntó Aniano—. Una señal de Dios.

Aecio asintió.

—Por supuesto —dijo, dedicándome una sonrisa cómplice.

—Cuando la acerqué al pescuezo de Atila, mi miedo era que se me rompiera a mí.

—¡El pescuezo de Atila!

—Es lo que se conoce como diplomacia, general. Está vivo, desmoralizado y derrotado, tal como querías.

Aecio meneó la cabeza, incrédulo aún ante el desenlace de los acontecimientos.

—¿Y ésta es la mujer por la que estabas dispuesto a poner en peligro a naciones enteras?

—Gracias a ti se ha salvado de morir en la hoguera.

—Ahora entiendo tus motivos. ¿Qué va a hacer Atila ahora, joven diplomático?

Aspiré hondo y reflexioné por unos instantes.

—Durante la batalla, y después de la destrucción de su espada, su aspecto era el de un hombre paralizado —dije por fin—. Si le brindas la ocasión, creo que emprenderá la retirada.

—Obispo, ¿sois de la misma opinión?

—Creo que para sus seguidores, la rotura de la espada será una prueba del poder cristiano, comandante. Yo no atacaría, al menos por el momento. Si avanzas, tal vez ganes o tal vez pierdas, pero si aguardas...

—No creo que si ataco mis hombres me sigan. Están exhaustos.

—En ese caso, vigila las líneas, busca a tus muertos y reza. Lo que iniciaste ayer con tu victoria, Alabanda lo ha terminado hoy con esa espada.

Yo me tambaleaba de agotamiento, tristeza y alegría. Skilla estaba muerto; la espada, rota; mi amada, a mi lado; Atila, derrotado...

Ilana me puso la mano en el hombro.

—Vámonos a casa —susurró.

Pero ¿dónde, después de todo lo que habíamos presenciado y vivido, se encontraba nuestro hogar?

El horizonte se había llenado nuevamente de humo, aunque en esa ocasión era señal de retirada, no de avance. Atila no había encendido la pira funeraria, pero sí había prendido fuego al excedente de carros, así como a los objetos obtenidos con los saqueos que resultaban demasiado pesados para que los transportara su diezmado ejército. Luego se alejó por donde había venido, poniendo fin a su invasión de la Galia. Aecio lo seguía a distancia prudencial, pues no deseaba provocar otra batalla. Los visigodos partieron en dirección contraria para llevar a su rey caído a Tolosa. Anto cabalgó con sus francos dispuesto a hacer efectivas sus aspiraciones al trono. La gran alianza empezaba a desmembrarse.

Las nubes de tormenta crecían cada vez más, hasta que al fin descargaron sus lluvias torrenciales. Las ensangrentadas aguas del arroyo volvieron al fin a correr transparentes. Las armaduras se oxidaban, los huesos se deshacían, y las semillas brotaban por todas partes. Los restos de la mayor batalla de su tiempo empezaban a hundirse lentamente en la tierra.

Zerco y Julia decidieron permanecer con el séquito de Aecio.

—Soy demasiado deforme para llevar una existencia normal —me explicó él—. Y las vidas serias me aburren. Mi futuro está con el general.

—No deja de ser un camino peligroso.

—Pero al menos no me aburriré. Si no vienes con nosotros, nos veremos dentro de uno o dos años, cuando pasemos por vuestra granja.

Aecio me había recompensado por mis servicios con una importante suma de dinero, y me había ofrecido mucho más si permanecía a su lado como asistente y diplomático. Pero su oferta no me tentó, e Ilana y yo partimos rumbo al oeste.

De nuestro encuentro a solas revelaré poco, pues se trata de un asunto privado, pero sí diré que teníamos miles de cosas que contarnos, y otras miles que quedarían sin contar. Aniano nos casó a la sombra de una alameda. Ya marido y mujer, nos abrazamos como las lapas se aferran a las rocas para no sucumbir al mar embravecido, y no nos separamos hasta quedar saciados y exhaustos de amor. Después, junto al obispo, proseguimos rumbo a Aurelia, alejándonos de Atila.

¿Qué era lo que buscábamos? No lo sabíamos, y apenas hablábamos de ello. Había miles de granjas abandonadas en las que podríamos habernos instalado y, sin embargo, en todas ellas parecía presente el recuerdo de las familias que las habían habitado. Así que llegamos a Aurelia, franqueamos las murallas de la ciudad y nos montamos en una barca que descendía por el Loira. La corriente estival se deslizaba lentamente, y nos envolvió como un bálsamo. Ignorábamos a quienes se acercaban con rumores del avance de los ejércitos. No queríamos saber nada.

Al fin nos detuvimos en un islote elevado que dividía el río en dos. Se trataba de un refugio de una milla de longitud, un remanso de paz en medio de los tumultos del mundo. La hierba crecía alta, amarilleaba, el aire se impregnaba de los dorados que presagian el final del verano. Sus orillas estaban salpicadas de flores, los pájaros saltaban de rama en rama y los insectos emitían sus zumbidos sordos. Paseamos por ella, la recorrimos de un extremo a otro. Los matorrales y las hierbas se nos pegaban a la ropa.

Con el dinero que había obtenido podíamos permitirnos contratar brazos que levantaran una morada y labraran la tierra hasta convertir aquello en una verdadera granja. Se trataba de la tierra por la que había luchado cuando todo estaba en contra, y allí las nuevas naciones se alzaban sobre las cenizas de las antiguas. Occidente se había salvado, pero cambiaba de modo irrevocable. El imperio moría. Yo había participado en su última gran batalla. Ahora comenzaba algo distinto, algo que nosotros y nuestros hijos forjaríamos, empezaba a ser.

Paseamos por los prados de la isla para elegir el mejor sitio donde erigir la casa. Bajo el sol del verano, comimos las manzanas silvestres. En un principio, a mí me parecía que deberíamos vivir en su extremo oriental.

—Para ver frente a nosotros el lugar del que venimos —le dije a Ilana.

Pero ella negó con la cabeza y me condujo hasta su punta más occidental, a través del bosque bañado por el sol que empezaba a ponerse.

—Yo quiero mirar al futuro —susurró.

Y eso hicimos.

Epílogo

Atila fue derrotado en la batalla de los Campos Cataláunicos en el año 451 d.C., aunque, a instancias de Aecio, no fue aniquilado. El equilibrio de fuerzas que los últimos romanos intentaban mantener entre los bárbaros exigía repeler a los hunos, pero no borrarlos del mapa. ¿Acaso no se había valido de sus guerreros en numerosas ocasiones para castigar a otras tribus? ¿No era cierto que la amenaza de Atila justificaba la continuidad del Imperio romano? Se trataba de una dura e inteligente muestra de política realista. Atila ya no se recuperaría del todo tras la derrota, y en los siglos venideros ningún otro bárbaro de Oriente se adentraría tanto en territorio occidental. La alianza había salvado a Europa.

La historia, por supuesto, no se detiene. El emperador Valentiniano, que se había atrincherado en Roma huyendo del fragor de la batalla, sentía tantos celos de la gran victoria como agradecimiento por quien la había hecho posible. Usó en su beneficio la paz conquistada y culpó a Aecio de haber dejado escapar a Atila.

Las ambiciones del huno no estaban saciadas. Al año siguiente, tras lamerse las heridas, Atila invadió el norte de Italia con su diezmado ejército, en la esperanza de recuperar su maltrecha reputación. Su intención era llegar hasta Roma y saquearla. Sin embargo, sus agotadas tropas invadieron una región que padecía la peste y las hambrunas. Murieron más hunos víctimas de la enfermedad que de la espada. Cuando el papa León se reunió con Atila para suplicarle que no entrara en Roma, el *kagan* obtuvo la excusa que necesitaba para retirarse. Aquélla fue su última gran campaña.

Un año después, Atila volvió a casarse, esta vez con una joven hermosa llamada Idilca, como si pretendiera olvidar sus desengaños. Pero tras llevarla al lecho nupcial en la noche de bodas, sufrió una hemorragia nasal mientras dormitaba medio embriagado. Así, en el año 453, murió ahogado en su propia sangre.

Su extraña muerte marcó el fin del Imperio huno. Ninguno de sus herederos tenía el carisma de su padre para unir a su pueblo ni aglutinar a las otras tribus. Así, volvieron a disgregarse en mil facciones. La tormenta había cesado.

El éxito de Aecio fue su condena, pues el emperador de Occidente lo abordó por sorpresa un año después de la muerte de Atila y, saltando de su trono, le clavó su espada. A su vez, un año después, en 455, los secuaces del general asesinaron a Valentiniano. Así como Atila fue el último gran huno que hizo de su pueblo una amenaza, Aecio fue el último gran romano que mantuvo unido el imperio. Con su muerte se aceleró la división de Occidente en los nuevos reinos bárbaros. Al cabo de una generación, el Imperio romano había desaparecido. La profecía de Rómulo parecía cumplirse.

¿Y Honoria, la vanidosa y alocada princesa que contribuyó a desencadenar aquella gran cadena de acontecimientos? También ella desapareció de la historia, cual Pandora que vagara por los Campos Cataláunicos.

Nota histórica

Pocos escritos merecen con más justicia el epígrafe de «ficción histórica» que una novela sobre Atila, el rey de los hunos. Los datos más increíbles de esta historia —la petición que recibe Atila para que acuda al rescate de una princesa romana, la trama asesina de Crisafio, la mutilación de la hija de Teodorico perpetrada por los vándalos, la espada que, según Atila, había pertenecido al dios de la guerra, así como la existencia de personajes como el rebelde Eudoxio y el enano Zerco— son fidedignos. Son los detalles más prosaicos sobre cómo eran la vestimenta, la comida y las formas de viajar en el siglo V d.C. los que el novelista debe deducir o inventar a partir de los escasos resultados de las investigaciones arqueológicas e históricas. Los pocos comentarios de fuentes romanas que sobre ese período han llegado hasta nuestros días hacen poca mención a los detalles cotidianos que en la actualidad tan fascinantes nos parecerían, de manera que el autor se ha visto obligado a recurrir, más allá de sus preferencias, a invenciones siempre basadas en la verosimilitud. Así, lo aquí descrito es lo más veraz que he sabido transmitir, basándome no sólo en investigaciones publicadas, sino en exposiciones organizadas en Francia, Austria, Alemania y Hungría, así como en los monumentos romanos que se encuentran repartidos por toda Europa. Con todo, esta novela no es un texto sobre antropología. Incluso los más infatigables estudiosos especializados en los hunos reconocen lo poco que se sabe de ellos.

Como los hunos y las naciones bárbaras con las que iban encontrándose en su avance carecían de escritura, la información que de ellos ha llegado hasta nosotros proviene sobre todo de romanos y griegos que, como es obvio, los veían a través de sus propios prejuicios. La información que en este campo puede proporcionarnos la arqueología resulta escasa, pues aquellos nómadas de las estepas trasladaban consigo una cantidad muy limitada de objetos, perecederos en la mayor parte de los casos. Los hunos no acuñaban moneda, no tallaban la piedra, no fabricaban herramientas, no araban la tierra ni representaban a sus reyes en soportes perdurables. Existen joyas de oro que pueden atribuirse a su era, así como objetos de alfarería y calderas de bronce que casi con total certeza les pertenecieron, a pesar de que los hubieran fabricado otros pueblos. Sabemos que las historias sobre su costumbre de aplanarse las cabezas son ciertas porque se han hallado calaveras en las que se aprecia esa deformidad deliberada. Pero sus cantos, leyendas y lengua se han perdido. Poseemos mucha más información sobre sociedades mucho más antiguas, como la babilonia, o exóticas, como la maya, o geográficamente más remotas, como la esquimal, que acerca de los hunos.

Así, resulta si cabe más fascinante que, con la única excepción posible de Gengis Kan, Atila sea el bárbaro más célebre de la historia. De hecho, se trata del único rey bárbaro a quien la gente corriente sería capaz de identificar en una conversación informal, aun cuando no supiese precisar quién era o cuáles habían sido sus logros. Que su memoria siga tan viva tras dieciséis siglos muestra el inmenso impacto que supuso en la imaginación del mundo, en el transcurso de un reinado más breve que el régimen de Adolf Hitler. Para los pueblos a los que atacaron, los hunos se convirtieron en sinónimo de catástrofe, invasión, tinieblas. La leyenda huna se mantuvo intacta con el paso de los siglos, hasta el punto de que a los propagandistas aliados de la Primera y la Segunda Guerra Mundial no se les ocurrió mejor insulto para los alemanes que llamarlos «los hunos». Poco importaba que las antiguas naciones germanas se encontraran en primera línea de fuego ante el avance de aquellos nómadas de las estepas. Del mismo modo que el nazismo, en tanto que movimiento de gran peso desapareció tras la muerte de Hitler, así también el Imperio huno se desmoronó tras la desaparición de Atila. Su final supuso también el de la amenaza de los hunos en Europa.

No existen retratos fiables de Atila. El medallón que aparece en la portada de la novela original resulta imponente, pero no fue dibujado del natural y sólo se ajusta de un modo vago a las descripciones verbales que se han conservado sobre el gran monarca. La inclusión de los demoníacos cuernos de cabra entre los cabellos denota que el artista romano ejerció una notable libertad de expresión. Las fecha exacta del nacimiento de Atila, los detalles de sus primeros años, su acceso al poder, sus tácticas militares, los métodos concretos que aplicaba a la administración de su reino resultan casi del todo desconocidos. Se ignora dónde fue enterrado, y las circunstancias de su muerte siguen resultando un misterio. Hay quien considera cierto que se ahogó en su propia sangre mientras dormía tras una borrachera, pero otros creen más probable que hubiera sido asesinado. En términos imperiales, podría argumentarse que Atila no tuvo una influencia duradera en la política europea. Y sin embargo es un bárbaro al que seguimos recordando. ¿Por qué?

El único personaje comparable que se me ocurre en este aspecto concreto es Jesús de Nazaret, del que tampoco se conservan retratos y que al parecer murió de forma ignominiosa, para acabar convertido en el origen de una de las más grandes religiones del mundo. Aunque diametralmente opuestos en su carrera y sus propósitos, ambos contaban con un carisma innegable que dejó huella indeleble y los llevó a convertirse en leyendas cuyo legado iba mucho más allá de los hechos más concretos de su breve existencia.

En el caso de Atila, creo que la razón de que todavía se le recuerde reside en la amenaza que representó, así como en el inmenso sacrificio que costó detenerle. Dicho en pocas palabras, si Atila no hubiera sido derrotado en la batalla de los Campos Cataláunicos (también conocida como batalla de los Campus Mauriacus, nombre de la encrucijada romana donde tuvo lugar, o como batalla de las Naciones, o de Châlons), los vestigios de la civilización romana preservados por la Iglesia cristiana habrían desaparecido. El renacer de la Europa occidental habría tardado mucho más en producirse, o ésta habría sido absorbida, sencillamente, por las civilizaciones islámica o bizantina, y la historia mundial de exploraciones, conquistas y desarrollo se habría desarrollado de un modo radicalmente distinto. El que en 452 el papa León convenciera a Atila de que se retirara de Italia —hecho que la Iglesia proclamó como milagro— contribuyó sin duda a convertir en leyenda al bárbaro, pues cuanto más amenazador se presenta éste, más milagroso parece el éxito del pontífice.

anera análoga, en la leyenda nórdica y germana del anillo, co-
a como *Niebelungenlied*, Atila se encuentra en la base del personaje de Etzel, demostración de que el huno abandonó la historia
para convertirse en mito. En la saga, Etzel es el rey de los hunos con
quien se casa la vengativa viuda Krimilda y que se dedica a asesinar
en su nombre, jugando en la leyenda, tal vez, un papel muy distinto
al que desempeñó en su vida. El relato de la gran invasión llegada de
Oriente resuena una y otra vez en la literatura occidental y llega hasta *El señor de los anillos*, de Tolkien. Los ávaros llegarían en el siglo
VII, los magiares en el X, los mongoles en el XIII, los turcos sitiarían
las puertas de Viena en el XVII, y los soviéticos lograrían sus conquistas en el XX. Si los ecos de la historia de Atila reverberan con tanta
fuerza es porque, en parte, en ellos se lee toda la historia de Europa.

Esta opinión sobre la importancia de Atila, expuesta por Gibbon
en su clásico *Historia de la decadencia y ruina del Imperio romano*,
así como por historiadores del siglo XIX como Edward Creasy, en su
libro *Quince batallas decisivas del mundo*, no es compartida por los
especialistas modernos. En el mundo académico la reputación se obtiene en parte rebatiendo las teorías de los predecesores, y hay quien
sostiene que, a diferencia de Gengis Kan, Atila fracasó como conquistador y forjador de un imperio. Para quienes defienden esta idea,
la batalla de los Campos Cataláunicos no fue más que un episodio
en la larga senda del declive romano, y los hunos un pueblo que se
desvaneció como el humo. Según su criterio, lo único que Flavio Aecio, «el Último de los Romanos», consiguió en la batalla fue prolongar la agonía del imperio. Que Aecio permitiera a Atila sobrevivir y
retirarse haría de la campaña de 451 una gesta aún más insignificante.

A esta pérdida de trascendencia habría que añadir que la batalla
de Châlons-sur-Marne (que en realidad, según se cree hoy, tuvo lugar en las inmediaciones de la actual Troyes, en el nordeste de Francia) no habría sido en absoluto la lucha titánica que narraron los historiadores antiguos y medievales. Dichos cronistas sugieren que el
número de quienes participaron en ella se situaría entre el medio
millón y el millón de hombres, y que la cifra de muertos habría osci-
lado entre ciento sesenta mil y trescientos mil. Se trata de estimacio-
nes que no dejan de resultar extraordinarias, y que parecen propias
de la tendencia a la hipérbole de la Alta Edad Media. Es propio de la
historiografía moderna rebajar por sistema las cifras de participan-

tes y bajas de algunas batallas de la Antigüedad (aunque no de todas, por razones que a este autor no le quedan claras) hasta una décima parte de las anteriores, sencillamente por la incredulidad que produce la magnitud de las mismas.

Mi opinión se encuentra a medio camino entre los antiguos y los modernos. De la misma manera que los creyentes en el cristianismo defienden que «algo» sucedió tras la muerte de Jesús que prendió la chispa de una nueva religión, aun cuando para algunos su Resurrección resulte muy difícil de creer, yo también afirmo que algo debió de suceder en la campaña de Atila en la Galia para que no se trate de una invasión bárbara más y para que su recuerdo haya llegado hasta nuestros días. «La batalla cobraba mayor fiereza, se hacía más confusa, monstruosa, incesante; de una batalla como aquélla no había constancia en los tiempos antiguos —escribió el cronista Jordanes a finales de la Era Antigua—. En la más famosa de las guerras de las tribus más valientes, se dice que perdieron la vida ciento sesenta mil hombres de ambos bandos.» El escritor Idiato eleva la cifra hasta los trescientos mil.

Si tenemos en cuenta que el número total de bajas que se produjo durante el día más sangriento de la guerra de Secesión estadounidense —en Antietam— fue de veintitrés mil, las cifras anteriormente barajadas resultan poco probables. ¿Cómo era posible que los ejércitos del período final de la Era Antigua pudieran avituallar, trasladar y transmitir órdenes a tamaños contingentes? Con todo, algo extraordinario sucedió en los Campos Cataláunicos. Los ejércitos antiguos, en concreto los bárbaros, no necesitaban de todos los suministros y equipos que en la actualidad consideramos imprescindibles; es posible que para las campañas de aquel verano se congregaran grandes números. ¿Qué estadounidense habría creído, con anterioridad al ataque contra Pearl Harbor, que en 1945 su país —con la mitad de su población actual— podría permitirse alistar en su ejército a dieciséis millones de personas? ¿O que la Unión Soviética sufriera veinte millones de muertos y aun así pasara a la historia en el bando de los vencedores? ¿O que en Woodstock, Nueva York, medio millón de jóvenes se congregarían para asistir a un concierto de rock al aire libre? La gente es capaz de cosas extraordinarias. La más ambiciosa batalla de Atila fue sin duda uno de esos hechos que se salen de lo común, aunque jamás conoceremos con detalle cómo se desarrolló. Incluso su ubicación es motivo de controversia. Una inspección ocular directa del hermoso paisaje que se extiende entre Châlons y Troyes me hizo hallar aproximadamente unos cien lugares que reunían las vagas características —una colina, un arroyo— mencionadas por Jordanes, que los convertían en posibles escenarios de la batalla. Los oficiales de las fuerzas armadas francesas han hecho de la búsqueda de la ubicación exacta de los Campos Cataláunicos un pasatiempo que hasta la fecha se ha revelado infructuoso. Semejante imprecisión no es excepcional. Se ignora, por ejemplo, el lugar exacto en que tuvieron lugar muchas batallas decisivas de la Antigüedad, tales como las de Cannas, Plataea, Issus y Zama. Los antiguos no transformaban sus campos de batalla en parques conmemorativos.

El hecho de que nuestras fuentes primarias sobre los hunos sean tan escasas supone un obstáculo. Con todo, al menos tres de ellas parecen serlo. La primera es la que nos proporciona el historiador romano Amiano Marcelino, que escribió sobre los primeros hunos. La segunda es la de Olimpiodoro, el tebano cuyo relato de su visita a los hunos se perdió pero perduró en los relatos de otros historiadores de la Antigüedad. La tercera la aporta Prisco de Panium, que participó en la desafortunada embajada durante la que se produjo el intento de asesinato de Atila. Él fue mi fuente de inspiración inicial para el personaje de Jonás, aunque el historiador de carne y hueso era mayor y estaba mejor relacionado. Es seguramente un fragmento perdido de la obra de Prisco el que proporcionó a Jordanes el retrato de Atila que éste reproduce con gran viveza: «De porte altivo, miraba en todas direcciones y el orgulloso poder de aquel hombre se hacía visible en todos los movimientos de su cuerpo [...] Era de corta estatura, ancho de pecho, con una gran testa y ojos pequeños. Su barba, rala y entrecana, su nariz achatada, de complexión fuerte, en su físico mostraba las señales de sus orígenes.»

¿Qué puede decirse del origen de los hunos? Nada se sabe a ciencia cierta. Hay estudiosos que lo sitúan nada menos que en Mongolia, mientras que para otros hay que buscarlo en las estepas rusas. Su origen era un misterio para los mismos romanos, pero la leyenda los sitúa en el escenario del mundo cuando seguían los pasos de un ciervo blanco que atravesaba las tierras pantanosas del estrecho de Kerch, camino de Crimea.

Después de todo lo dicho, ¿qué hay de «verdad» en la novela? Todos los protagonistas principales, con la excepción de Jonás, Ilana y Skilla, son personajes históricos. He inventado detalles de sus vidas, y he puesto en su boca mis palabras para construir con ellas el relato, pero reproduzco de manera bastante fiel su papel en el desarrollo de los acontecimientos. Mi descripción de la embajada al campamento de Atila del año 451 sigue en parte la crónica en ocasiones confusa que nos ha llegado de Prisco y otros historiadores. Como «hecho» se incluye la posible conspiración de los hunos con el rey Sangibano para entregar Aurelia (Orleans), y la construcción desesperada de la pira funeraria de Atila tras la terrible batalla. Con todo, incluso los aspectos básicos —si Orleans fue en realidad sometida a asedio, si Atila llegó en realidad a erigir la pira— aparecen reflejados en algunas crónicas, pero no en todas, como suele ser común, por otra parte, en la historiografía de la época que nos ocupa.

En la investigación previa a la escritura de mi novela, no sólo he bebido en las fuentes existentes, sino que me he dedicado a recorrer la posible ruta europea seguida por Atila durante la invasión. He visitado museos, he inspeccionado los artefactos de la época que todavía sobreviven, me he esforzado en lo posible por revivir un período extremadamente complejo en lo político y lo cultural. No se trata de una tarea fácil, porque no hay nación que, en la actualidad, se reivindique heredera de los hunos. Ni siquiera en el Museo Nacional de Hungría, en el que existe una sola sala dedicada a ese pueblo misterioso, se destaca que el nombre de su país deriva de ellos. Aunque Atila sigue siendo un nombre de pila popular, y en Budapest se estrenó una ópera-rock sobre el célebre rey en 1993, Hungría prefiere remontar sus orígenes a los magiares.

Es una lástima que las referencias históricas no sean más completas. Estudios recientes tienden a presentar a los «bárbaros» bajo una luz más benévola. Tal vez los hunos merezcan un trato mejor. Mi sospecha es que la realidad de aquellos tiempos tumultuosos debió de ser más extraña de lo que mi imaginación ha alcanzado a pergeñar en esta recreación literaria. Debió de producir historias verdaderas, perdidas para siempre, de conflictos y heroísmos tan cautivadores como los que se vivieron, muchos siglos después, en el Salvaje Oeste americano. ¡Qué difícil debía de resultar la vida en las postrimerías del Imperio romano!

Como es obvio, he inventado gran parte de mi trama. No consta que la gran espada fuera robada; su existencia, sí, se menciona sin mayor detalle (la monarquía húngara aseguraba haberla encontrado seis siglos después). Por lo que se sabe, Zerco sólo fue un bufón desgraciado, no un espía imperial, aunque su matrimonio, tal como se describe en la novela, sí fue real, como también lo es que fue moneda de cambio habitual entre Aecio y Atila. Si bien es cierto que Eudoxio encabezó una infructuosa revuelta contra Roma y huyó buscando la protección de Atila, no consta que actuara de emisario ante los vándalos —a pesar de que la amenaza que Genserico representaba para Roma entraba dentro de los planteamientos estratégicos del rey de los hunos—. El obispo Aniano congregó tropas ante las murallas de Aurelia, y también es cierto que un ermitaño bautizó a Atila como «el Azote de Dios», aunque mi idea de que ambos fueran uno no pasa de ser mera especulación. En ninguna crónica se cuenta que una mujer llamada Ilana prendiera fuego al palacio de Atila, y el importante papel de Jonás en el desarrollo de tan trascendentes acontecimientos es ficticio. Es decir, que mi trabajo ha consistido en urdir con libertad una historia inventada en el tapiz de una historia real ya fascinante en sí.

También debo disculparme por someter al lector a la vasta y confusa geografía de una guerra mundial librada en una época en que los nombres se encontraban en proceso de transformación. La Galia de César, por ejemplo, se conocía más, en la época, por los nombres de sus provincias romanas, como Aquitania. El triunfo de los francos, que daría al país su nombre de Francia, todavía no se había producido. La ciudad celta de Cebabum se había convertido en la ciudad romana de Aurelia, cuya toponimia evolucionó hasta convertirse en la Orleans francesa. Para orientar algo al lector moderno, Constantinopla es la actual Estambul; la ciudad en ruinas de Naissus no es otra que la actual Niss, situada en los Balcanes; el fuerte abandonado de Aquincum se hallaba en las inmediaciones de Budapest; la torre romana que Skilla ataca se alzaba al sureste de Salzburgo, en Austria; las «avispas» de Sumelocenna servían en la actual Rotenburgo; Tréveris es la moderna ciudad de Trier; y, en francés, Tolosa corresponde a Toulouse.

¿Quién fue Atila? ¿Qué significó para la historia? En ciertos aspectos, su vida es tan incierta y fascinante como la del rey Arturo.

No obstante, una cosa de él sí conocemos con seguridad. Los reinos que sobrevivieron el ataque de los hunos, y la caída de Roma, formaron las bases de la Europa occidental y, así, de la civilización que aún hoy domina el mundo. Al derrotar a los hunos, esos antiguos y orgullosos guerreros estaban poniendo los cimientos de nuestra existencia moderna. Desplazarse hasta Troyes e imaginar los espíritus de las decenas de miles de jinetes en acción decidiendo el destino del mundo, es una experiencia emocionante.

El lector también puede visitar el islote en el que Ilana y Jonás acaban instalándose. Se encuentra en el Loira, junto a la localidad de Amboise, en el corazón mismo de la región de los castillos, y es el único que, por su altura, escapaba a las inundaciones periódicas que afectaban a la región. Cerca del lugar que la pareja escogió para levantar su hogar se divisa un panorama espléndido de la ribera occidental del río y del valle que lo acoge.

También puede verse un triste monumento conmemorativo erigido en honor de los lugareños que perdieron la vida en las recientes guerras. No debe sorprender que parte de la placa que los recuerda esté en blanco, a la espera de futuras inscripciones.

Así es como avanza la historia.